Um CORPO NO GELO

ARIEL LAWHON

Um CORPO NO GELO

TORDSILHAS

Um corpo no gelo

Tordesilhas é um selo da Alaúde Editora Ltda, empresa do Grupo Editorial Alta Books (Starlin Alta Editora e Consultoria LTDA).

ISBN: 978-85-508-2486-4.

Translated from original The frozen river. Copyright © 2023 by Ariel Lawhon. ISBN 978-0-38-554687-4. This edition is published and sold by Doubleday, a division of Penguin Randon House, the owner of all rights to publish and sell the same. PORTUGUESE language edition published by Alaúde, Copyright © 2025 by STARLIN ALTA EDITORA E CONSULTORIA LTDA.

Impresso no Brasil – 1ª Edição, 2025 – Edição revisada conforme o Acordo Ortográfico da Língua Portuguesa de 2009.

Dados Internacionais de Catalogação na Publicação (CIP)
(BENITEZ Catalogação Ass. Editorial, MS, Brasil)

L415c
1.ed. Lawhon, Ariel
Um corpo no gelo / Ariel Lawhon ; tradução Wendy Campos. – 1.ed. – Rio de Janeiro : Tordesilhas, 2025. 400 p.; 15,7 x 23 cm.

Título original: The frozen river.
ISBN 978-85-508-2486-4

1. Ficção policial e de mistério (Literatura norte-americana). I. Campos, Wendy. II. Título.

02-202576 CDD 813.6

Índice para catálogo sistemático:
1. Ficção policial e de mistério : Literatura norte americana 813.6
Aline Graziele Benitez – Bibliotecária - CRB-1/3129

Produção Editorial: Grupo Editorial Alta Books
Diretor Editorial: Anderson Vieira
Vendas Governamentais: Cristiane Mutüs
Gerência Comercial: Claudio Lima

Produtora Editorial: Mariana Portugal
Tradução: Wendy Campos
Copidesque: Andresa Vidal
Revisão: Ellen Andrade
Diagramação: Vanessa S. Marine
Capa: Beatriz Frohe

ALTA BOOKS
GRUPO EDITORIAL

Rua Viúva Cláudio, 291 – Bairro Industrial do Jacaré
CEP: 20.970-031 – Rio de Janeiro (RJ)
Tels.: (21) 3278-8069 / 3278-8419
www.altabooks.com.br – altabooks@altabooks.com.br
Ouvidoria: ouvidoria@altabooks.com.br

Editora **afiliada à:**
abdr ASSOCIAÇÃO BRASILEIRA DE DIREITOS REPROGRÁFICOS
ASSOCIADO CBL Câmara Brasileira do Livro

Minha mãe me ensinou que parteiras são heroínas.
Minha irmã me permitiu testemunhar o milagre.
Meu marido se sentou ao meu lado e segurou minha mão.
Por essas e outras dez mil razões,
este romance é dedicado a eles.

E *Ela* sabe, pois o alerta, e Seus instintos nunca falham,
Que a Fêmea de Sua Espécie é mais mortífera que o Macho.

— Rudyard Kipling, *A Fêmea da Espécie*

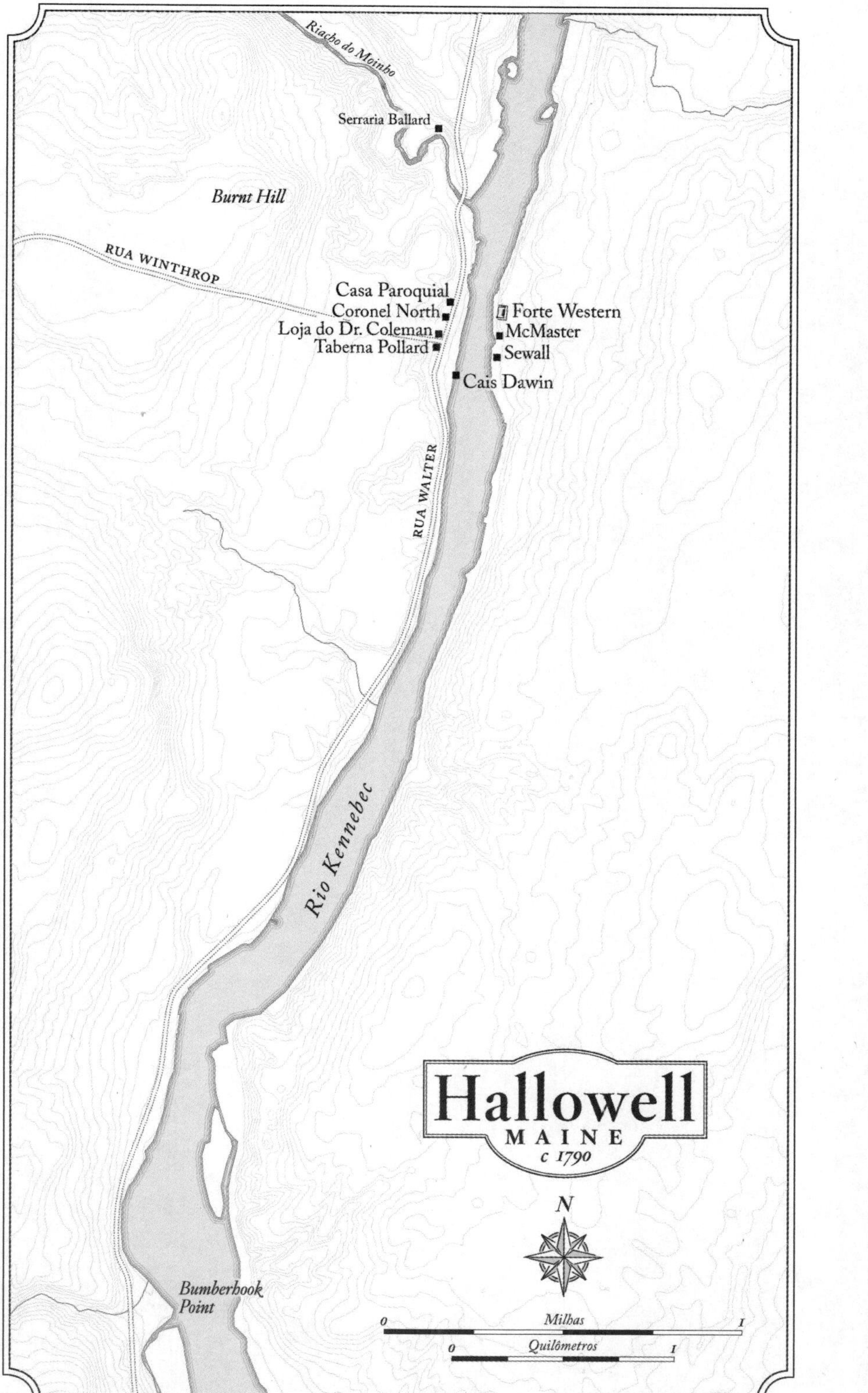

Riacho do Moinho
Serraria Ballard
Burnt Hill
RUA WINTHROP
Casa Paroquial
Coronel North
Loja do Dr. Coleman
Taberna Pollard
Forte Western
McMaster
Sewall
Cais Dawin
RUA WALTER
Rio Kennebec
Hallowell
MAINE
c 1790
N
Bumberhook
Point
0
Milhas
1
0
Quilômetros
1

1

O ENFORCAMENTO

NOVEMBRO DE 1789

"É preciso que a verdade apareça; um crime não pode ficar por muito tempo encoberto."

— WILLIAM SHAKESPEARE, *O Mercador de Veneza*

O QUE É PASSADO É PRÓLOGO

O CORPO FLUTUA RIO ABAIXO. MAS É FINAL DE NOVEMBRO, E O RIO Kennebec começa a congelar, grandes pedaços de gelo rolam e rodopiam pela água, acumulando-se em bancos enquanto dedos translúcidos e gélidos se esticam das margens, avançando sobre a correnteza, agarrando tudo que passa. Pesado pelas roupas encharcadas e pelas botas de couro, o corpo do homem é arrastado pela suave correnteza, os olhos sem vida fixos na lua minguante.

É uma noite terrível, com um vento cortante e uma geada entorpecedora, e quanto mais devagar o rio flui, mais rápido congela, aprisionando o corpo em suas lentas garras, enquanto as pregas de sua camisa de linho rústica se abrem como as pétalas marrons de uma tulipa murcha. Há apenas uma hora, seu cabelo estava penteado para trás, amarrado com um pedaço de renda. Roubado de alguém, é claro, e *talvez* — o destino é algo muito frágil, afinal — ainda estivesse vivo se não fosse por essa escolha. Mas isso foi como jogar sal na ferida. Guerras foram travadas por bem menos.

O homem que foi morto estava com pressa de deixar este lugar, já estava em apuros demais, e se tivesse sido mais cuidadoso, mais paciente, teria ouvido seus agressores na floresta. Teria escutado. Teria se escondido. Prendido a respiração. E esperado que eles passassem. Mas o homem agora morto era imprudente e impaciente. Estava ofegante. Deixou pegadas na neve e não foi difícil encontrá-lo. Seu cabelo se soltou na luta, o pedaço de renda foi recuperado e guardado em um dos bolsos, o cabelo, agora marrom como a margem lamacenta de um rio, está um confuso emaranhado, parte colado na testa, parte na boca, para onde foi sugado em um último suspiro assustado antes de ser lançado no rio.

Seu corpo retorcido e quebrado é arrastado pela correnteza por mais quatrocentos metros, até o rio congelar e parar por completo, com um gemido cansado, aprisionando-o a quatro metros da margem, com o rosto centímetros abaixo da superfície, os lábios entreabertos, os olhos arregalados de surpresa.

A grande geada chegou um mês adiantada à cidade de Hallowell, no Maine, e — o morto não tinha como saber disso, assim como nenhum outro habitante da região — o degelo não virá por muitos e longos meses. Chamarão esta época de Ano do Longo Inverno e se tornará uma lenda, na qual aquele homem será um personagem importante. Mas, por enquanto, todos dormem seguros e aquecidos em suas camas, as portas fechadas firmemente contra um inverno precoce e cruel. Mas ali — ao longo da margem do rio, se olhar atentamente — algo escuro e ágil se move ao luar. Uma raposa. Desconfiada, ela coloca uma pata no gelo. Depois, a outra. Hesita, pois sabe como o rio é traiçoeiro, como anseia engolir e arrastar tudo para suas profundezas turbulentas. Mas o gelo resiste, e a raposa avança lentamente em direção ao morto. Ela rasteja até o corpo soterrado no gelo. A pequena e astuta criatura olha para o homem, inclinando a cabeça de lado, mas ele não retribui o olhar. Ela ergue o focinho para o céu. Fareja o ar por sinais de perigo. Sente o aroma pungente do gelo e dos pinheiros ao longo do rio e, mais longe, o leve cheiro de madeira queimada. Satisfeita, a raposa começa a uivar.

FORJA CLARK

Quinta-feira, 26 de novembro

— Não precisa ter medo — digo a Betsy Clark. — Em meus anos como parteira, nunca perdi uma mãe.

A jovem me encara com os olhos arregalados, suas têmporas banhadas em suor, e assente. Mas acho que não acredita em mim. Elas nunca acreditam. De fato, toda mulher em trabalho de parto suspeita que está prestes a morrer. É normal. E isso não me ofende. O parto é o momento de maior vulnerabilidade de uma mulher. Mas também é o auge de sua força. Como um animal ferido, encurralado e desesperado, ela enfrenta as dores do parto ora encolhendo-se, ora reagindo com agressividade. Esse processo de ter seu corpo virado do avesso deveria ser fatal. Pela lógica, ninguém deveria sobreviver a isso. E ainda assim, miraculosamente, elas sobrevivem repetidas vezes.

John Cowan — o jovem aprendiz de ferreiro que trabalha para o marido de Betsy, veio me buscar duas horas atrás, e eu lhe disse que não havia tempo a perder. Os filhos de Betsy chegam ao mundo em uma velocidade incomum e com um berreiro à altura. São *banshees* barulhentos, escorregadios e de rosto corado. Mas tão pequenos que, mesmo a termo, suas nádegas cabem na palma da minha mão. Criaturinhas minúsculas. John levou minhas instruções a sério, acelerando em um ritmo tão intenso que meu corpo ainda dói da nossa cavalgada frenética por Hallowell.

Mas agora, tendo acabado de chegar e ainda tentando me situar, descubro que o bebê já está coroando. As contrações de Betsy estão com trinta segundos de intervalo. Essa criança, assim como as outras a quem ela deu à luz, está ansiosa para conhecer a mãe. Felizmente, Betsy tem o corpo propício para o parto.

— Chegou a hora — digo a ela, apoiando as mãos cálidas em seus joelhos. Afasto-os gentilmente, ajudando a jovem a levantar a camisola para expor o ventre. Está rígido, no auge de uma contração, e Betsy range os dentes, tentando não chorar.

No momento do parto, toda mulher é novata. Sempre parece ser a primeira vez, e a única experiência vem das pessoas reunidas para ajudá-la. Por isso Betsy arregimentou suas mulheres: a mãe, as irmãs, a prima, a tia. O nascimento é um ato comunitário, e todas elas entram em ação quando a determinação da mãe esmorece e ela grita de dor. Todas sabem o que isso significa. Mesmo aquelas sem uma função específica encontram algo para fazer. Fervem água. Cuidam do fogo. Dobram panos. Esse é o trabalho feminino em sua forma mais elementar. Homens não têm lugar nesta sala, nenhum *direito*, e o marido de Betsy se retirou para a forja, impotente, para descontar o medo e a frustração na bigorna, batendo em um peça de metal fundido até que ceda aos seus caprichos.

As mulheres de Betsy trabalham em sincronia, atentas e respondendo a cada sinal que dou. Estendo a mão, e um pano quente e úmido é colocado sobre ela. Mal termino de enxugar o último jato de sangue e água, o pano é retirado de minha mão e substituído por outro limpo. A mais jovem das parentes de Betsy — uma prima, com não mais do que 12 anos — é encarregada de lavar os panos sujos, manter a chaleira fervendo e reabastecer o balde de lavagem. Ela se dedica à tarefa sem pestanejar ou reclamar.

— Seu bebê está chegando — digo, com a mão sobre a cabeça escorregadia e quente. — Careca como um ovo. Assim como os outros.

Betsy levanta o queixo e fala com uma careta enquanto a contração afrouxa a pressão.

— Isso significa que é outra menina?

— Isso não significa nada. — Mantenho o olhar firme e a mão suave sobre a pequena cabeça que está se projetando em minhas mãos.

— Charles quer um menino — diz ela, ofegante.

Charles não tem querer, penso.

Mais uma onda de dor percorre o corpo de Betsy, e suas irmãs se aproximam para levantar e segurar suas pernas para trás.

— Quero que faça força depois do três — instruo. — Um. Dois, Três. — Observo a contração de Betsy se intensificar e seu abdômen contrair. — *Agora.*

Ela prende a respiração, faz força, e mais alguns centímetros da cabeça careca são revelados, as pontas das pequenas orelhas emergindo das entranhas da mãe. Betsy não tem tempo para recuperar o fôlego antes que a próxima onda a atinja, e elas continuam vindo, implacáveis, uma após a outra, sem afrouxar a pressão sobre o útero. Betsy faz força. Ofega por ar. Empurra mais uma vez. De novo e de novo. Alguém enxuga o suor de sua testa, as lágrimas de suas bochechas, mas eu não desvio o olhar. Finalmente, a cabecinha se liberta.

Eu movo minha mão para frente, amparando uma bochecha e uma minúscula orelha com a palma da mão.

— Os ombros agora. Só mais dois empurrões.

No entanto, Betsy está pronta para acabar com isso de uma vez, reúne o restante de sua força e empurra a criança diretamente em minhas mãos. Então ela desaba de volta na cama enquanto o bebê é libertado de seu corpo em um *ploft*, a única conexão entre eles é um cordão prateado e escorregadio.

Um choro estridente e indignado preenche o quarto, mas as mulheres de Betsy não comemoram nem aplaudem. Apenas observam, em silêncio, à espera do meu pronunciamento.

— Olá, pequenina — sussurro, e então seguro a bebê para que Betsy a veja. — Você tem mais uma filha.

— Ah — diz ela, decepcionada e se apoia nos cotovelos para ver a criança.

Ainda há trabalho a ser feito, e eu cumpro minha lista de tarefas com esmero. Coloco a menininha na cama entre as pernas de sua mãe e corto o cordão umbilical com minha tesoura. Uma vez que esse elo primordial é cortado, eu o amarro com um pedaço de barbante. Em seguida, mergulho as mãos em um balde de água para limpá-las e passo o polegar sobre o céu da boca da bebê. Sem fenda palatina. Outro pequeno milagre que eu registro mentalmente durante qualquer parto bem-sucedido. Limpo o sangue e o vérnix caseoso da escorregadia recém-nascida, sem deixar de observar Betsy em busca de sinais de sangramento excessivo. Nada parece fora do comum.

As mulheres de Betsy puxam seu cabelo para trás, lavam seu rosto, oferecem-lhe um chá morno. Elas a ajudam a se sentar e a vestir uma camisola limpa. Preparam-na para amamentar.

— Veja só como você é bonita! — digo à bebê, depois acrescento: — Veja como você é *amada*.

E rezo a Deus para que seja verdade.

Charles Clark está tão desesperado por um menino — esta é a terceira criança do casal em quatro anos — que sua determinação pode acabar matando a esposa se ele não tiver cuidado. Quanto a Betsy, ela está desesperada para agradar o marido e nunca lhe negará nada.

Tudo parece bem com mãe e filha, então enrolo a bebê numa manta limpa de linho macio e a entrego a Betsy. Ela coloca o pacotinho em seu seio e sibila enquanto a bebê agarra seu mamilo. Isso faz com que seu abdômen se contraia mais uma vez, expulsando a placenta. Até isso me fascina, e eu examino os restos do parto em busca de irregularidades, certificando-me de que a placenta está intacta, que nada foi deixado para trás. Também está normal, e eu descarto os resíduos no balde aos meus pés.

— Tenho mais uma coisa a fazer — aviso.

Betsy assente. Ela já passou por isso antes.

— Aguente firme. Serão só alguns segundos. Mas pode doer.

— Vá em frente.

Massageio o abdômen de Betsy, rolando a palma da minha mão de um lado para outro, ajudando o útero a se contrair. Ela faz careta, mas não grita, e então não resta mais nada a fazer além de ela amamentar a criança.

— Como você vai chamá-la? — pergunto.

— Mary.

Um nome que significa "amarga", penso, mas ofereço à jovem mãe um sorriso de aprovação porque é o esperado.

As mulheres trabalham em conjunto para limpar Betsy e envolver sua virilha em panos limpos e secos, que serão trocados pelas cuidadoras a cada hora nos próximos dias.

São 04h30 — faltam algumas horas para o amanhecer — e as mulheres se dispersam para limpar o resto da bagunça e, depois, dormir o quanto puderem. Elas virão em turnos para cuidar de Betsy e de suas filhas ao longo da próxima semana. Será o único período de descanso que a esposa do jovem ferreiro terá.

Tiro meu avental sujo e lavo as mãos novamente, depois prendo as mechas de cabelo soltas antes de me sentar na beira da cama e beber uma xícara de chá — agora frio — que me deram quando cheguei. Por vários minutos, observo mãe e filha.

— Devo avisar Charles que está tudo bem? — pergunto.

— Sim — responde Betsy —, mas não me conte se ele ficar zangado.

— Ele não tem o *direito* de ficar zangado. Você deu uma linda criança a ele.

— Isso não quer dizer que ele não tem o *direito* de sentir raiva.

Respiro fundo, tentando me acalmar antes de tranquilizá-la.

— Não se preocupe com Charles. Deixe ele comigo. Aproveite sua filha.

Os Clarks vivem em um pequeno chalé adjacente à única forja em três condados. É uma curta caminhada, mas visto minha capa de montaria mesmo assim. O ar gélido me atinge como um tapa, surpreendendo-me depois do calor quase opressivo dentro da sala de parto. Minhas narinas ardem a cada inspiração. A noite está clara e limpa, a Lua imponente e as estrelas a brilhar contra o manto escuro do céu.

Não me dou ao trabalho de bater na porta da forja — Charles não me ouviria com o barulho das marteladas, de qualquer maneira —, apenas a empurro sem anunciar minha presença. O marido de Betsy anda de um lado para o outro, praguejando e orando. Ele se sente completamente impotente e culpado pela recente agonia da esposa.

Charles levanta a cabeça quando entro em seu campo de visão e bate o martelo de pena cruzada sobre uma barra de ferro incandescente com tanta força que consigo sentir as vibrações através da terra batida sob meus pés. O ambiente cheira a metal quente e barro queimado. A suor e medo. Charles Clark se endireita, coloca o martelo de lado e afasta uma mecha úmida de cabelo da testa. Ele está começando a ficar calvo — consigo ver as reentrâncias em cada têmpora — e isso o faz parecer mais velho do que seus 30 anos. Cabelo preto. Olhos escuros. Barba preta. Ser um pirata teria sido uma boa opção para Charles se ele nunca tivesse se interessado pela forja.

Ele arrisca um olhar furtivo em minha direção e depois desvia os olhos.

— Minha esposa está viva? — pergunta ele, depois solta um pigarro para tentar disfarçar qualquer sinal de emoção.

— Sim. Claro. Ela está bem e saudável.

Acredito que sua reação é a mais próxima que estarei de presenciar aquele homem tremer. O alívio percorre todo o seu corpo e seus joelhos fraquejam, mas ele se recompõe e vira para me encarar.

— E a criança?

— Ela tem pulmões bem fortes.

A expressão dele não apenas esmorece, desaba completamente. Posso ver o músculo ao longo de sua mandíbula se mover enquanto ele a contrai e range os dentes. Finalmente, ele engole em seco e pergunta:

— Betsy já deu um nome a ela?

— Mary.

— Eu esperava que fosse um menino.

— Eu sei.

— Por causa da forja. Preciso de ajuda. Eu... — Charles se interrompe, envergonhado. — Eu *amo* minhas filhas.

— Eu nunca disse o contrário.

— É que eu preciso de mais mãos aqui. Há muito trabalho a ser feito. E eu queria ensinar meu filho.

Não me dou ao trabalho de dizer a Charles que não há um *filho* e que, independentemente disso, bebês não conseguem trabalhar em uma forja. Nem que levaria pelo menos uma década até que um filho — se a bebê fosse um menino — pudesse contribuir minimamente para o negócio da família.

— Você tem John Cowan para ajudar. E talvez ainda tenha um filho. Betsy ainda é jovem, assim como você.

Charles assente como se estivesse decidindo algo importante.

— Vamos nos esforçar mais na próxima vez. Vou me certificar disso.

Homem tolo.

Dou um passo em direção aos tijolos incandescentes e estendo minha mão até pousá-la no antebraço de Charles. É musculoso e marcado por cicatrizes, e está quente por causa do fogo. Quaisquer pelos que um dia já cresceram ali foram chamuscados há muito tempo.

— Só daqui a alguns meses — explico. — No *mínimo*. Se quiser um filho, precisa dar tempo para o corpo dela se recuperar. E mesmo assim, é Deus, não você, quem escolhe o que virá. Entende o que estou dizendo?

— Não sou um homem cruel — defende-se.

Apenas exigente e ingrato, penso, mas me contenho para não dizer isso em voz alta. Ele é o tipo de homem disposto a ouvir a verdade, mas apenas quando expressa indiretamente.

— Mas Betsy precisa de mais do que isso agora. Ela precisa que você seja *gentil*. E paciente.

Ele não diz nada, então dou um último aperto em seu braço e deixo Charles voltar ao trabalho. Depois de terminar seu turno, John Cowan se retirou para seus aposentos do outro lado da forja. O jovem é grande, forte como um touro e não muito inteligente. Por enquanto, está mergulhado em um sono profundo e retumbante, alheio tanto à nova vida que acaba de chegar a este mundo quanto às marteladas de seu mestre. Os dias de John são preenchidos com o som das batidas no metal, então por que seus sonhos seriam diferentes?

Volto ao chalé, encontro um canto livre ao lado da lareira e me deito no colchão de palha que foi deixado para mim. Em algumas horas, as mulheres de Betsy se levantarão para preparar uma refeição em celebração à nova vida. O ritual é comum em Hallowell. Quando uma criança nasce, uma refeição é servida. Às vezes, é um banquete elegante disposto sobre uma toalha de linho, e outras uma refeição escassa, preparada às pressas. Às vezes, eu durmo em uma cama sobressalente; e outras, não há lugar para eu dormir. Já passei mais de uma noite sentada em uma cadeira, acordando sobressaltada cada vez que minha cabeça tomba. Mas esta noite é típica da maioria dos partos que acompanho. Uma casa modesta, um parto sem complicações, uma cama simples e, no raiar do dia, um café da manhã generoso.

Eu me deito enrolada em minha capa de montaria, olhando para as vigas rústicas do teto, ouvindo os sons ao meu redor. Pequenos roncos, farfalhares e sussurros enquanto as mulheres de Betsy se preparam para dormir. Quando meus olhos começam a pesar, a porta da frente se abre e Charles caminha pelo piso rangente em direção ao quarto. Presto atenção a sinais de raiva, mas só ouço o homem sussurrando suavemente para sua esposa.

* * *

Parece que mal fechei os olhos quando sou acordada por uma mão grande e calosa em meu ombro. Charles está ao meu lado, um lampião na outra mão e urgência na voz.

— Senhora Ballard — sussurra ele. — Precisa vir comigo.

Olho para o quarto onde deixei mãe e filha, apavorada de que algo possa ter dado errado durante a noite.

— Elas estão bem. — Ele aponta para a porta da frente. — Mas tem alguém querendo falar com você. Disse que é urgente.

Havia se passado no máximo uma hora desde que adormeci. Minha mente parece envolta em teias de aranha e meus olhos parecem cheios de algodão, mas ajusto minha capa de montaria ao redor dos ombros e sigo Charles para fora. O golpe do ar frio é repentino e impiedoso, e respiro fundo, tremendo.

Charles levanta o lampião e reconheço o homem montado no cavalo. Ele é de meia-idade, tem altura mediana e poucos atrativos, mas não consigo entender por que está aqui, e não a meio caminho de Long Reach em uma balsa com meu filho.

James Wall parece exausto de um jeito que só é possível depois de passar a noite inteira acordado sob o frio brutal. Seus olhos estão vermelhos, o cabelo desgrenhado e a barba por fazer. Ele passa a língua para umedecer os lábios rachados.

— Sinto muito, Martha, não queria incomodar — diz. — Mas precisamos de você na cidade. *Imediatamente.*

— Pensei que você e Jonathan tivessem partido na balsa horas atrás.

— Nós fomos — explica ele. — Mas aconteceu um acidente.

RUA WATER

— O QUE ACONTECEU? — PERGUNTO A JAMES ASSIM QUE DEIXAMOS A FORJA.

Levei apenas alguns minutos para checar Betsy e pegar minha maleta médica enquanto James selava meu cavalo. Brutus não facilitou as coisas para ele, no entanto, e James esfrega o ombro dolorido onde o cavalo tentou mordê-lo.

Ele respira fundo, trêmulo.

— Ontem deixamos o Cais Dawin tarde da noite, quando o gelo começou a se formar. Sam, Jonathan e eu. Ainda havia um canal aberto no meio do rio, de uns quinze metros de largura. Achamos que teríamos tempo suficiente para levar as tábuas para Long Reach, mas o gelo nos cercou há uma hora. Nunca vi nada assim, senhora Ballard. Ele simplesmente engoliu a balsa inteira. Em um minuto estávamos nos movendo na correnteza e, no seguinte, estávamos presos. Sam Dawin pulou na água tentando chegar à margem.

— Ele foi arrastado para baixo do gelo?

— Quase. Mas ele conseguiu se agarrar à borda antes de afundar. Conseguiu tocar os pés no fundo. Sabe como ele é alto. Foi difícil, mas conseguimos puxá-lo. Jonathan o levou direto para sua casa para pedir ajuda.

— Então é melhor voltarmos logo — digo, cravando os calcanhares na barriga de Brutus, que se lança em um galope, e leva um momento para James nos alcançar.

— Desculpe, senhora Ballard, mas não vamos voltar para o moinho. Amos Pollard pediu que a levasse para taberna.

— O que Amos tem a ver com isso?

— Quando Sam caiu no gelo, ele viu um corpo. — Ele percebe minha expressão de espanto e continua a explicação: — Um homem. Morto e congelado. Nós o tiramos do gelo. Amos, eu e mais alguns homens. É por isso que estamos indo para a taberna. Amos insistiu que a senhora visse o corpo primeiro. Antes de qualquer outra pessoa. Disse que a senhora teria um interesse em particular.

Já vi mais corpos mortos do que gostaria ao longo dos anos, mas nunca classificaria isso como um *interesse*. Uma necessidade às vezes, certamente, mas nunca algo de que eu goste. O céu está mudando do breu total para um azul-acinzentado, e inclino a cabeça para analisar o perfil de James. A disposição cuidadosa de sua boca. As sobrancelhas franzidas. As mãos firmes nas rédeas.

— O que está me escondendo? Quem vocês retiraram do rio?

Depois de uma longa pausa, ele diz:

— É difícil dizer.

— Isso significa que não *quer* me dizer?

— Significa que eu não *sei*. Acho que ninguém conseguiria saber quem é. — Ele engole em seco. — Ele está com muitos ferimentos... principalmente no rosto.

James Wall é um péssimo mentiroso. Ele vai precisar de mais uma década de experiência de vida para adquirir essa habilidade. Posso perceber pela rigidez de sua mandíbula quando ele se vira na direção da estrada. Talvez não fosse exatamente uma mentira, mas com certeza era uma omissão.

— Está bem — respondo, com a voz gentil. — Mas então quem você *acha* que foi retirado do gelo?

A pergunta o surpreende, e ele responde antes de ter tempo de pensar nas consequências.

— Joshua Burgess.

Ah.

Eu me surpreendo com a sensação de alívio — não, de *alegria* — que sinto ao ouvir esse nome. Que milagre mais estranho. Eu esperava ver Burgess ser enforcado pelo que fez, mas o que importa é que está morto, e não fico triste ao ouvir a notícia. Ainda assim, não entendo por que Amos mandou me chamar, e digo isso a James.

— É que há muitos... — ele faz uma pausa, sem ter certeza da palavra apropriada — *danos*... além do rosto, entende. Alguém terá que declarar a causa da morte. Para que seja oficial, caso haja uma investigação.

Ferimentos. Danos. Palavras diferentes, significados diferentes.

— E Amos Pollard não acha que o Dr. Cony está à altura do trabalho?

— O médico é conhecido por ser muito amigo do coronel North.

Minha mente é rápida, conectando pontos que ele mal teve tempo de considerar com sua resposta cuidadosamente pensada.

— Então *é* o Joshua Burgess que encontraram? E alguém o matou?

Ele não responde. Em vez disso, a boca de James se contorce enquanto ele reúne coragem para fazer a pergunta que vinha guardando.

— Você acha que Rebecca Foster disse a verdade? Sobre o coronel North e Joshua Burgess? — Ele parece envergonhado pela própria audácia, e suas bochechas castigadas pelo vento gélido coram ainda mais. — Acha mesmo que eles a estupraram?

Mesmo agora, meses depois, a imagem de Rebecca Foster é bem clara na minha memória. Encontrei a jovem em casa com seus filhos e ninguém mais, alguns dias após o ataque. Ela foi uma presa fácil na ausência do marido. Tratei o lábio cortado, o olho roxo, as lacerações na bochecha. Examinei as escoriações arroxeadas espalhadas pelo torso, braços, coxas, pulsos e tornozelos. Procurei por ossos quebrados e cortes, encontrando pouco que eu pudesse consertar. Não há conserto para o tipo de estrago que causaram. Já tinha visto esse tipo de lesão e sabia o que significavam. Então, dei um banho na jovem e bela esposa do pastor e a ajudei a vestir roupas limpas. Envolvi-a em uma manta, sentei-me e deixei a garota chorar em meu peito. Afaguei seu cabelo e murmurei sons suaves em seu ouvido. Esperei até que Rebecca Foster derramasse todas as lágrimas de que precisava, depois ouvi seu terrível e desolador desabafo para que ela não tivesse que carregar o fardo sozinha.

Saber ouvir é uma habilidade adquirida na prática. Ao longo de anos sentada ao lado de camas e em salas de parto, esperando até que as mulheres compartilhem os atos secretos que as levaram àquele momento. Sei que esses segredos vêm em ondas. A primeira, uma admissão horrível, seguida pelos atos menores e mais profundos que a antecederam. Um olhar furtivo. Um toque erótico e secreto. Momentos de paixão e perda de controle. Mas às vezes — nos piores casos — é uma história como a que Rebecca me revelou há quatro meses, de maneira fragmentada e desconexa. Às vezes, meu trabalho é sentar e ouvir os relatos de brutalidade e violência. De mulheres que se veem confessando pecados que não cometeram. Ou que nem sequer acreditaram que poderiam acontecer com elas. Atos contra os quais haviam resistido. Então, naquela tarde, permaneci imóvel e em silêncio com Rebecca. Encorajando-a com um ou outro aceno compreensivo com a cabeça, em vez de palavras. Não. Eu não podia falar. Não naquele momento. Eu sabia que o som da minha voz faria a garota se recolher e se silenciar, assustada. E não importa o que acontecesse depois, eu tinha certeza de duas coisas: Rebecca precisava me contar tudo, e eu precisava saber quem deveria ser punido pelo que lhe fora feito.

— Sim — digo a James, finalmente, enquanto dissipo o nó de raiva na minha garganta. — Rebecca diz a verdade, e eu acredito em cada palavra do que ela disse. Eu vi o estrago que fizeram. E eu esperava que Joshua Burgess fosse enforcado por isso.

James olha para mim, com a boca fechada em uma expressão sinistra.

— Não tenha tanta certeza de que ele não foi.

TABERNA POLLARD

ALGO ESTÁ PEGANDO FOGO. CONSIGO SENTIR O CHEIRO A UNS QUATROcentos metros da cidade e, por um momento, temo que a morte tenha trazido mais tragédia à Hallowell nesta manhã. Mas quando fazemos a curva, vejo que são apenas as duas chaminés de pedra da taberna exalando fumaça. A madeira úmida não queima direito e a fumaça se assenta como uma névoa, impregnando o ar, espessa e pungente, fazendo meu nariz arder.

A Taberna Pollard é um vulto escuro contra o alvorecer. Situada precisamente no cruzamento das ruas Water e Winthrop, a poucos metros tanto da loja do Dr. Coleman quanto do rio Kennebec. O prédio em si, um retângulo de arquitetura simples e funcional, com seus pilares e vigas de madeira, muda seu propósito dependendo da função pública que exerce: taberna, tribunal, loja maçônica, salão de reuniões ou, neste caso, necrotério.

Esses acontecimentos são raros. Em setembro passado, a taberna serviu como quartel quando a milícia de Boston marchou através de Hallowell — ou Hook, como os moradores locais chamam nosso vilarejo. Eles acamparam aqui por quinze dias, bebendo grogue e dormindo no chão, até poderem se juntar ao seu regimento em Pittston. A taberna cheirou a esterco e suor masculino durante semanas. Então, exatamente nove meses depois, auxiliei o parto da filha de Sarah White — uma inconveniente, mas bastante definitiva, recordação da milícia de Boston. Ainda solteira, a garota se tornou a personagem principal das fofocas das mulheres e, infelizmente, do interesse dos homens. Da minha parte, tenho pena da garota — rostos bonitos e infortúnios costumam andar de mãos dadas, mas não gosto menos dela por isso. Sarah tem sido amiga das minhas filhas por muitos anos, e eu, mais do que ninguém, entendo as inúmeras e injustas maneiras com que as mulheres chegam até o parto.

— Alguém mais sabe sobre o corpo? — pergunto.

— Que eu saiba, não.

— Precisaram de quantos homens para retirá-lo do gelo?

— Sete. Todos escolhidos por Amos.

Que golpe de sorte, penso.

Uma rápida olhada para os dois lados da rua Water revela que os moradores de Hallowell estão acordados ou já saíram de casa. As cortinas das casas estão abertas, despontando a luz calorosa dos lampiões, e crianças juntam lenha sob beirais cobertos de neve. Algumas donas de casa varrem os degraus da frente, ainda reprimindo um bocejo. É apenas questão de tempo até que as notícias desta manhã cheguem ao coronel North — consigo ver a fumaça subindo da chaminé de sua residência a cinco casas de distância — e então cruzem o rio até o Forte Western e aos ouvidos do Dr. Cony. Terei sorte se conseguir examinar o corpo antes que eles interrompam meu trabalho ou me excluam completamente.

James me ajuda a desmontar de Brutus da melhor maneira que pode — ele é cerca de dez centímetros mais baixo que eu — e amarra as duas rédeas no varão. Ele desamarra minha maleta médica da sela enquanto tiro minha capa de montaria e as luvas de pelica que Ephraim me deu no Natal. Guardo as luvas nos bolsos da minha saia de montaria, depois me preparo para usar minha profissional expressão de indiferença.

James segura a porta aberta e me indica o caminho com seu braço grosso.

— Depois da senhora.

Com cuidado para não fazer contato visual com ninguém na rua, tentando parecer apenas uma visita matinal *casual,* subo os degraus da frente e cruzo a porta. O tumulto é instantâneo. Homens se levantam e começam a gritar, gesticular, apontando para uma porta nos fundos da taberna. Três deles seguram canecas de sidra. Nenhum cogita me cumprimentar. Um já está bêbado. Chandler Robbins balança na cadeira com a expressão estúpida de um homem que se entregou à bebida.

— Silêncio — digo, com os punhos nos quadris. Eles ficam quietos enquanto examino a sala, encarando cada um dos sete homens. — Podem me explicar o que aconteceu, por favor?

Moses Pollard, um jovem de 20 anos, se afasta do grupo e ergue o queixo. Ele tem ombros largos e cintura estreita, com a aparência de alguém que só ficará mais forte à medida que envelhecer. Mas quando fala, sua voz tem a mesma entonação suave e gentil de sua mãe escocesa.

— Obrigado por vir, senhora Ballard — diz ele. — Ele está lá nos fundos. O homem, quero dizer. O corpo que retiramos do gelo. — Moses me lança um sorriso enviesado, também herdado de sua mãe, mas suas palavras têm um tom de desculpas quando ele acrescenta: — Achamos melhor não colocar em uma das mesas, sabe, já que vamos comer nelas em breve. Além de não ser higiênico, minha mãe disse que um corpo encarando as pessoas enquanto comem o mingau de aveia espantaria os fregueses do café da manhã.

Amos Pollard apoia um braço pesadamente nos ombros do filho e emite um som que poderia ser um grunhido ou uma risada. Sua voz, muito diferente da cadência jovial e animada de Moses, tem um tom barítono gutural, carregado do sotaque de um colonizador alemão de primeira geração.

— *Meu* esposa disse que ia torcer *minha* pescoço se eu permitisse isso.

As mesas em questão totalizam mais ou menos dez, e todas — exceto uma na qual os homens estavam sentados — estão limpas, com os bancos guardados na parte de baixo e lamparinas reluzindo calorosamente em cima. Cada mesa acomoda oito pessoas e, após décadas de uso, estão desgastadas pelo arrastar de pratos e cotovelos. Como quase todo o resto na Taberna Pollard — inclusive os proprietários — o salão é robusto e austero. Lareiras abertas, grandes o suficiente para assar um touro inteiro, ficam em cada extremidade do recinto, dando a aparência de um Salão Principal em uma antiga mansão inglesa. O chão de pedra está meticulosamente limpo. Cheira a vela, cera para madeira e a refeição servida na noite anterior; ensopado e batatas, pelo que posso perceber.

O patriarca dos Pollard é um homem robusto com o maxilar bem-definido e mãos enormes. Ele administra a taberna como se fosse uma pequena cidade, e ele, o prefeito; mas sua esposa, Abigail, é o verdadeiro coração do lugar, amada em Hook por sua generosidade, bom humor e habilidades culinárias. Tenho certeza de que preferiu manter distância do macabro assunto em questão. Abigail é o tipo de mulher capaz de matar, depenar, temperar e assar cinco gansos para o almoço, mas não suporta ver sangue humano. Conheci apenas algumas mulheres assim em minha vida, e normalmente não tenho paciência para esse tipo de afetação, mas abro uma exceção para Abigail, porque nela é um traço encantador.

— Como posso ajudar? — pergunta Moses, afastando-se do pai. Ele está tentando causar uma boa impressão. Vi como ele olha para minha filha Hannah e desconfio que pretende cortejá-la.

— Ainda não sei. Preciso vê-lo primeiro — respondo.

Amos estala os nós de cada dedo de uma de suas mãos colossais, e franzo a testa com o som alto e crepitante. Parece que ele está quebrando galhos de árvores.

— Não está nada bonito, Martha — avisa ele.

Eu o encaro e digo:

— Beleza é algo raro no meu trabalho.

Amos me conduz em direção à sala dos fundos, mas, ao passar por Moses, abro um sorriso astuto de aprovação. Quanto mais conheço o rapaz, mais gosto dele. Ele pode ser o reflexo do pai, mas tem o coração e o jeito amigável sua mãe.

Carrego a maleta médica em um braço e a capa de montaria no outro. Os homens me seguem, sentindo-se importantes por serem incluídos, mas mantendo-se agrupados e afastados. Eles se revezam, murmurando trivialidades enquanto seus passos ecoam pelo chão.

— Aposto que o rio Kennebec está congelado até Bath, ou já bem perto.

— Sim, provavelmente uns dez ou mais barcos presos até a primavera.

— Meu joelho está inchado por causa do frio. Não consigo esticá-lo o suficiente para cavalgar.

— Você soube que aquela mulher negra está de volta a Hook?

Esse último comentário chama minha atenção, e lanço um olhar rápido sobre o ombro para Seth Parker, com a intenção de fazê-lo olhar de volta para perguntar se a mulher parecia bem, mas ele está observando a porta da despensa e parece não perceber que fez a pergunta em voz alta. Apesar de terem feito o árduo trabalho de retirar o corpo do rio, esses homens exalam inquietação à medida que se aproximam dele. Quando a porta da despensa abre com um gemido sinistro, todos recuam.

Céus. Balanço a cabeça. *Os homens e a morte: ou são culpados ou não passam de covardes.*

Um retângulo de luz vinda do salão principal ilumina o chão e a metade inferior de uma mesa onde o homem está deitado, mas a forma em si é uma massa escura de membros disformes e roupas retorcidas e congeladas.

— Um lampião, por favor — digo, olhando por cima do ombro para Moses. — Dois seria ainda melhor.

Não demora até que ele volte com um lampião em cada mão. Os homens abrem passagem e ele coloca um em cada extremidade da mesa. A súbita luz quente proporciona minha primeira visão clara do cadáver.

Duas coisas são imediatamente óbvias.

Sem sombra de dúvidas, é Joshua Burgess.

E ele foi enforcado.

Além do corpo, agora é possível ver toda a extensão da despensa. Mantimentos estão empilhados contra a parede, amontoados nos cantos e pendurados nas vigas. O contraste entre os joelhos de porco balançando no teto e o corpo esparramado na mesa dispara um calafrio por minha espinha. É o suficiente para fazer um dos homens atrás de mim ter ânsia de vômito.

Ignoro os passos se afastando, os movimentos inquietos, o súbito silêncio enquanto dou mais um passo em direção à mesa. Ignoro tudo, exceto minha pulsação desacelerando e minha mente se aquietando — uma técnica de concentração que aprendi para me afastar de toda agitação, medo e caos.

Respiro profundamente pelo nariz, atenta aos cheiros do óleo do lampião, de cebola e sal — mas não ao odor de sangue, putrefação e vômito — e coloco a maleta médica e a capa de montaria no chão. Em seguida, desabotoo os punhos da camisa e arregaço as mangas — primeiro a direita, depois a esquerda — até os cotovelos. Dentro da minha maleta há um avental de linho limpo e bem-dobrado. Está manchado pelo uso e macio pelo desgaste. Eu o puxo e visto pela cabeça, amarrando-o atrás das costas. Tudo isso enquanto faço uma análise geral do corpo.

— Moses?

Ele se posta ao meu lado.

— Sim?

— Vou precisar de uma bacia com água quente e panos limpos.

Ele pisca uma vez, confuso, então abre a boca para falar, mas posso ver que tem dificuldade em expressar sua dúvida. Não quer ser desrespeitoso, mas acha as ordens desnecessárias. Por fim, ele só consegue pronunciar uma única palavra antes que eu o interrompa.

— Mas...

— Sim. Eu sei que ele está morto.

— Então, para que se dar ao trabalho de limpá-lo?

É uma pergunta impiedosa disfarçada de ingenuidade. Denota de que lado está Moses no escândalo que dividiu nossa comunidade. Por que limpar o corpo de um criminoso? De um estuprador?

Grunhidos e murmúrios de concordância ecoam da porta atrás de nós. Aparentemente, os homens escolhidos por Amos Pollard para a tarefa macabra desta manhã estão todos do lado de Rebecca Foster.

— Não vou limpá-lo. Vou examiná-lo — explico de maneira objetiva. — É o meu trabalho.

Um olhar por cima do meu ombro mostra que as chamas da lareira estão aumentando, mas ainda vai levar algum tempo até que o calor alcance a despensa. O frio ali é úmido e cruel, como se pudesse penetrar minhas roupas. Meus ossos. Então esfrego as mãos no avental, deixando o atrito entre a pele e o linho me aquecer minimamente.

Decido colocar Moses à prova quando ele retorna momentos depois com uma pequena bacia de água quente e uma pilha de panos limpos. Afinal, é meu direito como mãe e, se ele pretende se casar com minha filha, não pode mostrar menos coragem do que Hannah em uma situação como esta. Preciso que ele seja forte como um touro, destemido como seu pai. Se ele tiver o estômago fraco da mãe, não servirá.

— Ainda quer ajudar? — pergunto, inclinando o queixo para o lado e lançando um olhar desafiador para Moses.

Seu único sinal de incerteza é engolir em seco, ruidosamente.

— Sim.

— Então você pode ser meu assistente.

Seu olhar é cauteloso, mas ele assente. É o suficiente para me deixar satisfeita, e eu o recompenso com um sorriso amplo e radiante. Meu gesto parece encorajar Moses, e ele ajeita a postura. Meu marido gosta de dizer que não sou generosa com meus sorrisos, que precisam ser conquistados, mas acho isso um tanto injusto. Geralmente, tenho poucos motivos para sorrir.

— O que posso fazer? — pergunta o jovem.

— Tem uma tesoura na minha maleta. Traga para mim, por favor.

Ele a encontra facilmente, depois se posiciona ao meu lado, um pouco para trás, pronto para receber mais instruções.

Pedacinhos de gelo ainda estão presos ao cabelo e ao torso de Joshua Burgess, mas começaram a derreter e gotejar, respingando no chão de pedra aos meus pés. Retiro o cabelo da boca do homem e o puxo para trás, expondo a marca de nascença oval em sua têmpora. Não há mais dúvidas quanto à identidade do corpo. Burgess é o único homem em Hook com essa marca.

Partes da camisa e da calça foram cortadas quando os homens de Hallowell quebraram o gelo. Mas é o pescoço, quebrado e inclinado de forma anormal, que atrai meu olhar. Há queimaduras de corda abaixo da mandíbula e uma protuberância branca assustadora — provavelmente a traqueia — saindo de uma fenda vertical no pescoço.

Mas onde está a corda?

— Moses? — chamo.

— Pois não?

— Você estava com os outros esta manhã?

— Sim.

— Havia uma corda em volta do pescoço dele quando o retiraram do gelo?

— Não que eu me lembre.

— Pergunte aos outros, por favor.

Ele dá meia-volta e sai da despensa, silencioso como um gato.

Em meus quase cinco décadas e meia de vida, vi apenas um homem enforcado, e ele parecia muito diferente deste, mas, naquele caso, a queda não foi o suficiente para matá-lo. Realizado corretamente, um enforcamento quebra o pescoço e causa uma morte rápida — embora grotesca. Quando feito de maneira errada, é um sufocamento lento que faz o rosto ficar roxo e a língua e os olhos se projetarem para fora. Os olhos de Joshua Burgess estão abertos e arregalados, mas a expressão em seu rosto é de surpresa, não de alguém estrangulado. No entanto, seu lábio está cortado e vários dentes estão quebrados.

Ainda assim, deveria haver uma corda. Seja após serem lançados de forcas, árvores ou pontes, enforcados precisam ser removidos. O termo *peso morto* me vem à mente enquanto passo meu polegar sobre a pele esfolada em sua garganta.

— Ninguém viu uma corda — informa Moses, ao voltar.

Então, o assassino a levou.

Isso me preocupa, mas deixo essa questão de lado por enquanto. Burgess não é casado. Ele mora — *não, ele morava* — em uma pequena propriedade, em uma área menos privilegiada, a cerca de cinco quilômetros da rua Winthrop. Esses lotes — os menores, menos desejáveis e mais distantes do rio — são normalmente atribuídos a homens solteiros ou ex-militares com poucos recursos e poucas conexões. Desde que chegou a Hallowell, Burgess não fez segredo de que queria um lote de frente para o rio para poder construir um moinho. No entanto, esses lotes são difíceis de conseguir e, segundo Ephraim, todos já haviam sido arrendados.

Mas o fato é que Burgess *tem* uma propriedade, e nela há vários animais que precisam de cuidado agora que ele está morto. Comunico isso a Moses enquanto passo os dedos pelo couro cabeludo de Burgess, procurando ferimentos que possam estar escondidos em seus longos cabelos sujos.

— Vou falar com meu pai — diz ele —, para ver se ele pode mandar alguém para cuidar deles.

Moses volta assim que determino que Burgess não tem lacerações no couro cabeludo.

— Ele enviou três homens para levar os animais para os vizinhos. Também vão pegar qualquer objeto de valor na casa e trazê-los para cá, para guardar até que a família dele seja localizada.

Eu agradeço ao jovem, depois me preparo para a próxima parte do exame.

— Tesoura — peço, estendendo a mão para Moses.

Ele a coloca na minha palma e se aproxima. O metal está mais frio do que o ar, mas o peso me reconecta à tarefa. Corto o que resta da camisa de Burgess e dou meio passo para trás para entender o que vejo. Como estudiosa da anatomia humana, sempre me surpreendo com a variedade das formas do corpo. Alto. Baixo. Rechonchudo. Esguio. Gordo. Magro. Burgess não é um homem grande. Tem altura mediana, ou um pouco mais baixo, e um corpo magro, do tipo que emagrece ainda mais no inverno. No entanto, ele é possivelmente o homem mais peludo que já vi. Como é típico nesta época do ano, ele deixou a barba crescer, mas seu peito, braços e costas também são cobertos por pelos escuros e grossos. Nada disso consegue esconder as inúmeras contusões horrendas, ou as costelas, os braços e os dedos obviamente quebrados. À primeira vista, parece que alguém chutou todo o rosto e o torso de Burgess. Quando corto a calça, vejo que as lesões se estendem pela virilha.

E é nesse momento que os demais espectadores na porta debandam em massa, enjoados, praguejando e suando. Ao que parece — acusações de estupro à parte — poucos homens conseguem suportar a visão de órgãos genitais masculinos dilacerados.

Tento captar se Moses apresenta sinais de angústia, mas ele permanece em silêncio, um músculo tremendo ao longo de sua mandíbula cerrada. Ele respira pelo nariz, e seus olhos estão desfocados. Mas pelo menos não fugiu. Nem vomitou.

— Ele bem que mereceu — sussurra Moses finalmente. — Se ele tivesse atacado a minha irmã, eu também o mataria. E não me sentiria mal por isso.

Lavo o sangue e a sujeira do corpo nu, congelado e retorcido. Deixo as exclamações e comentários na taberna se dissiparem. Ignoro os homens quando se despedem. Não me assusto quando uma porta bate, um cachorro late ou um homem pragueja. E também não interrompo minha inspeção meticulosa de cada contusão, corte e ferimento enquanto um par de passos firmes percorre o chão de pedra atrás de mim. Minha atenção permanece totalmente no corpo, no meu trabalho, realizando um exame cuidadoso.

Depois de vários segundos, consigo sentir Moses se remexendo desconfortavelmente ao meu lado.

— Senhora Ballard... — diz ele, com a voz enfatizando a última sílaba.

— Joshua Burgess foi espancado, enforcado e jogado no rio — concluo. Limpo as mãos no avental e me afasto da mesa, satisfeita com minha conclusão. Mas quando me viro em direção a Moses, percebo que ele está olhando para a porta da despensa. Ele pronunciou meu nome como um aviso, não como um questionamento.

— Acho que serei eu a determinar isso.

Um jovem cavalheiro está na entrada, com um elegante casaco e um sorriso presunçoso no rosto. Ele segura uma maleta de couro em uma das mãos e um chapéu de feltro novinho na outra. Recém-barbeado, sua beleza meticulosamente bem-cuidada é do tipo que sempre me irrita.

— Quem é você? — indago.

— Sou o Dr. Benjamin Page.

— Onde está o Dr. Cony?

— Precisou se ausentar. Está em Boston. Vim para substitui-lo.

— Não acho...

— Posso lhe assegurar, senhora...?

— Ballard.

— Prazer em conhecê-la, senhora Ballard. — Ele faz um gesto com a cabeça, mas sua voz é displicente. — Posso lhe assegurar que, como médico licenciado e recém-formado pela Faculdade de Medicina de Harvard, sou mais do que capaz de realizar este exame.

Meus punhos se fecham, mas me obrigo a relaxar os dedos e abaixar as mãos nas laterais do meu corpo.

— Não há necessidade, *doutor* Page. Pois já concluí o exame.

Ele dá um passo à frente com um sorriso forçado.

— Por mais interessantes que suas observações amadoras possam ser, tenho certeza de que não se importará se eu assumir o caso a partir daqui.

LOJA DO DR. COLEMAN

— PRECISO IR, TENHO COISAS A RESOLVER — DIGO A JAMES WALL QUANDO estamos do lado de fora da taberna. — Mas você se importaria de fazer algo por mim enquanto isso?

— O que seria?

— Fique de olho no doutor Page. Não confio nele.

— Pode deixar, senhora Ballard. Vou ficar aqui até que ele vá embora — diz James.

O jovem médico recém-chegado só precisa confirmar minhas descobertas, então os homens de Hallowell podem enterrar Joshua Burgess para que apodreça. Mas o solo está congelado, e nem mesmo um machado seria capaz de quebrá-lo nesse frio. Independentemente disso, é provável que não haja nem um homem sequer em três condados disposto a fazer o trabalho. O que os deixa em um dilema: o que fazer com o corpo mutilado? Por enquanto, terão que envolvê-lo em linho, depois em lona besuntada em óleo, e guardá-lo no galpão atrás da taberna até que providências melhores possam ser tomadas.

Não pude ignorar quando Chandler Robbins — em seu estado de embriaguez — sugeriu jogar Burgess de volta no rio. Eles já tinham aberto um buraco, afinal, disse ele. No entanto, ninguém deu atenção a Chandler, e então todos se dispersaram e seguiram em direções diferentes.

Deixo James com a aparência mais cansada do que nunca e saio em busca de algo que só Samuel Coleman pode fornecer.

Felizmente, tudo o que preciso fazer é atravessar a rua e virar à esquerda. A placa acima da porta anuncia ARMAZÉM GERAL COLEMAN, e range ao sabor do vento como um velho portão com dobradiças enferrujadas. Por um momento, me preocupo que a loja ainda possa estar fechada, mas mal coloco a mão na maçaneta e tenho que recuar quando dois caçadores — barbudos e malcheirosos — saem pisando duro.

— Ele não pagou muito pelas peles, né? — resmunga um deles.

Prendo a respiração enquanto passam por mim. Desconfio que não tomem banho há pelo menos um mês.

— Pegue aquela raposa-prateada e ele vai acertar o valor com você. Elas valem vinte dólares fácil. Mais ainda se conseguir manter a cabeça ao esfolá-la.

— Não tem raposas-prateadas nestas matas — argumenta o segundo homem. Ele desce da calçada e vira à esquerda, em direção à Taberna Pollard. — São tão raras quanto virgens em um bordel.

— E tão caras quanto. Mas eu vi uma. Uma bela raposinha. Ontem mesmo, rio acima. Perto daquele moinho administrado pelo galês.

Observo enquanto atravessam a rua, deixando um rastro de lama e detritos pelo caminho. Logo suas vozes se dissipam em um grunhido ríspido, e eles chegam ao outro lado. Sem dúvida prestes a entrar na taberna para gastar qualquer moeda que acabaram de ganhar.

O galês a que se referem é meu marido, e o moinho é de nossa propriedade. Mas nos onze anos que moramos lá, nunca vi uma raposa-prateada. Me irrita pensar que esses homens acham que têm o direito de matar um animal em nossas terras e levá-lo embora por pura vontade.

Abro a porta e entro no armazém. O sininho anuncia minha entrada, e meus olhos são atraídos para as novas peles empilhadas ao lado do balcão. Sete no total, a maioria de castor, embora haja um arminho no meio, além de um única pele flamejante de raposa-vermelha no topo. Sou tomada por uma súbita preocupação pelo companheiro da raposa-prateada.

O Armazém Geral Coleman foi construído antes de nos mudarmos para Hallowell, e Ephraim não consegue pisar na loja sem resmungar sobre os defeitos da construção. Mas as goteiras do telhado foram consertadas no ano passado, e os habitantes da cidade não precisam mais se preocupar com poças no corredor dos produtos secos. Da minha parte, acho o local agradável. Há muitas janelas, os assoalhos rangem, e o lugar cheira a óleo de lampião e maçãs desidratadas. No entanto, Coleman está envelhecendo, e a loja começa a mostrar sinais de negligência. Há teias de aranha nos cantos. Poeira acumulada nos parapeitos de todas as janelas. É muito trabalho para um homem só.

— Bom dia, senhora Ballard — cumprimenta ele, do seu lugar no caixa.

— Bom dia — respondo, então me aproximo do balcão. A loja está vazia, exceto por nós dois, e ele está sentado em um banquinho de madeira, jogando uma partida de xadrez consigo mesmo, girando o tabuleiro enquanto alterna as jogadas das peças pretas e brancas. Sempre pensei que, se o objetivo é derrotar a si mesmo, o jogo de dama seria muito mais fácil, mas ele insiste no jogo dos reis.

Assim que consegue capturar a torre branca com o bispo preto, ele ergue os olhos do tabuleiro. A íris de seu olho saudável adquiriu uma aparência leitosa nos últimos anos, transformando o azul suave de antes em uma espécie de cinza turvo. Ainda assim, é menos perturbador do que o côncavo vazio onde costumava estar seu outro olho. Mas o homem se recusa a usar um tapa-olho.

— Ainda é cedo. O que a traz a Hook? — pergunta.

— Um nascimento e uma morte, entre outras coisas.

Ele sorri, e, com suas múltiplas deformidades, o efeito deveria ser grotesco. Mas, em vez disso, é encantador.

— Almas perambulando pela noite, suponho. Quem chegou e quem partiu?

— Charles e Betsy Clark tiveram mais uma filha — digo a ele, sorrindo para sua sobrancelha erguida, depois acrescento: — E alguém matou Joshua Burgess.

— Ah. Então foi ele que encontraram no rio.

— Como soube?

— A esta altura, metade da cidade já sabe.

— Só metade?

— O resto ainda está dormindo.

Foi por isso que decidi visitar Samuel Coleman antes de voltar para casa. Nada acontece em Hook sem que ele saiba. Ele é conhecido na cidade como Dr. Coleman, embora ninguém nunca o tenha visto praticar medicina. Tampouco confiariam nele para tal, tendo em vista que ele tem apenas um olho e um total de seis dedos: dois na mão esquerda e quatro na direita. Há inúmeras teorias sobre como ele os perdeu, que variam de plausíveis (ferimentos de guerra) a ridículas (tortura por piratas). Coleman, por sua vez, permite que os moradores de Hook pensem o que quiserem e nunca se dá o trabalho de confirmar ou negar nenhuma especulação. Na verdade, quando ele escolhe falar, geralmente é para reclamar da alegação francesa de que sua literatura é superior à dos ingleses. Mas qualquer ressentimento que ele tenha contra os franceses é uma mágoa que pretende guardar para si. No entanto, é sua habilidade de ouvir que o torna valioso para mim.

— Já estão comentando sobre quem poderia ter feito isso?

— Imagino que vários homens tenham motivo. Isaac Foster logo me vem à tona. Sem falar em Joseph North. E mais dezenas de pessoas que notoriamente não gostavam dele. Não ouvi nenhum nome específico, se é isso que deseja saber. — Ele pisca. — Mas a loja abriu há menos de uma hora, então me dê mais um tempinho.

— Depois você me conta?

Ele assente.

Há vários anos, Coleman e eu firmamos uma espécie de acordo de troca. Na maioria das vezes, trocamos livros e informações, mas também utensílios domésticos. Ele guarda qualquer material de leitura que passe pela loja, e eu mantenho seu estoque de velas. A fofoca é de graça.

— Volto daqui a alguns dias — digo a ele.

— Precisa de algo mais enquanto está na cidade?

— Só de uma coisa.

— E o que seria?

— O que sabe sobre esse novo médico que chegou à cidade?

SERRARIA BALLARD

É FINAL DA MANHÃ QUANDO RETORNO PARA CASA, E O SOL DE INVERNO está escondido atrás de um véu de nuvens opacas. A luz parece fraca e pálida, como se filtrada através de uma gaze de algodão. Cavalgo Brutus cruzando a floresta e chego à clareira, onde faço uma pausa em uma bifurcação na estrada. O caminho da direita me levará até o moinho, onde posso ouvir as batidas ritmadas do machado do meu marido. E o da esquerda me levará até minha casa, onde minhas meninas estão cuidando de Sam Dawin.

Estou decidindo qual caminho seguir quando vejo a raposa-prateada.

Lá, na encosta que leva ao pasto sul, contrastando na neve, está uma criatura esguia, quase inteiramente preta, com penetrantes olhos cor de âmbar. Ela é deslumbrante. Altiva e ardilosa. E eu preferiria atirar em um daqueles caçadores do que deixá-los transformá-la em um casaco de pele. Brutus se agita, tenso e curioso. Ele não é fã de dentes e garras. Mas a pequena criatura permanece imóvel, sem fazer barulho.

Depois de um bocejo longo e preguiçoso, no qual sua língua cor-de-rosa se desenrola em um S, ela vira a cabeça pontuda para o alto da colina, em direção à casa. Olha para mim. E de novo para a estrada. Repete os movimentos três vezes, de forma lenta e deliberada. De um lado para o outro. Então, de repente, ela emite um ganido, assustando Brutus. É um uivo, um latido. Mas não de um cachorro. Nem de um lobo. Também não é o ganido ou o rosnado perverso de um coiote. É um som agudo, selvagem e feroz. Um lamento gutural, como gatos no cio, meu marido diria.

Enfim, a raposa fareja o ar, senta-se e lambe uma das patas peludas, como se estivesse satisfeita.

Ela quer que eu vá para casa, penso, e fico tão surpresa com essa percepção que solto um arquejo. A raposa ergue a cabeça ao ouvir o som, encontra meu olhar mais uma vez, então se levanta num salto e trota em direção à floresta.

— Tenha cuidado, pequenina — digo a ela, e instigo Brutus a subir a colina.

Nosso filho caçula, Ephraim, que acaba de completar 11 anos e tem o mesmo nome do pai, me encontra no portão do jardim. Ele estende a mão para pegar as rédeas quando eu desmonto de Brutus.

— Fique esperta com ele — recomendo, enquanto desamarro minha maleta médica da sela. — Ele está temperamental hoje.

— Não tem problema. Ele gosta de mim. — O menino dá de ombros, confiante de que o cavalo não lhe fará mal, e então sorri, revelando que perdeu seu último dente de leite.

— Mesmo assim... — Eu me inclino para beijar o topo de sua cabeça, depois belisco delicadamente a ponta de uma orelha. — Ele morde.

Ephraim Júnior ri, e eu bagunço seu cabelo revolto enquanto ele se vira em direção ao celeiro para cuidar do meu cavalo.

É difícil ter um filho adulto, mas ainda mais difícil é ter um pré-adolescente. Logo ele também terá barba como Cyrus e um pomo-de-adão como Jonathan. Logo, passará metade das noites fora, e será o fim da infância em nossa casa. Tenho 54 anos, e esse garoto é o meu caçula. Essa consciência é tanto um alívio quanto uma tristeza — afinal, eu trouxe nove filhos a este mundo, e apenas seis ainda estão vivos. Como toda mãe, há muito tempo dominei a arte de acalentar a alegria de um lado do coração e o luto do outro.

Paro na porta e observo seu andar desajeitado de criança por mais uns segundos, então entro na casa para ter notícias de Sam Dawin.

— Como está nosso paciente? — pergunto às minhas filhas assim que entro. O ar quente e o cheiro de pão recém-assado vêm ao meu encontro, dissipando o frio que tenho sentido desde que saí de casa no meio da noite.

— *Você* já está sabendo? — Dolly olha para cima, e posso ver a curiosidade ardendo em seus olhos. São do mesmo tom de azul brilhante que os do pai.

— As notícias correm por aqui.

Com 20 e 17 anos, Hannah e Dolly são mulheres, não meninas — com cintura e quadris curvilíneos — cada vez mais próximas de uma vida própria e longe de casa. Não vai demorar muito para se desgarrarem de mim, para deixarem para trás a disposição de serem apenas filhas e irmãs. Logo o inevitável acontecerá: elas desejarão ser esposas. Mães.

— E então? — pergunto. — Como ele está?

— Acordado... — responde Dolly.

— E faminto — acrescenta Hannah.

— E ansioso para ir para casa. Mas nós o obrigamos a ficar.

Sam Dawin não é um homem pequeno, nem parece ser do tipo que aceita ordens de qualquer pessoa, muito menos de duas jovens com metade do seu tamanho. Arqueio uma sobrancelha, intrigada com a façanha.

Hannah está junto à lareira, deslizando as fibras de linho entre o polegar e o indicador e enrolando-as em um fuso que gira suavemente ao lado de seus pés.

O pesado fuso torce as fibras em um fio de linho recém-formado que, quando está longo o bastante, ela enrola no carretel na base. Tendo em vista os oito carretéis de fio arrumados sobre a lareira, ela trabalhou nisso a manhã toda. Um sorriso dança em seus lábios. Ao contrário da irmã mais nova, Hannah tem meus olhos — selvagens e castanhos, como uma tempestade de areia. Não é de se admirar que Moses Pollard esteja enfeitiçado por seus encantos.

— Eu escondi a calça dele — explica Hannah.

Além de terem o tom e o timbre idênticos ao da minha voz, as meninas também desenvolveram um jeito de se comunicar em que não só completam as frases uma da outra, mas, aparentemente, também seus pensamentos. Elas iniciam outro diálogo rápido, e eu olho de uma para outra, tentando acompanhar. Dolly está de pé à mesa da cozinha, temperando um assado para o jantar. Seus cabelos escuros e cacheados estão presos para trás, suas mãos são ágeis.

— Ele ficou *furioso*.

— Não nos deixou entrar no quarto.

— Mas então acabou dormindo.

Hannah também herdou meus cachos, mas os dela são louros, presos em uma trança que cai sobre seu ombro.

— Ele dormiu por umas duas horas.

— Derrotado pelo cansaço. — Dolly amarra o pedaço de carne com um barbante.

— Foi muita agitação.

Rindo, eu tiro a capa e as luvas, depois abaixo o tom de voz:

— Onde você colocou as roupas dele?

Hannah acena na direção do meu ateliê e sussurra "no baú de cedro".

Desde que nasceram, as meninas sempre viveram rodeadas por homens. Pai. Irmãos. Incontáveis pacientes. E embora eu nunca as tenha treinado especificamente para lidar com esse gênero tão obstinado — como as treinei para costurar ferimentos, fiar linho e cozinhar para um pequeno exército —, fico feliz ao ver que elas já são versadas na arte de controlar pacientes rebeldes.

— Que horas Jonathan o trouxe?

As meninas se olham, calculando silenciosamente o tempo.

— Por volta das três... — afirma Hannah.

— Uma hora depois que você saiu para atender Betsy Clark — interrompe Dolly.

— Ainda estávamos dormindo.

Como parteira e curandeira, para mim não é incomum ouvir uma batida na porta no meio da noite, acompanhada por chamados desesperados. Algum tipo de súplica. Estou acostumada a acordar ao menor ruído. E minha família há muito se acostumou a ser arrancada do sono para atender às necessidades de nossos vizinhos. Mas, nessa madrugada, deve ter sido um despertar penoso porque, ontem à noite, elas ficaram até tarde com os irmãos mais velhos no baile de outono. A festa, realizada sazonalmente para os jovens em nossa comunidade, é o ponto alto do calendário social delas. As meninas mal tinham chegado em casa quando fui chamada por John Cowan. No entanto, elas não pareceram se abalar. Minhas filhas estão mais acostumadas com sangue, ferimentos e tumulto do que muitos médicos com o dobro da idade delas.

— Sam estava muito mal? — pergunto.

Dolly limpa as mãos no avental.

— Mal o suficiente para não conseguir andar. Jonathan teve que arrastá-lo para dentro.

— É um milagre que ele não tenha morrido — digo a elas.

— E foi por pouco mesmo. Mas Jonathan o enrolou em cobertores assim que o tiraram da água.

— Nós tiramos as roupas dele e o colocamos na nossa cama. — Hannah fica corada, mas depois dá de ombros. — A cama ainda estava quente.

— Papai pegou pedras da lareira e as enrolou em cobertores.

— E as colocamos nas laterais da cabeça, do pescoço e dos pés dele.

Hannah e Dolly revezam ao contar a história, como se passassem uma batata quente entre elas, segurando-a só o tempo suficiente para dar um detalhe ou dois.

— Demorou muito para ele parar de tremer. — Hannah olha para a irmã, levantando a sobrancelha.

— Quase até o amanhecer — acrescenta Dolly. — Assim que ele parou, demos um pouco de chá com uma colher.

— Como ele conseguiu beber, demos um pouco de caldo.

— Não demorou muito para ele dormir depois disso.

Elas se entreolham e começam a rir. Hannah morde o lábio inferior por um momento, depois ri ainda mais alto.

— Ele acordou há pouco tempo e percebeu que está nu como no dia em que nasceu. Agora está soltando fumaça igual a uma chaleira.

Elas estão bastante acostumadas a ver homens nus. Na maioria, meus pacientes, embora ocasionalmente um irmão ou outro tome banhe no rio sem muitos pudores. Sem mencionar o jovem Ephraim, o qual precisam perseguir e dar banho *na marra* — uma tarefa que elas não gostam muito. Ambas as meninas são muito tranquilas em relação à nudez humana, e raras vezes as vi escandalizadas ou envergonhadas. Mas imagino que Sam Dawin seja um espécime muito mais impressionante do que estão acostumadas.

— Muito bem, meninas — elogio. Então algo me ocorre. — Onde está Jonathan?

— Ele deve voltar logo. Papai pediu que fosse avisar a May Kimble sobre o que aconteceu, já que ela e Sam estão noivos.

— E cadê o Cyrus?

As meninas trocam um olhar rápido e furtivo.

— Ele levantou e saiu pouco depois de colocarmos Sam na cama. Disse que tinha trabalho para fazer.

Sempre há trabalho a ser feito no moinho, mas nunca achei que um de nossos filhos se voluntariasse para isso depois de apenas duas horas de sono. Hannah volta para o seu fuso, e Dolly limpa a bancada. Curiosamente, ambas em silêncio.

— E o que mais eu preciso saber, mas nenhuma de vocês quer me contar?

De novo, a troca de olhares. E desta vez vejo Hannah balançar a cabeça. *Não abra a boca*, ordena ela silenciosamente.

Mas Dolly sempre foi um pouco mais ousada que a irmã mais velha, e ainda não aprendeu a guardar segredos de mim.

— Aconteceu uma briga ontem à noite. No baile.

— Quem brigou?

— Cyrus e Joshua Burgess.

Levanto a cabeça bruscamente com a notícia. Meus olhos se estreitam.

— Mas por quê?

— A culpa foi minha — explica Hannah, e os olhos tempestuosos brilham, agitados. Mas de raiva, não de medo. — Burgess me chamou para dançar e eu recusei.

— Ele ficou insistindo a noite toda, mãe — diz Dolly. — Mas só quando ele agarrou o braço dela e a puxou para a pista de dança que Cyrus partiu para cima dele. A briga não durou muito, mas Burgess acertou alguns bons golpes, e agora Cyrus está com um olho roxo e o lábio cortado. Ele vai ficar bem. Mas eu apostaria que Burgess vai mancar por um mês.

Abro a boca para responder que ele não vai mancar para lugar algum, nunca mais, mas a fecho rapidamente. As meninas ainda não sabem que ele está morto, e eu não posso contar a elas antes de conversar com Ephraim.

Estendo a mão na direção da minha filha mais velha.

Deixa eu ver o seu braço.

— Não foi nada — diz ela, retomando o trabalho.

— Hannah. — Uma única palavra, uma ordem irrefutável.

Ela larga o fuso no cesto e desabotoa a blusa para mostrar o braço esquerdo. E ali, em sua pele alva e delicada, há um hematoma horrível, com manchas vermelhas e roxas, e posso ver a marca de cinco dedos em brasa. Burgess não havia simplesmente a agarrado. Ele apertou o braço dela com um torno. Cravou as unhas. Puxou com força. É uma marca *violenta*, e meu estômago se contorce com a visão.

Passo a mão pela pele inchada, furiosa pelo que Burgess fez com ela, mas também grata por quem quebrou os dedos dele.

— O que aconteceu depois da briga? — pergunto.

— Eles o expulsaram do baile — diz Dolly. — O Cyrus, o Jonathan e o Sam. Vários outros rapazes também. Eles o arrastaram para fora pelos braços e pernas e o jogaram na neve. E ele não voltou mais.

Limpo a garganta para que as meninas não ouçam a emoção em minha voz.

— Não foi sua culpa, Hannah. Você não deve nada a ninguém. Nem mesmo uma dança. Tinha todo direito de se recusar a dançar com Burgess. E Cyrus fez bem em dar uma surra nele por tocar em você.

Oh, Deus, oh, Deus. O pensamento me invade enquanto entro em meu ateliê para guardar minhas coisas. *O que mais Cyrus fez a Burgess na noite passada?*

Assim que consigo me acalmar, volto à lareira principal, onde um caldeirão de ferro fundido está pendurado sobre o fogo. Sirvo uma tigela de ensopado para Sam Dawin.

— O pão também está pronto. — Dolly aponta para vários montes alongados dispostos no balcão, cobertos com toalhas de linho.

Adiciono uma fatia grossa de pão quente, coberta com três nacos de manteiga, à bandeja e vou conversar com nosso paciente. Não bato nem anuncio minha presença, e quando empurro a porta, ela se abre com um gemido suave. Sobressaltado, Sam se senta rapidamente, a boca aberta, o cabelo desgrenhado, parecendo de fato alguém que quase se afogou. Ele agarra os lençóis com tanta força que os nós dos dedos ficam esbranquiçados. Sam está em um estado um pouco pior do que o esperado para alguém que caiu no rio. O rosto e as mãos estão arranhados, e o ombro direito está muito machucado.

— Senhora Ballard. — Ele me cumprimenta com um aceno educado com a cabeça.

— Que bom vê-lo vivo — digo alegremente.

Sam recosta na cabeceira e puxa o cobertor em torno do peito nu como se estivesse constrangido, como se metade das pessoas da casa já não o tivesse visto usando apenas a pele que Deus lhe deu. Ele precisa fazer a barba, de um corte de cabelo e de uma boa noite de sono, mas fora isso, está em boa forma. Tem uma boa estatura e costas largas, e mesmo que o tom castanho-avermelhado fosse mais adequado para uma mulher, seu cabelo tem um aspecto saudável em vez de queimado pelo sol.

— Por um minuto achei que fosse morrer — confessa.

— Pelo que eu soube, você passou perto. — Coloco a bandeja na beirada da cama e dou um passo para trás. — Está com fome?

— Faminto. Obrigado. — Sam se inclina para frente para pegar a bandeja e a coloca no colo. Ele deve ter visto uma das meninas pela porta entreaberta porque lança um olhar furioso por cima do meu ombro. — Pode me devolver minhas roupas? Eu gostaria de ir para casa.

Nunca conheci um homem adulto que, quando contrariado, não aja como criança. Suas sobrancelhas franzidas lhe dão um ar petulante e infantil, e eu reprimo uma risada.

— Claro. Acho que elas já estão secas — digo. Sam mergulha sua colher no ensopado, mas congela o movimento a meio caminho da boca, quando eu adiciono: — Mas, antes, tem uma coisa que eu gostaria de perguntar. Antes de ir embora. Se não se importa.

— O quê?

Fecho a porta e atravesso o quarto, sentando-me no baú de madeira que fica abaixo da janela. Pouso as mãos no colo e lhe ofereço um sorriso tranquilizador.

— Eu gostaria de saber exatamente o que você viu debaixo do gelo esta manhã.

Ele recua com um sobressalto, e o ensopado transborda da colher pingando de volta na tigela com um *plop*. Um olhar — de horror, medo ou, talvez, repulsa — passa por seus olhos, mas então Sam abaixa a cabeça e observa a comida, escondendo seus sentimentos.

— Por que quer saber de uma coisa dessas?

— Acabei de vir da taberna. — Ele olha para mim bruscamente, e eu acrescento: — Eles me chamaram para examinar o corpo. Mas me ajudaria saber o que *você* viu debaixo do gelo.

— Um homem morto. Mas a senhora já sabe disso.

— Sim. Mas você conseguiu reconhecer quem era?

Ele hesita, os músculos ao longo da mandíbula se contraem enquanto ele range os dentes.

— A princípio, não. Estava escuro. O sol ainda nem tinha nascido.

— Mas não tão escuro a ponto de você confundi-lo com um tronco ou detritos. Você sabia que era uma pessoa.

— Bom, o rosto dele estava bem na minha frente, a poucos centímetros da superfície do gelo, olhando diretamente para mim quando me puxaram para fora. Não consegui enxergar direito debaixo d'água, apenas uma massa disforme. Mas fora do rio ficou bem óbvio.

— Então você o reconheceu?

— Conheço Burgess o suficiente para reconhecer seu rosto.

— Ele foi enforcado, Sam.

Ele engole em seco.

— Quem...

— Posso pensar em algumas pessoas que gostariam de vê-lo morto.

Ele me observa por um momento antes de fazer a pergunta óbvia.

— Como Joseph North?

Eu me inclino para frente e apoio os cotovelos sobre os joelhos.

— Vai ser difícil provar sem a corda. Perguntei na taberna, mas ninguém viu uma corda quando o retiraram do gelo. Havia alguma coisa na água? Mais algum detalhe de que se lembre?

— Não. — O apetite de Sam Dawin parece ter evaporado. Ele larga a colher na tigela e empurra a bandeja para longe. — Agradeço *muito* pela gentileza, senhora Ballard. De verdade. Mas eu gostaria de ir ver a May agora. Ela deve estar morta de preocupação.

* * *

Quando Jonathan retorna da casa de May Kimble, saio para falar com ele. Ele acabou de parar a carroça junto ao portão do jardim e desce do banco quando me vê.

— Vou levar o Sam para casa — diz ele.

— O que aconteceu ontem à noite?

Como metade dos meus filhos, Jonathan tem os olhos do pai, e vejo o lampejo de terror naquele azul profundo e cristalino. Mas apenas por um momento. Então ele se fecha e me deixa de fora.

— Ele caiu no gelo.

— Estou falando do baile. Com o Cyrus?

Jonathan está há pelo menos um dia inteiro sem dormir, e o jeito como ele atravessa o portão indica que ele não está a fim de conversa, mas ele sabe que não vou deixá-lo em paz até ter uma resposta.

— Burgess não foi convidado. Mas ele foi e arrumou confusão, e nós lidamos com isso.

— Bem, agora Burgess está *morto*, e vou precisar de uma resposta melhor do que essa.

Meu filho tem 26 anos — um homem adulto, barbado e forte —, mas eu sou a mãe dele, e conheço cada expressão que seu rosto é capaz de criar. A maneira como ele evita demonstrar emoção ao desviar o olhar. Como ele contrai a mandíbula quando está preocupado. E como só chora quando está sozinho. Eu sei de tudo isso. E no final, por mais cansado que possa estar, a determinação de Jonathan não é páreo para a minha.

— Ele tocou na Hannah.

— Eu sei. Ela me contou. — Ele relaxa um pouco, e eu pergunto: — Todo mundo viu a briga?

— Foi impossível não ver. Aconteceu bem no meio da pista de dança, a música parou e todo mundo se aglomerou para ver. Mas ele estava *vivo* quando o expulsamos. Pode perguntar a qualquer um que estava lá.

— As pessoas farão perguntas. Você sabe disso, não? Então você precisa me contar *tudo*.

— Não tenho mais nada para contar.

Não é que eu não acredite em Jonathan; apenas tenho a sensação de que ele está me contando a história toda. Mas pressioná-lo mais não adiantará de nada. Ele precisa levar Sam para casa. Precisa de uma refeição quente, uma cama confortável e uma noite inteira de sono. E talvez, depois de tudo isso, esteja mais disposto a contar mais detalhes.

Sam Dawin sai pela porta da frente, interrompendo a conversa. Ele está vestido e abatido, mas educadamente tira o chapéu para se despedir.

— Obrigado mais uma vez, senhora Ballard. Estou em dívida com sua família.

Eu dou um tapinha em sua bochecha.

— Que bobagem. Estou feliz que esteja bem. Por favor, mande lembranças a May.

* * *

Assim que Sam e Jonathan partem, volto para casa e me retiro para o meu ateliê. Fica ao lado da cozinha, e o sol se insinua pelas janelas, iluminando as fileiras de ervas desidratadas que pendem do teto. Prateleiras repletas de garrafas e pequenos sacos de linho — cada um cuidadosamente etiquetado — revestem uma das paredes. Há caixotes e cestos por toda parte. Uma longa bancada de trabalho repleta de infusões feitas com ervas do meu jardim, em vários estágios de fermentação e desidratação. Um almofariz. Rolos de barbante. Miudezas. Rolhas. Uma balança. E, na lareira, uma pequena chaleira para ferver raízes. Há um baú de madeira retangular com dobradiças de couro — há muito ressecadas e desgastadas pelo tempo — no meio da mesa de trabalho. Facas alongadas e afiadas; pedras lisas e arredondas. Este é meu herbário, meu santuário, e cheira a lavanda e fumaça de lenha, manjericão e vetiver. Hortelã. Erva-gateira. Capim-limão. Graças a sua posição, ao lado da casa, fruto do bom planejamento de Ephraim — ele é bem iluminado do nascer ao pôr do sol.

Ando até uma pequena escrivaninha diante da janela a leste e me sento no banquinho que Ephraim construiu para acomodar minha altura incomum.

Descalça, quase consigo olhar diretamente nos olhos do meu marido. E, embora haja muitas coisas que ele ama em mim, essa é a principal.

Que começo de dia estranho, penso, então inspiro profundamente pelo nariz, deixando a pungente fragrância das ervas me acalmarem. Tenho certeza de que não terei trégua diante do que está por vir. Mas pelo menos tenho alguns momentos de paz para registrar meus pensamentos sobre tudo o que aconteceu nas últimas horas. Um grande diário encadernado em couro fica no canto da minha escrivaninha, e eu o puxo para mais perto.

Três vezes por ano, meu marido encomenda tinta de uma papelaria em Boston. Ela vem em caixas com duas unidades, compactada em pequenos discos redondos, com a palavra *Larkin* estampada em relevo. A tinta custa cinco xelins, mais um xelim pelo envio, mas Ephraim paga de bom grado mesmo alegando que Ebenezer Larkin tem uma boca suja e uma predileção por prostitutas. É assim que Ephraim mostra sua devoção, garantindo que eu sempre suprimentos para escrever. Na nossa noite de núpcias, muitos anos atrás, ele me deu o primeiro diário de couro, idêntico ao que está na minha escrivaninha agora. Ele disse que era um lugar para reunir e guardar meus pensamentos, e seu único pedido foi que eu não o deixasse em branco. Preenchi uma dúzia deles desde então. Os diários em si são mais fáceis de conseguir do que a tinta, e não é incomum que Ephraim volte de uma viagem a Boston com um novo exemplar cheio de páginas brancas e rígidas. Ele os deixa sobre o meu banquinho, muitas vezes com uma flor prensada entre as páginas. As flores — agora secas — permanecem exatamente onde ele as colocou, enquanto os diários ficam guardados em uma prateleira do outro lado do cômodo.

Mantenho os diários porque gosto, mas também porque é meu *trabalho*. Um dos deveres da minha profissão. Como parteira e curandeira, testemunho detalhes da vida íntima dos meus vizinhos, junto com seus medos e segredos, e — quando apropriado — eu os registro para preservá-los. A memória é algo traiçoeiro que se deforma e distorce. Mas papel e tinta recebem a verdade sem emoção, e a reproduzem sem parcialidade. Acredito que é por isso que pouquíssimas mulheres são ensinadas a ler e escrever. Só Deus sabe o que fariam com o poder da pena e da tinta à sua disposição. Eu não sou Deus — nem desejo ser — mas, por estar ciente de muito do que acontece atrás de portas fechadas nesta cidade, tenho uma boa ideia de quais segredos poderiam ser registrados, e depois revelados, se mais mulheres aderissem à pena.

Desconfio que precisarei me lembrar dos eventos desta manhã, então pego a pena e a tinta.

O diário está aberto na entrada de ontem. Como é meu hábito, comecei a descrever o clima, mas deixei o restante da entrada em branco para preenchê-la mais tarde:

Quarta-feira, 25 de novembro — Dia claro e frio. Fragmentos de gelo flutuam rio abaixo.

Quebro um naco do disco de tinta e misturo com água em um pequeno prato de prata, cujo fundo é estampado com a imagem de um homem montado em um cavalo. Abaixo, estão gravadas as palavras PRATA PAUL REVERE, BOSTON. Outro presente de Ephraim. Mais uma extravagância, embora esta tenha um cunho mais pessoal. Meu marido e o Sr. Revere cultivaram uma espécie de amizade durante a Revolução, e, como resultado, o ourives nunca o esqueceu.

Mergulho a pena, bato duas vezes na borda do prato para tirar o excesso de tinta e continuo o registro:

Cyrus, Jonathan, Hannah e Dolly foram ao baile na casa de May Kimble. Chegaram tarde em casa. Então Jonathan partiu em uma balsa para Long Reach, com um lote de tábuas. Sam Dawin e James Wall estavam com ele.

* * *

Ergo a pena da página, fazendo uma pausa. O ateliê já não está frio, então não tenho como explicar o calafrio que sobe pela minha espinha.

Deve ser só por causa daquela raposa, penso, e olho para fora da janela onde vi a pequena criatura pela última vez. Ela já se foi, e a luz do dia afugentou as sombras ameaçadoras da floresta, mas ainda sinto algo se aproximando ao longe, como uma espécie de presságio.

— Não seja tola, Martha Ballard — murmuro, então abaixo os olhos e a pena. Mas não demora muito para que a sensação volte a me perturbar.

Quinta-feira, 26 de novembro — Dia claro e muito frio. Um parto. A terceira filha de Charles Clark. — Fui chamada pelo Sr. Cowan para atender Betsy Clark, que estava em trabalho de parto, por volta de 2 horas da madrugada. Ela deu à luz uma filha (é sua terceira, todas meninas) por volta das 4 horas, sem incidentes. Deixei-a bem e fui conduzida à casa do Sr. Pollard. Fui informada de que Jonathan e outros rapazes desciam o rio em uma balsa e foram cercados pelo gelo em Bumberhook Point. O gelo está se formando rapidamente. Sam Dawin caiu enquanto tentava chegar à margem, mas foi resgatado...

Minha mão paira sobre a página, e estou prestes a registrar a morte de Joshua Burgess, mas algo arranha o fundo de minha mente, como uma coceira que não consigo alcançar, então folheio o diário, à procura de um registro que fiz no mês passado.

As páginas não são numeradas, mas isso nunca me impede de encontrar um registro antigo quando preciso. O ato de escrever me permite lembrar em qual lado escrevi e a exata localização de uma anotação ao longo da página. Lembro-me de borrões de tinta e das palavras que rabisquei. Erros e rasuras. Mesmo agora, consigo visualizar o registro, vejo que o canto superior esquerdo da página foi arrancado e que há uma mancha de tinta na margem. Lembrando desses detalhes, é fácil localizar.

Quinta-feira, 1º de outubro — Dia claro, exceto por algumas pancadas de chuva. Tivemos uma visita esta tarde. O Sr. Savage veio nos informar que a Sra. Foster fez uma acusação de estupro contra alguns homens, dentre os quais está Joseph North. Foi um grande choque! Não saí de casa.

Meu Deus, penso, endireitando-me no banquinho. *Tenho que contar para a Rebecca antes que alguém o faça.*

* * *

O fato de eu me recusar a usar uma sela feminina ou uma sela dupla há muito tempo deixou de surpreender nossos vizinhos. Esses tipos de arranjos não são práticos nem convenientes, tendo em vista a frequência com que sou requisitada a atender uma emergência ou outra. Não há utilidade em ser uma dama quando vidas dependem da minha rápida chegada. Depois de vestir minha roupa de montaria — uma saia de sarja escovada com duas fileiras de botões que, dependendo da configuração, podem transformar a peça em calças largas —, vou ao celeiro para selar Brutus.

Cyrus está lá.

Por um momento, penso que é Ephraim — são tão parecidos de costas — e então ele se vira, e vejo a barba.

Ele percebe minha presença em sua visão periférica e se assusta. Mas na fração de segundo em que meus olhos piscam, seu desconforto é substituído por um sorriso espontâneo que alcança seus olhos cor de avelã. Então, ele faz uma careta, e vejo o lábio cortado, o olho machucado. Embora eu saiba que ele não vai gostar, coloco suavemente minha mão em seu rosto e o viro de um lado para o outro, examinando os ferimentos.

Cyrus revira os olhos. Suspira. Mas aceita meu cuidado. Nada está quebrado. Não há necessidade de pontos. Então, tiro a mão do rosto dele e dou um passo para trás. Esses meus meninos crescidos só permitem ser mimados em pequenas doses.

— Que horas você chegou em casa? — pergunto.

Ele dá de ombros, como se o conceito de horas fosse algo irrelevante para ele. E talvez seja. Não temos um relógio, mas todos os Ballard — inclusive eu — percebem o tempo de uma forma instintiva, uma certeza aprendida pelo ângulo do Sol e pelo comprimento das sombras. Mesmo no inverno. Mesmo sem nada para nos guiar além de nuvens pesadas e uma luz opaca. O tempo é algo que *sentimos*, e nossos dias são guiados de acordo.

Brutus apoia a cabeça sobre a porta do estábulo e bufa como se soubesse o exato motivo de minha presença, não parecendo feliz em me ver.

— Vou precisar sair com ele de novo — digo a Cyrus, franzindo a testa. — Tenho certeza de que ele vai aprontar uma de suas gracinhas.

Ele olha para onde Sterling está comendo alegremente em sua baia, plácido como sempre, e sei o que ele está pensando.

— Não — digo. — Brutus precisa se acostumar comigo. E montá-lo é a única maneira de fazer isso acontecer.

Quando me movo em direção ao depósito de equipamentos, Cyrus faz um gesto para que eu me afaste. Observo meu filho mais velho pegar a rédea e conduzir Brutus para fora de sua baia. Observo-o selar meu cavalo com todo cuidado, testando as fivelas exatamente como seu pai o ensinou. Isso é algo novo, seu desejo de me mimar, de me proteger. Acho isso irritante e invasivo. Ele está começando a me ver como uma velha.

Assim que Brutus está pronto, pego as rédeas.

— Sei o que aconteceu no baile. — Seus lindos olhos cor de avelã se estreitam. Sua expressão é cautelosa. — E agora Joshua Burgess está morto. Jonathan e Sam o encontraram no rio hoje de manhã.

Cyrus recua como se eu o tivesse esbofeteado. Ele levanta as mãos espalmadas, como se dissesse que não teve nada a ver com isso.

— Eu sei. Mas quando eu voltar, você vai me contar *tudo*.

CASA PAROQUIAL

Em retrospecto, eu deveria ter escolhido um cavalo gordo e preguiçoso, que gostasse de maçãs, torrões de açúcar e dormir ao sol. Em vez disso, comprei Brutus — um garanhão baio de 6 anos, tão charmoso quanto o nome sugere — de um dos soldados da milícia de Boston que acampou em Hallowell no ano passado. Por causa de uma perna quebrada, o homem não podia mais montar, e só pensei em perguntar como ele se machucou *depois* de ter feito o pagamento. Brutus havia derrubado o homem uma semana antes de eu comprá-lo e, desde então, já me derrubou três vezes: duas vezes em um espinheiro e uma dentro do rio.

— Eu juro por *Deus Todo-Poderoso* — murmuro entredentes enquanto saímos do celeiro —, se me derrubar neste chão congelado, vou mandar você para a fábrica de sabão.

Brutus relincha em resposta, e pelo jeito como seus músculos se movem sob minhas panturrilhas, temo que ele dispare ou empine. Dou um puxão de aviso na rédea, e ele bufa em desprezo, então se acalma. Respondo com um grunhido baixo, e ambos aceitamos o empate na disputa.

Mas acho que não posso culpá-lo. Se fosse obrigada a abandonar minha refeição, eu também ficaria irritada. Mas o único trabalho do Brutus é me levar para onde preciso ir, e não cederei os caprichos de um cavalo que, na verdade, não passa de um adolescente. Já lidei com esse tipo antes.

Ainda assim, a missão desta tarde não é alegre. E odeio ser a porta-voz de más notícias. Embora, neste caso, más talvez não seja a palavra apropriada. Perturbadoras. Vis. Chocantes. Desagradáveis. Qualquer uma dessas opções seria mais adequada, já que não se trata propriamente de uma *má* notícia. Não senti nada além de alívio quando vi Joshua Burgess naquela mesa mais cedo. No entanto, Rebecca Foster pode sentir algo diferente, e me preparo para qualquer que seja sua reação.

Isaac e Rebecca Foster moram em um simples chalé de pedra, localizado no final de uma estradinha estreita, ladeada por rododendros, que desemboca na rua Water. Atrás da casa fica um pequeno celeiro e um jardim. Embora eles não sejam proprietários de nada disso. A casa paroquial — com todos os anexos — pertence à cidade e é alugada para eles por um valor simbólico como parte do salário de Isaac como pastor. O fato de ele ter sido demitido de seu cargo há cinco meses torna sua permanência ali um ponto de discórdia entre seus detratores.

Uma jovem alta, com olhos cor de avelã e uma bela silhueta de curvas fartas, abre a porta na terceira batida e me convida a entrar.

— Boa tarde, Sally. Rebecca está em casa?

— Sim, senhora Ballard. Vou avisá-la que está aqui. — Ela se vira e se afasta, e eu penduro minha capa de montaria no gancho ao lado da porta.

A jovem retorna em menos de um minuto, e eu me espanto com sua habilidade em evitar contato visual mesmo quando olha diretamente para mim. De alguma forma, seu olhar parece pairar acima do meu ombro, como se procurasse algo mais ao longe.

— Por aqui, senhora Ballard. Ela está tomando chá no sala de visitas.

Dado que a casa paroquial tem poucos cômodos, *sala de visitas* é um termo um tanto inadequado para a única sala de estar da casa. Mas tem uma lareira aconchegante, uma janela e uma porta externa exclusiva. Sally me conduz até lá e depois se afasta para continuar a dar o almoço para os meninos. Posso ouvi-los na cozinha, brigando pelo último pedaço de pão.

Rebecca não é o tipo de mulher que se sente confortável em ter ajuda doméstica, mas é uma das exigências de sua condição como esposa do pastor. Sally já trabalhava na casa paroquial e é a terceira filha de Pierce a ocupar o cargo. Duas de suas irmãs tiveram essa honra anteriormente. A garota é tolerada, mas não exatamente bem-vinda. Em grande parte, porque é conhecida por ficar rondando os cantos e reportar o que ouve para a mãe. Bonnie Pierce se orgulha de saber tudo que acontece em Hallowell. Toda cidade tem uma fofoqueira, e na nossa, o título pertence a ela.

Rebecca está sentada em uma cadeira de balanço perto da lareira, com um cobertor sobre o colo e uma xícara de chá fumegante nas mãos. Uma longa e espessa trança dourada pende sobre um dos ombros. Quando entro, ela pega o montinho de tricô do colo e o coloca em uma cesta ao lado da lareira.

Beijo delicadamente sua testa e me sento na cadeira de balanço à sua frente.

— Que bom ver você.

— Igualmente. — Rebecca inclina a cabeça para o lado e escuta enquanto os passos suaves de Sally Pierce e das crianças sobem as escadas, seguidos por uma explosão de risadas. — Sou muito grata por essa garota só passar algumas horas da manhã aqui.

— A maioria das mulheres ficaria feliz com a ajuda — digo com um sorriso brincalhão.

— Eu não deveria ser tão indelicada. — Ela suspira. — Sally vai contar por aí o que eu disse. Se não para o próprio Isaac, certamente para a mãe dela. Metade da cidade já me considera uma ingrata.

Hesito, relutante em mentir. A verdade é que metade de Hallowell pensa coisas muito piores dela.

— Em breve todos vão lhe dar razão — digo —, e então lhe pedirão desculpas.

Estamos apenas evitando o assunto que me traz aqui, mas uma sombra cobre o rosto de Rebecca, e eu gostaria que o motivo da minha visita fosse outro. Mas, ainda assim, as formalidades precisam ser respeitadas.

— Aceita um chá? — Rebecca se inclina em direção a uma pequena mesa entre as cadeiras de balanço. Um conjunto de chá está disposto no meio, e uma espiral de vapor se ergue do bule.

— Adoraria.

— Vou buscar outra xícara.

Rebecca anda com elegância em direção à cozinha, tão diferente da maneira como ela se movia três meses atrás, quando a encontrei nesta mesma sala poucos dias depois de Joshua Burgess e Joseph North terem a atacado. Afasto a imagem da minha mente e me levanto para aquecer as mãos em frente à lareira. Há uma pequena lata sobre a cornija, e eu a pego, admirando as rosas pintadas em cada lado. A lata está aberta e exala um cheiro pungente. Aproximo o nariz, então recuo com uma careta quando o odor acre invade minhas narinas. O cheiro desagradável, semelhante à terebentina, é inconfundível: sabina. Inspiro novamente e identifico um aroma mais fresco e doce, quase floral, com um toque de cânfora. Tanásia.

Pouso a lata na cornija e retorno à minha cadeira, então levanto o bule até o nariz, apenas para ter certeza. Chá preto, não há mais dúvida.

— Está um pouco fraco — explica Rebecca da porta, em um tom de desculpas. — Parece que não tenho estômago para nada forte nos últimos dias.

— Tenho certeza de que está ótimo.

Nós nos sentamos em um silêncio amistoso enquanto Rebecca prepara o chá. Um torrão de açúcar. Um pouco de leite. Duas mexidas rápida com a colher. O calor é agradável contra meus dedos frios quando Rebecca me entrega a xícara. Concluídas as formalidades, podemos passar para o verdadeiro propósito da visita.

Ela me olha por cima da borda da xícara, hesitante.

— Você esteve em Hook hoje cedo.

Confirmo com a cabeça.

— Precisaram dos meu serviços na taberna, e tenho notícias que lhe dizem respeito.

— Boas ou más? Não consigo saber pelo tom da sua voz.

— Na verdade, boas e más. — Eu me viro para a porta da sala de visitas, notando que Rebecca a deixou entreaberta. Sally e os meninos ainda estão ocupados. Posso ouvir passos no quarto do andar de cima e o rangido de uma cadeira de balanço. — Onde está Isaac?

— No escritório dele. Escrevendo outra carta para os líderes da Igreja Congregacional em Boston contestando sua demissão.

— Mesmo depois das duas últimas não terem surtido efeito?

Um sorriso irônico repuxa os cantos de seus lábios.

— Meu marido é um eterno otimista.

Eu teria usado a palavra teimoso para descrevê-lo. Isaac está processando a cidade de Hallowell, exigindo o pagamento de duzentos dólares. Seu contrato como pastor era de cinco anos, então alega que sua demissão violou esse contrato e que ele tem direito ao restante do dinheiro prometido. Dizer que as coisas se tornaram turbulentas depois disso seria um eufemismo. Ele se recusa a deixar a cidade, muito menos a casa paroquial, até que o processo seja resolvido. Isaac Foster é um homem dos livros. Da fé. Das regras e da justiça. E — por um momento — considero chamá-lo para ouvir a notícia, mas decido que é melhor não. Rebecca não deveria ter que pensar nas atitudes do marido ao expressar a própria reação.

Apesar do que aconteceu em agosto, ainda há algo nos olhos castanhos e gentis daquela jovem — uma alegria e curiosidade — que me faz lembrar das filhas que perdi muitos anos atrás. Foi a primeira coisa que me cativou por Rebecca. Desde então, cada interação com ela me faz imaginar o que minhas filhas estariam fazendo agora se tivessem sobrevivido àquele longo e tenebroso verão.

Ela segura a xícara de chá com as duas mãos e a leva aos lábios, deixando o vapor envolver suas bochechas, antes de dar um gole.

— Então, qual é essa notícia que precisa me contar?

Em vez de responder, olho novamente para a porta, escuto por um instante e então pergunto.

— Você sabe onde Isaac estava ontem à noite?

— Não sei. No escritório dele, suponho. Mas eu não estava me sentindo bem e fui para a cama cedo. Por quê?

Eu me lembro de uma época, quando meus filhos eram mais novos e adoravam jogar pedras no rio, de cima da ponte. Eles adoravam o respingo e o barulho da água. Como garotos levados, eles adoravam a *perturbação* que causavam. Observo o rosto de Rebecca e não sinto nenhum prazer em perturbar as águas plácidas de sua alma.

— Joshua Burgess está morto. Encontraram o corpo dele no rio esta manhã.

Rebecca balança a cabeça, como se não conseguisse compreender.

— Ele estava...? Ele...? — Ela não consegue formular a pergunta.

— Não foi um acidente. Ele não se afogou — explico. — Ele foi enforcado.

Rebecca fica completamente imóvel, exceto por suas mãos, que começam a tremer freneticamente. Eu observo o líquido âmbar se mover de um lado para o outro em sua delicada xícara — para cá e para lá — e a retiro de suas mãos antes que ela derrame o chá quente no colo. Espero que ela fale.

A razão pela qual acredito em seu relato do que aconteceu em agosto tem tanto a ver com nossa amizade duradoura quanto com os pequenos detalhes traumatizantes que compõem a base de sua história.

— Joshua Burgess tinha uma voz rouca. Você já a ouviu? — pergunta, finalmente, depois olha para mim. Mas seus olhos estão vidrados e sem foco, e está claro que ela está em outro lugar, no passado.

Uma imagem da traqueia branca invade minha mente.

— Sim. Ele tinha. Mas não tem mais.

Rebecca aperta os olhos com força, bloqueando alguma memória. Quando fala novamente, sua voz vacila.

— Ele rasgou a barra de renda da minha combinação antes de me atacar. Prendeu o cabelo com ela. Por que me lembro disso com tanta clareza?

— Ele está morto agora, Rebecca, é isso o que importa. Ele nunca mais poderá machucar você.

— Mas North pode.

Gostaria de poder negar. Mas ambas sabemos que há inúmeras maneiras pelas quais Joseph North pode continuar fazendo mal à Rebecca sem nunca mais tocá-la. No mínimo por meio das contínuas negações e dos sutis ataques a sua reputação e seu caráter. E isso já vem acontecendo há dois meses.

— Eu não permitirei que isso aconteça. Vou para Vassalboro no mês que vem. Estarei bem ao seu lado no tribunal. E *darei* meu testemunho. Todos saberão o que ele fez. E você terá justiça.

Quando encontrei Rebecca, alguns dias depois do ataque, ela levou quase duas horas para explicar por que seu rosto e braços estavam cobertos de graves hematomas ainda bastante visíveis e por que seu lábio estava cortado. Mas agora ela não hesita. As palavras fluem, rápidas e ofegantes.

— Estou feliz que Burgess esteja morto.

— Eu também

— E espero que tenha sido Isaac quem o *matou.*

É minha vez de ficar surpresa, e derramo um pouco de chá quente pela borda da minha xícara, que escorre sobre o meu polegar e a manga da minha camisa.

— *Shh*. Você não pode dizer isso.

— Eu não posso desejar vingança?

— *Claro* que pode. Mas o corpo dele ainda está na taberna. Haverá uma investigação. Já pensou o que pode acontecer se Isaac for acusado? Além disso, você já conseguiu sua vingança, pelo menos metade dela, de qualquer forma.

— Não — diz ela. — Nunca vou me libertar do que fizeram comigo.

Não tenho como argumentar. Nem tento. Em vez disso, alcanço sua mão, e terminamos nosso chá em silêncio, observando a dança hipnótica das chamas na lareira. Algum tempo depois, quando as sombras se moveram pelo cômodo e as cinzas se empilharam na lareira, pouso minha xícara vazia na mesa, beijo Rebecca na testa mais uma vez e me despeço com a voz suave.

Somente quando chego à porta do salão é que ela fala novamente.

— Martha?

Olho por cima do ombro.

— Sim?

— Minhas regras não vêm desde julho.

Meus lábios se abrem em um O de surpresa e volto para o lado dela, apoiando as mãos em cada em seus ombros. Posso sentir as pontas dos ossos sob cada palma.

— Você está me dizendo que está grávida?

— Já tive os meninos. Eu sei como é.

— Há alguma chance de ser do Isaac?

Rebecca balança a cabeça.

— Não dormimos juntos desde antes de ele ir para Boston. E ele não me toca desde então. Não tem como ser dele.

— Quando foi sua última menstruação?

— No final de julho. *Depois* que Isaac viajou.

Quatro meses. Tempo suficiente para uma criança ganhar forma.

— Já contou a ele?

— Não. Mas acho que ele já sabe.

— Sinto *muito* mesmo — sussurro, puxando Rebecca para o meu peito. Mas desta vez não há choro, não há angústia. Há apenas uma quietude vaga. Um vazio onde antes residia o espírito da minha amiga. Eu me afasto e deslizo a mão para a barriga de Rebecca. A pequena protuberância rígida é fácil de encontrar. Pressiono suavemente, para ter certeza, mas não há dúvida. Rebecca Foster é uma mulher esguia. Logo não haverá como esconder.

— Não sei o que fazer — sussurra ela. Seus olhos, grandes e castanhos, da cor do chá, estão inundados de lágrimas.

— Não precisa fazer nada. Não hoje.

SERRARIA BALLARD

Vou direto ao meu ateliê. Não paro de pensar em Rebecca Foster, mas quando pego meu diário, encontro um bilhete em cima e reconheço a caligrafia rebuscada de Cyrus.

> Eu sei que você quer conversar, mas fui com Moses para Hook buscar um pouco de sebo que Amos guardou para nós. Não sei bem a que horas volto.

Há um borrão de tinta, como se ele tivesse pousado a pena contra o papel enquanto pensava no que escrever em seguida.

> Sobre Burgess: acho que você sabe que ele agarrou a Hannah. Foi por isso que bati nele. Mas se ele está morto, eu não tive nada a ver com isso. Eu trouxe as garotas para casa e fui para a cama. Juro pela minha honra.
>
> —C.

Tenho apenas os filhos que me restaram. Mas se aprendi algo sobre criar rapazes, é que alguns são mentirosos e outros têm a língua solta. Cyrus se enquadra na segunda categoria. Sempre fala tudo. Em todos ao anos em que viveu sob o nosso teto, nunca tive motivos para duvidar dele. E não tenho nenhum motivo agora. Então, dobro o bilhete e o coloco de lado. Tento lembrar por que entrei aqui.

Perdi a linha de raciocínio, não consigo lembrar o que pretendia encontrar no diário. Este é o problema enfrentado por qualquer mulher que se senta para escrever em uma casa movimentada. Nunca tenho a certeza da tranquilidade, muito menos de um tempo substancial para refletir e organizar meus pensamentos. Isso é um luxo para os homens com bibliotecas, mordomos e esposas. Mães encontram uma maneira diferente de realizar seu trabalho.

Ah! Aí está! Um lampejo. Agarro o rastro do pensamento enquanto ele passa rápido, e o persigo para que não evapore. Olho novamente para o diário. Volto algumas páginas.

Quinta-feira, 1º de outubro — Dia claro, exceto por algumas pancadas de chuva. Tivemos uma visita esta tarde. O Sr. Savage veio nos informar que a Sra. Foster fez uma acusação de estupro contra alguns homens, dentre os quais está Joseph North. Foi um grande choque! Não saí de casa.

Bato a ponta do dedo na página. Ao contrário do que minha escolha de palavras sugere, não foi a notícia em si que me chocou — eu já havia atendido Rebecca em meados de agosto, logo depois que o ataque aconteceu —, mas, sim, o fato de ela ter tornado pública a acusação sem me consultar. Estupro é um crime com pena capital nos Estados Unidos, punível com a forca. Mas em minhas cinco décadas de vida, vi apenas um homem ser enforcado por esse crime. É quase impossível provar, e, até recentemente, a maioria dos homens pegos em flagrante era executada antes que o caso chegasse aos tribunais. A recente Guerra de Independência e a subsequente ratificação da Constituição estabeleceram uma base legal para lidar com tais transgressões. Agora há um dispositivo para dissuadir um pai ou um irmão ofendido de fazer justiça com as próprias mãos.

Percorro o dedo pelas linhas até o registro do dia anterior, procurando entender os motivos de Rebecca em fazer a denúncia publicamente.

Quarta-feira, 30 de setembro — Dia claro, exceto por uma leve chuva à tarde. Fui chamada à casa do Sr. Foster para responder à algumas perguntas. Mais tarde, o coronel North me interrogou sobre tudo o que a Sra. Foster havia me dito com relação à conduta dele.

Então, talvez o momento da denúncia não tenha sido tão estranho, afinal? Os rumores do ataque começaram a se espalhar pela comunidade, e North provavelmente soube que as pessoas estavam comentando. Folheio as páginas de novo, voltando ainda mais, até agosto, quando tudo começou.

> *Quarta-feira, 19 de agosto — Dia claro. Fui chamada à casa da Sra. Foster. Ela me reportou que, no dia 10 de agosto, foi gravemente agredida por Joseph North e Joshua Burgess. Após relatar as agressões, ela afirmou que não poderiam ter feito nada pior, a menos que a matassem. Ela também disse que nunca havia sido tão maltratada em sua vida quanto por North, mas ela acreditava ser melhor guardar segredo o máximo que pudesse até que seu marido retornasse, e ela torcia para que fosse logo. Cheguei em casa às 13 horas. Estou exausta.*

Rebecca *guardou* segredo por quase dois meses após o ataque, confiando apenas em mim. Parecia prudente, na época. Eu queria que Rebecca estivesse protegida quando formalizasse a acusação, então ela não contou a mais ninguém até que Isaac retornasse de Boston. Os acusados eram homens respeitados, e Rebecca poderia acabar ainda mais vitimizada se tomasse qualquer providência sozinha. No entanto, considerando os eventos passados, as melhores provas que Rebecca tinha do ataque eram as lesões no corpo. Se ela tivesse registrado uma queixa no dia em que a vi, parecendo uma pilha de destroços, ninguém teria duvidado de suas alegações. E, meu Deus, o estado dela era *terrível*. Por nove dias, Rebecca ficou tão machucada e dolorida que não tinha forças nem sequer para cuidar dos próprios filhos. Não conseguia tomar banho e mal era capaz de comer. *Essa* foi a mulher que encontrei desolada em sua casa, no dia 19 de agosto. No entanto, por ter esperado várias semanas até Isaac retornar, os ferimentos externos cicatrizaram, e a dúvida teve tempo para se enraizar.

Se eu pudesse ter agido de maneira diferente, teria levado Rebecca de carroça diretamente aos magistrados em Vassalboro no dia em que a encontrei. Minha falta de iniciativa nesse sentido faz com que eu me sinta cúmplice no modo como as coisas aconteceram. E agora temo que nada possa ser feito pelos ferimentos que Rebecca carrega dentro de si.

As coisas só pioraram para minha amiga. Tendo em vista o que descobri esta manhã, desconfio que Rebecca já temia ter engravidado em agosto.

Sábado, 22 de agosto — Céu limpo. Estive na casa da Sra. Foster. Deixei-a bem, na medida do possível. Havia índios lá.

Terça-feira, 25 de agosto — Céu limpo. Fui visitar a Sra. Foster...

Fui visitar Rebecca três vezes naquela semana. Tratei os ferimentos, preparei as refeições e cuidei de seus filhos. E, o tempo todo, tentava decidir o que fazer sobre o ataque. Isaac estava em Boston, tentando conseguir a intervenção do líder de sua congregação em sua demissão como pastor de Hallowell devido a uma série de divergências teológicas.

Acontece que Sally Pierce não poderia testemunhar a favor de Rebecca. Durante o mês de agosto, ela estava cuidando da irmã mais velha e da sobrinha recém-nascida em Forte Western. Marido ausente, governanta ausente, Rebecca estava sozinha e vulnerável. Uma presa fácil. Mas *por quê?* Isso é o que ainda não consegui descobrir. *Por que* North e Burgess cometeram um crime tão grave e violento? Não é possível que tenham imaginado que ela manteria segredo. Ou que escapariam impunes.

Volto para o registro de 30 de setembro, quando fui chamada à residência pastoral por Isaac para responder a uma série de perguntas sinistras sobre o que aconteceu com sua esposa. E, mais tarde, para uma conversa com North na qual ele pediu um relato de tudo que falei com Isaac e Rebecca desde agosto. Eu me recusei, é claro. Não era da conta dele, e eu não tinha obrigação de lhe dizer nada. Mas agora Joshua Burgess está morto, e embora Rebecca parecesse aliviada ao ouvir a notícia, não houve um sentimento de justiça real. Não consigo deixar de pensar em Isaac, trancado em seu escritório, escrevendo cartas. Será que ele também esteve planejando uma vingança além de um desagravo profissional? Eu deveria esperar menos de um homem cuja esposa foi tão terrivelmente violada?

Pouso a pena na mesa. Empurro o diário para longe. Remoer essas perguntas não adiantará de nada. É hora de conversar com meu marido.

* * *

No verão, o caminho que leva ao moinho fica amplo e desgastado pelos anos do ir e vir dos passos dos Ballard. Mas, no inverno, torna-se pouco mais que uma pequena trilha entre montes de neve, compactada por botas de sola grossa. Ele serpenteia pelo pasto, entra na floresta e segue em direção ao riacho. Pinheiros e sumagres crescem ao longo das laterais, permeados por arbustos de poejo.

Mas as folhas escuras e miúdas semelhantes ao hortelã já secaram e caíram há muito tempo, o que é uma pena, porque quase esgotei meu estoque no último nascimento na família Prescott. A infusão de poejo ajuda a acalmar os nervos, e eu a acho bastante útil nos partos daquela família, em que todas as mulheres costumam berrar. Duas das três garotas estão esperando seus bebês para a primavera, e já estou apreensiva por ter que auxiliar nos partos. Os bebês são tão histéricos quanto às mães.

Hoje, a mata está silenciosa, e sinto falta do som melódico e tilintante da roda d'água ao lado do moinho. Congelada, a roda não girará novamente até o degelo, e isso torna o trabalho de Ephraim mais difícil. A roda ajuda a alimentar as longas serras, mas agora Ephraim e nossos filhos terão que cortar cada tora. Com o rio congelado, ele e os meninos terão que fazer as entregas por terra, uma tarefa árdua e demorada que os deixará exaustos e irritadiços.

Que sorte a minha.

Passo a ponta do dedo pela explosão de vermelho-rubro das bagas de sumagre, pensando o quanto adoro este caminho no inverno. A combinação de galhos de pinheiro verdejantes e bagas flamejantes é impressionante em contraste com a neve, um ato de exibicionismo bem merecido por sobreviverem a todas as outras plantas e arbustos. Tento me lembrar de voltar mais tarde para colher o sumagre. Quando maduras, as bagas são um ingrediente para um excelente tempero com sabor de limão para carnes e vegetais, e acho que Dolly gostaria de adicionar um pouco ao assado que teremos para o jantar esta noite. Mas não vou coletar todas, pois as bagas também são a fonte de alimento preferida dos coelhos e das raposas no inverno.

Paro no meio da trilha. *A raposa.* Não posso esquecer de contar a Ephraim sobre a inquietante visita. Foi mesmo há apenas algumas horas? Sinto como se tivesse passado uma eternidade desde que cheguei em casa.

Então, envelhecer é assim, penso. *Os dias são longos e os anos são curtos.*

A excentricidade do meu encontro com a raposa ainda parece uma espécie de presságio, algo que paira no ar, como uma névoa que não se dissipa com o sol do meio-dia. Ephraim não vai rir de mim nem ficará alarmado. Ele simplesmente assentirá e pensará a respeito, do mesmo modo como ele lida com a maioria das situações. Se eu lhe der tempo suficiente, até poderá chegar a uma explicação. Alguns homens pensam em linha reta, como uma flecha lançada. Eles vão direto para a lógica, para a conclusão fácil, e evitam as sinuosas corredeiras da mente. Mas não Ephraim. Sua cabeça é repleta de rios e riachos e, com uma mente assim, um pensamento pode fluir livremente em qualquer direção.

Ele terá uma resposta. Ele sempre tem.

O moinho, usado para operar as serras, foi construído às margens do riacho que recebeu seu nome, sobre fundações de pedra no exato ponto onde a correnteza é mais forte. É grande. Maior até do que nosso celeiro. O primeiro andar tem um amplo espaço para armazenar e secar uma boa quantidade de madeira cortada, além de uma área de trabalho para Ephraim. O segundo andar é uma espécie de sótão aberto que percorre o moinho longitudinalmente e tem vista para a área inferior. Ephraim até construiu uma escadaria apropriada para acessá-lo quando fazemos grandes reuniões. Afinal, há poucas coisas mais inadequadas do que pedir para mulheres subirem escadas com suas longas saias.

Muitos anos atrás, Ephraim anexou um deque amplo e reforçado, que avança sobre a água como um píer. Ele não precisa mais arrastar as tábuas até o riacho e afundar no lodo até os joelhos para amarrá-las. Agora, ele as lança do píer diretamente na correnteza. Elas caem com grande estardalhaço, mas logo se ajeitam e começam sua jornada em direção ao rio Kennebec e depois para Hallowell, Farmingdale e ainda mais ao sul, passando por Bath e seguindo até os estaleiros, em Boston, de onde são enviadas para lugares desconhecidos. Gosto de pensar que há embarcações navegando pelo Atlântico feitas de tábuas serradas por meu marido e meus filhos. Gosto de pensar que fazemos nossa contribuição para o mundo.

Do outro lado do moinho, fora de vista, há um grande viveiro de madeira, anexado à parede exterior e acessível apenas por uma porta interna. Ephraim o construiu para abrigar Percy, um falcão-peregrino que ele encontrou filhote há cinco anos, e posso ouvir o pássaro agora, pedindo o almoço.

Meu marido olha para cima e sorri quando passo pela porta.

— Oi, amor — diz ele.

Ephraim cruza o cômodo em três passos largos e pousa um beijo afetuoso na minha testa. Na juventude, ele tinha cabelos pretos e olhos da cor de um céu de verão. Nariz reto, típico dos galeses. Mandíbula quadrada. Os olhos e a linha do queixo ainda são tão fortes quanto no dia em que o conheci. Mas seu cabelo está salpicado de prateado, e seu nariz ligeiramente torto, graças a um soco que recebeu há catorze anos.

Depois de um espiada rápida para checar minha integridade física, ele pergunta:

— Finalmente veio me contar o que diabos aconteceu esta manhã?

— Moses não disse nada quando veio buscar Cyrus?

— Não. Por quê?

— Então suponho que tenha conversado com você sobre a Hannah?

Ephraim ri.

— Não. Acho que ele ainda está criando coragem. Esse tipo de conversa pode ser aterrorizante para um rapaz. Mas ele vai conseguir. Ficou um pouco e conversamos. E não foi embora antes de lançar olhares furtivos para Hannah.

Penso no corpo de Joshua Burgess e em como Moses me ajudou esta manhã.

— E ele não mencionou mais nada enquanto esteve aqui?

Ele sorri.

— Apenas que *você* teria novidades quando voltasse. Mas quando o pressionei, ele insistiu que você preferiria me dar os detalhes pessoalmente. Então só posso concluir uma coisa.

— O quê?

— Você fez algo que conquistou a lealdade daquele garoto.

— *Eu* fiz?

— Desconfio que lançou seus encantos de alguma forma. Você costuma fazer isso.

— Eu não faço nada disso! Na verdade, a maioria das pessoas não gosta de mim.

— Todos a respeitam. Talvez tenham medo de você de vez em quando. O que não é a mesma coisa que não gostar.

— Mas é muito diferente de ser encantadora.

— *Eu* te acho encantadora.

— Você é suspeito. — Dou risada e agradeço pela leveza que o comentário traz ao meu peito. A expressão alegre de Ephraim se expande pelos cantos de seus olhos na forma de pés de galinha, e percebo que ele fez isso para me animar. Devo ter entrado no moinho com uma nuvem de tempestade sobre minha cabeça. — E Moses quer cortejar Hannah — acrescento.

— Bom, isso não é novidade.

— Mas agora ele me vê como um possível obstáculo ao seu objetivo.

— E eu que pensava que essa honra era minha?

Eu bufo.

— Parece que o jovem Pollard e eu criamos uma *conexão.*

— Por quê?

— Por causa de um corpo.

Lá fora, os grasnidos vindos do viveiro do falcão ficam mais altos, acompanhados pelo intenso farfalhar de grandes asas.

— Percy está com fome — digo, olhando para a parede ao fundo onde fica a porta do viveiro.

— Você não pode mudar de assunto assim, querida. Não depois de mencionar um corpo.

— Ora, seu pássaro barulhento me distraiu. Dê comida para ele e eu conto.

Ephraim sorri e atravessa o cômodo até a grande tina ao lado do fogão a lenha. Sem luvas, ele pega uma truta-azul, ainda se contorcendo, e abre a porta de acesso ao viveiro. Percy saltita pelo chão e arranca o peixe direto dos dedos de Ephraim. Ele é um pássaro bonito, com asas pontiagudas e uma longa cauda. Suas penas são azul-acinzentadas no dorso e salpicadas de marrom na barriga. Percy estufa o peito branco e vira a cabeça, exibindo as marcações pretas semelhantes a um bigode. Para mim, ele parece um francês. E cheio de pompa.

Missão cumprida, Ephraim fecha a porta, vira-se para mim e cruza os braços sobre o peito, esperando.

Tento ignorar o som de carne sendo rasgada vindo do viveiro. Por onde começar? E como explicar tudo? Respiro fundo e relaxo os ombros. Estico o pescoço de um lado para o outro, e então começo da melhor maneira que consigo.

— Você soube que, enquanto eu estava com Betsy Clark, a balsa de Jonathan ficou presa no gelo em Bumberhook Point, e que Sam Dawin caiu no rio tentando chegar à margem?

Ele assente.

— Ajudei Jonathan a colocá-lo na cama das meninas.

— Você soube que ele viu um corpo quando ficou submerso? Ou que Jonathan pediu para James Wall chamar mais homens em Hook para retirar o corpo do gelo?

— Não sabia. — A mandíbula de Ephraim se contrai. — Quem é o homem morto?

— Eu não disse que era um homem.

— Então de quem é o corpo?

— Estou chegando lá.

— Bem devagar, eu diria.

— Quieto. Estou tentando organizar os detalhes para que façam sentido.

O pequeno fogão a lenha espalha o pouco calor que consegue pelo moinho, e eu me aproximo, com as palmas estendidas, antes de continuar.

— Amos Pollard pediu que James fosse me buscar na casa dos Clark. Eles retiraram o corpo do rio e o levaram para a taberna. Amos queria que eu ele fosse examinado antes que o Dr. Cony fosse chamado.

— Ele? Então é um homem? Como eu disse.

— Bem, como você presumiu. Mas isso não vem ao caso. Mulheres também são assassinadas, sabia?

— Ele foi *assassinado*?

— Já vou chegar nessa parte, se você não me interromper.

— Me diga, então, quem foi assassinado em Hallowell — diz Ephraim. Não é a notícia em si que o diverte, mas, sim, nossa interação, e noto um lampejo de humor em seus olhos.

Faço uma pausa para enfatizar a importância do nome antes de pronunciá-lo.

— Joshua Burgess.

Ephraim não podia estar mais chocado. Seus olhos se arregalam por um momento e suas narinas se dilatam. Mas, além disso, está impassível como uma estátua.

— Ah — resmunga. — Bem, isso complica as coisas.

— Ele foi espancado e enforcado, Ephraim. Alguém o matou *antes* de jogá-lo no rio.

— Bom. — Ele coça a cabeça, contemplativo. — Há muitos homens nesta cidade que gostariam de enforcá-lo.

Esta é a pergunta mais difícil que tenho para fazer a ele hoje, mas Ephraim e eu não temos o hábito de evitar assuntos difíceis.

— Nosso filho é um deles?

E lá está, a quietude que domina meu marido quando ele sente medo.

— Qual filho? O que quer dizer com isso?

— Você não falou com suas filhas hoje de manhã?

Seus olhos se estreitam.

— Apenas um bom-dia rápido quando a Dolly trouxe meu café da manhã.

— E ela não contou nada sobre a Hannah?

— Você não para de citar a Hannah hoje. E, não, Dolly não mencionou a irmã. Por quê?

— Porque Burgess machucou a Hannah no baile ontem à noite. — Ephraim fica tenso e dá um passo ameaçador à frente, e eu estendo a mão espalmada para impedi-lo de explodir. — Está tudo bem. Cyrus lidou com a situação. Deu uma bela surra nele, pelo que eu soube, mas o fato é que Joshua Burgess tentou forçar Hannah a dançar com ele, e precisou ser expulso do baile. Dezenas de pessoas testemunharam isso. E quando a notícia da morte de Burgess se espalhar, todos comentarão sobre isso.

— E você acha que suspeitarão de Cyrus?

— De Cyrus ou de Isaac Foster.

— Mas há outra pessoa que se beneficiaria diretamente com a morte de Burgess.

— Sim. Quanto menos pessoas testemunharem em Vassalboro, melhor para Joseph North.

Ephraim concorda com a cabeça lentamente, deixando a ideia se assentar.

— A que horas James Wall chegou à casa dos Clarks?

Dou de ombros.

— Por volta das cinco da manhã.

— É possível que North já soubesse do corpo?

— *Talvez*. Havia fumaça saindo da chaminé da casa dele quando cheguei em Hook. Alguém pode ter lhe contado. Ou ele ouviu a comoção e viu quando levaram o corpo para a taberna.

Mais uma vez, Ephraim assente.

— Ou ele estava presente quando Burgess foi jogado no rio. Ele mesmo pode ser o responsável.

Essa possibilidade também me ocorreu.

— Não seremos os únicos a cogitar isso.

— Acusar e provar são coisas bem diferentes. A causa da morte tem que ser declarada. Tem que haver provas.

Um sorriso astuto se espalha pelo meu rosto.

— E, sem dúvida, foi por isso que Amos Pollard me chamou esta manhã. Amanhã é a última sexta-feira do mês. É dia de sessão da Corte de Audiências Gerais.

— E na taberna dele. Sujeito esperto.

— E, depois de ter examinado o corpo de Joshua Burgess, já posso declarar a causa da morte.

Ephraim cruza a pequena distância entre nós. Ele me puxa contra seu peito e enterra o rosto em meu pescoço. Posso sentir ele inspirar fundo, inalando meu cheiro, e então uma onda de ar quente roça minha pele quando ele exala. Como é seu hábito, Ephraim desliza a mão pelos cabelos na minha nuca e puxa uma única mecha. Ele a enrola em seu dedo e depois a solta. Ele faz isso várias vezes enquanto pondera a situação.

— Parece que você teve uma manhã agitada.

— E você nem ouviu tudo.

Ele ri baixinho contra minha pele.

— Devo perguntar?

— Ah, não é nada tão dramático quanto um homem quase afogado e um cadáver. Mas vi uma raposa quando cheguei em casa.

— Achei mesmo ter ouvido um ganido.

— A raposa era preta, não vermelha.

— Então era uma raposa-prateada. Elas são muito raras. Alguns as chamam de raposas fantasmas.

— Bem, para mim não parecia um fantasma. Era bem real. E estava subindo em direção ao pasto sul. Perto do grande carvalho. — Faço uma pausa, sentindo-me tola, mas Ephraim pressiona a mão nas minhas costas, e me incentiva a continuar. — O problema é que havia dois caçadores na loja do Dr. Coleman esta manhã quando eu parei lá. Estavam falando sobre essa raposa. E então, lá estava ela, me esperando quando chego em casa... Tem que admitir que isso é estranho.

Ele não comenta mais nada.

— Os caçadores sabem que a raposa está por aqui — explico. — E estão atrás dela.

— É ilegal caçar em propriedade particular. Vou ficar de olho neles. Sem dúvida, voltarão.

— Eles correriam esse risco? A lei permite atirar em um caçador ilegal.

— Uma raposa-prateada vale quarenta peles de castor, querida. E esses caçadores que usam armadilhas não são conhecidos por seguir o código moral.

— Há algo de diferente naquela raposa.

— Como assim?

— Eu tive uma sensação de que ela estava ali por *minha* causa.

— Por quê?

— Pelo jeito como ela me *olhou*. Eu estava em dúvida se vinha falar com você ou se ia ver o Sam. Ela olhava para mim e depois para nossa casa. Como se o Sam fosse mais importante. — Ergo os olhos para ver se meu marido está rindo. Mas não está. Seus brilhantes olhos azuis encontram os meus, e não há um sorriso brincalhão em seus lábios.

— Eu nunca vi uma raposa-prateada. Não *viva*, pelo menos. Mas se uma apareceu para você, é algo a se prestar atenção. Raposas não se aproximam naturalmente das pessoas. E se você perguntasse aos wabanaki, eles diriam que isso é um *sinal*.

— De quê?

Ephraim mantém a mão em minhas costas, mas vira o rosto para a janela. A vista é apenas um recorte da floresta e dos montes de neve, mas ele olha fixamente lá para fora.

— Os nativos acreditam que a raposa só aparece em tempos de grande incerteza. E que ela age como guia.

— E você? Acredita nisso?

— Acredito — responde ele, com cautela — que você teve uma manhã estranha. E que não deve descartar nada.

* * *

Havia índios lá.

Com um sobressalto, endireito a postura em meu banquinho, como se algo tivesse me picado. E talvez tenha mesmo sido picada, mas por um pensamento. Pequenos detalhes se conectam, encaixando um no outro e formando uma teoria em minha mente.

É notório por toda Hallowell que Rebecca Foster tem boas relações com os wabanaki — o convívio vem desde a infância, incentivado pelos pais na escola paroquial que administravam em Massachusetts. Eles defendiam ideais progressistas de educar o povo nativo, de criar uma parceria entre as duas culturas, e Rebecca manteve a prática de abrir as portas de sua casa para eles desde que se mudou para nossa comunidade com seu marido há alguns anos. Não é incomum vê-los na casa paroquial. Mas, como acontece com quase tudo que envolve Rebecca Foster, seus vizinhos têm opiniões divergentes sobre esse hábito. Parece que há poucas coisas sobre ela que não causam polêmica em Hallowell.

— O que está fazendo? — sussurra Ephraim. Ele está parado à porta do meu ateliê, sem camisa, descalço, vestindo apenas uma calça, que está desamarrada e folgada nos quadris.

Há apenas três minutos, eu estava sentada na penteadeira em nosso quarto, escovando meu cabelo, quando de repente peguei a vela e saí. Vim ao ateliê para folhear meu diário.

— Fui visitar Rebecca Foster esta manhã. Eu queria que ela soubesse da morte de Joshua Burgess por mim. — Ele se apoia no batente da porta, mas não diz nada. — E quando cheguei em casa, algo estava me incomodando sobre Burgess e o caso Foster, então reli minhas anotações para tentar lembrar os detalhes. Os dois acontecimentos estão entrelaçados como uma trança. Tenho certeza.

Ephraim se aproxima. Ele estende a mão e passa os dedos pelo meu cabelo.

— Uma trança tem três pontas, querida.

— O que significa que ainda não entendi qual é a terceira.

— Ou talvez você esteja cansada, buscando significado onde não existe?

— Não acho que eu esteja errada. Veja. — Aponto meu dedo para o registro do diário.

Ephraim lê em voz alta.

— "Sábado, 22 de agosto. Céu limpo. Estive na casa da Sra. Foster. Deixei-a bem, na medida do possível. Havia índios lá." — Ele me encara sob a luz fraca. — Índios?

— Você sabe que Rebecca tem amizade com eles.

— Sim. Isso não é segredo. Imagino que não é incomum irem visitá-la.

— Mas você também sabe que muitos em Hallowell a odeiam por isso. Eles acham inadequado para uma mulher de sua posição. E um insulto, tendo em vista tudo o que aconteceu durante a Guerra Franco-Indígena.

Ele concorda, sem saber ao certo aonde estou querendo chegar.

— Quem você conhece que é melhor com as ervas do que eu?

— Ninguém. *Exceto...*

— Os wabanaki. — Posso ver que ele se perdeu nos próprio pensamentos. — Encontrei uma lata que cheirava a sabina e tanásia na sala de estar de Rebecca. Estava vazia.

Ele continua a me olhar fixamente, mas não faz perguntas.

— A tanásia estimula a menstruação. Mas a sabina induz o parto. Ela é difícil de encontrar e mais difícil ainda de colher. A mistura deve ser preparada com cuidado e administrada em doses específicas.

Agora ele está curioso.

— Você já usou essas ervas?

— Apenas quando a gestação já passou do termo. E, mesmo assim, apenas duas vezes. Elas provocam um parto doloroso e, sem o devido cuidado, podem causar uma hemorragia descontrolada.

— O que você está tentando me dizer?

— Rebecca Foster está grávida. Ela me contou esta manhã. O filho não é de Isaac.

Ephraim olha para a porta novamente, faz as contas.

— Doze dias depois de ser estuprada, Rebecca tomou sabina para interromper uma possível gravidez. Você acha que os wabanaki lhe deram as ervas?

— É só uma hipótese.

Ele dá de ombros.

— É uma hipótese sensata.

* * *

Já é quase meia-noite. Posso sentir, pela forma como meus músculos parecem se dependurar frouxos nos meus ossos. Pela maneira como meus olhos estão secos e meu pescoço dói. Mas volto a me sentar na penteadeira mesmo assim, passando a escova de cerdas de javali pelo meu cabelo. Faço isso todas as noites, duzentas vezes. Escovando, escovando até que meu cabelo crepite com eletricidade estática. Adoro a sensação de formigamento no meu couro cabeludo, a forma como meu cabelo desliza suavemente entre meus dedos depois. É a única maneira de domar meus cachos.

Ephraim está estirado na cama, me observando. Depois de uns minutos, ele suspira. Está nu agora, esperando que eu me deite. Eu me viro e retribuo seu olhar malicioso.

— Fico feliz por você ter me escolhido — diz ele.

— Pelo que me lembro, quem me escolheu foi *você*.

— Não. Eu a *cortejei*. Mas nada teria acontecido se você não me quisesse. Qualquer homem que se preze sabe que a escolha é da mulher. E quem pensa diferente é um tolo.

Um pequeno espelho, lascado e desfocado pelo tempo, repousa sobre a mesa. Eu me viro de frente para ele — rindo ao ver o sorriso de Ephraim no reflexo — e movo a faixa de cabelo acima de minha orelha direita para inspecionar um veio de fios prateados escondidos. Levanto a mecha e a enrolo no dedo, admirada com aquele único tufo grisalho.

Ephraim se move na cama, e ouço o leve som de passos no assoalho de tábuas.

— Eu gosto — diz, pegando a mecha da minha mão. Ele a desliza entre os dedos.

— Uma coisa é ser velha — resmungo —, outra é se sentir velha. E isso faz com que eu me *sinta* velha.

— Bem, eu me sinto um rei. — Ele sorri para o meu olhar intrigado. — Apenas um tolo ficaria chateado ao descobrir alguns fios de prata em seu amado território.

Será que é alguma surpresa termos gerado nove filhos? Não para mim. Não com um homem que sussurra essas coisas ao meu ouvido, parado a centímetros de distância com seu corpo quente e nu.

Ephraim solta meu cabelo e pega minha mão.

— Venha para a cama, amor.

Algumas coisas mudam em trinta e cinco anos de casamento — o cabelo grisalho, a flacidez da minha barriga, as linhas ao redor dos meus olhos — outras não, e ainda anseio pelo calor do toque do meu marido. Eu o sigo de bom grado e sorrio quando ele apaga a vela.

TABERNA POLLARD

Sexta-feira, 27 de novembro

UMA GRANDE MULTIDÃO ESTÁ REUNIDA EM HOOK. A CORTE DE AUDIÊNCIAS Gerais atrai muitos curiosos até a Taberna Polllard, ávidos por distração e um pouco de fofoca. Eles se sentam em grupos, com os cotovelos apoiados nas pesadas mesas de madeira, canecas nas mãos. Ou se encostam nas paredes, cochichando e tirando a lama de suas botas. Nossa comunidade é formada por imigrantes de primeira, segunda e terceira geração, e as conversas refletem essa diversidade. Os presentes conversam principalmente em inglês, com sotaques variados, mas expressões zombeteiras em alemão, francês e espanhol também são ouvidas em meio ao burburinho.

Abigail Pollard está sentada em um banquinho ao lado da lareira flamejante, com um lenço enfiado no decote. À medida que o ambiente enche e a temperatura aumenta, ela o tira, enxuga a testa e o guarda novamente no vestido. Amos Pollard aproveita o aumento da clientela, zanzando pela taberna servindo rum, cerveja e sidra aos clientes. Ri de uma piada. Dá um tapinha no ombro de um amigo. Cumprimenta um e outro cliente. Há uma boa razão para que Amos nunca tenha insistido que a corte realizasse as audiências em outro lugar. Os dias de sessão aumentam consideravelmente sua receita mensal.

Joseph North — coronel North na maioria dos dias — assumiu o título de magistrado para esta ocasião, e ele desfruta do poder e da dignidade que vêm com o cargo. O estado de Massachusetts lhe concedeu o título há vinte anos por seus serviços durante a guerra Franco-Indígena. E embora eu sempre tenha achado sua presença no tribunal insuportável, hoje há uma complicação a mais: é a primeira vez que fico diante de North desde que Rebecca Foster tornou pública sua acusação.

Como é tradição, a quarta sexta-feira de cada mês é reservada para tratar de questões locais de menor importância: reclamações por violações do sábado, uso de palavras profanas, acusações de fornicação, pequenas desavenças e questões domésticas. Duas vezes por ano, North se reúne com os outros juízes designados para o Tribunal de Pleitos Comuns do Condado de Lincoln. Essas sessões ocorrem vinte quilômetros ao norte, em Vassalboro, e lidam com os crimes mais graves, como roubo, difamação, penhor de impostos e agressão. Da mesma forma, o Supremo Tribunal Judicial também se reúne duas vezes por ano e atrai muito mais atenção, pois lida com julgamentos de assassinato e quaisquer apelações oriundas do Tribunal de Pleitos Comuns. Esses casos são julgados ao sul, em Pownalboro — a única cidade próxima com um tribunal e uma cadeia adequados — e apreciados por um grupo de advogados respeitados de Boston. É um sistema judicial um tanto caótico e indulgente, mas, com a baixa demanda que temos, somos gratos por qualquer forma de justiça que conseguirmos..

O juiz North, no entanto, trata todas as sessões com a mesma pompa e cerimônia. Usa a peruca exigida e a túnica de seda vermelha, abotoada até o pescoço, e uma gola plissada amarelada pelo tempo, que pende de seu pescoço como um trapo velho.

Vou até a frente da sala, pronta para dar meu testemunho e partir. Há um lugar vago em um longo banco perto da lareira, e eu me sento. Só noto Ephraim quando ele tira chapéu. Ele está de pé, encostado em um pilar às sombras da porta, os braços cruzados sobre o peito. Qualquer outra pessoa consideraria o olhar que ele me lança como desinteresse, possivelmente tédio, mas eu conheço meu marido bem o suficiente para detectar a curiosidade repuxando seus olhos e sua mandíbula contraída. Depois de tantos anos juntos, cada movimento, palavra e hesitação dele são tão claros para mim quanto as linhas traçadas em um de seus mapas. Ephraim está apreensivo. Caso contrário, não teria comparecido.

Há um grupo de mulheres sentadas atrás de mim, fofocando, esperando que seus maridos apresentem ou se defendam de queixas. William Pierce está em uma mesa com sua filha Sally, cochichando efusivamente. Posso ver três dos homens que ajudaram a retirar Burgess do gelo. Eles estão sentados próximos uns dos outros e trocam olhares furtivos de vez em quando. Henry Sewell — o escrivão da cidade — se acomoda em seu lugar ao lado de North, pronto para fazer anotações e registrar quaisquer multas aplicadas ou quitadas. Outros homens entram e saem. Um bebê chora em algum lugar do salão, e duas crianças brigam pela última maçã em uma das mesas.

— A Corte de Audiências Gerais está em sessão — anuncia North com autoridade, e então bate o martelo na mesa uma vez.

Planejei esperar até o final da sessão e dar meu depoimento pouco antes do encerramento, mas North tem outros planos. Ele me viu entrar e tem me observado desde então.

— Tem algum assunto a tratar, senhora Ballard? — Ele olha diretamente para mim, desafiador.

Então todos na sala me encaram.

Eu me levanto e solto um pigarro.

— Tenho evidências a apresentar em uma questão legal.

— De que tipo?

Isso é uma mera formalidade. Um espetáculo encenado para o público. Normalmente, há apenas um motivo para eu comparecer às sessões do tribunal, e os cidadãos de Hallowell sabem disso muito bem. Quando uma mulher solteira dá à luz, é meu dever perante a lei perguntar e registrar o nome do pai enquanto a mulher está em trabalho de parto. A presunção legal é que, sob tal sofrimento físico, uma mulher não consegue mentir. Claramente, os redatores da lei sabem pouco sobre mulheres e nada sobre parto. Eu poderia lhes dar exemplos intermináveis das mentiras que me foram ditas entre dentes cerrados enquanto as mulheres lutavam para trazer seus filhos ao mundo. No entanto, a lei, aprovada há quatro anos pela Assembleia Geral de Massachusetts, tem um título bastante direto: "Lei de Punição à Fornicação e para a Manutenção de Filhos Bastardos". Tem o intuito de garantir que mães solteiras tivessem meios de sustentar seus filhos, mas na prática é pouco mais do que um ritual de humilhação pública. De todas as responsabilidades exigidas pela minha profissão, essa é a que menos me agrada. Se uma garota se *recusar* a fornecer o nome do pai de seu filho, ela será multada e possivelmente presa por vinte e quatro horas. Se cooperar, a garota ainda será multada, mas não enfrentará a indignidade de passar a noite na prisão. As reincidentes são submetidas a multas mais altas e sentenças mais longas. Mas os homens envolvidos nesses casos escapam de ambas as formas de punição — não há lei para lidar com a fornicação *masculina* — a menos que ser obrigado a sustentar o próprio filho possa ser considerada uma punição.

Se a taberna estivesse vazia, North teria ido direto ao ponto, mas, diante da grande plateia, ele prolonga os procedimentos. Eu permito que ele continue com seu teatro, ciente de que todos na sala fizeram a mesma suposição. Mais um nascimento ilegítimo. Outra declaração de paternidade. Uma fofoca suculenta para a comunidade se deleitar por alguns dias.

Inclino a cabeça em um respeito fingido.

— Venho perante a Corte de Audiências Gerais prestar meu testemunho sobre uma morte, como é meu dever perante a lei e o estado de Massachusetts. — Palavras bem ensaiadas. Preciso ter cuidado.

Um burburinho se eleva atrás de mim.

— A morte de quem? — pergunta North, com os cantos dos olhos se estreitando.

— Joshua Burgess.

Agora a multidão se irrompe em total alvoroço. North bate o martelo na mesa para reinstaurar a ordem. Quando a sala volta a ficar em silêncio, eu continuo.

— O corpo de Joshua Burgess foi encontrado ontem de manhã, preso no gelo perto de Bumberhook Point. Fui chamada a este mesmo local para examinar o corpo e dar minha opinião sobre a causa da morte.

Pela visão periférica, vejo Ephraim se remexer inquieto ao ouvir a frieza na voz de North.

— E qual é a sua *opinião* sobre a causa da morte, senhora Ballard? — North pergunta.

— Homicídio.

Suspiros. Murmúrios. Exclamações. Uma onda de indignação explode atrás de mim, acompanhada do som de bancos sendo arrastados e homens se levantando. Canecas tombam, e ouço o contínuo gotejar de cerveja respingando no chão de pedra. Mortes são muito comuns nestas partes, mas homicídios são raros. Permaneço de pé, com a expressão mais impassível e desinteressada que consigo sustentar. Encaro North, e ele retribui, mantendo os olhos fixos nos meus. Ao lado dele, Henry Sewall olha de um para outro, sua pena pairando sobre o livro de registros da corte.

São necessários vários segundos de batidas de martelo até que a ordem seja restaurada.

— Essa é uma acusação muito grave, senhora Ballard.

— Não estou fazendo acusações, apenas declarando minhas conclusões. — Mantenho a postura ereta e falo com confiança. — Havia hematomas por todo o rosto, torso e virilha. Vários dentes quebrados. Estava claro que ele foi espancado brutalmente enquanto ainda estava vivo. Ele tinha vários ossos fraturados. O pescoço estava quebrado, a traqueia exposta, e havia marcas evidentes de corda, em um círculo completo sob o queixo. Ficou óbvio que, depois de ser espancado, Joshua Burgess foi enforcado. Acredito que ele já não estava vivo quando foi atirado no rio.

North me encara, seus olhos escuros transformados em rocha, mas não consigo decifrar sua expressão. Sua voz soa imparcial quando ele pergunta:

— Como pode ter certeza de que ele foi *mesmo* jogado no rio?

Ah, seu canalha, você nunca questionou meu testemunho antes, penso, então digo cuidadosamente:

— É uma dedução baseada nas evidências.

— E você já viu um homem enforcado, senhora Ballard?

— Sim. — Vinda dela, a pergunta me surpreende, e não tenho medo de demonstrar isso. Ele, mais do que qualquer pessoa, deveria saber a resposta. — Eu já *vi*.

Ignoro o alvoroço atrás de mim, abafo os ruídos da multidão que está de pé, cochichando e murmurando às minhas costas. Estou tão focada em North — ansiosa para identificar a expressão fugaz que atravessa seu rosto — que não percebo o homem que se postou ao meu lado até que ele fale.

— Excelência — diz ele. — Permite que eu me dirija à corte? Também tenho informações pertinentes ao caso.

É o Dr. Page.

Maldição. Que esses malditos ardam no inferno.

Quando o juiz North vota a falar, finalmente reconheço o olhar que não tinha conseguido identificar: convicção.

— É claro. Por favor, declare seu nome e profissão para os registros desta corte.

— Dr. Benjamin Page. Médico licenciado, graduado pela Faculdade de Medicina de Harvard.

A multidão reunida na Taberna Pollard está devidamente impressionada. As pessoas murmuram e assentem em aprovação. Inclinam-se para frente. Avaliam o homem com curiosidade. As mulheres mais jovens endireitam a postura. Observam o homem com interesse aguçado. Procuram por uma aliança de casamento, qualquer sinal de que ele seja comprometido. Apesar da minha irritação, não posso negar que este é um excelente modo para um novo médico divulgar seus serviços.

— Continue, Dr. Page — pede North, sua voz mais alta, autoritária. — Esta corte tem grande estima pela opinião de um profissional médico qualificado.

— Eu também examinei o corpo de Joshua Burgess ontem, mas receio que minhas descobertas sejam bastante diferentes das conclusões da senhora Ballard.

North levanta uma mão, com a palma para cima, e gesticula, dando-lhe a palavra.

— Por favor, explique.

Contraio as mãos, quase cerrando os punhos, e lanço um olhar firme para o Dr. Page. Ele se move para o espaço livre diante da bancada, mas se dirige apenas a North.

— Embora seja verdade que o corpo em questão apresente alguns... *ferimentos*... acredito que isso se deve ao fato de ter sido arrastado rio abaixo em meio ao gelo e aos destroços. Muitas lesões podem ocorrer a um corpo em águas turbulentas. Além disso, não havia corda no corpo ou nos *arredores* que indicasse que o senhor Burgess tenha sido enforcado. Minha opinião profissional é a de que ele morreu por afogamento, provavelmente devido à embriaguez, e que todas as lesões foram sofridas *post mortem*.

Page cruza as mãos sobre a abdome como se tivesse acabado de dar uma palestra sobre anatomia humana — com toda a terminologia apropriada em latim — para uma classe atenta. *Post mortem*. Não é preciso ser linguista para decifrar o significado dessa palavra, mas Page sabe que isso o faz parecer versado e competente perante à corte.

Depois de um momento, North pigarreia.

— Senhora Ballard?

— Sim?

— Ao conduzir seu exame, a senhora encontrou uma corda no corpo ou perto dele?

— Não.

— E os homens que o encontraram, viram uma corda?

— Não.

— A senhora os questionou sobre isso?

— Sim.

— Então esse fato também intrigou a senhora?

— Minhas conclusões se devem às marcas de *queimadura* de corda no *pescoço*.

Movo meus olhos para a esquerda e vejo o breve lampejo de um sorriso malicioso distorcer o canto da boca do Dr. Page.

Não me considero uma escriba de renome. Sou uma mera cronista de fatos, não de sentimentos. No entanto, o olhar de cumplicidade trocado entre North e Page me inspira a uma espécie de poesia furiosa, digna de arrancar elogios do próprio Shakespeare.

És um mentiroso contumaz, uma cascavel pestilenta!

És um verme viscoso parido de uma bruxa asquerosa!

És uma carniça repugnante coberta de chagas pustulentas!

North apoia o queixo sobre as mãos entrelaçadas. Pondera por alguns instantes.

— Marcas de corda, mas nada de corda? É possível que tenha interpretado erroneamente o que viu, senhora Ballard?

— A corda pode ter se soltado na água. Ou pode ter sido cortada ou levada pelo assassino.

— Entendo. — North sorri de canto, depois rabisca algo em uma folha de papel e a entrega para Henry Sewall.

Claramente, Page foi enviado para a taberna não apenas para refutar minha avaliação, mas para acompanhar o caso e interrogar as testemunhas sobre tudo o que ocorreu antes de sua chegada. Lamento ter ido embora tão depressa no dia anterior. Deveria ter ficado com o corpo até que Page saísse.

A taberna está silenciosa agora, todos os olhares vidrados em nós e em nosso duelo de convicções. Encaro o médico. Page olha apenas para o magistrado. Mas quando North fala novamente, suas palavras e olhar são direcionados a mim.

— Agradeço a ambos pelas declarações. E por terem o cuidado de examinar o corpo do falecido senhor Burgess, que ele descanse em paz, mas, após ouvir as evidências, a decisão desta corte é de que a morte de Joshua Burgess foi um afogamento acidental, conforme declarado pelo Dr. Page. Este caso está encerrado. Senhor Sewall, por favor, registre as conclusões no livro oficial. — Ele olha para a multidão. — Quem é o próximo?

Não pretendo ficar para ouvir alguma queixa ridícula entre vizinhos por tomar o nome do Senhor em vão. Verdade seja dita, estou particularmente tentada a fazer o mesmo. Então me viro e saio. Cogito pedir a Amos Pollard que traga Joshua Burgess para o salão a fim de que todos possam ver por si mesmos. Não há como o rio ter causado aquelas lesões em seu corpo. Estou a meio caminho da porta — e vejo Ephraim andando em minha direção — quando uma ideia brilhante me ocorre.

— Espere! — Paro e me viro. Dou um passo em direção a North.

Posso ouvir Ephraim praguejar baixinho bem atrás de mim.

— Minha decisão é *final*, senhora Ballard. — North perdeu a compostura, sua voz mais alta do que o necessário.

— Estou ciente. E não estou contestando sua decisão. Apenas peço que o senhor Sewall registre nos documentos oficiais desta corte que há visões contraditórias quanto à causa da morte do senhor Burgess. Uma que afirma se tratar de um afogamento acidental. — Faço uma pausa para efeito dramático. — E outra que afirma ter sido um *homicídio*.

— Eu não acho...

— É meu direito perante a lei e o estado de Massachusetts requisitar isso. — Ofereço meu sorriso reservado aos inimigos. — Como uma *profissional qualificada*.

Tenho razão nesse ponto. North sabe disso. Assim como muitas pessoas na sala. Como parteira, desfruto de um status legal único que a maioria das mulheres não possui. Se ele recusar meu pedido publicamente, terei fundamentos para apelar a um tribunal superior, e — caso a situação se torne litigiosa — North poderia ser destituído de seu cargo de juiz por não cumprir a lei vigente.

No entanto, ele não se rende de imediato, e retorce os lábios por alguns segundos, pensativo. Sem saída, ele finalmente diz:

— Muito bem. Senhor Sewall, por favor, anote que meu veredito acata a avaliação do Dr. Page, mas que há, como a senhora Ballard observou, uma *opinião* divergente.

Henry Sewall se debruça sobre o livro de atas, e eu me viro para sair. Ephraim agora está de pé na porta à minha espera, com minha capa de montaria no braço e uma expressão alarmada no rosto.

Ouço o juiz North chamar William Pierce à frente.

— Qual é sua queixa, senhor Pierce?

— Estou aqui com minha filha, Sally, Excelência. E ela tem duas acusações a fazer.

Mais um vez, diminuo a velocidade. Paro e me viro.

Novamente, Ephraim pragueja, desta vez mais alto.

— Senhorita Pierce, qual é sua acusação? — pergunta North.

A voz de Sally está trêmula, e ela precisa limpar a garganta para conseguir pronunciar as palavras.

— Acusações de fornicação, Excelência.

Agora, Ephraim está ao meu lado, agarrando as costas do meu vestido.

— Não — sussurra ele em meu ouvido.

Não, não, não. Por favor, não, penso.

Levanto-me nas pontas dos pés para espiar Sally em meio à multidão. A garota está olhando para o chão, o rosto corado, os lábios contraídos de vergonha.

William Pierce está ao lado da filha, com a mão apoiada sobre o ombro dela, e vejo seus dedos pressionarem o músculo na reentrância entre o pescoço e a clavícula.

— Contra quem faz essas acusações?

— Contra minha patroa, a senhora Rebecca Foster.

Tenho prestado testemunhos nesta corte na última sexta-feira de cada mês há uma década. Mas nunca, em todo esse tempo, houve dois acontecimentos tão escandalosos e, certamente, não no mesmo dia. O povo de Hallowell terá assunto por *anos* a fio.

William Pierce se posiciona à frente da filha.

— Eu disse a Sally para entregar seu aviso de demissão esta manhã, Excelência, porque chegou ao meu conhecimento que a senhora Foster está grávida de um homem que não é seu marido. Sally a ouviu admitir isso ontem! E acho que continuar a trabalhar na casa dos Foster mancharia a reputação de minha filha.

— Essa carinha de anjo com coração de cobra — sibilo entredentes, e Ephraim tem que envolver o braço em volta da minha cintura para me impedir de avançar. — Rebecca nem sequer está aqui para se defender.

— Precisamos ir — diz Ephraim, o tom de sua voz não admite argumentos. — Agora!

— Senhor Sewall, poderia por favor registrar nas atas oficiais que a senhora Rebecca Foster, esposa do reverendo Isaac Foster, foi formalmente acusada pelo pecado grave e imoral da fornicação.

Enquanto Henry Sewall registra a acusação, North se inclina para frente e apoia os cotovelos na mesa.

— Qual é sua segunda acusação, senhorita Pierce?

Ela está aterrorizada, isso é óbvio.

— Assassinato.

Não há alvoroço desta vez, apenas o som dos pés de Sally deslizando pelo chão de pedra enquanto seu pai a empurra na direção da bancada.

— Além de dizer que ela estava grávida, também ouvi a senhora Foster afirmar que seu marido matou Joshua Burgess.

Um onda de indignação ecoa pela sala. Um burburinho generalizado.

O Dr. Page dá um passo para trás e fita a jovem com um expressão de raiva. Posso vê-lo tentando encontrar uma maneira de explicar seu erro.

— Não! — Eu me surpreendo com o som da minha voz. Assim como todos na taberna, pois o ambiente de repente fica em silêncio, e todas as cabeças se voltam na minha direção. — Rebecca nunca disse isso.

— Senhora Ballard — rosnou North. — Eu...

— Sally ouviu nossa conversa porque estava bisbilhotando atrás da porta durante minha visita a Rebecca ontem. Estão me ouvindo? Eu. Estava. Lá. Vamos, perguntem a ela.

Ninguém se manifesta. E tanto ela quanto o pai permanecem em silêncio, mas os olhos da jovem, com medo, se enchem de lágrimas. Está claro que Sally não queria fazer isso. Mas já está feito. E eu não sinto um pingo de compaixão por ela.

North se inclina para frente.

— Senhora Ballard, não tolerarei esse comportamento em meu tribunal.

Eu o ignoro.

— Rebecca disse que *torcia* para que Isaac tivesse matado o homem. E alguém aqui pode culpá-la? — Olho ao redor da taberna, então dou um passo à frente e encaro North. — O *senhor* pode culpá-la?

Enfurecido, ele bate o martelo com um estampido alto e seco.

— Essa perturbação da ordem é inconcebível!

— Não. Esse desvirtuamento da justiça é inconcebível.

Bang!

— Rebecca não está aqui para se defender contra essas acusações.

Bang!

— Essa garota tola ouve uma parte da conversa e pensa que ouviu uma confissão? Não. Ela não passa de uma bisbilhoteira.

Bang!

— E o senhor nem sequer deveria julgar este caso — digo a North. — Já que é um dos acusados de estuprar Rebecca Foster.

Bang! Bang!

Henry Sewell permanece imóvel ao lado do juiz, a pena suspensa no ar, a boca aberta de espanto.

— E você... — Eu me viro e aponto o dedo diretamente no rosto de Sally — deveria ter vergonha de si mesma. Sua fofoqueira mentirosa. Você tem ideia do mal que acabou de fazer?

Bang! Bang! Bang!

Sinto a mão de Ephraim nas minhas costas. Um puxão, instigando-me a sair. Mas não. Estou furiosa demais, estou tão tomada pela fúria que não consigo obedecer.

— Senhora Ballard! — A voz de North ruge como um trovão, e é a única coisa que consegue interromper o turbilhão em minha mente. — A senhora desacatou esta corte. Senhor Ballard, retire sua esposa do recinto imediatamente.

* * *

O ar fora da taberna está fresco e gelado, não há o menor vestígio de fumaça de madeira. Quase posso sentir o sabor do frio em minha língua, a ferroada do inverno penetrando meus pulmões.

— O que você tem na *cabeça*? — Ephraim sussurra em meu ouvido enquanto me puxa pelos degraus e em direção aos estábulos.

Não me preocupo em abaixar o tom de voz.

— Eu não podia deixá-la mentir sobre Rebecca daquela maneira.

— Fala baixo! — adverte Ephraim enquanto um mar de pessoas sai da taberna. Com as cabeças baixas, cochichando. Várias delas nos encaram, e então desviam o olhar.

— E acha que isso ajudou? O que você acabou de fazer?

— Eu só falei a verdade.

— E foi expulsa do tribunal. Agora, todo o resto que você fez hoje pode ser facilmente descartado.

— Ele não ousaria.

Ephraim me puxa pela porta do estábulo em direção as cocheiras em que Sterling e Brutus nos esperam. Ele tira uma moeda do bolso e entrega ao jovem Matthew Pollard, o garoto que cuida dos cavalos. Assim como Moses, ele se parece com o pai, embora tenha cabelos escuros e o corpo esguio. A aparência robusta e taciturna ainda levará alguns anos para aflorar.

— Você acabou de lhe dar a desculpa de que ele precisava, Martha. Agora North pode fazer o que quiser.

Não sou uma mulher que se entrega facilmente às lágrimas. Elas são inúteis e servem apenas para embargar a voz e molhar as bochechas. Mas elas emergem agora, e eu as enxugo com as costas da mão.

— Eu não conseguiria ficar ali parada sem fazer nada! Não posso. E não vou.

Quando Matthew Pollard leva os cavalos para selá-los, Ephraim suspira. Ele encosta a testa na minha.

— Você está envolvida demais nesse assunto.

— Eu nunca pedi para me envolver.

— E eu nunca pediria para você virar as costas para uma amiga. Mas aquilo foi imprudente, Martha. Foi *perigoso*. Você chamou North de estuprador no meio do tribunal.

— Eu não disse nada que já não tenha sido formalizado na denúncia, que já não esteja sendo sussurrado aos quatros cantos desta cidade.

— A portas fechadas? Sim. Mas você disse isso na cara dele.

— E você acha melhor cochichar pelas costas de um homem?

— Acho melhor ser prudente em suas palavras. Ter mais cautela.

— Ah, agora você tem medo de olhar um homem nos olhos e chamá-lo pelo que ele é?

Meu marido hesita. Desvia o olhar.

— Isso foi há muito tempo.

— Não faz tanto tempo assim. Ontem. Momentos atrás. Para mim é algo sempre presente. E vi que isso é verdade quando North perguntou se eu já tinha visto um homem enforcado. Ele sabe que sim. Ele estava lá quando aconteceu. E você também estava.

Trinta e Cinco Anos Atrás

OXFORD, MASSACHUSETTS

19 de dezembro de 1754

Billy Crane se debateu na ponta da corda. Ele havia se urinado — provavelmente no momento que o alçapão se abriu — e uma mancha escura escorria ao longo de sua perna direita. A queda deveria ter quebrado seu pescoço, mas ele era um homem alto, e ficou claro que a corda não havia feito o trabalho. Suas costas estavam arqueadas e um dos pés tremia.

Desviei o olhar, mas a mão de Ephraim repousava suave contra minha bochecha, gentilmente forçando meu olhar de volta para a forca.

— Não — disse ele —, veja até o fim.

Tentei me soltar, mas ele se inclinou mais perto, insistente, sua boca roçando meu ouvido.

— Isso é um ato de justiça, Martha. Você *precisa* testemunhá-lo.

Ninguém precisa ver isso, pensei, mas Ephraim me segurava firme. A multidão reunida na clareira estava em silêncio, prendendo a respiração até que os espasmos cessaram. Vi meus pais diante da árvore, encarando a forma retorcida de Crane, com um olhar de ódio. Somente quando o carrasco cortou a corda e deixou o corpo de Crane cair ao chão com um pesado estrondo, Ephraim me virou para o abrigo de seu peito largo. E então eu estava chorando, minha voz abafada pelo vento cortante de dezembro e pelo linho grosso de sua camisa. Eu o esmurrei até que meus punhos doessem, mas Ephraim não se defendeu, não me conteve nem disse uma palavra de conforto.

Estávamos em um ponto mais alto além da clareira, escondidos sob um bosque de abetos, a multidão abaixo alheia à nossa presença, hipnotizada pela cena diante dela. Não havia uma enforcamento público por ali há quase dez anos, e meu pai tinha proibido que eu comparecesse a este. No entanto, os enforcamentos privados — aqueles motivados por vingança — eram muito mais comuns. Macabros. Selvagens. Meu pai usava várias outras palavras para descrever o processo, nenhuma delas adequada aos ouvidos de uma mulher, *mas* — pensei — ele havia esquecido de incluir *fascinante*.

Ele me trancaria em casa por um ano se soubesse que eu havia presenciado o enforcamento de Billy Crane. Meu pai me obrigara a pousar a mão sobre a Bíblia da família e jurar que não colocaria os pés para fora de casa até que Billy fosse enterrado para apodrecer. E eu teria obedecido se não fosse por Ephraim Ballard. Ele veio me buscar depois que meus pais saíram, e eu não consegui resistir a ele, da mesma forma que não conseguiria recusar o ar que respiro.

Finalmente, quando exauri minhas forças, Ephraim enxugou minhas lágrimas com os polegares e segurou meu rosto em suas mãos. Ele me olhou como se eu estivesse prestes a despedaçar. Como se ele estivesse disposto a recolher cada pedaço, caso eu o fizesse. Como se fosse juntá-los de novo com os próprios dedos ensanguentados se fosse preciso.

Ephraim concordou de leve com a cabeça.

— Acabou. Ele está morto.

— Meu Deus, Ephraim, é assim que você corteja uma garota? — Eu respirei fundo e o ar trepidou pelos meus pulmões, frenético, errático. — Sair sorrateiramente no meio do dia para ver um homem ser *enforcado*?

— A corte acabou — disse Ephraim, e ele precisou de um pouco de esforço para reprimir o sorriso. — Agora só falta o casamento. — Eu queria retribuir aquele sorriso furtivo, mas parecia incapaz de encontrar um. — Além disso — acrescentou —, não precisei de muita persuasão.

Senti seu corpo tensionar quando eu disse:

— Meu pai me contou que você prestou testemunho.

Ephraim era mais alto, mas apenas por alguns centímetros, e seus grandes olhos azuis fitavam a cena abaixo por cima da minha cabeça. Ele deu de ombros, a voz deliberadamente desprovida de emoção.

— Eu só contei para eles o que vi.

Eles. Cinco homens. Um pequeno grupo de anciãos da cidade, dentre eles meu pai, que se reuniram na noite anterior para decidir o que fazer com um homem como Billy Crane.

Estremeci. Eles não me deixaram participar da reunião de jeito nenhum.

A multidão havia se dispersado, e, em pânico, procurei por meus pais. Não conseguia vê-los.

— Temos que voltar, ou eles vão descobrir que você me trouxe aqui.

Ephraim parecia despreocupado.

— Ainda não — disse ele. — Eles podem esperar.

Eu estava prestes a protestar quando ele acenou com a cabeça em direção à base da colina. Uma figura vestida de preto caminhava em nossa direção. Seus passos eram largos e deliberados, e no momento em que o reconheci, fiquei tensa.

— O que ele está fazendo aqui?

Ephraim não respondeu. Em vez disso, ele se colocou entre nós para que eu ficasse parcialmente escondida nas sombras sob a árvore. Ele apertou a mão do homem.

— Joseph. Obrigado por vir.

— Não tem de quê. — Joseph North era jovem e bonito, e as palavras humildes não conseguiam esconder o rubor de euforia que surgia acima de sua gola. Ele havia dado o voto decisivo que selou o destino de Crane. — Ainda precisa de mim esta tarde?

— Sim. — Ephraim olhou para o sol, analisou seu ângulo no céu. — Às quatro horas? Não esqueça de levar os documentos. Quero que seja oficial.

— Então, você me pegou no momento certo. Parto de manhã cedo para me juntar ao meu regimento. Vamos para o Forte Beauséjour. Nossas ordens são de expulsar os nativos de Acadia. — Ele lançou um último olhar pensativo a Ephraim e se virou para mim, tocando a aba do chapéu. — Martha.

Joseph North deu meia-volta e marchou pela colina. Quando estava longe o suficiente para que não pudesse nos ouvir, afastei-me de Ephraim, a suspeita repuxando os cantos dos meus olhos.

— O que significa isso?

— Pedi a Joseph para estar na casa de seus pais quando voltarmos...

— Meu pai ficará furioso, mas não acho que será preciso requisitar proteção legal para...

— Para nos casar.

Eu pisquei.

— *O quê?*

Ephraim pegou minha mão com todo cuidado, como se estivesse recolhendo um ovo de rouxinol de um ninho.

— Faz apenas duas semanas desde que... — Normalmente, ele não é o tipo de homem que se furta a comentários, mas parecia não conseguir encontrar as palavras para continuar. Limpou a garganta. Corou. Passou o dedo ao longo da base do meu polegar.

— Eu sei bem quanto tempo faz. — Tentei puxar minha mão, mas ele a apertou com força.

— Seu ciclo — acrescentou. — Ainda não veio, não é?

— Você não tem como saber isso.

— Estou errado?

Meu silêncio foi resposta suficiente.

— Já pensou no que vai acontecer se você estiver grávida?

Ouvi o tapa antes de sentir minha mão arder, mas foi a dor que me trouxe à razão.

— Como você se *atreve*!

Ephraim pareceu mais surpreso do que ofendido, mas agarrou meus pulsos e os puxou para o peito para me impedir de repetir o tapa. Ele me deu uma leve sacudida, e senti meus dentes rangerem.

— Por que fez isso? — exigiu.

— Não vou permitir que se case comigo por pena!

— Acha que não *quero* mais você?

— Como *poderia* querer?

Pronto. Era essa a verdade. A tensão latente entre nós.

O corpo inteiro de Ephraim tremia de raiva. Tive medo de que ele me sacudisse novamente. Ou me beijasse. Não conseguia identificar qual seria sua reação pelo olhar em seu rosto. Na verdade, ele não fez nenhum dos dois, e abaixou o rosto até ficar a poucos centímetros do meu.

— Serei bem claro — rosnou ele, furioso. — Meus sentimentos por você não mudaram. Mas preciso saber se os seus mudaram.

Eu estava atordoada. Aterrorizada, até. Mas balancei a cabeça porque *queria* me casar com ele. Sempre quis.

Ephraim me apertou contra o peito, meus braços presos entre nós, antes que eu pudesse notar o imenso alívio em seu rosto. Ele enterrou a mão em meu cabelo, desenhando pequenos círculos em minha cabeça com o polegar.

— Então você deve se casar comigo. Esta noite. Assuma meu nome e nunca poderão questionar a legitimidade de qualquer filho que você tiver.

Eu não era pequena nem delicada. Herdei um pouco da altura e grande parte da teimosia de meu pai; e parada diante de Ephraim Ballard, quase conseguia olhá-lo nos olhos. Então, endireitei a postura e encostei minha testa no nariz dele.

— Então me leve para casa — falei —, para que possamos nos casar.

2

A VIDA DOMÉSTICA

DEZEMBRO DE 1789

"Hei de inscrever-vos no livro da memória...
Que vos acauteleis é o que vos digo."

— William Shakespeare, *Henrique VI*

SERRARIA BALLARD

Terça-feira, 1º de dezembro

Uma das amplas portas de cedro do moinho está entreaberta, e do lado de fora, uma grande égua baia está amarrada ao poste.. Não ouço os sons esperados de serra e machado, mas, sim, o burburinho abafado de uma conversa, então paro junto à porta e inclino a cabeça para ouvir. A égua relincha e eu coloco a mão em seu focinho, pedindo silêncio para poder escutar o que está sendo dito.

— Eu já concluí aquele levantamento — argumenta meu marido. — E tenho três pedidos de madeira para entregar até a próxima sexta-feira. Não tenho tempo para fazer de novo.

Estou casada há tempo suficiente para decifrar as nuances na voz de Ephraim — cada sílaba truncada e cada vogal tensa — e não há dúvida de que ele está lutando para manter a calma.

— A Kennebec Proprietors *quer* que seja refeito.

Ah.

Joseph North.

Aperto os lábios e encaro a égua com um olhar furioso — *traidor* —, então afasto a mão do focinho macio e quente e me aproximo da porta.

Ephraim solta um pigarro.

— Refazer o levantamento não mudará os resultados.

— Pode ser que eles discordem.

— Eles podem discordar do que quiserem. Mas eles não viram as terras. São só quilômetros de pântano em todas as direções. Impróprias para agricultura. E além disso, agora são pouco mais do que um bloco de gelo.

— Eles querem arrendar a propriedade.

— E condenar os arrendatários a uma vida de fracasso e miséria? — Ouço uma gaveta ranger e o farfalhar de papéis. Percebo o tom de advertência na voz do meu marido se intensificar. — Aqui está o levantamento. Estive lá há dois meses. Presumo que tenha registrado a última cópia que lhe dei.

— Ainda não. — Ouço o ruído de papel enquanto North desamassa o mapa e depois o dobra novamente. — Não posso.

— Não pode? Ou não *quer*?

— Não é a resposta que esperam. E você sabe que eles têm certas *expectativas*, Ephraim.

— Não vou deixar minha família sozinha no meio do inverno para confirmar algo que já sei. — Agora o tom de voz de Ephraim é baixo, suave e enganosamente calmo. — Além disso, sei bem quais são suas intenções, Joseph.

— Estou apenas lembrando a você de sua *obrigação*. — North suaviza o tom de voz e assume um tom persuasivo. — Você gosta desse contrato de arrendamento, não gosta? Gosta de viver aqui?

Ephraim não responde, e percebo a cautela em seu silêncio.

— Você arrenda essas terras de *nossa* contratante. A Kennebec Proprietors pode ser bastante generosa quando está satisfeita com um arrendatário. Acho que já pôde comprovar isso nos últimos onze anos. Você tem o contrato de arrendamento e o de levantamento, mas não a escritura dessas terras. Não ainda.

A Kennebec Proprietors, parte da Plymouth Company em Boston, adquiriu vastas propriedades ao longo do vale do rio Kennebec há cento e cinquenta anos. É dona da maior parte das terras às margens do rio, uma faixa de vinte e cinco quilômetros de cada lado, que arrenda com o intuito de incentivar o povoamento do Distrito do Maine. Nossa família arrendou as terras da Serraria Ballard há onze anos, mas ainda não tem a escritura. Isso só acontecerá em abril do próximo ano, quando finalmente cumprirmos a terceira condição. As duas primeiras foram cumpridas no primeiro ano: construir uma casa e arar no mínimo dois hectares. Mas, a última, é só uma questão de tempo. Precisamos morar na propriedade por doze anos consecutivos para que possa se tornar legalmente nossa. Então não estamos violando nenhuma das cláusulas. Ainda assim, posso sentir a ameaça pairando no ar entre North e meu marido.

— Eu me lembro muito bem dos termos do meu contrato de arrendamento. Você não precisa me lembrar.

— Não mesmo? Porque você parece estranhamente relutante em ouvir a razão. Vale a pena perder sua casa e sua renda por causa de um simples levantamento?

— Você quer que eu falsifique meus resultados? Que declare que é uma terra habitável?

— Quero que você entenda que há coisas maiores em jogo. Sem o moinho e seu contrato, sua família ficaria em uma situação difícil. — North pausa por um momento, e eu daria qualquer coisa para ver sua expressão. — Afinal, como você mesmo mencionou, estamos no meio do inverno.

Ele deu suas ordens, mas não ficará por perto para assistir Ephraim ponderar sobre a decisão. As botas se movem impacientemente no chão de tábuas gastas. E como não quero ser pega bisbilhotando, entro no moinho. Digo a primeira coisa que me vem à mente.

— Você viu a minha tinta? — Sorrio para meu marido, e então finjo surpresa com a presença de North.

Aos pés dele está um cão mestiço; metade vira-lata — alguma raça indeterminada que foi misturada dezenas de vezes — e metade coiote. Ele é marrom, preto e branco, com orelhas altas e pontudas, um focinho comprido e olhos amarelos. Ele rosna ao me ver.

Ouço uma agitação no sótão e, ao erguer o queixo, avisto Percy empoleirado no parapeito, limpando as penas. Suas garras pulsam como um homem flexionando os dedos em antecipação. O pássaro não gosta nem do cachorro nem do rosnado. E pela maneira como os pelos se eriçam ao longo do dorso do cão, posso ver que o sentimento é mútuo.

— Quieto, Cicero — ordena North, olhando primeiro para o falcão, depois para o cachorro. Depois de um momento, seu olhar se volta para mim e ele diz: — *Senta.*

Cicero obedece, porque não tem alternativa, mas mantém os dentes à mostra. Eu continuo em pé, com os braços cruzados, porque não sou mulher de receber ordens de tipos como Joseph North.

— Seu cachorro tem péssimos modos — digo.

— Ou um bom julgamento. — Ele toca a aba do chapéu, mas sua voz é fria, e seus olhos se apertam, cheios de ódio. — Martha.

Ephraim observa a conversa com um olhar atento. Joseph North é um homem educado, normalmente não é dado a grosserias, e duvido que meu marido tolere outro comentário sarcástico. Não retribuo o cumprimento. North quer um pedido de desculpas por eu ter perturbado seu tribunal na semana passada, mas não terá.

— Ali — diz Ephraim, apontando para a mesa de desenho onde uma pequena caixa de madeira está aberta. — Sua tinta.

Minha pena está pousada ao lado da caixa, a ponta manchada pelos rabiscos matinais de Ephraim. Ao lado dos materiais de escrita há uma pilha organizada de ferramentas de marcenaria. Facões e lâminas de vários tamanhos. Uma delas — a favorita de Ephraim — é um facão assustador em forma de gancho usado para desbastar pequenos galhos de árvores derrubadas. Ao lado há um frasco de óleo de linhaça e um pano de polimento, abandonados. O moinho cheira a geada e serragem, metal lubrificado e couro velho. Cheira a Ephraim.

No lugar onde costuma haver dois discos de tinta, só resta um. Ephraim cruza o cômodo e desliza um braço protetor ao redor da minha cintura, e eu relaxo enquanto seu polegar acaricia minhas costelas.

— Esta tinta é sua? — pergunta North, levantando a mão. Só então percebo o disco entre seu polegar e seu indicador, cujas pontas agora estão manchadas de preto. — Ephraim nunca me disse que você desenhava.

Abro a boca para responder, mas Ephraim agarra a parte de trás do meu vestido e me puxa para mais perto, em advertência, então apenas dou de ombros.

— Suponho que seja útil. Você deve precisar de desenhos das suas ervas. Falando nisso — acrescenta North —, acredito que em breve minha esposa virá buscar mais tônico. Suas dores de cabeça têm piorado.

Nunca desenhei minhas ervas, e certamente não preciso disso para me lembrar que Lidia North necessita de uma mistura de tanaceto, hortelã-pimenta e gengibre desidratados, combinada com alecrim e milefólio macerados. No entanto, só funciona quando deixo as ervas de molho em conhaque por sessenta dias. O resultado é um poderoso tônico que tento sempre ter à mão. Mas se as dores de cabeça debilitantes de Lidia pioraram, culpo North e tudo pelo que ela tem passado nos últimos meses. Apesar disso, sua presunção leviana de que bancarei como ama de sua esposa me faz morder a língua.

Após um longo silêncio, North se volta para meu marido.

— Vou aguardar seu levantamento até o final do mês. — E, com isso, ele sai e monta em seu cavalo. O cachorro trota obedientemente atrás dele.

Ephraim solta meu vestido e pega o facão curvo de sua bancada de trabalho. Ele bate a parte plana contra a palma da mão enquanto o som dos cascos se dissipam ao longe. Mais do que qualquer outra coisa naquela bancada de trabalho, esse instrumento parece feito para mutilar.

— Esse calhorda já viveu tempo demais — murmura Ephraim entre dentes, e bate a lâmina contra a mesa de desenho em um movimento de arco perfeito. O facão fica preso, vibrando, e um feixe de madeira pálida reluz sob a tábua fendida como uma ferida aberta.

Eu o encaro com uma expressão incrédula.

— Você tem lido Shakespeare de novo.

Ele dá de ombros, então arranca a lâmina da mesa.

— Gosto da maneira como ele insulta.

— Então com certeza você pode fazer insultos melhores para um homem como North.

Amo o sorriso do meu marido. Ele ilumina seu rosto sério, revelando duas fileiras de dentes alinhados e linhas de expressão ao redor dos olhos.

— Aquele filho de um cão sarnento, verme pustulento, carbúnculo podre e asqueroso.

— Bom — digo —, o seu verme pustulento e asqueroso levou minha tinta. Como você pretende recuperá-la?

Ele joga o facão na mesa.

— Compro mais para você.

— Essa coisa me lembra vingança — digo.

— O quê?

— Esse facão.

— Não é um nome ruim para um facão. — Ele o pega novamente. Equilibra seu peso na palma da mão e o bate contra a mesa mais uma vez. — Agora o chamarei de Vingança.

Depois de um momento, Ephraim se vira para as largas portas duplas pelas quais North saiu e franze o cenho.

— Você vai fazer? — pergunto. — O levantamento. Eu ouvi a conversa.

Ele coça atrás da orelha.

— Acho que não tenho muita escolha.

— Você percebe que ele está nos punindo pelo que fiz no tribunal?

— Sim. Mas acho que há mais por trás disso.

— Como assim?

— North quer que eu esteja a centenas de quilômetros de distância quando chegar a hora de você testemunhar.

— Por quê?

— Porque, de acordo com a lei, uma mulher não pode testemunhar em tribunal sem a presença do marido.

— Não. — Balanço a cabeça. — Mas eu testemunho no tribunal muitas vezes por ano sem que você esteja presente.

— Apenas porque sua profissão permite que faça isso em relação à declaração de paternidade de uma mulher durante o parto. Essa exceção não se aplica a situações normais.

— Mas se eu não puder testemunhar no próximo mês...

— Rebecca Foster perderá sua única testemunha, e suas alegações serão rejeitadas — conclui ele.

PONTE DO RIACHO DO MOINHO

Sexta-feira, 4 de dezembro

— Adeus, amor — despede-se Ephraim.

Ephraim enfia o rosto na curva entre meu pescoço e meu ombro e beija minha pele. Posso sentir o calor de sua respiração percorrer a gola do meu vestido mesmo enquanto a neve cai ao nosso redor. Caminhei com ele pela estrada, até a ponte sobre o riacho do Moinho, para nos despedirmos. Tem sido um hábito nosso ao longo dos longos anos que vivemos em Hallowell. Não o deixo partir sem uma despedida adequada.

A rua Water cruza o riacho do Moinho por esta ponte um tanto precária. É feita de tábuas pregadas em troncos rústicos que repousam sobre uma série de fundações de pedra. Cavalos podem cruzá-la lado a lado, mas carroças devem seguir em fila única. Não há parapeito, e a queda é de mais de quatro metros de altura até o riacho abaixo. Com um pouco mais de três metros de largura e nove de comprimento, muitas vezes parece se manter de pé por pura teimosia e esperança. Mas a ponte tem transportado inúmeros viajantes através do riacho há muitos anos, resistindo a inundações e tempestades, e precisa de pouca manutenção além de ter uma tábua ou tora ocasionalmente substituída. Ephraim verifica as fundações toda primavera, após o degelo, e as reforça onde é necessário.

— Você vai ter cuidado, não é? — pergunto.

— Claro.

— E voltará para mim?

— Não volto sempre?

— Ah, mas esta pode ser a vez em que você não volta, quando mais preciso de você.

Estamos parados ao lado de Sterling — o cavalo de Ephraim — na extremidade da ponte. Meu marido se afasta de mim e ergue meu queixo com a ponta de um dedo para que nossos olhos se encontrem.

— O que está te preocupando?

— Que você não volte a tempo. Que eu não conseguirei testemunhar e Rebecca ficará indefesa. Que North sairá impune de tudo.

— Isso não vai acontecer. Eu *vou* voltar.

— Mas...

— Eu vou. — Ele olha para o falcão pousado sobre a cabeça da sela, esperando a partida. — Tomei algumas precauções. Este mês comemoramos trinta e cinco anos de casados. Não comece a duvidar de mim agora.

— Dúvida e medo são coisas diferentes — digo, seguindo o olhar de Ephraim para Percy. O pássaro está encapuzado agora, então não posso ver seus penetrantes olhos cor de ferrugem e os piós — as longas e grossas tiras de couro presas aos seus pés — estão amarradas à larga aba de couro na frente da sela de Ephraim. Ele não pode ver nem voar.

Às vezes, acho que Percy consegue nos entender. E talvez ele entenda — de seu próprio modo — porque sua cabeça gira para cá e para lá, como se ouvisse primeiro Ephraim, depois a mim. Percy não gosta do capuz, mas é a única maneira de viajarem longas distâncias. E isso só é possível em Sterling. Brutus nunca permitiria que essas garras letais chegassem tão perto dele. A sela está cheia de marcas profundas onde as garras de Percy perfuraram o couro. Mas é melhor na sela do que em Sterling. Até hoje, o pássaro nunca feriu o cavalo ou o cavaleiro, e todos aprenderam a tolerar a situação.

— Onde você vai ficar? — pergunto.

— No Forte Halifax. Mas apenas à noite. Não posso acampar neste clima. Ir e voltar para o local todos os dias vai consumir metade do meu tempo. Caso contrário, eu poderia estar em casa em uma semana.

Uma bolsa de couro, e uma mochila de lona e um cesto de vime estão amarrados atrás da sela. Os pacotes contêm todas as ferramentas de levantamento de terreno de Ephraim e seu equipamento de inverno, e estão mais cheios do que o habitual, dadas as condições climáticas e a distância que ele precisa percorrer. Serão duas longas semanas para todos nós.

Olho para a formação de nuvens avançando ao leste.

— Uma nevasca está se aproximando.

— Sim — concorda ele. — Meus dedos estão doendo.

— É uma hora ruim para viajar.

— Já fiz isso antes. É só neve.

— E ventos congelantes.

— Apenas por um ou dois dias. E então será apenas inverno, como sempre. Não estou preocupado, e você também não deveria se preocupar.

— *Odeio* North por obrigar você a fazer isso.

— Eu o odeio por tantos motivos que isso quase nem conta — diz ele, tentando me animar.

Nenhum de nós comenta os reais motivos do meu temor. Mas a lista passa pela minha cabeça mesmo assim, tudo que poderia acontecer com ele em um clima desses.

— Duas semanas. É só isso. E então estarei em casa, e vamos garantir que North seja levado à justiça — diz ele.

Eu me aconchego nos braços do meu marido, absorvendo seu calor e seu cheiro. Estamos nos anos crepusculares de um longo caso de amor, e recentemente me ocorreu que chegará um dia em que um de nós enterrará o outro. Mas, lembro a mim mesma, esse é o final feliz para uma história como a nossa. É uma promessa feita e cumprida. *Até que a morte nos separe*. É o único desfecho aceitável para um casamento longo e feliz, e estou determinada a não temer esse dia, não importa quando seja. Estou igualmente determinada a aproveitar todos os dias até lá.

— Duas semanas — digo a ele. — Nenhum dia a mais.

Ele beija minha testa. A ponta do meu nariz. Minha boca, de forma lenta e gentil, repetindo sua promessa com os lábios e a língua.

— Adeus, amor.

Os animais pressentem que é hora de partir. Sterling bate a pata dianteira, e Percy se agita em seu poleiro, sacudindo as penas em antecipação.

Eles gostam de uma aventura, penso.

E então Ephraim se afasta e monta na sela. Ele me dá um último sorriso. Fico na neve e observo até ele atravessar a ponte. Até contornar a curva e desaparecer da vista.

— Pare de sentir pena de si mesma — murmuro, então respiro fundo e me viro na direção de casa.

Mas não me movo. Não respiro. Porque ali, a apenas seis metros de distância, está a raposa prateada. Ela é um belo espécime, um tom de preto que parece carvão, exceto pelas orelhas, patas, peito e cauda, todos brancos. Ela está empoleirada no topo de um monte de neve, uma mancha de tinta sobre o marfim. Mas são seus vívidos olhos âmbar que me prendem. Eles parecem me penetrar, me *estudar*.

— Você de novo — digo, então pronuncio seu nome, minhas palavras são um suave sussurro, uma névoa no ar congelado. — Tormenta.

Nomear algo é um ato de propriedade. É um compromisso. De posse, cuidado ou lealdade. Significa algo. Com essa única palavra, declarei que essa pequena criatura é minha e que tenho a responsabilidade de protegê-la.

O som da minha voz não assusta o animal. Em vez disso, ela dá um passo à frente, depois dois. Eu observo, imóvel como uma estátua de mármore, enquanto a ágil criatura se aproxima, cada passo elegante e deliberado. Quando ela está a apenas dois metros de distância, eu me ajoelho na neve e estendo lentamente minha mão nua, palma para cima, em boas-vindas. Só então a raposa se assusta e foge para o bosque.

FÁBRICA DE VELAS SEWELL

Sexta-feira, 11 de dezembro

Um homem irrompe na sala de parto. Ele bate a porta atrás de si e tira o casaco com um único movimento suave. Mas só percebo a cena de canto do olho, porque minha paciente — a jovem Grace Sewell — está gritando e se debatendo na cama. Este é seu primeiro parto, e ela luta contra cada contração, depois chora a cada intervalo. Passamos a noite inteira assim e ambas estamos exaustas.

— Fora! Todos vocês — ordena o homem, e, porque reconheço sua voz, eu o ignoro.

Não recebo instruções em uma sala de parto desde que fui aprendiz de uma antiga parteira em Oxford. Seu nome era Elspeth Horne, e tudo o que sei sobre obstetrícia aprendi com ela. Trinta anos se passaram desde então, e será preciso mais do que um homem presunçoso para me fazer abandonar uma paciente.

— Você me ouviu? — pergunta.

— Sim — respondo, sem me virar. Pela primeira vez em três horas, Grace está em silêncio. Está apenas assustada, e isso não vai durar muito, mas por enquanto está calada. Milagres realmente acontecem.

— Então por que você ainda está aqui? — exige.

— Eu não abandono minhas pacientes. E não presto contas a você.

— Esta mulher não é mais sua paciente. É minha. Fui chamado para substituí-la.

Então eu me levanto, observando cada centímetro do um metro e oitenta do pomposo Dr. Benjamin Page.

— Sua *paciente*? Você ao menos sabe o nome dela? — pergunto.

— Senhora David Sewell.

— O nome de batismo, doutor. O nome *dela* de verdade. Sabe?

Ele resmunga.

— O nome dela é irrelevante.

— Como foi irrelevante com Joshua Burgess? — Aponto para Grace. — Você pode não achar que um nome importa em uma sala como esta, mas eu lhe garanto, é vital.

Cheguei à casa dos Sewell na noite anterior, atravessando o rio congelado a pé, pouco antes do anoitecer. Fui chamada pelo ajudante de David Sewell e esperava que ele me levasse a uma residência do outro lado da rua, em vez disso, ele me levou diretamente à fábrica de velas, onde David andava de um lado para o outro atrás do balcão, era notável a semelhança com seu primo mais velho, Henry, o escrivão da cidade.

— Onde está Grace? — perguntei, olhando ao redor da loja escura para os montes de cordas enroladas, barris de óleo, prateleiras cheias de pregos e parafusos e caixas de sabão.

David apontou para o alto.

— Chama-se *appartement* — disse ele, exagerando a pronúncia francesa, enquanto me levava até a escada nos fundos da loja. — Na Inglaterra, eles os chamam de *flats*, mas eu prefiro o termo francês. São muito comuns em Boston. Um arranjo muito conveniente para morar e trabalhar.

Ele então abriu a porta e me conduziu para sua residência no segundo andar, em cima de seu estabelecimento. Consistia em dois pequenos quartos e uma cômodo maior que servia de cozinha e salas de jantar e estar. Sua jovem esposa estava sentada, balançando lentamente em uma cadeira, os lábios apertados e a testa franzida. A mãe, com uma expressão amargurada, estava ao seu lado, segurando sua mão.

— Está doendo — me disse Grace. — Não achei que doeria.

— Como você pensou que fosse, então? — perguntei, ajoelhando-me ao lado dela.

— Acho que não pensei muito sobre tudo isso. Nunca me explicaram esta parte.

Olhei de relance para a mãe da garota, a sempre pretensiosa Sra. Hendricks.

— Não havia necessidade de alarmar minha filha antes que ela estivesse pronta.

— Eu tendo a pensar nisso como prepará-las, não alarmá-las — retruquei.

— Eu a preparei para ser uma *dama* — resmungou a Sra. Hendricks. — Embora não pareça, considerando este fim de mundo que o marido dela escolheu.

Na realidade, Grace estava apenas nos estágios iniciais do parto. Tão iniciais, na verdade, que se sua mãe tivesse lhe ensinado as realidades de uma gravidez, ninguém teria se incomodado em me chamar até o amanhecer. Mesmo assim, permaneci ao lado da jovem, monitorando suas contrações a noite toda. Elas vinham a cada trinta a quarenta e cinco minutos e duravam vinte segundos. Mal eram dores de parto. E o tempo todo eu tinha que ouvir a Sra. Hendricks reclamar da longa e difícil jornada desde Boston, de suas provações nas precárias estradas rurais e suas opiniões sobre elas.

A garota era inexperiente, estava assustada e, quando examinei o colo do útero, mal tinha dilatação. Mas à medida que a noite se arrastava, tanto Grace quanto a mãe ficavam mais aterrorizadas com o processo. Impacientes com os resultados e desconfiadas da minha capacidade.

Em algum momento, quando saí para usar o banheiro, a Sra. Hendricks deve ter convencido David a mandar o ajudante ir buscar o Dr. Page. E agora ele está aqui, tentando me expulsar do quarto.

— Deixe-me vê-la — exige Page, tentando me afastar da cama.

— O senhor não vai enxotar daqui. — Dou um tapa no braço dele. — Vá para o outro lado da cama se quiser examiná-la. Mas não vou deixar meu posto.

— Muito bem. Terei que ensinar algumas coisas para a senhora, então. — Ele se vira para Grace. — É lamentável quantas mulheres do campo confundem falso trabalho de parto com o real.

— Como é… — interrompo.

— Porque é óbvio…

— As dores dela agora estão ritmadas e evoluindo.

— Que isso é um alarme falso — conclui ele.

— Ah, pelo amor de Deus, Grace, não dê ouvidos a esse homem. Eu estive com você a noite toda. Ainda está no início, mas você está, sim, em trabalho de parto.

A garota tem tipo físico inflexível e ereta. É bem-educada e tem boas maneiras. Se não estivesse grávida, seria reta como uma tábua. Tem uma bela postura. Cintura fina. Nariz reto como uma régua. Cabelos claros como vidro. Grace Sewell foi criada para parecer bonita em um vestido e fazer o que lhe mandam. O problema é que ela sempre seguiu as ordens de pessoas de boa linhagem e uma educação formal. Então faz sentido que, ao olhar para o Dr. Page e seu casaco refinado, ela encontre conforto e familiaridade. Enquanto tudo que ela recebeu de mim durante essas longas horas da noite foi a garantia de que ela deveria ser paciente, que o bebê viria quando estivesse pronto, e que não havia nada a ser feito enquanto isso além de esperar, caminhar e dormir, se conseguir.

A Sra. Hendricks se levanta da cadeira e se aproxima do médico ao lado da cama.

— Qual é a sua opinião, doutor?

— Acredito — diz ele, colocando sua maleta médica na cama ao lado de Grace e abrindo-a — que sua filha está sofrendo da maneira que todas as mulheres de classe alta sofrem.

Ela espera que ele continue, seus olhos arredondados e sua boca curvada em uma expressão de atenção, absorvendo cada palavra.

— É um fato reconhecido há séculos que mulheres ricas e bonitas, que levam vidas delicadas e pertencem às classes *superiores*, como sua filha, sofrem muito mais durante o parto do que... — ele olha para mim — as mulheres *comuns*.

— Isso é absurdo — retruco. — Se entendesse alguma coisa sobre mulheres, ou sobre partos, saberia que o corpo feminino funciona da mesma forma, independentemente de classe social.

— E quantas mulheres de boa linhagem a senhora já ajudou a dar à luz, senhora Ballard? Quantas damas? Ou filhas de governadores? Quantas mulheres ricas já atendeu? — O Dr. Page não espera que eu retome o fôlego para lhe dizer quantas centenas de mulheres eu já ajudei a dar à luz, de todas as classes sociais, antes de continuar a falar. — Como eu pensava. Agora, saia do caminho e me deixe ajudar esta mulher e livrá-la das dores dessas falsas contrações.

— Obrigada, doutor — diz a Sra. Hendricks, com a voz entrecortada e submissa. — O que o senhor pode fazer por ela?

— Ministrar láudano. Ela vai dormir e as dores vão cessar.

— Grace. — Faço meu apelo diretamente à garota agora. — Os livros de medicina sugerem o uso de láudano para um falso trabalho de parto. Suas contrações estão apenas no início, mas são reais, e esse remédio lhe fará grande mal.

O Dr. Page contrai a mandíbula.

— Estou confiante no meu diagnóstico.

— Um diagnóstico baseado em quê? — exijo. — Você nem sequer a examinou. Nem interna nem externamente.

— Pela observação. E habilidade médica. Lembre-se de qual de nós — ele se vira para Grace ao terminar — tem um diploma de medicina neste quarto.

Grace olha para a mãe, confusa e aterrorizada.

— O que devo fazer?

— Ouça o médico, querida. Ele estudou para isso.

Está decidido, então, e assisto horrorizada enquanto o Dr. Page tira uma garrafa cheia de um líquido marrom-avermelhado.

— Cinquenta gotas devem resolver — declara ele.

— Isso a deixará inconsciente!

— Como mais espera que ela durma? A senhora a manteve acordada a noite toda, tagarelando e fazendo exames desnecessários.

O Dr. Page tira um conta-gotas de uma pequena bolsa de veludo e começa a pingar as gotas em um pequeno cálice.

— Aqui — ele diz após alguns momentos, entregando o cálice para Grace —, beba.

— Por favor, *não* tome esse remédio — suplico, praticamente gritando.

Mas Grace Sewell vira o copo e esvazia o conteúdo na boca. Estremece com o sabor amargo. Engole com delicadeza. Limpa os lábios com o dorso da mão. Em questão de minutos, seus olhos estão pesados e a respiração está lenta.

Dr. Page guarda suas coisas e fecha a maleta.

— Peça para o marido dela me chamar quando as dores reais começarem. Embora eu não espere que isso aconteça por alguns dias ainda.

Eu o observo sair, mas não digo nada, pois não quero desencorajar sua partida. Quanto antes esse tolo for embora, mais rápido poderei cuidar de Grace.

A Sra. Hendricks me encara.

— Não vai embora também?

— *De jeito nenhum*. Sua filha — digo, apontando para a garota, esparramada na cama — logo estará com fortes dores do parto. Mas aquele idiota a deixou inconsciente. Será um milagre se ele não tiver matado sua filha e a criança.

— Você não acha mesmo que...

— Claro que eu acho! — grito, e fico satisfeita ao ver a expressão de horror no rosto da Sra. Hendricks enquanto ela recua. — Por que acha que discuti com ele? Vou ficar exatamente onde estou até ter certeza de que sua filha e neta estão bem. Mas se não estiverem, a senhora terá que agradecer ao Dr. Page por isso. Lembre-se disso da próxima vez que entrar em pânico e chamar um homem para fazer o trabalho de uma mulher.

* * *

Grace dorme por nove horas. Eu fico ao lado dela o tempo todo, preocupada, meus dedos no pulso da garota, contando cada batimento cardíaco. Eles estão muito lentos, as contrações muito fracas. Muito aquém do que é necessário para trazer uma criança ao mundo. Mas elas não param, e isso por si só é um milagre.

Até que Grace começa a suar. Cada contração enrijece sua barriga, e ela emite gemidos guturais. É o tipo de som que um soldado faz quando está à beira da morte em um campo de batalha. De um animal ferido na floresta. É o som de uma mulher chegando à transição, aquele doloroso momento entre o trabalho de parto e o nascimento. No começo, é um ofegar. Depois, um sibilo; seguido de um gemido vindo direto dos pulmões. Se ela estivesse acordada, eu poderia prepará-la para o que vem a seguir.

Quando Grace começa a tossir, tenho apenas segundos para sentá-la e incliná-la antes que ela vomite um jato marrom e fedorento sobre a cama. Grace está encharcada. Suas roupas estão encharcadas. A roupa de cama está ensopada. Mas enfim ela acorda e instantaneamente percebe que seu corpo está empenhado em trazer seu filho ao mundo.

A voz vem de trás de mim.

— Senhora Ballard, eu...

Quando olho para a Sra. Hendricks, posso ver sua garganta se esforçando para engolir o pedido de desculpas.

Ela desvia o olhar.

— Será que Grace consegue lidar com o restante do trabalho de parto?

Mulher tola e orgulhosa, penso.

— Sim. Mas graças à senhora, ela não estará mais bem preparada para o próximo parto. Ela só vai lembrar deste da pior forma — digo, e a ordeno que vá buscar água morna e lençóis limpos.

— O que aconteceu? — pergunta Grace enquanto os últimos vestígios do láudano se dissipam de seu organismo.

— Acredito que acabou de descobrir exatamente que tipo de médico Benjamin Page é. — Olho diretamente nos olhos dela enquanto começo a despir seu vestido sujo. — Agora, você vai me permitir ajudá-la com aquilo que faço de melhor?

Ela assente. Engole em seco. Começa a chorar.

— Sim.

— Ótimo. Sua mãe está trazendo uma bacia com água. E então vamos conhecer seu bebê.

* * *

Quando o Dr. Page sobe apressado os degraus da fábrica de velas duas horas depois, eu o encontro na porta do quarto de Grace. A garota está sentada na cama, segurando seu filho recém-nascido com um uma expressão de orgulho e deslumbramento.

Quando Page tenta passar por mim, eu coloco a mão em seu peito.

— Você não é necessário aqui.

— Mas é a minha...

— Não. Ela é *minha* paciente.

— Precisa aprender qual é o seu lugar, senhora Ballard.

Dou risada.

— Estou no meu *lugar* há muitas e muitas horas. O senhor, por outro lado, deixou uma jovem inconsciente e depois a abandonou sob os efeitos nocivos de uma droga perigosa. Como resultado, não estava presente quando ela começou a vomitar enquanto dormia. Se eu não estivesse no *meu lugar*, ela teria morrido. Mas estou curiosa sobre uma coisa — digo.

Ele olha alarmado para a cama.

— O quê?

— O senhor ao menos se deu ao trabalho de descobrir o nome dela enquanto estava ausente?

Qualquer vestígio de humildade que pudesse estar surgindo em seu rosto ao perceber seu erro é apagada por um repentino lampejo de orgulho.

— Não havia necessidade.

— Então não aprendeu nada. O nome dela é Grace. E se fosse o homem instruído que afirma ser, saberia que o nome significa "favor não merecido". Que é exatamente o que Deus lhe concedeu, permitindo que tanto ela quanto a criança sobrevivessem às suas intervenções.

E bato a porta na cara dele.

TABERNA POLLARD

Sábado, 12 de dezembro

HÁ UM RASTRO DE SANGUE NA NEVE.

Uma multidão se reuniu do lado de fora da taberna e dois homens lutam no meio da roda, braços e pernas debatendo-se no ar. Amos e Moses Pollard se postam de cada lado do círculo cada vez menor, com os braços estendidos para impedir que alguém interfira. Abigail sabiamente se posicionou nos degraus da frente, com uma fumegante caneca de sidra na mão, a uma distância segura da confusão. Ela observa com desdém.

Acabei de voltar do parto de Grace Sewell e não vejo a hora de retornar para casa, mas minha curiosidade vence, e eu atravesso a rua para ver o que está acontecendo.

— Homens são um bando de tolos — murmura Abigail quando chego ao lado dela.

— Sim. Mas quais tolos são esses, especificamente?

— O que está sangrando é James Wall. — Antes que eu possa fazer uma pergunta ou tirar conclusões precipitadas, ela acrescenta: — E o outro é um oficial do tribunal de Vassalboro. Veio aqui para levar James para responder a acusações.

— Acusações de quê?

Ela dá de ombros.

— Não sei. Mas James não quer ser levado. Então estão decidindo entre eles. Como eu disse, tolos. James não deveria resistir, e o oficial não *devia* permitir.

— Permitir?

— Você vai ver.

E eu vejo, logo em seguida, quando o oficial se cansa da confusão. Ele é um homem de estatura mediana, menos de um metro e oitenta, com um corpo esguio, mas forte. No entanto, fica bem claro que ele foi treinado para lutar, é ágil. Um gancho de esquerda atinge o queixo de James, arremessando-o de cara na lama congelada. Em instantes, o oficial está sobre ele, amarrando suas mãos atrás das costas com um pedaço de corda.

— Como eu disse — ofega o oficial ofega. — Você deve se apresentar imediatamente no Forte Western para enfrentar acusações pelo não pagamento de dívidas.

James cospe um gosma sanguinolenta no chão.

— Eu já disse! O rio congelou e não conseguimos fazer as entregas. Então não recebi o pagamento. Por isso não pude pagar minha dívida no mês passado.

O jovem oficial parece até demonstrar empatia, mas endireita as costas e permanece parado ao lado de James.

— O motivo não é da minha conta. A decisão é do tribunal.

A multidão observa o oficial levantar James do chão e o conduzir até uma carroça estacionada ao lado da taberna. As pessoas abrem caminho enquanto James é colocado no assento e amarrado a um gancho de ferro na lateral da carroça. É um nó de marinheiro, usado em cordames, e não há chance de soltar durante a jornada. Uma vez satisfeito de que James está bem preso, o oficial desamarra as rédeas e se acomoda em seu assento.

Ele cumprimenta a multidão com um toque em seu chapéu, depois estala as rédeas de couro e grita:

— Há!

O cavalo vira para rua Water em direção ao norte, enquanto os moradores de Hook observam em silêncio.

— Ele se hospedou aqui ontem à noite — diz Abigail, mais uma vez antecipando-se a minha pergunta. — Disse que seu nome era Barnabas Lambard, mas não sabíamos que ele era um oficial do tribunal ou por que estava na cidade.

— Ele parece bem jovem.

— Sim. Eu diria que tem uns 20 anos. E isso provavelmente contribuiu a seu favor.

— Como assim?

— Moses me disse que ele estava perguntando por James pela cidade. Onde ele morava e como ele era. Todos pensavam que deviam ser conhecidos. Mas foi o cavalo que mais o interessou. — Abigail dá um gole na sidra e se vira para mim.

— Por quê?

— Um homem é um homem. Mas cada cavalo é único. Pelo menos foi o que ele disse a Moses. Todo mundo sabe que James monta um Narragansett Pacer. Ele não se cansa de se gabar disso, diz que é proveniente da criação de

George Washington. Provavelmente é mentira. Eu não saberia diferenciar um animal de outro, mas aquele oficial sabe. Saiu correndo da taberna assim que viu James amarrar o cavalo no varão.

Olho para o cavalo preso ao varão — confuso e nervoso graças a toda a agitação. Ele tem altura mediana e garupa estreita e, como tantos outros cavalos, tem a pelagem castanha. Crina preta. Rabo preto. Patas pretas. Ele mantém a cabeça e o rabo erguidos, e eu penso que talvez um bom cavaleiro saiba diferenciar um Pacer de um Hackney.

— O que você vai fazer com ele? — pergunto, acenando com a cabeça na direção do cavalo.

— Estabulá-lo, eu acho. James pode acertar a conta depois.

A carroça já se foi, mas eu olho na direção em que ela partiu.

— Eu pensava que a prisão por dívidas fosse coisa do passado. Quanto James deve?

Abigail dá de ombros.

— Com os socos voando, não deu tempo para perguntas.? Mas ouvi dizer que James pretende montar uma destilaria. — Ela vira seus escoceses olhos verdes-escuros para mim e me lança um olhar cheio de significado. — E que recorreu ao juiz North para um empréstimo.

— Por que para ele?

— North é um homem rico. E gosta de diversificar seus negócios. Pelo menos é o que dizem.

Eu viro minha cabeça de lado. Observo a forma imponente da taberna atrás de nós.

— Será que Amos...?

— Ah, não, *nunca*.

A multidão começa a se dispersar, e vejo John Cowan — o jovem aprendiz de ferreiro — se aproximar para falar com a filha mais velha dos Pollard, Catherine. Observamos o casal em silêncio. Cabeças baixas. Vozes abafadas. Em certo momento, John se inclina mais perto e toca levemente o cotovelo de Catherine quando ela diz algo. Ambos riem. Ruborizam. Então ele se despede e se afasta.

— E o que você acha daqueles dois? — pergunta Abigail. Mais uma vez, ela dá um gole na sidra e me passa a caneca.

É boa e saborosa. Ácida e forte. Deslizo o líquido pela garganta, escolhendo cuidadosamente as palavras.

— John é gentil e trabalhador. É o braço direito de Charles Clark. Ele é forte. Responsável.

— Mas?

— Eu não disse um "mas".

— Não em voz alta.

Ofereço um breve sorriso a Abigail.

— Ele é um bom homem. Tenho certeza disso. Mas não é o mais brilhante que já conheci.

— Seus padrões podem ser altos demais, senhora Ballard. Nem todo homem pode ser um Ephraim. — Ela me olha com um sorriso. — Ou um Amos.

— Infelizmente, não.

— Você entende o que eu quero dizer. Se ele batesse à sua porta, você o deixaria cortejar Hannah?

Abigail e eu nunca conversamos sobre o interesse de Moses por minha filha, mas não deve ter escapado à sua atenção.

— Não é John Cowan quem planeja bater à minha porta. Mas, se tentasse, teria que enfrentar Moses.

Observamos a figura robusta de John se afastar. Não seria uma luta justa, mas nenhuma das duas diz isso em voz alta. Ambas gostamos muito de Moses.

— Ah, sim, ele tentaria — diz Abigail retorcendo a boca com uma expressão pesarosa.

— Independentemente disso, Hannah parece já estar comprometida, e Dolly ainda é um pouco jovem para ser cortejada, mas se as circunstâncias fossem diferentes em qualquer um desses aspectos, sim, eu abriria a porta para John Cowan. E acredito que Ephraim também.

— É mais ou menos o que eu penso, mas queria ter certeza — conclui Abigail. Então, enquanto me viro para ir embora, ela estende a mão para pegar a caneca. — Martha?

— Sim? — respondo entregando-a.

— Não se surpreenda se Moses bater à sua porta um pouco antes do que você espera.

* * *

Pouso minha pena na mesa e alongo a mão. Está doendo. Por causa do frio, da idade e da tensão dos pequenos músculos trabalhando para guiar uma criança a este mundo.

Sexta-feira, 11 de dezembro. — Nascimento. Filho de David Sewell. Dia nublado. Casa do Sr. Sewell. Fui chamada para atender Grace Sewell ontem à noite.

Seu trabalho de parto estava tranquilo. Mas ela e sua mãe ficaram com medo e chamaram o Dr. Page, que deu à minha paciente cinquenta gotas de láudano, o que a deixou em um torpor tão profundo que suas contrações (antes regulares e promissoras) se tornaram escassas até ela vomitar. Mas as contrações voltaram e ela deu à luz um filho, seu primogênito, à sétima hora. Recebi doze xelins como recompensa. Deixei-a em boas condições às 10 horas e atravessei o rio a pé.

Cyrus e o jovem Ephraim já estavam em suas camas no segundo andar, e ouço seus roncos ecoando pela escadaria. As meninas também se recolheram para o quarto, mergulhadas nos sonhos da noite. Jonathan, como de costume, está dormindo fora de casa.

Franzo as sobrancelhas em frustração ao pensar nele, mas continuo escrevendo:

Sábado, 12 de dezembro. Dia limpo e frio. Hoje, James Wall foi levado para Forte Western por um oficial. Pelo que eu soube, para responder a uma acusação pelo não pagamento de dívidas.

Estico as costas, ouvindo o vento nos pinheiros e os rangidos da casa que se acomoda ao meu redor. Consigo ouvir um coiote ganir no pasto e uma coruja chilrear perto do celeiro. O fato é que me sinto solitária.

E e então rio sozinha. Se duas décadas atrás, quando estava envolvida em lidar com crianças pequenas e tarefas intermináveis, alguém tivesse me dito que um dia eu estaria sentada em minha escrivaninha em uma casa quente e silenciosa, com a neve caindo lá fora, e reclamaria da *solidão*, eu teria ficado indignada. Esse futuro parecia algo tão distante quanto Constantinopla.

Sopro uma lufada de ar longa e fria sobre a nova anotação para a tinta secar, depois coloco minha pena de lado. Adoraria me juntar ao sono do restante da casa, mas já consigo pressentir a insônia que costuma assombrar minhas noites. Essa angústia é nova, surgiu depois que completei 45 anos. Nunca entendi a dádiva que era o sono até que ele desaparecesse. Nas décadas anteriores, eu dormia profundamente, absorvendo cada bocado de descanso que me era oferecido, agora o sono é superficial, entrecortado, desperto com facilidade e não consigo adormecer novamente. Em noites como esta, nenhum cansaço físico é capaz de induzir minha mente a desligar, então leio à luz de velas. É o único momento em que me permito esse prazer. A alegria de mergulhar em outra vida, em outro mundo, é a única coisa que aplaca a frustração de uma noite insone.

Visto minha camisola, escovo meu cabelo, me enrolo nas cobertas e alcanço a vela na mesa de cabeceira. Eu a movo para mais perto, então abro *Emmeline, a Órfã do Castelo,* de Charlotte Turner Smith. Ephraim comprou o romance em sua última viagem a Boston. A capa está desgastada — não sou a primeira proprietária —, mas a impressão é nítida e não há páginas faltando, o que é mais do que posso dizer da maioria dos romances a que tenho acesso. Em questão de segundos, estou imersa em um mundo fictício da aristocracia inglesa. Mas não escapa à minha atenção que, se meus próprios antepassados tivessem desfrutado de tal conforto, eu estaria vivendo do outro lado do mar, e não aqui, nos vastos ermos do novo mundo.

SERRARIA BALLARD

Domingo, 13 de dezembro

A casa cheira à animal morto. Couro e gordura de uma caçada selvagem. O cheiro acre perdurará por vários dias, mas não há nada a fazer sobre isso. O sebo de veado é pungente, mas, uma vez transformado em velas e curado, o odor desaparecerá. Adicionei lavanda e alecrim secos e macerados — junto com seus óleos — a cada um dos quatro caldeirões de derretimento que ficam na minha bancada de trabalho. Em uma semana, as velas terão cheiro de floresta. E a casa voltará a ter perfume de lar.

— Pronto — diz Dolly, amarrando o último fio de linho na ponta de um galho fino de cerca de trinta centímetros. — Duzentos e quarenta.

Inspeciono o trabalho dela e assinto em aprovação. Dolly amarrou os pavios enquanto eu preparava as prateleiras de secagem ao longo da parede. Cada galho suportará duas velas, e em cada prateleira cabem quarenta e oito. No total, devemos ter velas suficientes para passar o inverno, com algumas extras para trocar.

Passamos toda a manhã derretendo a gordura de veado cedida por Amos Pollard, e então coando até que se torne uma cera lisa e clara. Dolly e eu usamos aventais para manter os respingos gordurosos longe de nossas roupas e lenços no cabelo para evitar que ele caia em nossos olhos. Fazer velas é um trabalho árduo e suado, não uma tarefa glamourosa para uma mulher. No entanto, é uma parte necessária da vida doméstica.

Tomamos nossos lugares à mesa e baixamos os primeiros galhos para que os pavios em ambas as extremidades mergulhem em caldeirões separados. Os grossos fios de linho absorvem a cera por um momento e os suspendemos de novo. Leva alguns segundos para o sebo derretido endurecer e então os mergulhamos mais uma vez. Repetimos o processo, observando cada vela aumentar de diâmetro a cada imersão. Uma vez que atinjam cerca de dois centímetros de largura, colocamos os galhos em uma prateleira de secagem para que as velas fiquem penduradas enquanto endurecem. O trabalho levará várias horas para ser concluído, mas nenhuma de nós se importa. Raramente temos a oportunidade de passar um dia inteiro juntas.

É uma daquelas tardes de inverno tão claras que o sol reflete na neve e incomoda os olhos se olhar diretamente. Não consigo evitar me preocupar com Ephraim atravessando o pântano congelado ao norte. Seus ancestrais são galeses, mas vivem nas colônias há duas gerações e se acostumaram aos rigorosos invernos do nordeste. Ele insiste que não sente mais o frio. Sei que está mentindo, mas ele diz mesmo assim. É nosso jogo particular — uma dança de preocupação e negação.

Hannah está na casa de Lucy, nossa filha mais velha, casada, que mora do outro lado do rio, nos arredores de Forte Western. Lucy teve sua sétima filha — também chamada Hannah — há alguns meses, e estava ansiosa tanto pela ajuda quanto pela companhia da irmã. Há uma diferença de onze anos entre elas, mas sempre tiveram um vínculo especial. E agora que Hannah está se aproximando da idade de se casar, suspeito que há perguntas que ela preferiria fazer à irmã. Essa realidade me deixa um pouco inquieta, no entanto, dada a atitude casual de Lucy em relação a assuntos de natureza carnal. Seu primeiro filho nasceu apenas cinco meses após seu casamento.

É claro, há regras e rituais para os jovens e o modo como fazem a corte. Geralmente, começa em um dos bailes sazonais. No mês passado, a família de May Kimble organizou um desses bailes e, em janeiro, haverá outro aqui no moinho. Mas, ainda assim, os jovens sempre encontram maneiras de estar juntos, longe de olhos atentos, e toda vez que meus filhos estão fora de vista, eu me pergunto o que podem estar fazendo.

Quanto aos meninos, hoje Ephraim Júnior decidiu se juntar aos irmãos mais velhos para cortar árvores na floresta, e nenhum deles estará em casa até o jantar. Estamos somente Dolly e eu em casa, e é ao mesmo tempo tranquilo e estranho. Parece que foi ontem que eu tinha um bebê em cada braço e mais dois agarrados aos meus tornozelos.

Mergulho as velas no sebo, então as retiro novamente, observando o excesso escorrer de volta para o caldeirão. A gordura refinada esfriou um pouco e não está tão líquida, tornando o processo mais rápido; gosto da forma como as ervas secas salpicam a cera. Mas continuo de olho na consistência, porque se ela engrossar demais, os caldeirões precisarão voltar ao fogo.

Trabalhamos em um silêncio amigável, até que Dolly diz:

— Levei ensopado e pão para a senhora Foster ontem enquanto você estava fora.

— E ela está bem? — pergunto.

— Nem melhor, nem pior — responde Dolly.

Desde que Sally Pierce fez suas acusações, o mundo dos Foster tem se tornado cada vez menor. Muitos dos que antes os defendiam agora sussurram pelas costas, levantando hipóteses. Fofocando. Alguns vizinhos os evitam por completo. Poucos em Hook se importaram com a morte de Joshua Burgess até que seu pastor ser incriminado pelo assassinato. E aqueles que menosprezaram a alegação de Rebecca de ter sido estuprada, agora que ela está grávida, olham-na com desconfiança.

Estou pensando no que posso fazer por Rebecca quando Dolly aponta algo pela janela.

— Quem é aquele? — questiona. É uma pergunta simples, mas há uma curiosidade, um certo *brilho* em seus olhos, que percebo antes de me virar para a janela.

Um homem conduziu sua carroça até o portão do jardim e desmontou. É jovem e ágil, de altura mediana, e o reconheço de imediato.

— É Barnabas Lambard.

— Nunca ouvi falar dele.

— Ele é um oficial do tribunal de Vassalboro.

Dolly termina de mergulhar suas velas, coloca o galho na prateleira de secagem e então se move para a janela para ver melhor. Pousa as mãos nos quadris e observa o homem com curiosidade, cabeça inclinada para o lado, lábios cerrados.

— Por que um oficial do tribunal viria até aqui?

— Uma excelente pergunta — digo. — Continue trabalhando nas velas que eu vou lá descobrir.

— O sebo engrossou — alega ela, e eu sei que quer ir junto. Pelo leve sorriso repuxando a lateral de sua boca, suspeito que Dolly ache o jovem atraente.

— Então derreta novamente. Volto logo.

Eu mantenho meu avental e o lenço na cabeça quando vou cumprimentar o Sr. Lambard. Abro a porta da frente antes que ele chegue ao portão do jardim.

Ele toca em seu chapéu.

— Bom dia, senhora...?

— Ballard.

— Bom dia, senhora Ballard, eu sou...

— Sei quem é você, senhor Lambard.

Ele para no caminho, o queixo inclinado para o lado, uma expressão que sugere que ele está tentando se lembrar se já nos conhecemos.

— Sabe?

— Vi o senhor prender James Wall em Hook ontem.

Ele tira o chapéu de feltro de abas largas e o bate duas vezes contra a perna, mesmo não estando empoeirado.

— Ah. Então a senhora não ficará surpresa ao saber que vim prender outra pessoa.

Gosto de James e ainda acho injusto que uma dívida insignificante possa levá-lo para a prisão, então não consigo evitar o tom sarcástico na minha voz quando respondo:

— Alguém esqueceu de pagar os impostos? Ou talvez o senhor esteja atrás de alguma fofoca?

Pronto, quase o fiz sorrir, mas ele não deixa transparecer.

— Receio que seja um pouco mais sério do que isso. Estou aqui para prender um homem acusado de estupro.

— Veio buscar Joseph North?

Ele balança a cabeça, e uma única mecha cai sobre a testa, cobrindo um dos olhos. Isso o faz parecer mais jovem de alguma forma, menos sério. Ele a afasta com as costas da mão.

— Não. Estou aqui para levar Joshua Burgess.

Ele não sabe. Como isso é possível?

— Bem, Joshua Burgess não mora aqui — respondo, evasiva.

— Sim, eu deduzi. Mas agora sou conhecido na cidade, depois do que aconteceu ontem. E sempre é melhor ter o elemento surpresa ao prender um homem. Eu já esperava que ele tivesse fugido, de qualquer maneira. Pensei em parar e perguntar aos vizinhos primeiro.

— E chegou aqui por acaso?

— Sua propriedade é a primeira entrada a partir da estrada principal para a cidade. — Ele levanta o polegar sobre o ombro e aponta para o norte. — Pelo menos vindo de Vassalboro.

— Bem — digo, aliviada pela coincidência —, sei com certeza que Burgess não fugiu.

— Mas a senhora poderia me dizer onde ele está?

Mordo o canto do lábio inferior, pensando.

— Se me contar algo em troca.

— E o que seria?

— Por que não veio atrás de Joseph North?

— Ah, entendi. — Barnabas coça a nuca. — Ordens diretas do tribunal. Devo deixar North se apresentar por conta própria para a audiência.

— E por que ele recebe tratamento diferente?

— Porque ele é juiz. E coronel.

— James Wall era capitão, e você o prendeu na frente de vinte pessoas.

Ele concorda com a cabeça uma vez, mas não interrompe o contato visual.

— Há uma grande diferença entre capitão e coronel, não é?

— Uma grande diferença a favor também, eu diria. O senhor acha que isso é justo?

— O que eu acho não tem nada a ver com isso. Sou apenas um oficial do tribunal; ninguém pergunta minha opinião.

— Eu acabei de perguntar.

Ele abre um sorriso rápido e radiante.

— *Acho* que tenho apenas uma tarefa, senhora, que é capturar os homens que me mandam prender. E sou do tipo que faz o meu trabalho.

Ontem, quando ele estava lutando com James, não consegui dar uma boa olhada nele. Mas observo Barnabas agora, curiosa sobre esse homem que se meteu no escândalo que envolve nossa cidade. Ele tem cabelo loiro-escuro e olhos que podem ser cor de avelã. Ou talvez castanhos. Não consigo identificar dessa distância. Mas há algo em seu rosto e em seus gestos que o faz parecer comum. Então me ocorre que talvez isso seja proposital, para parecer inofensivo. Ele é jovem para ser um oficial do tribunal, e passar despercebido — especialmente para estranhos — seria uma vantagem.

— Sua vez — diz. — Eu respondi às suas perguntas.

— O senhor pode encontrar Joshua Burgess na Taberna Pollard.

Ele lança um olhar para a casa atrás de mim, depois me encara de novo, e um sorriso retorce o canto de sua boca.

— Aquele parece ser um lugar popular entre os criminosos da sua cidade.

— James não é um criminoso — digo. — Na verdade, ele é um amigo. E não há um homem nesta cidade que não tenha ficado chocado ao saber que ele não pagou uma dívida.

Envergonhado, Barnabas assente. Não é um pedido de desculpas — ele não me deve desculpas —, mas sim um reconhecimento de que julgou mal o homem.

— Vá até a taberna. Fale com Amos Pollard. Diga que eu o enviei. Ele o levará até Burgess.

— Agradeço pela ajuda — diz, recolocando o chapéu. Então toca na aba e acrescenta: — Senhora. — E então olha por cima do meu ombro. E, mais uma vez, oferece aquele sorriso encantador e toca o chapéu uma segunda vez. — Senhorita.

Eu me viro e vejo Dolly encostada na porta, mão no quadril, os cabelos ostensivamente livres do lenço. Ela observa Barnabas com uma expressão que só posso descrever como posse.

Ora, isso é novidade.

— Tenha um bom dia, senhor Lambard — digo, caminhando até o portão do jardim para vê-lo partir. Ele desamarra as rédeas e sobe no assento da carroça.

Outro aceno com o chapéu. Outro olhar por cima do meu ombro. Um sorriso que se espalha pelos cantos da boca. E então ele se foi, sem perceber a descoberta macabra que o aguardava na taberna.

Dolly desce pela passarela e fica ao meu lado.

— Por que não contou a ele?

— Sobre Burgess?

— Sim.

— Porque ele teria voltado para Vassalboro.

— E isso é ruim?

— Se ele voltar para casa agora, nunca verá o corpo. E se ele não vir o corpo, não fará perguntas sobre como Joshua Burgess acabou enforcado, depois jogado no rio. — Olho fixamente para Dolly e vejo um vívido brilho de compreensão em seus olhos. — Eu quero que o maior número possível de pessoas faça perguntas.

— Acho que ele fará muitas perguntas — responde Dolly, assentindo com convicção. Ela olha para a entrada, onde Barnabas e sua carroça já desapareceram entre as árvores. — Ele parece esperto.

A escolha é da mulher. Lembro-me das palavras de Ephraim alguns dias atrás. *E quem pensa diferente é um tolo.*

Domingo, 13 de dezembro — Dia limpo e frio. Fiquei em casa. Fiz mais de duzentas velas. Um oficial passou por aqui procurando o capitão Burgess com um mandado de prisão.

LOJA DO DR. COLEMAN

Terça-feira, 15 de dezembro

Não sou a única mulher que veio à loja do Dr. Coleman na esperança de encontrar algo hoje. Há duas mulheres no balcão aguardando para serem atendidas e mais três nos fundos quando entro, com a cesta de vime apoiada no braço. Paro logo depois da porta para me livrar da capa de montaria e sacudir a neve do cabelo.

A pilha de peles ao lado do balcão não aumentou, mas não gosto da felpuda cauda vermelho-vivo que se destaca no centro. Com uma careta de desprezo, eu viro e me deparo com Sarah White. Ao ver minha expressão, a jovem desata a chorar e tenta passar por mim.

— Espere — digo, soltando minha cesta com um baque. Seguro o braço de Sarah. — O que aconteceu?

— Eu deveria saber. Vá bem cedo ou no fim da tarde, mamãe me disse, mas não enquanto as *Damas* estiverem por aqui.

Damas. Um termo pejorativo como poucos que já ouvi.

Eu a puxo de canto.

— Me diga o que aconteceu.

— Elas — diz Sarah, acenando com a cabeça na direção de três mulheres reunidas nos fundos, de costas para a frente da loja. — Deixaram claro que eu não era bem-vinda aqui.

— A loja não é delas.

Ela funga e seca duas grandes lágrimas de cada bochecha com a manga da blusa.

— Elas agem como se fosse.

Se Sarah White tivesse nascido em outra cidade, de pais diferentes, teria se casado cedo com um bom partido. Seu rosto já garantiria isso. Sua aparência provavelmente teria incitado um duelo. Mas ela vive em Hook e seus pais não estavam preparados para proteger uma garota tão adorável. Um flerte com um membro da milícia de Boston no ano passado a deixou com uma filha ilegítima e uma reputação arruinada.

— Encontrou o que precisa? — pergunto.

Ela balança a cabeça.

— Bem, é melhor encontrar, então. Não é sempre que você sai sem a bebê, e sua mãe não vai gostar se você voltar de mãos vazias.

— Mas...

— Deixe que eu cuido delas — digo, conduzindo Sarah de volta para a loja.

Pego minha cesta e caminho para os fundos, onde Coleman mantém os suprimentos de costura. As três mulheres examinam os rolos de tecido espalhados pela mesa. Cochicham, entre risos, e eu ouço uma delas falar em um tom exultante.

— Dá para acreditar na *audácia* da Sarah? Desfilando por aí sem aquela bebê.

Espio pelos vãos da prateleira e avisto Clarissa Stone deslizando a mão por um rolo de tecido de algodão em um tom suave de azul. Seu rosto está voltado para a companheira à sua direita, a boca retorcida em um sorriso malicioso.

— É indecente — concorda Rachel Blossom.

Peggy Bridge se junta às demais, incapaz de resistir a uma fofoca, e emite um som de reprovação.

— Há horários mais adequados para ela fazer compras. A mãe deveria ter lhe ensinado.

— *Ah*, a mãe claramente não ensinou *nada* a ela — retruca Clarissa, e estou prestes a repreendê-las quando ela acrescenta: — Vocês ouviram sobre Sam Dawin?

Dou um passo para trás para ter certeza de que elas não me vejam.

— O que aconteceu com ele?

— Ele e May se *casaram* na sala de estar de Henry Sewell no domingo. E foram *viver maritalmente* logo em seguida. A mãe dela está furiosa.

Clarissa consegue exatamente a reação que pretendia. Muitos murmúrios, sons de desaprovação e cabeças balançando em julgamento.

— Não é *estranho*? — pergunta ela. — Eles só publicaram os proclamas seis semanas atrás.

Peggy, não querendo ficar de fora, acrescenta:

— Ouvi dizer que fizeram um verdadeiro espetáculo público de afeto. Meu marido viu Sam beijar May no meio da *rua*!

A última palavra é dita com um ar tão escandaloso que ela poderia muito bem ter insinuado que correram nus pela cidade ao sair da igreja.

Clarissa assente, pronunciando seu veredito com convicção.

— May está *grávida.* — As outras exclamam, espantadas, apenas para acrescentar mais drama, e ela parece satisfeita quando acrescenta: — Por que mais eles se casariam tão rápido?

É uma exibição repugnante de hipocrisia, e não vou tolerar isso nem mais um segundo. Saio de trás da prateleira, assustando-as. Elas se viram, horrorizadas ao descobrir que a conversa abominável foi ouvida. E, pior ainda, por mim. Expressões variadas de vergonha, raiva e apreensão percorrem seus rostos.

Tanto Clarissa quanto Peggy estão em gestação avançada. Clarissa a tal ponto que parece que já pode ter passado do termo. Pouso meu olhar sobre suas barrigas protuberantes, deixando que fiquem cada vez mais desconfortáveis.

— Talvez eles tenham se casado tão rápido por estarem apaixonados? Ou porque Sam quase morreu algumas semanas atrás e isso certamente faz um homem pensar que não há tempo a perder. — Eu me aproximo. Baixo o tom de voz. — Não há nada de errado em um homem querer compartilhar a cama com sua esposa desde o início. O que *está* errado, no entanto, é fofocar sobre seus vizinhos de maneira tão cruel. E não apenas sobre Sam Dawin, um homem respeitável por todos os padrões, mas sobre Sarah White? É muita *ironia*. Mesmo para tipos como vocês.

— Pelo que me lembro — acrescento, torcendo a faca — você deu à luz a seu primeiro filho quatro meses após o casamento, Peggy. Foram seis meses para você, Rachel. — Olho para Clarissa Stone e balanço a cabeça. — Mas você é quem deveria estar mais envergonhada por esse ataque puritano. Foi preciso um ano e uma conturbada ação de paternidade até que Paul fizesse de você uma mulher honrada.

Não preciso lembrá-las de como sei disso, de que as atendi no parto e que — no caso de Clarissa — colhi seu testemunho sobre a paternidade de seu filho, que depois apresentei ao tribunal quando ela o processou para receber a pensão.

— Nenhuma de vocês tem o direito de falar — acrescento. — E se tivessem um pingo de integridade, se desculpariam com Sarah imediatamente.

Apenas Rachel Blossom tem a decência de corar. As outras ficam inquietas e me encaram antes de empinar o nariz e passar por mim.

— Sinto muito — sussurra Rachel enquanto vira o rosto para o chão e segue atrás delas, mas, assim como as amigas, não diz uma palavra para Sarah ao sair.

Observo-as partir, imaginando como devem estar me amaldiçoando em pensamento enquanto se apressam de volta para suas casas. Deixaram os rolos de tecido em desordem, então eu os enrolo e os enfileiro na mesa. Um rolo de *shantung* de seda verde-pálido chama minha atenção e eu o retiro da pilha. Passo o polegar pelo tecido irregular. Verifico o preço. Coloco de volta. Pego novamente. De um lado para o outro, cinco vezes, até me decidir e o enfiar debaixo do braço. Eu *realmente* preciso de um vestido novo, afinal de contas.

Ergo os olhos e encontro Sarah White parada na minha frente.

— Obrigada — diz a jovem. — Você não precisava me defender. Fiz minhas escolhas. Mas estou feliz que tenha feito, mesmo assim.

— Eu só disse a verdade. E elas precisavam ouvir. — Sarah parece tão triste ao se afastar que eu estendo a mão em sua direção. Quero aliviar seu constrangimento, tranquilizá-la de que nem todos em Hook a consideram uma pária. — A opinião delas sobre você não importa, Sarah.

— Não é só elas, Martha. É todo mundo. É difícil enfrentar uma cidade inteira — lamenta ela, então vai pagar pelos itens em sua cesta.

Observo Sarah sair, o queixo enfiado na gola do vestido para evitar a rajada de vento frio. É doloroso pensar nela tão sozinha e banida desta comunidade. Será mais difícil para ela encontrar um marido agora que já teve um filho, mas ela não perdeu as esperanças, e decido ajudá-la a encontrar um homem que a ame como ela é.

Eu viro para a prateleira de suprimentos de costura e pergunto:

— Onde estão as agulhas?

— Atrás de você, à esquerda. Segunda prateleira de baixo. Jarro verde — responde Coleman da frente da loja.

— Ouviu a discussão?

— Sou quase cego, senhora Ballard, mas meus ouvidos funcionam muito bem.

As agulhas estão exatamente onde ele disse, pego um pacote do jarro, depois vasculho o jarro ao lado em busca de botões, antes de levar os produtos até a frente da loja.

Coloco a cesta aos meus pés e me apoio no balcão.

— Tenho medo de perguntar o quanto conseguiu ouvir.

— A senhora não estava se esforçando muito para falar baixo. E elas mereciam mesmo.

— Talvez, mas não foi muito gentil da minha parte.

— E as acusações que fizeram a Sam Dawin? Aquilo foi gentil? — pergunta ele.

— Nem um pouco. Embora seja da natureza humana, suponho.

— A hipocrisia?

— Bem, sim. Elas se sentem melhores consigo mesmas sempre que alguém é flagrado fazendo algo parecido.

— Mas Sam e May não fizeram nada.

— Por isso não fiquei calada.

— E a admiro ainda mais por isso — diz ele. Coleman volta sua atenção para seu tabuleiro de xadrez. — Agora, como posso ajudá-la nesta manhã?

Deslizo o pacote de agulhas pelo balcão, junto com um pequeno punhado de botões e o *shantung* de seda.

— Precisa de mais alguma coisa?

Há uma dezena de coisas que eu gostaria de comprar: um novo caldeirão de ferro fundido para a cozinha, um conjunto de garrafas de vidro azul para meu ateliê. Mas, como faço cada vez que entro por essas portas, tento me restringir ao que eu realmente *preciso*.

— Nada. A menos que saiba para onde levaram James Wall?

— Ouvi dizer que ele está confinado no pátio da cadeia de Forte Western até que sua dívida seja paga.

— Então ele pagou fiança?

Coleman concordou com a cabeça.

— Ontem.

Estar confinado ao "pátio da cadeia" e estar na cadeia são duas coisas completamente diferentes. A segunda opção é exatamente o que parece. Prisão e confinamento por um período determinado. A primeira, no entanto, é um arranjo mais flexível no qual aqueles que aguardam julgamento, ou que foram presos pelo não pagamento de dívidas, podem pagar fiança e, em seguida, seguir com seu trabalho durante o dia — dentro de uma área específica —, mas devem retornar à cadeia no fim do dia. Do nascer ao pôr do sol. Os limites de sua liberdade incluem uma distância de quase dois quilômetros de cada lado do rio, do riacho do Moinho até a curva na rua Water. Nas raras situações em que a residência ou o local de trabalho ficar fora desse limite, essas localidades também são incluídas.

Coleman me estuda por um momento e sinto que ele está decidindo se deve ou não me contar mais alguma coisa. Há um pedaço de comida preso entre seus dentes, e ele tenta removê-lo com a língua por um momento, então diz.

— Aquele *seu* novo médico causou um belo alvoroço.

— Não tenho *nada* a ver com ele — protesto.

— A maioria das pessoas parece feliz com a presença dele. Dizem que ter outro médico de *verdade* é uma bênção para esta cidade. E ele tem dinheiro. — Ele me oferece um sorriso enviesado. — Então eu não o odeio.

— Dinheiro?

— Ah, sim. Sua jovem esposa chegou na sexta-feira. Comprou metade da loja para montar uma casa. — Ele me lança um olhar perspicaz. — Está *muito* grávida. Diria que está nas últimas semanas.

— Eles estão alugando quartos?

— Não. — Ele balança a cabeça. — Uma casa. Do outro lado do rio. Alugaram a antiga propriedade dos McMaster, perto da fábrica de velas.

— Bem, isso explica muita coisa — murmuro.

— Tenha cuidado com ele, Martha. Ele deixou claro que não gosta de você. Acha que é uma intrometida.

— O sentimento é mútuo.

— Pode ser. Mas ele está buscando apoio. E isso vai acabar te prejudicando. Depois do fiasco com Burgess. E do parto de Grace Sewell.

— Já está sabendo?

— Ele fez questão de que *todos* soubessem. Diz que *você* insistiu para que ele desse àquela garota uma dose quase letal de láudano. E que ele se opôs veementemente. Mas concordou por você conhecer a jovem. Alegou que queria se reconciliar com a parteira local depois da confusão no tribunal. Por ser um sujeito amigável e tudo mais.

— Cretino maldito! Eu não fiz nada disso...

Coleman põe sua mão sobre a minha.

— Eu sei. Mas é com isso que terá que lidar, e precisava estar ciente.

Eu suspiro e apoio meus cotovelos no balcão. Deixo minha cabeça cair em minhas mãos.

— Maldito Burgess. Se ele não estivesse morto, eu mesmo o mataria por toda a confusão que causou.

— Pelo que ouvi, ele ainda está causando confusão.

Quando olho para cima, ele está tentando conter um sorriso.

— Barnabas Lambard?

— Ele tomou um belo susto quando Amos levantou aquela lona. Exigiu saber o que aconteceu. Então Amos lhe contou tudo. E o oficial marchou direto para o escritório de Henry Sewell e examinou os registros do tribunal. Pelo que ouvi, parece ter concordado com sua avaliação.

— Estou começando a gostar desse rapaz.

— Bem, ele não está muito feliz com você agora.

— Ele não precisa gostar de mim, contanto que continue fazendo as perguntas certas.

— Você pode se arrepender de dizer isso um dia. — Coleman ri. — Esse rapaz não parece ser do tipo que desiste fácil.

Coloco tudo na minha cesta e a apoio no braço.

— Obrigada. Pelas mercadorias e pela fofoca.

— Sempre — diz, e mais uma vez estende sua mão enrugada e segura a minha. — Tenha cuidado, Martha. Os ânimos se voltaram contra Rebecca Foster. E estão se voltando contra você também.

SERRARIA BALLARD

Terça-feira, 17 de dezembro

Quinta-feira, 17 de dezembro. — Parto. Filha do Sr. Stone. Clarissa Stone deu à luz a uma filha natimorta à décima segunda hora de ontem. A operação foi realizada pelo Dr. Benjamin Page. Os membros do bebê estavam muito deslocados, conforme fui informada. Aquele homem nem sequer saber fazer um parto pélvico.

Hannah trouxe a notícia esta tarde. Um dia após eu repreender Clarissa Stone na loja de Coleman, ela entrou em trabalho de parto. E em vez de me chamar, como deveria, ela chamou o Dr. Page. Isso é culpa minha. Tenho certeza disso. Sei que fui dura com ela por menosprezar Sarah e fofocar sobre Sam. Mas isso? É um preço alto demais a pagar. Para ela. E para mim.

Deixo minha caneta de lado.

Fecho os olhos.

Choro.

SERRARIA BALLARD

Sexta-feira, 18 de dezembro

Ephraim está morto.

Esse é o medo torturante que me assombra pelos últimos doze dias, e tenho que expulsá-lo da minha mente para que não se enraíze e me consuma. Sinto sua ausência como se fosse um membro faltando, alguma parte vital de mim que se foi, e muitas vezes me pego olhando para a estrada, esperando por seu retorno.

Devo partir para Vassalboro na terça-feira, com ou sem ele. Preferiria *com ele*, é claro, mas a cada hora que passa tenho menos certeza de que conseguirá voltar a tempo.

Se ele voltar.

— Não — digo em voz alta, tentando me agarrar a esse pensamento.

Na sua ausência, mantenho-me ocupada. Cozinhando. Limpando. Fiando linho e tecendo roupas de cama e mesa. Cuidando dos vizinhos e dos meus pacientes quando me chamam, preparando extratos e xaropes no meu ateliê. Administro nossa pequena fazenda e atribuo tarefas para meus filhos. Cyrus gerencia o moinho. Hannah e Dolly ordenham as vacas. Jonathan cuida dos animais. Ephraim Júnior é o encarregado pelas galinhas e pelos cavalos. Ele tem a voz suave e as mãos gentis, e nunca vi um cavalo se assustar ou empinar na sua presença. Ainda assim, ele ainda é muito jovem para o trabalho, e eu verifico Brutus e Bucket uma vez por dia apenas para garantir que tudo está bem.

Passo pelas pesadas portas do celeiro, um balde de restos de comida em cada mão. É hora de alimentar os porcos, mas não vejo Jonathan em parte alguma, o que significa que escapuliu mais uma vez sem avisar ninguém.

O celeiro foi construído como um grande quadrado com um telhado pontiagudo e quatro quadrantes separados internamente, um para os cavalos, outro para o gado, outro para as cabras e outro para os porcos, com um corredor em forma de cruz entre os cercados. Cheira à palha velha e a esterco fresco, a alfafa, feno e cevada que ficam guardados no andar de cima, no sótão. Exala o calor dos animais e o cheiro da serragem molhada. Os cavalos relincham enquanto passo entre os estábulos. As duas vacas leiteiras estão prenhas, e se agitam e mugem ao som da minha voz, enquanto o touro pisoteia e bufa em seu curral. Ele está inquieto, ansioso por outra chance com as vacas, mas já fez seu trabalho pelo ano e terá que esperar até a estação de reprodução em junho. Os bezerros — um macho e uma fêmea — estão entediados e dormem, alheios, enquanto as cabras se agitam em seu cercado, balindo para pedir o jantar.

— Quietas — digo. — Não é a vez de vocês. Jonathan vai cuidar de vocês mais tarde. — Levanto um balde e depois o outro sobre a cerca do chiqueiro e despejo o conteúdo no cocho, fazendo careta com o som molhado e repulsivo. Não fico para assistir os gordos animais rosados fuçarem e roncarem enquanto comem. Nunca gostei de lambança com comida.

Estou quase na porta do celeiro quando ouço o que passei semanas à espera: o pesado som de cascos de cavalo sobre o chão congelado.

— Ephraim — sussurro e saio em disparada pela porta, um balde vazio balançando em cada mão. Eles batem contra minhas panturrilhas enquanto corro pela estrada, tendo cuidado para não escorregar na neve compactada.

Meu sorriso evapora assim que faço a curva e chego ao quintal da frente. Joseph North desmontou de sua égua castanha e está amarrando as rédeas no varão do portão. Seu cachorro mestiço está sentado a seus pés, encarando-me como se eu fosse uma refeição. Ele mostra os dentes, mas não rosna.

Deixo os baldes de madeira caírem com um estrondo e ponho as mãos nos quadris.

— O que quer aqui?

— Vim ver os resultados do levantamento de Ephraim. Passei pelo moinho, mas não o encontrei.

Ele poderia muito bem ter dito que passou para tomar um xícara de chá. Ou para trazer o pagamento de uma conta atrasada. Mas seus olhos estão semicerrados, ávidos, e eu sei que ele veio checar se Ephraim voltou.

— Ele não está no moinho.

— Então onde ele está?

— Saiu.

— *Para onde?*

— Nunca conheci um homem que gostasse de dar à esposa um relato de cada movimento, coronel. Ephraim vai para onde quiser e volta quando bem entender. Quanto ao onde e ao quando, terá que perguntar a ele mesmo, porque eu certamente não sei.

North observa minha aparência desalinhada: as roupas de trabalho surradas, as mãos sujas e o cabelo preço em um lenço.

— Vejo que a peguei no meio de seus afazeres — retruca ele. Talvez seja minha imaginação, minha antipatia pelo homem, mas sinto que ele enfatiza a palavra de uma maneira que sugere que apenas uma mulher sem refinamento se dignaria a realizar trabalho braçal. — Por favor, diga ao Ephraim que estou à procura dele.

Espero que ele vá embora então, mas sua partida é interrompida por Cyrus. Meu filho dobra a curva da estrada, vindo do celeiro, com uma vara de pesca sobre um ombro e uma corda de trutas-azuis na mão. Como sempre, ele está sorrindo, quase exalando seu bom humor. No entanto, se eu tivesse uma faca na mão neste exato momento, eu a cravaria com alegria na garganta de North pelo lampejo de desprezo em seu rosto enquanto ele observa meu filho se aproximar.

Cyrus Ballard tem 33 anos e nunca se casará nem me dará netos. Ele nunca trabalhará longe do moinho ou desbravará o mar — embora seja seu maior desejo. Ele nunca explorará as vastas terras selvagens deste continente indomado. Cyrus é mudo. Foi privado da fala aos 12 anos, e a perda marcou sua vida de maneiras irreparáveis.

Ele não tem qualquer deficiência intelectual ou em sua capacidade física. É alto, forte e bonito. Sabe ler e escrever e pode se comunicar com as mãos quando necessário. É uma forma de fala que adotamos, gestos em vez de palavras. Mas fora de nossa família, ele é frequentemente alvo de piedade. Considerado bobo. Uma população analfabeta dá pouco valor para um homem com uma bela caligrafia e, sem a fala, ele não consegue se fazer entender.

— Olá, Cyrus — cumprimenta North. Ele olha para mim e para meu filho e dá um sorriso forçado. — Seu pai voltou da viagem de levantamento?

Cyrus cruza os braços sobre o peito e o encara, furioso. Ele não gosta de North tanto quanto o resto de nós. Depois de um momento, ele se posta ao meu lado, protetor.

— Por que você não leva os peixes para dentro — peço. — Eles precisam ser limpos.

Ele aponta para a corda, onde um corte percorre a barriga de cada peixe, para provar que ele já fez isso.

— Há alguns rumores sobre você na cidade — provoca North.

Os olhos cor de avelã de Cyrus se estreitam com desconfiança. Ele se recusa a morder a isca e perguntar do que se tratam os rumores.

— Parece que você se envolveu em uma briga com Joshua Burgess na noite em que ele morreu. Uma coincidência intrigante, não acha?

— O que está insinuando? — pergunto.

— Apenas que seu filho espancou um homem na frente de cinquenta pessoas e algumas horas depois ele apareceu morto. Acho isso curioso. Talvez aquele oficial do tribunal também ache. Ouvi dizer que ele está investigando.

— Se isso acontecer, sem dúvida, o senhor mencionará a ele sua sentença de afogamento acidental.

— Um julgamento feito sem o benefício de todos os fatos. — Joseph North sorri. — Não posso evitar me perguntar se a senhora sabia da briga quando testemunhou perante o tribunal, senhora Ballard.

Não devo nada a este homem. Nem respostas. Nem explicações. Nem respeito. E não lhe dou nada disso e permaneço ali, parada, esperando que ele vá embora.

Mas ele não terminou.

— Quero saber o que Rebecca Foster lhe disse. Se eu devo me defender, preciso entender as acusações.

— As acusações me parecem simples o suficiente.

Um pequeno músculo se contrai ao longo de sua mandíbula.

— Os detalhes são vitais para a minha defesa.

— Sua defesa não me diz respeito, coronel. Estou indo para Vassalboro para testemunhar em favor de Rebecca, não seu.

— Eu sou juiz deste condado. Pela lei, a senhora não pode me impedir de obter essa informação.

— O meu dever perante a *lei* é dar meu testemunho ao *tribunal*. Como bem sabe. E o senhor poderá ouvir o que tenho a dizer, junto com todo mundo, na próxima semana, diante do juiz em Vassalboro.

— Talvez.

Ele poderia muito bem ter dito: *se*. *Se* seu marido estiver presente. *Se* seu marido ainda estiver vivo. *Se*. Mas as aparências significam muito para Joseph North, e ele não pode sair do personagem em seu papel de injustamente acusado. *Talvez*. Uma palavra mais civilizada, cortês, menos ameaçadora. Ainda assim, há oceanos de significado nessas duas sílabas.

— Não há necessidade de se preocupar, coronel. Estou confiante de que a audiência prosseguirá como planejado.

Ele se aproxima de sua égua. Pega as rédeas. Eu o observo montar no animal, depois virá-lo em um pequeno círculo.

— Acho melhor ponderar todas as maneiras pelas quais sua confiança pode estar equivocada — retruca ele.

Como se fosse ensaiado, Cicero rosna.

— Acho melhor alimentar essa coisa antes que ela morda alguém.

— Não há sentido em alimentar um animal capaz de caçar o próprio jantar — diz ele, então esporeia a égua. Joseph North galopa pelo caminho, com o cão mestiço em seu encalço.

* * *

Sexta-feira, 18 de dezembro — Dia nublado e um pouco de neve. O coronel North esteve aqui. Ele me interrogou sobre minha conversa com a Sra. Foster a respeito do ocorrido em agosto passado. Fiquei em casa.

* * *

Sábado, 19 de dezembro — Céu limpo na maior parte do dia. Hoje completo 35 anos de casamento. O Sr. Ballard ainda não retornou de seu levantamento topográfico. Fiquei em casa.

* * *

Domingo, 20 de dezembro

Matar galinhas é uma tarefa sangrenta e horrível. Geralmente, fica a cargo de Ephraim ou Jonathan, mas ambos não estão em casa. Então, então, hoje, Cyrus e eu assumimos a tarefa, e conduzimos três galos geniosos até o quintal.

Estes são os últimos dos nossos galos extras da primavera. Criaturas maldosas que nos atacam com o bico e as esporas toda vez que vamos recolher os ovos. Eles são pequenos e magros, e estou cansada deles. Não é uma grande tristeza vê-los ir para o forno.

— Odeio usar o machado — digo a Cyrus. — Devíamos usar o Vingança. — Ele me lança um olhar questionador. — O facão de seu pai. Lá do moinho. Aquela coisa horrível, curvada. Vingança. É assim que o chamamos. Vá pegá-lo, se quiser.

Leva apenas alguns minutos para ele ir e voltar. Mas ele retorna carregando o facão. Debatemos silenciosamente quem fará o trabalho. Ele aponta para mim. Segura o punho como se estivesse agarrando algo, e eu concordo porque não há uma boa maneira de escapar desse trabalho. Terei que lidar com as esporas ou o facão de qualquer maneira. Melhor estar no controle do objeto cortante.

Cyrus pega o primeiro galo. Ele o segura de cabeça para baixo por alguns instantes, deixando o sangue fluir para a cabeça. Quando seus olhos se fecham e suas asas param de bater, sei que o galo está inconsciente. Cyrus segura a cabeça da ave com a outra mão e firma a empunhadura nos pés. *Odeio* matar animais. Mas odeio esses galos ainda mais. E esta é a maneira mais humana de abatê-los. Então corto a garganta da ave com um movimento rápido em forma de C e está feito. Cyrus pendura o galo pelos pés na cerca para que o sangue escorra. Depois do primeiro, tudo flui rápido. Um após o outro. Quando terminamos, ele sai para limpar o facão e guardá-lo de volta no moinho.

Pedirei a Hannah e Dolly para temperar e cozinhar as aves depois de depenadas. Não há uma maneira limpa de concluir o trabalho, mas é melhor do lado de fora do que na cozinha, onde as penas e o sangue se espalharão por toda parte. Escaldo as aves em água quente para soltar as penas, e depois preparo o banquinho e o tronco de corte no quintal e começo a trabalhar. Logo há uma pilha de penas pretas e brancas no balde aos meus pés. Acabo de depenar o último galo quando, mais uma vez, o som de cascos de cavalo ecoa pela estrada. Mas agora são dois conjuntos, e nem me dou ao trabalho de nutrir alguma esperança.

Quando levanto a cabeça, vejo que North está de volta. E trouxe sua esposa com ele. No meio do caminho, ele estende a mão e faz sinal para Lidia.

— Espere aqui — ordena, depois faz sua égua trotar.

Lidia North obedece e para seu pequeno cavalo cinza. Ela está coberta com uma capa de montaria verde, e tudo que consigo ver é seu rosto pálido espreitando sob o capuz. Ela parece doente, e suas mãos estão enfiadas em um regalo para se manterem aquecidas.

Maldição, penso, mas vou ao encontro de North no portão, minhas mãos pegajosas de sangue.

— Coronel.

Ele está vestido com roupas de montaria e preparado para uma viagem. Indo para Vassalboro mais cedo, sem dúvida. O mestiço está aos pés dos cavalo, me encarando daquela maneira voraz, como um predador.

— Ephraim está? — ele pergunta, sem se dar ao trabalho de desmontar ou me cumprimentar.

— A caminho.

Ele resmunga, sem se convencer.

— Se me permite um conselho. Quando estiver diante dos juízes — diz North, com a voz baixa o suficiente para que sua esposa não ouça e estendendo o braço para indicar a casa, o celeiro, o moinho —, lembre-se de quem sou eu. Afinal, sua família depende muito da minha generosidade.

— O senhor está me ameaçando?

— É apenas um *lembrete* — retruca ele — de que, como agente da Kennebec Proprietors, é *meu* dever confirmar se vocês atenderam todas as condições necessárias para obter a escritura desta propriedade.

— Não se preocupe. Eu *lembro* exatamente quem é o senhor — digo. — Rebecca Foster me contou.

Estive tão absorta lidando com os galos que não percebi quanto está terrivelmente frio aqui fora. O sol passou do seu ápice e está deslizando em direção ao horizonte, levando consigo os últimos resquícios do tênue calor do dia, uma brisa sopra do leste, chicoteando cristais de gelo pelo ar. Fazendo minhas bochechas arderem e meus olhos lacrimejarem.

A voz de Joseph North é tão fria quanto o ar quando ele responde:

— Claramente há mais de um idiota vivendo nesta casa.

Ofego, indignada como o insulto. Tenho vontade de gritar de fúria. Mas não sou eu quem solta um repentino som estridente. É tão súbito e tão alto que dou um pulo. Viro. Não vejo nada. Mas então sinto uma lufada de ar e o bater de asas quando um pássaro enorme mergulha em nossa direção. Ele faz um círculo preguiçoso ao redor da casa, passa entre mim e North, depois plana até o portão do jardim, agarrando a tábua de madeira com tanta força que suas garras rasgam o cedro envelhecido.

Cicero late e rosna, mas ele também vê aquelas garras letais e mantém distância. North puxa sua égua para trás, alarmado, mas eu sinto apenas um grande alívio.

— Percy — sussurro.

Existem apenas três falcoeiros no distrito do Maine, e apenas um em Hallowell. Ephraim é o único que pratica a falcoaria montada. Então, quando digo o nome do pássaro, Joseph North perde toda a arrogância e vira seu cavalo em direção a estrada.

— Pensei que quisesse falar com meu marido? — grito. — Como pode ver, ele está em casa agora.

— Está ficando tarde — diz North, com um grunhido gutural. — Não tenho mais tempo a perder.

A cavalo, em um passo rápido, levará quatro horas para chegar a Vassalboro. Não há chance de ele e Lidia conseguirem chegar antes do anoitecer. O que significa que eles devem ficar em uma pousada ao longo do caminho ou cavalgar depois de escurecer.

— Que pena — digo alto o suficiente para que Lidia escute. — Tenho certeza de que meu marido adoraria falar com o senhor sobre suas visitas nesta semana.

— Cicero, venha! — grita North. Ele não me olha nem se despede. O mestiço trota atrás dele, com o rabo fino abanando a cada passo. North encontrou a esposa na metade do caminho até o limite das árvores, quando vejo outro cavalo e cavaleiro emergirem. Meu coração salta por um breve segundo até perceber que não é meu marido.

Moses Pollard está montando o garanhão favorito de seu pai e vestindo suas melhores roupas de domingo. Ele tem um buquê de bagas de sumagre vermelho-vivo em uma das mãos e um sorriso bobo no rosto.

— Ah, meu Deus — sussurro.

Percy crava ainda mais as garras no portão do jardim, e ouço o arranhar contra a madeira. Os piós pendem de seus pés, as tiras de trinta centímetros balançando de um lado para o outro enquanto ele observa o jovem se aproximar.

Moses também nota o pássaro e para a três metros do portão. Seu cavalo se agita, inquieto.

— Você passou por Ephraim no caminho? — pergunto.

— Não.

Moses desmonta, empunhando o buquê de modo desajeitado em uma das mãos enquanto segura as rédeas com a outra. Ele pigarreia, incerto de como proceder agora que sabe que o pai de Hannah não está em casa. É óbvio que ele não se preparou para essa possibilidade.

Percy, no entanto, está ficando impaciente e grasna alto, sacudindo a cabeça.

— Ele está com fome — explico.

Por um momento, os olhos de Moses se arregalam, alarmados, e percebo que achou que eu poderia atiçar o pássaro nele.

— Hannah! — chamo, depois aperto os lábios para segurar o riso quando Moses empalidece. Ah, como fica fraco o coração do homem quando ele o arranca do peito, ainda batendo, e o coloca aos pés de uma mulher. Quando minha filha aparece na porta, eu digo: — Você tem visita. E, por favor, peça ao Cyrus para trazer um daqueles galos. Percy está com fome.

As bochechas de Hannah coram quando ela vê Moses. Ela sorri para ele, que retribui, e eu sei que tudo está perdido. Teremos um casamento dentro de um ano.

— Papai chegou? — pergunta ela, olhando para o pássaro.

— Não sei. Mas preciso levar o Percy para o viveiro.

Hannah entra e volta instantes depois com Cyrus, que está segurando o galo depenado pelo pescoço.

Ele sorri e sacode o galo no ar. Há um brilho provocador em seus olhos cor de avelã que sugere que ele poderia atirar a ave morta bem na direção de Moses só para ver o que acontece. Afinal, Hannah é sua irmãzinha. Ele não pode facilitar para o pretendente dela.

Em circunstâncias diferentes, eu poderia deixá-lo brincar com Moses.

— Jogue-o na frente do portão — digo a Cyrus. — Antes que ele venha até você.

O galo aterrissa com um baque molhado exatamente onde Cyrus pretende. Recuo quando Percy salta do portão e começa a devorar seu almoço ali mesmo, na estrada.

— Moses, por que não entra com Cyrus e Hannah e toma um chá? Eu vou levar Percy de volta ao moinho e logo me juntarei a vocês.

— Claro, senhora Ballard — diz o jovem, amarrando as rédeas do cavalo e passando pelo portão. Ele mantém uma distância segura, cuidadoso para não ver a carnificina, depois segue os outros para dentro de casa. Ele *escolheu* uma tarde em que é impossível manter qualquer senso de decência. Pelo menos eles terão uma história para contar aos filhos um dia. Com cuidado, eu me afasto e lavo o sangue das mãos.

Não tenho vergonha de admitir que demoro muito para recolher Percy. Tenho esperanças de que Ephraim apareça na estrada a qualquer momento e me livre do dever. Mas ele não chega, e não há som de cascos em lugar algum da floresta. Fica mais silencioso e mais frio a cada momento.

— Vou falar com seu mestre sobre isso — digo, tirando o xale dos meus ombros. Sei que não é proteção suficiente, mas é melhor do que nada, e eu o enrolo em torno do meu antebraço esquerdo. Percy poderia esmagar meu braço com um único aperto feroz daquelas garras. Ele poderia rasgar a carne e quebrar o osso. Mas com certeza o treinamento de Ephraim não foi em vão. Isso é o que digo a mim mesma enquanto prendo a respiração, fecho os olhos, viro o rosto para o lado e estendo meu antebraço esquerdo em um ângulo reto do meu lado. Mal posiciono o braço e sinto uma lufada de ar e asas batendo atingir meu rosto.

* * *

Abro a porta do viveiro de Percy com o pé. Ele não me feriu, de fato. Provavelmente porque fiz exatamente como vi Ephraim fazer mil vezes. Assim que Percy estava estável no meu braço, enlacei os dedos da minha mão direita entre as pernas dele — logo acima das garras — então o levantei do meu braço. Depois disso, foi apenas uma questão de prender os piós e caminhar, com o braço estendido, até o moinho.

Ainda nenhum sinal de Ephraim. A cada minuto que passa, a pedra no fundo do meu estômago fica mais pesada. Todos os medos terríveis que mantive afastados nas últimas duas semanas emergem, cada vez mais altos. Mas não posso me dar ao luxo de pensar em nenhuma dessas possibilidades agora. Preciso me preparar para minha viagem a Vassalboro na terça-feira. E devo ser uma anfitriã para o jovem que veio cortejar minha filha.

Em retrospecto, digo a mim mesma que foi por isso que ignorei o óbvio. Havia muita coisa acontecendo ao mesmo tempo. Mas quando me inclino para colocar o pássaro em seu viveiro, finalmente percebo.

Ephraim amarrou uma mensagem na perna de Percy:

Vou encontrá-la no tribunal. Leve o diário.

VASSALBORO

Quarta-feira, 23 de dezembro

Desdobro o bilhete, depois dobro de novo e me sento na cama do quarto alugado no sótão da Taberna da Rua Silver, em Vassalboro. Passo a unha pelo vinco, até deixá-lo bem fino. A caligrafia de Ephraim é elegante e concisa, letras perfeitamente espaçadas desenhadas com a mão firme. Fico maravilhada com sua beleza, com a precisão de cada traço e curva elegantes. Meu marido é do tipo que acredita que a caligrafia de um homem é um atestado de seu caráter.

A audiência começa em menos de uma hora, mas Ephraim ainda não está aqui. Fiz a viagem sozinha ontem, preferi não viajar com os Foster, para ter tempo e privacidade para pensar, e cheguei ao pôr do sol, esperando encontrá-lo à minha espera. Ele não estava, então nem quis jantar e fui para a cama cedo, ansiosa por uma boa noite de sono.

Meu estômago ronca, mas a ideia de comer me deixa nauseada. Prendo o cabelo, coloco meu melhor vestido, amarro minhas botas e guardo o diário em uma bolsa de couro antes de sair do quarto. Desço os três lances de escadas com cuidado, prestando atenção onde coloco os pés na penumbra. Em vez de tomar o café da manhã, pego uma maçã, já macia e enrugada, de uma tigela em uma das mesas enquanto passo pelo salão principal, e a levo aos estábulos atrás da taberna, onde Brutus está alojado. Não está muito mais claro lá dentro do que nas escadas, e sou obrigada a desviar de montes de esterco no caminho até a baia dele. Um rápido olhar em todas as direções revela que não há sinal de Sterling.

— Onde está você? — murmuro baixinho.

Brutus relincha quando me vê e estica a cabeça sobre a porta da baia. Estendo a maçã na palma da mão e ele a pega entre os dentes.

— Não morda ninguém enquanto eu estiver fora — digo, e então acaricio seu focinho carinhosamente. Fico ali, de olhos fechados, por mais um momento. O cheiro de feno, cavalo e esterco me acalma. É um cheiro reconfortante, que me lembra de casa.

— Sim. Estou enrolando — desabafo para Brutus. — Às vezes uma mulher precisa fazer algo que teme.

Ele me encara com seus olhos castanhos, sem piscar. Insensível. Então bufa, enviando uma lufada de ar quente em meu rosto.

— Tudo bem, então. Seja um idiota.

Ao contrário de Hallowell, todos os procedimentos judiciais em Vassalboro ocorrem na Casa de Reuniões — um edifício comprido e retangular que serve como igreja, tribunal e centro comunitário. Fica diretamente do outro lado da rua da taberna e, assim que saio, vejo que já há uma fila de pessoas esperando para entrar. Assim como em Hook, os dias de audiências sempre atraem multidões. Não querendo perder um bom lugar, cruzo a rua lamacenta e subo os degraus até o passeio que conecta todas as lojas e edifícios desse lado da rua. Eu me aproximo de um grupo de mulheres cochichando e as sigo para dentro da Casa de Reuniões.

Metade dos bancos já está ocupada, e me esgueiro até a frente o máximo que consigo. Depois de escolher meu assento, coloco a bolsa entre meus pés e espero. Como um dos réus no caso Foster também é um juiz da corte distrital, esta audiência tem chamado muita atenção. Isso não significa que será a primeira na pauta, ou que será realizada hoje. Já houve casos em que as sessões da Corte de Audiências Gerais duraram até três dias. Embora suspeite que não será assim desta vez, tendo em vista a proximidade do Natal.

Posso ver Joseph North sentado à esquerda de uma longa bancada na frente da sala, onde um homem mais velho de toga de seda e uma peruca branca como neve estuda a pauta. Como é a reunião de inverno, sua toga é vermelha. A preta é reservada para o verão.

North não parece satisfeito por estar sentado com os outros réus, e eles não falam entre si ou com mais ninguém. O coronel está sentado com a postura ereta, impecavelmente barbeado e usando seu melhor casaco.

A sala continua a encher, e ainda não há sinal de Ephraim. Mas exatamente às 9 horas, o juiz bate o martelo na mesa e a sala fica em silêncio. Viro o pescoço para procurar Rebecca Foster e a encontro em um dos cantos do fundo, sentada ao lado do marido. Seus olhos estão fechados, e seu rosto está voltado para a janela, como se tentasse extrair forças da fraca luz que penetra por ali. Sua aparência é, ao mesmo tempo, bela e destroçada.

Do outro lado do corredor, cinco fileiras à frente, está Lidia North. Está abatida e desolada. Magra como um caniço. Pálida como um fantasma. As maçãs do rosto mais salientes, as clavículas se destacando acima da gola de renda de seu vestido azul. Acho que suas dores de cabeça devem ter piorado ultimamente. Ainda assim, ela não se furta a apoiar seu marido.

— A Corte de Audiências Gerais está agora em sessão — anuncia o escrivão. — Sob a presidência do meritíssimo juiz Obadiah Wood.

Meritíssimo é um termo usado de forma vaga, já que Wood — um médico — é, como o próprio North, um juiz leigo, reconhecido pelo estado de Massachusetts e pelo Distrito do Maine, mas não tem formação jurídica. Ele preenche uma lacuna específica no sistema legal e tem, no máximo, um entendimento rudimentar das leis. A maioria desses juízes decide com base no bom senso, mas alguns agem com parcialidade.

Como esta é apenas uma audiência prévia, não há advogados presentes, não há júri, e nenhuma sentença será proferida. O tribunal se reúne simplesmente para verificar a validade da acusação e estabelecer acusações formais para um julgamento futuro, se necessário.

Obadiah Wood olha para a pauta à sua frente e anuncia:

— O tribunal ouvirá evidências no caso da *Commonwealth versus* Henry Jackson. O senhor Jackson, barbeiro, é acusado de lesão dolosa enquanto barbeava Jacob Retton há dois meses.

Dois homens se aproximam da longa bancada e se revezam argumentando seu caso enquanto o juiz faz uma série de perguntas. Todo o debate leva menos de dez minutos, e Wood declara que Henry Jackson cortou acidentalmente seu cliente com uma navalha, e nenhuma acusação é feita, apesar do fato de que Jacob Retton terá uma cicatriz ao longo da mandíbula pelo resto da vida. Henry Jackson é ordenado a pagar uma multa de doze xelins em indenização.

E assim a sessão prossegue. Ele ouve três casos de pequenos furtos, dois de difamação, um pedido de divórcio, um acordo de partilha de bens, uma violação de contrato (sendo esse contrato um aperto de mãos), e cinco pedidos de cobrança de dívida. Ele aplica um total de seis multas, todas registradas pelo escrivão. Leva quase duas horas para resolver esses casos, e estou começando a sentir meu corpo dormente e rígido por ficar sentada por tanto tempo. Lamento não ter tomado café da manhã. Estou me perguntando se haverá uma oportunidade de sair e encontrar um banheiro para me aliviar.

— O próximo caso na pauta é *Commonwealth versus* Joseph North e Joshua Burgess.

Meu corpo se contrai quando North se levanta. Mas então Barnabas Lambard desliza de seu assento na lateral da sala e se aproxima da bancada. Ele estava tão quieto que eu não o tinha visto. Ele sussurra algo para Obadiah Wood e então volta para o seu lugar. Mas Barnabas me vê, e não consigo dizer se sua expressão é de irritação ou curiosidade. Duvido que ele esperasse me encontrar aqui. Se houver tempo depois, pedirei desculpas por não tê-lo avisado sobre o corpo.

Obadiah Wood se vira para o escrivão e declara:

— Por favor, retire o nome de Joshua Burgess dos registros do tribunal. Fomos informados de que ele faleceu. Também anote que pode haver uma investigação futura quanto à causa de sua morte.

— Peço vênia, Vossa Excelência. — North dá um passo à frente e solta um pigarro. — Acredito que houve um engano. Benjamin Page, um médico em Hallowell, declarou a morte de Joshua Burgess como um afogamento acidental.

Olho para North, curiosa sobre o que ele está tramando. Não faz nem cinco dias que ele ameaçou Cyrus, insinuando ter sido o responsável pela morte de Burgess. E agora está mais uma vez insistindo na avaliação do Dr. Page? Isso não faz sentido.

Como se sentisse meu olhar, os olhos de North se voltam para os meus — se estreitam — e então retornam ao juiz.

Ah. É uma ameaça, penso. *Para mim. Ele sabe que eu não quero que o nome de Cyrus seja mencionado em tribunal em meio a uma investigação de assassinato. Ele está me lembrando de que tem uma carta na manga.*

— Senhor Lambard? — chama Wood.

Barnabas dá um passo à frente mais uma vez, mas desta vez tira o chapéu e o coloca contra a coxa.

— Sim, Meritíssimo?

— O senhor foi prender o Senhor Burgess?

— Sim. Por ordem deste tribunal.

— E o que descobriu?

— Que ele está morto. Eu mesmo vi o corpo, que está armazenado até que o solo descongele o suficiente para o enterro.

— E na sua opinião parece que o homem se afogou?

Barnabas balança a cabeça e dois cachos caem sobre sua testa.

— Não, Meritíssimo...

North limpa a garganta.

— Com licença mais uma vez, Excelência, se me permite esclarecer?

— Se eu quiser sua explicação, pedirei. Continue, senhor Lambard?

Eu estava curiosa sobre Barnabas desde o momento em que o vi brigando do lado de fora da Taberna Pollard com James Wall, e ele continua a me surpreender.

— Quando encontrei o corpo do senhor Burgess, vi que ele tinha inúmeras lesões. Então requisitei os registros do tribunal sobre sua morte. Fui atendido pelo senhor Henry Sewell, da corte de Hallowell. — Neste momento, ele olha para mim e faz um aceno tão sutil com a cabeça que mal consigo captar. — É verdade que a causa oficial da morte registrada é a do afogamento.

Um burburinho percorre a sala e Barnabas espera alguns instantes.

— Mas — continua, após um momento — os registros também mostram que houve uma segunda opinião conflitante quanto à causa e a circunstância da morte, também atestada por uma profissional com treinamento médico, a de homicídio. Mais especificamente enforcamento. Na qualidade de oficial do tribunal, minha opinião, tendo em vista que o senhor Burgess é um dos dois homens acusados de um crime grave, é que essa parece uma questão que vale a pena investigar. Em grande parte, porque... — E aqui sua voz assume um tom de arrependimento. — Durante essa mesma audiência, um homem foi acusado de matar o senhor Burgess.

— Quem? — pergunta Wood.

— O reverendo Isaac Foster, Excelência.

Garoto estúpido, penso, e quando Barnabas olha para mim, consegue avaliar com precisão meus pensamentos apenas pela minha expressão. Ele franze o cenho com preocupação antes de se voltar novamente para Wood.

— Senhor North, alguma prova disso foi apresentada ao seu tribunal? — pergunta Wood.

Ele se levanta, e posso ver que está escolhendo as palavras com cuidado.

— Uma jovem que costumava trabalhar para os Foster afirma ter ouvido a senhora Foster afirmar que seu marido matou o homem. Essa questão também foi discutida em meu tribunal, então pedi ao escrivão que registrasse a acusação, mas não tomei nenhuma medida adicional, pois parecia ser uma questão a ser tratada em outro tribunal. — North oferece um sorriso tenso. — Dadas as circunstâncias.

— Bem, pelo menos nisso podemos concordar — resmunga Wood e então bate na mesa com seu martelo. — O escrivão deve anotar que a questão envolvendo a causa e as circunstâncias da morte de Joshua Burgess permanece indefinida e será adiada para a próxima sessão. Assim como qualquer consideração sobre o envolvimento do reverendo Foster ou de qualquer outra pessoa. Avançaremos para a questão em tela. O caso contra Joseph North no que se refere à acusação de agressão contra a senhora Foster. As partes, por favor, se aproximem.

Rebecca se move para a frente da sala, as mãos entrelaçadas na altura da cintura, a cabeça erguida. Isaac a segue com a mão protetora apoiada em suas costas. Ela olha para Isaac, alarmada, quando ele se afasta de seu lado e se aproxima da bancada.

— Tenho um pedido a fazer, antes de começarmos — diz ele.

Wood olha para Rebecca, depois para Isaac.

— Presumo que seja o senhor Foster?

— Sim.

— Não tema, senhor Foster, o tribunal não tratará da acusação feita contra o senhor hoje.

— Não é sobre isso que eu gostaria de falar. Embora, considerando que nem minha esposa nem eu estivemos presentes no tribunal do juiz North no mês passado, e não tivemos a chance de nos defender, gostaria que constasse nos registros que nego a acusação formalmente. Não tive participação na morte daquele homem.

— Muito bem, então, o escrivão registrará sua declaração.

Isaac Foster tem pouco mais de 30 anos e sua aparência, antes comum, está se tornando abatida, mas ainda tem a voz de um orador, e ela ressoa pela sala.

— No mesmo dia em que essas acusações caluniosas foram feitas contra mim, Joseph North apresentou acusações de fornicação contra minha esposa. Gostaria que fossem retiradas.

— Ora, isso é extremamente incomum — diz Wood. — Por que as acusações foram feitas?

Isaac abre a boca para responder, mas North, claramente nervoso, interrompe.

— A jovem governanta da senhora Foster apresentou a acusação, não eu. Ela alega que a senhora Foster está grávida de um homem que não é seu marido.

— E essa seria a mesma jovem, já não mais em seu emprego, que também acusou o senhor Foster de homicídio? — questiona Wood.

— Ah. — Ele limpa a garganta. — Sim. Seria.

O tom de voz de Obadiah Wood é frio como gelo quando ele pergunta:

— E o senhor achou apropriado apresentar essas acusações em um caso em que o senhor é o réu?

A sala do tribunal fica em silêncio, todos os olhos vidrados na frente da sala, palco dessa última reviravolta no caso.

North ergue o queixo.

— Pensei estar fazendo meu trabalho.

— Nesse caso, extrapolou suas atribuições. Ordeno que todas as acusações de fornicação contra Rebecca Foster sejam retiradas imediatamente. — Ele se vira para o escrivão. — Anote como justificativa um conflito de interesse.

Na Corte de Audiências Gerais, o juiz único tem grande discricionariedade nessas questões. No entanto, o Tribunal de Pleitos Comuns, um órgão colegiado, requer uma decisão da maioria, então fico grata por ser apenas um homem, e não três, presidindo essa audiência hoje.

— Posso continuar? Ou há outras transgressões de conduta que gostaria de nos informar? — Obadiah Wood junta as mãos na mesa e olha diretamente para North.

— Não, por favor, vamos acabar logo com isso — diz ele.

Arrisco um olhar para Lidia que, com os olhos fixos no marido, agora parece corada. Mas ela tem o bom senso de guardar seus sentimentos para si e se abstém de fazer qualquer tipo de protesto.

Wood mais uma vez examina o rol de casos e, em seguida, olha para a multidão reunida.

— A acusação afirma que na noite de 10 de agosto, Joseph North e Joshua Burgess invadiram a casa de Isaac Foster e agrediram a senhora Foster. — Ele olha para Rebecca. — É essa a acusação que a senhora apresenta perante este tribunal?

Rebecca fica de pé diante da bancada, e quando ela fala, sua voz é firme.

— Não. Não é.

Não sou a única a ofegar ruidosamente em surpresa. *Meu Deus, o que ela está fazendo?*, penso.

Obadiah Wood olha novamente para o rol de casos e depois de volta para Rebecca.

— Minhas anotações indicam lesões físicas. Se não foi isso, qual é a sua acusação?

— Lesões físicas ocorreram — diz ela, e, na última sílaba, consigo ouvir o primeiro tremor em sua voz. — Mas foram fruto de um estupro. Essa é a minha acusação, Excelência. Na noite de 10 de agosto, esses homens invadiram minha casa e — ela limpa a garganta e engole com dificuldade — me *estupraram*.

Wood franze as sobrancelhas.

— Essa é uma acusação muito séria. A senhora tem alguma prova?

— Eles deixaram evidências suficientes bem aqui. — Rebecca coloca a mão trêmula em sua barriga e puxa o tecido para que a pequena protuberância arredondada fique evidente.

— A senhora também alega que está grávida como resultado desse agressão?

— Sim.

Depois de um momento, Wood se vira para North.

— O que tem a dizer sobre essas acusações?

Todo o ar de bravata desapareceu de sua voz.

— Nego tudo que esta mulher disse. Eu não estava na casa dela naquela noite, e não fiz as coisas das quais ela me acusa.

— Então, onde estava? — indaga Wood.

— Tive um jantar em minha casa com o major Henry Warren da milícia de Boston. Seu regimento está em Forte Halifax agora, mas acredito que ficará feliz em atestar esse fato, caso necessário. Depois do jantar, ele partiu, e minha esposa e eu fomos dormir.

— Senhora North? — chama Wood.

Ela se levanta, e quando fala, sua voz é frágil.

— É como ele diz. Meu marido estava em casa naquela noite.

North não olha para Rebecca, mas suaviza a voz.

— Eu não estou questionando se houve uma agressão contra a senhora Foster, mas nada do que ela afirma é *minha* responsabilidade. Fui falsamente acusado.

— Um grave ataque pode ter sido perpetrado contra sua pessoa, senhora Foster. — Wood aponta um dedo em advertência para North, que está prestes a interromper novamente. — Mas me encontro na difícil posição de não ter meios de verificar suas alegações. Sem uma testemunha dessa agressão, não podemos *provar* que aconteceu. E acusar um homem de um crime capital sem qualquer evidência é algo muito complicado.

Isaac Foster começa a tremer. A princípio é sua voz, e então se espalha para seu braço esticado, apontado para North. Nunca o vi tão descomposto. Está furioso. Suando. Seus óculos deslizam pelo nariz e ele os empurra de volta para o lugar.

— Ele. Testemunhou. Isso. *Ele* fez isso!

Wood parece angustiado ao lembrar a Isaac que North é um réu, não uma testemunha, e que ele negou as acusações.

— Por favor. — Rebecca dá um passo em direção ao juiz. — Eu tenho uma testemunha presente. Ela pode atestar que falo a verdade.

Sinto meu estômago se contorcer com uma repentina descarga de adrenalina, e meu coração dispara dentro do peito, martelando contra minhas costelas.

— Eu protesto contra esta testemunha! — interrompe North, aproximando-se da bancada mais uma vez. — Ela não...

A voz de Obadiah Wood é alta, enfatizando cada sílaba. Ele está perdendo a paciência.

— Não é a sua vez de falar, senhor North. Terá sua chance. Volte para o seu lugar.

North obedece, mas consigo ver uma crescente bolha de frustração inflando seu peito, a forma como ela se expande e se retrai a cada respiração. Ele está acostumado a ter o total controle em um tribunal.

— Quem é a testemunha? — pergunta Wood.

— Sou eu — digo, levantando-me. A sala inteira vira a cabeça na minha direção. — Posso confirmar tudo o que Rebecca Foster acabou de dizer a este tribunal.

— Por favor, dê um passo à frente, senhora...?

— Ballard.

O juiz Wood acena com a mão, indicando que eu deveria me aproximar da bancada.

— Eu protesto — irrompe Joseph North, abandonando todo o senso de decoro. — A lei impede que qualquer mulher, mesmo uma figura tão estimada como a senhora Ballard, testemunhe no tribunal sem a presença de seu pai ou marido.

— Por que isso é relevante para o senhor, coronel?

— É de *grande* relevância! Cada palavra. A lei é muito rigorosa quanto aos parâmetros do que ela pode testemunhar.

Abro caminho pela multidão, segurando a bolsa, ignorando North, e me dirijo diretamente ao juiz Wood.

— Sou parteira, e as leis do estado de Massachusetts e do distrito do Maine me permitem testemunhar ao tribunal, independentemente da presença de um responsável legal, seja ele marido ou pai. Faço isso no tribunal de Joseph North várias vezes por ano, e ele nunca fez qualquer objeção.

North balança a cabeça, levanta a mão, com o dedo apontado para enfatizar, e se coloca diante da bancada.

— As leis do estado de Massachusetts determinam que uma parteira pode testemunhar em questões de paternidade. Essa permissão não se estende a audiências legais como esta.

— Pode-se argumentar que esta *é* uma questão de paternidade — digo.

— Essa acusação *nunca* poderá ser provada!

Pela primeira vez neste dia, Obadiah Wood parece indeciso. Ele olha para North. Depois para mim. Mas não fala nem comenta sobre a objeção de North. Quanto mais o silêncio persiste, mais altiva se torna a postura de North.

Eu aperto a bolsa com força.

— Por favor, Excelência, meu pai morreu há muitos anos e meu marido...

— Está aqui! — Ephraim grita do fundo da sala, bem perto da porta. — Estou aqui!

Leva um momento para Ephraim chegar à frente. A Casa da Reunião está tão lotada — só há espaço para ficar de pé — que ele precisa se espremer entre dezenas de espectadores para chegar ao meu lado. Quando o faz, cheira a cavalo, suor e ao tempo lá fora, e sei que cavalgou sem descanso para estar aqui a tempo. Ele aperta minha mão em sinal de apoio.

— Sinto muito — sussurra ele no meu ouvido. — Explico mais tarde.

Ephraim se vira para o juiz e sorri. Ele conhece Obadiah Wood, mas se apresenta para benefício do público presente.

— Sou Ephraim Ballard, marido de Martha, e peço desculpas pelo atraso. — Ele lança um olhar implacável para North. — Tive um imprevisto.

— Obrigado por vir, senhor Ballard — agradece Wood, depois faz um gesto para mim. — Por favor, conte ao tribunal o que sabe sobre os eventos ocorridos no dia 10 de agosto.

— Visitei a senhora Foster no dia 19 de agosto e a encontrei gravemente ferida. Sou parteira. Atendo mulheres há mais de trinta anos. Conheço os tipos de lesões causadas por um estupro, e os ferimentos de Rebecca estavam entre os piores que já vi.

— Ela está mentindo — vocifera North.

— Essa é a sua única defesa? — dispara Wood. — Que toda mulher que o contradiz é uma mentirosa? Continue, senhora Ballard.

— Vi os ferimentos resultantes do ataque com meus próprios olhos. Ela tinha múltiplos hematomas e lacerações. Um lábio cortado. Enfaixei os ferimentos, a ajudei a se banhar e ouvi o relato sobre o ocorrido. Ela não mudou uma única palavra do que me disse desde aquele dia.

Obadiah Wood coça o queixo.

— Como o tribunal pode ter certeza de que a senhora não está agindo em conluio com a senhora Foster para acusar injustamente o coronel North?

Contenho um suspiro. Nunca entenderei por que os homens pensam que as mulheres agem com tanto afinco para destruí-los. Em minha experiência, geralmente é o oposto.

— Posso provar — digo a ele. — Se me permitir.

— Claro, por favor.

Tiro o diário da minha bolsa, levo-o até a bancada e o coloco diante do juiz, abrindo-o no registro do dia 19 de agosto. Empurro-o mais para perto para que ele possa ler.

— Aqui — digo. — Registrei a acusação de Rebecca em meu diário na noite em que ela me contou. O senhor notará que fiz muitos registros nos últimos meses e que não poderia ter adulterado as informações depois. O que Rebecca afirma é verdade. Cada palavra e cada detalhe.

Obadiah Wood interrompe a sessão e nos dispensa para que ele possa ler as anotações do diário e deliberar. Com base na quantidade de pessoas que saem da Casa da Reunião, parece que toda a cidade de Vassalboro está presente.

Enquanto Ephraim e eu nos dirigimos à porta, vejo Lidia North com o canto do meu olho. Ela está acenando, tentando chamar minha atenção enquanto abre caminho pela multidão.

Assim que chega a alguns metros de nós, Lidia me chama:

— Martha! Podemos conversar? Meu tônico acabou.

Mas, nesse momento, chegamos ao amontoado de pessoas que saem pela porta, e Lidia é empurrada, sua voz perdida no burburinho da multidão. Não olho para Ephraim para saber se ele a notou. Por enquanto, é mais fácil fingir que não a ouvi.

Do lado de fora, caminho ao lado de Ephraim enquanto ele leva Sterling para os estábulos para ser alimentado e cuidado.

— Você recebeu minha mensagem? — pergunta, procurando uma baia vazia.

— Quase perdi um braço no processo, mas, sim.

— Percy não machucaria você.

— Fico feliz que você tenha tanta certeza disso. Tive que alimentá-lo com um frango depenado só para ter certeza.

Depois que Ephraim entrega as rédeas ao garoto banguela que cuida do estábulo e lhe dá um xelim por cuidar do cavalo, eu o abraço.

— Estava tão preocupada que você não conseguisse chegar a tempo.

— Quase não cheguei. — Ele me puxa para mais perto. Inspira contra minha pele. — O pântano é horrível nesta época do ano. Quase fomos engolidos duas vezes. Se North conceder aquele arrendamento, vou chamá-lo de assassino. Ninguém é capaz de sobreviver lá.

— Bem, ele certamente queria matar você lá dentro agora mesmo — digo.

— Deixe ele tentar.

— Prefiro que ele nem tente, se não se importa. Já vivi sem você por tempo suficiente nessas últimas semanas.

Ephraim me leva de volta para a taberna, e fazemos uma refeição tensa em uma pequena mesa de canto. O ensopado está sem sabor e o pão está seco. Sinto falta da nossa cidade, da nossa taberna e da culinária de Abigail Pollard. Remexemos a comida no prato até que um homem se posta ao meu lado e solta um pigarro. Ergo os olhos e me deparo com um rosto constrangido.

— Senhora Ballard — cumprimenta ele, e então acena para Ephraim. — Senhor Ballard.

— Este é Barnabas Lambard — explico para o meu marido. — Oficial do tribunal. Muitas coisas aconteceram enquanto você estava fora.

Ephraim observa o rapaz, mas não diz nada.

Barnabas tira o chapéu.

— Eu não sabia que os Foster eram seus amigos — explica ele.

— Você não tinha como saber.

— Eu não pretendia de forma alguma piorar a situação deles. Mas sei que foi o que acabei fazendo. E isso me preocupa. Apenas relatei o que descobri em Hallowell. — Ele limpa a garganta, e a acusação é gentil. — O que a *senhora* queria que eu descobrisse.

Não olho para o meu marido, embora possa sentir seu olhar curioso.

— A culpa é minha. Eu deveria ter contado que Burgess estava morto, mas fiquei com medo de que fosse embora sem investigar. Continuo acreditando que ele foi assassinado. Mas não por Isaac Foster.

— A senhora tem certeza disso?

Hesito, mas apenas por um momento.

— Embora minha experiência me diga que não se pode ter grandes certezas, sei que Isaac é um homem dos livros, não um bruto. E foi ele quem insistiu que esse caso fosse levado ao tribunal. Não faz sentido que ele fizesse justiça com as próprias mãos antes mesmo de o processo começar.

— Bem, espero que tenha razão. — Ele coloca o chapéu. — É melhor eu voltar para lá.

Ephraim o observa sair, e posso ver todas as perguntas se formando em seus olhos. Assim que Barnabas empurra a porta, ele se vira para mim.

— O que foi tudo isso?

— Acho que o jovem senhor Lambard está tentando manter uma relação amigável comigo.

— E por que exatamente ele estaria preocupado com isso?

— Provavelmente porque ele está encantado com sua filha.

— Moses não ficará satisfeito em ouvir isso.

— Moses não vai se importar. Barnabas não está interessado na Hannah. — Ephraim faz os cálculos. Franze o cenho.

— Não. Ela é muito jovem.

— Explique isso para a Dolly.

— Prefiro que você explique o que aconteceu enquanto estive fora. E rápido.

Abro a boca para fazer exatamente isso quando ouvimos o som de gritos na rua. O juiz está de volta à sessão.

Os espectadores abrem espaço para mim e Ephraim quando voltamos à Casa de Reuniões. Conseguimos lugares melhores desta vez, mais à frente. Wood espera até que todos os envolvidos estejam presentes.

— O caso trazido perante o tribunal hoje é difícil — começa Obadiah Wood. — A senhora Foster deu um depoimento convincente, e a senhora Ballard apresentou provas de que ela foi agredida em agosto, como ela alega.

Ah, Deus, não, penso.

Posso sentir o "mas" se aproximando, que servirá como justificativa para negar a justiça. Posso sentir da mesma forma que pressinto uma tempestade ou uma discussão. Como um relâmpago no ar. A sensação percorre minhas veias e eu aperto a mão de Ephraim tão forte que ele sibila em protesto.

— O problema — continua Wood — é que a Corte de Audiências Gerais foi criada para resolver assuntos triviais, e não há nada de trivial nas acusações que ouvimos hoje. Por isso, estou encaminhando este caso ao Tribunal de Pleitos Comuns para aconselhamento adicional. — A sala irrompe em murmúrios, mas Wood bate o martelo sete vezes. — O tribunal se reunirá novamente em Hallowell com uma bancada completa em 29 de janeiro.

* * *

— Covarde! Verme! Aquele tolo imundo e desprezível! — Eu bato a porta do quarto na taberna depois que Ephraim entra. Jogo minha bolsa no chão. Ando de um lado para o outro. — Ele simplesmente se eximiu da responsabilidade.

Ephraim se senta na cama com um gemido cansado e tira as botas.

— Ele faz parte do Tribunal de Pleitos Comuns do condado de Kennebec. Isso significa que participará do julgamento de novo.

— Ele poderia ter apresentado acusações *hoje!* Ele poderia ter encaminhado diretamente para o Supremo Tribunal Judicial!

A voz de Ephraim é afetuosa e suave.

— O homem foi astuto, Martha. Ele sabe que quaisquer acusações sérias apresentadas por um tribunal inferior provavelmente seriam descartadas, a menos que passem pelo Tribunal de Pleitos Comuns primeiro. Mas um veredito majoritário desse tribunal terá mais força. O que parece covardia pode, na verdade, ser a única esperança de Rebecca.

Posso sentir a raiva me envolvendo como uma névoa, e começo a tremer. Meus olhos ardem.

Ephraim Ballard me conhece como a palma da mão. Consegue sentir minhas mudanças de humor como o vento. Ele me puxa para sentar ao seu lado, para que eu possa recostar minha cabeça em seu ombro.

— Não é justo!

— Não, não é.

E, então, eu choro. Principalmente por Rebecca e pelo pequeno coração indesejado batendo em seu ventre. Mas também por mim mesma. Por nossas filhas. E por todas as mulheres que vivem, sofrem e morrem pelos caprichos levianos dos homens. Três minutos depois, quando esgotei minhas lágrimas, me inclino e puxo o diário da bolsa.

— O que está fazendo?

— A única coisa que posso fazer.

Pego minha pena e, com a mão trêmula, diluo a tinta. Minha raiva torna minha caligrafia quase ilegível.

Quarta-feira, 23 de dezembro — Dia nublado. Fui a Vassalboro como testemunha no processo Commonwealth versus Joseph North. A acusação era que North, na noite de 10 de agosto, invadiu a casa de Isaac Foster e violentou Rebecca Foster. Meu depoimento foi que a Sra. Foster, em 19 de agosto, me relatou que havia sofrido severas agressões de North e estava gravemente ferida. O juiz determinou que o caso será apresentado perante o Tribunal de Pleitos Comuns em janeiro.

* * *

Quando eu levo o jantar para o quarto, várias horas depois, Ephraim ri para mim.

— O que foi?

Ele indica com o queixo para o jarro de sidra na bandeja de madeira e as duas canecas ao lado.

— Eles não tinham cerveja? Você sabe que eu não bebo essa coisa.

Olho para o jarro, e leva um momento para me lembrar do que ele está falando.

— Isso foi há muito tempo. E além disso. Meu pai estava chateado.

— Ele tentou me matar.

— Mutilar. Possivelmente paralisar. Mas eu não acho que ele queria *matar* você. Pelo menos, não permanentemente.

Ephraim revira os olhos.

— Eu não acho que uma morte temporária era o que ele tinha em mente quando jogou o jarro na minha *cabeça*.

A risada me surpreende. É um bom remédio depois de semanas de angústia, depois de um dia tão decepcionante.

— Talvez ele realmente quisesse te matar. Só um pouquinho. Mas acho que concordamos que você mereceu.

Trinta e Cinco Anos Atrás

OXFORD, MASSACHUSETTS

19 de dezembro de 1754

Ephraim se abaixou. A jarra passou a centímetros dele e se estilhaçou contra o batente da porta, preenchendo o cômodo com um cheiro pungente de maçãs fermentadas.

— É o direito dele, senhor Moore — argumentou Joseph North, interpondo-se entre meu pai e meu marido. Aquela palavra. *Marido.* Tão nova que eu ainda não conseguia pronunciá-la em voz alta, o mero pensamento já era surpreendente. — Eles estão casados agora — continuou, erguendo a certidão na mão como se para oferecer a prova. Como escrivão da cidade, North tinha o direito legal de nos casar. Um fato conhecido por Ephraim e usado a seu favor.

— Não me importo com os direitos dele. É a reputação de minha filha que me preocupa.

— Não restou mais nada com que se preocupar, pai. Billy Crane se certificou disso.

Eles se assustaram ao me ouvirem falar, e todas as cabeças na sala viraram na minha direção. Eu havia permanecido em silêncio naquela noite, falando apenas quando chegou minha vez de declarar os votos.

Renunciarei a todos os outros e me unirei apenas a ti.

As palavras ainda estavam quentes em meus lábios, e eu os mantive pressionados, desejando manter a sensação intacta. Durante aqueles breves momentos, não senti medo. Nem vergonha.

Minha mãe havia chorado por mais de uma hora. Meu pai alternava entre fúria e alívio por sua filha desonrada ter sido redimida. North compareceu no horário prometido, chegando pouco depois de nós, com todos os documentos necessários. Ephraim segurava minha mão enquanto atravessamos a porta e se recusou a sair do meu lado nem por um segundo.

— Billy Crane está *morto* — disse North.

Meu pai assentiu. Cruzou os braços sobre o peito.

— E sou grato a você por isso.

— E Martha vem comigo — disse Ephraim firmemente, levando a conversa de volta ao assunto em questão. — Vamos começar nossa vida juntos hoje à noite.

A maioria dos casais — incluindo meus pais — só começa a vida marital muitos meses após o casamento, optando por consumar o matrimônio, mas morar separados até que uma casa possa ser devidamente organizada. A tradição dita que este era um modo de reunir todos os bens necessários para manter um lar. Também dá ao noivo tempo para concluir os arranjos de moradia para o novo casal. Mas, na verdade, a prática era muitas vezes usada pelos pais para garantir que a filha não tivesse cometido um erro grave na escolha do marido. Embora não seja comum, não é inédito um pedido de anulação nas semanas seguintes ao casamento.

— Ela não tem nada! — lamentou minha mãe.

— Ela tem a mim. E tenho o suficiente para começarmos nossa vida — declarou Ephraim. — Já não tomaram o suficiente dela? Vocês também querem lhe negar a tradição?

Ele se referia à tradição da reunião comunitária e da doação de utensílios domésticos, pratos, lençóis, toalhas e colchas, que geralmente acontecia após um casamento e antes que os recém-casados formassem um lar juntos. Ele queria ter certeza de que as mulheres de nossa comunidade ainda fariam uma colcha de casamento para mim. Queria ter certeza de que a cidade não me humilharia.

— Se ela escolheu assim, pode muito bem abrir mão disso — disse meu pai, e mesmo que eu tenha percebido seu arrependimento assim que proferiu as palavras, ele ergueu o queixo em desafio.

— Fico triste em ouvi-lo dizer isso, senhor Moore. Esperava mais do senhor. — Ephraim soltou minha mão e envolveu minha cintura com o braço. Então me puxou firmemente para junto dele. — Vocês podem enviar o baú dela pela manhã. Mas ela vem comigo hoje à noite.

* * *

A cabana era maior do que eu esperava. Tinha dois cômodos, o maior com uma lareira de pedras empilhadas. Em um canto, havia uma cozinha com um fogão a lenha, uma mesa e uma janela acima de uma longa bancada de madeira rústica. Um quarto. Espiei pela porta. Desviei o olhar. Olhei de novo. Minhas mãos começaram a tremer.

Ephraim me soltou e deu um passo para trás.

— Gostou? — perguntou.

Adorei a casa, e amava aquele homem, mas não encontrava as palavras adequadas para expressar nenhum desses sentimentos. Ainda não tinha respondido à pergunta dele, então me virei e assenti.

— Sim.

Ele notou o contentamento em meus olhos e baixou a cabeça com um sorriso tímido.

— Diga aquilo de novo. Gosto de como soou.

Nossos votos. Ele sorriu o tempo todo, radiante como se nós dois fôssemos as únicas pessoas na cozinha dos meus pais naquela noite. Como se o ambiente não estivesse carregado de tensão.

Não percebi que estava tremendo até Ephraim se abaixar para acender a lareira. Assim que o fogo começou a crepitar vigorosamente e o frio cortante passou a se dissipar, ele foi para o quarto para acender a outra lareira.

Quando retornou, segurou minha mão.

— Venha. Tenho algo para você.

Arrisquei um olhar para a porta do quarto. O baú do meu enxoval ainda estava em casa, cheio de rendas, artigos de cama e mesa e bordados. Repleto de coisas que eu vinha fazendo desde criança. Coisas que as mulheres usam para criar um lar. Mas esse não é o presente que os homens esperam de suas esposas no dia do casamento.

Ephraim se abaixou um pouco para olhar diretamente em meus olhos.

— Não é isso. Não precisa ter medo de mim, Martha. Não vou te machucar. — Ele me puxou para o peito e deslizou as mãos no cabelo na base da minha cabeça, nos cachos selvagens que eu nunca conseguia domar. — Eu nunca machucaria você. Jamais.

Recuei para olhar seu rosto.

— O que é, então?

— Ali. — Ele apontou para a comprida mesa da cozinha, e só então reparei na caixa de madeira no centro.

Era feita de pinho, e não havia pregos ou cavilhas. Era montada com um sistema de ranhuras e encaixes. Como só Ephraim é capaz. Pousei a palma da mão na tampa.

Gesticulei para o resto da casa, com um acabamento perfeito e vedação contra o clima.

— Parece que você estava com muito tempo livre.

Ele gostou do tom provocativo em minha voz, e respondeu fisicamente. Ephraim se aproximou e pousou a mão gentilmente em meu ombro. Senti o peso dela, forte e firme.

— Terminei a casa meses atrás. E os móveis há algumas semanas. Um homem precisa de algo para se ocupar à noite.

De fato.

Limpei a garganta.

— Abra — disse. — É tudo para você.

Ele me cutucou com o antebraço e eu levantei a tampa do meu presente. Dentro havia um caderno com capa de couro, cheio de páginas em branco. Tintas. Um bico de pena. E uma Bíblia King James. Eu os tirei da caixa e os coloquei na mesa, um por um.

— O que é isso?

— O começo da sua educação, senhora Ballard.

Eu ri.

— Você sabe que eu não sei ler.

— Esse, querida, é exatamente o ponto.

— Não entendi.

Sua expressão era indecifrável, e eu estava prestes a pedir uma explicação quando sua boca tocou a minha. As mãos eram gentis como plumas em minhas bochechas, os polegares acariciando minha mandíbula. Sua língua roçou meus lábios, implorando que abrissem, cedessem. Depois de um momento, obedeceram. Ele tinha gosto de sal, pão e sidra de maçã. Suas mãos não tatearam para além do meu rosto, mas eu senti o quanto ele teve que se conter para mantê-las ali. Senti a paixão e a frustração em seus lábios. Senti o anseio em cada centímetro de seu corpo. Ephraim Ballard me beijou por longos e intermináveis segundos.

Quando finalmente se afastou, ele estava ofegante.

— Não tocarei em seu corpo esta noite, Martha. E não farei isso até que você me peça. Não — corrigiu-se ele, balançando a cabeça. — Até que você me *implore*. Nunca farei algo que não seja de sua livre vontade. Entendeu?

Minha resposta foi apenas um sussurro.

— Sim.

— Só pedirei uma coisa. Como seu marido. — Seu rosto se aproximou tanto que eu tinha certeza de que ele me beijaria novamente. Mas Ephraim apenas roçou seu nariz no meu, para cima e para baixo até que fechei os olhos. — Deixe que eu beije você. *Por favor.* Sempre que eu quiser. Como acabei de fazer. Confiaria em mim nesse único pedido?

Não fui capaz de me expressar em palavras. Mas assenti e inclinei o queixo para cima. Ele aceitou a oferta. Suas mãos não se aventuraram para além da minha clavícula. Mas exploraram a minha nuca e os densos cachos do meu cabelo. Ele se familiarizou com os lóbulos das minhas orelhas. As maçãs do rosto. A mandíbula. O tufo de cabelo rebelde na minha têmpora. E sua língua também entrou em ação, entrelaçando-se à minha e traçando o contorno dos meus lábios.

— Você gostou — disse ele, quando se afastou.

Não foi uma pergunta. Ele sabia que eu tinha gostado. Ephraim podia ler meu rosto do mesmo modo que lia seus registros contábeis e seus livros. Para ele, eu era clara como a água.

— Sim.

— Então ótimo. — Ele acenou na direção do banco ao lado da mesa. — Sente-se.

Ele endireitou a Bíblia sobre a mesa. Sempre um carpinteiro, ele a alinhou ao próprio corpo, então a abriu. Era nova. Isso eu consegui perceber. A capa de couro era lisa e firme, sem ranhuras ou arranhões. A primeira página estava em branco, e eu, é claro, não conseguia ler a segunda.

Ephraim não se importou. Ele leu para mim.

— Registro familiar. — Ele apontou para a primeira linha e depois para as de baixo. — Marido e esposa. Nascimentos. Falecimentos. Nossa vida será registrada aqui, nestas páginas.

Ele pressionou o livro para mantê-lo aberto, e um sorriso se espalhou por seu rosto. O bico de pena tinha uma ponta afiada. Ele misturou a tinta com água em uma pequena tigela e mergulhou a pena na água preta. Meu corpo relaxou ao lado dele no banco. O leve movimento me aproximou o suficiente de Ephraim para que nossas coxas e ombros se tocassem.

Ephraim bateu a pena contra a borda três vezes, para remover o excesso de tinta. E a ergueu acima da página.

— No décimo nono dia de dezembro, no ano de Nosso Senhor de mil setecentos e cinquenta e quatro, eu, Ephraim Ballard, tomo como esposa Martha Moore.

— Este é o meu nome — explicou ele, arranhando a pena contra o papel. — É assim que se escreve. — As letras eram cheias de angulações, traços e curvas, e não faziam sentido para mim. Mas era maravilhoso saber que essa coleção de rabiscos de tinta era o nome que adotara como meu também. — E este — acrescentou, mergulhando a pena na tinta mais uma vez —, é o seu.

Eu o observei escrever meu nome com a mão delicada. Ele não poderia ter sido mais gentil ou preciso se estivesse desenhando meu rosto com aquela pena. Meu nome era bonito em seus traços.

— Você já tinha visto seu nome escrito?

— Não.

— Seu pai nunca o escreveu para você?

— Eu nunca pedi.

— Escreverei para você sempre que quiser. Vou gravá-lo em meu próprio coração se for do seu desejo. — Ele encostou os lábios em minha têmpora, roçou-os contra a linha do meu cabelo. — E eu vou ensiná-la a escrever o meu.

Ephraim roçou o nariz em minha orelha, mandíbula e têmpora. Eu não conseguia pensar direito. Instantes depois, ficou claro para ele que eu não conseguia me concentrar. E ele riu, uma risada sincera e afetuosa.

— Bom, então vamos começar sua educação, senhora Ballard. — Ele puxou a pilha de pergaminhos para mais perto. Arrumou a tinta e a pena. Então, abriu a Bíblia em uma seção próxima ao meio. — Você sabe que livro bíblico é este?

Balancei a cabeça. Como eu poderia saber?

— É um que você nunca ouvirá sendo pregado na igreja. E eu apostaria que seu pai nunca o leu à mesa depois do jantar.

— Qual é?

— Cantares de Salomão. — Ele traçou o título com o dedo, e eu tentei acompanhar, imaginando quais traços correspondiam a cada palavra. — Quer que eu leia um pouco para você?

— Por favor.

Ele pousou a ponta do dedo sob cada palavra e a moveu lentamente enquanto lia. Eu o segui com os olhos.

— O cântico dos cânticos, que *é* de Salomão — recitou. — Que beije-me ele com os beijos da sua boca; porque teu amor *é* melhor do que o vinho.

Eu tentei reprimir meu sorriso. Mas ele percebeu antes que eu tivesse a chance de dissipá-lo do rosto. Ephraim repetiu o verso, mas desta vez pronunciou as palavras com os lábios colados aos meus.

Que beije-me ele com os beijos da sua boca; porque teu amor é melhor do que o vinho.

Não pude evitar me perguntar se o livro dizia algo sobre a língua, porque Ephraim também fez pleno uso dela.

— A Bíblia diz mesmo isso? — questionei, quando ele fez uma pausa para recuperar o fôlego.

— Com certeza, isso e muito mais.

Eu não havia percebido sua aparência cansada. A barba por fazer ao longo da mandíbula e as bolsas sob os olhos. Ephraim bocejou. Havia apenas uma cama na casa, e mal era espaçosa o suficiente para nós dois. Mas ele havia pensado até nisso.

Ele me puxou para me levantar.

— Venha comigo. — Ele me levou para o quarto. Abriu a porta. Então me guiou até o lado da cama e segurou minhas mãos nas dele. — Prometi não tocar em você até que esteja pronta. E vou manter essa promessa, custe o que custar. Mas você é minha esposa, Martha. E eu adoraria dormir em sua cama.

— Minha cama?

— Eu a fiz para você.

Eu respondi com um beijo rápido.

— Isso foi um sim?

Assenti.

— Prefiro ficar bem aquecida enquanto durmo.

— Então me conceda essa honra.

Ephraim preparou a cama e me deixou em privacidade para me despir. Eu me deitei, vestida com minha camisola, e esperei que ele se juntasse a mim, mas ele vagou pela cabana, apagando as velas. O quarto foi invadido pelo cheiro da fumaça de vela, e a única luz vinha das brasas ardentes na lareira. Quando ouvi suas roupas caindo no chão, meu coração explodiu sob minhas costelas. Senti o peso de Ephraim pressionando a cama. Uma lufada de ar quando ele levantou o cobertor. E então todo seu corpo se aninhou ao meu lado.

— Posso te abraçar? — sussurrou.

— Sim.

— Então, chegue mais perto. E vamos dormir.

Ephraim me puxou para seu peito e encaixou suas pernas atrás das minhas. Se estivéssemos na vertical, eu estaria sentada em seu colo. Mas não estávamos na vertical. Estávamos deitados na cama, *sem* consumar nosso casamento. E, ainda assim, era a coisa mais íntima que já fiz.

* * *

Só mais tarde, enquanto eu estava deitada em uma teimosa vigília, encolhida contra as costas de Ephraim, em busca de calor, ouvindo o ritmo lento e constante de sua respiração, que deixei minha mente divagar por tudo que poderíamos ter feito naquela noite escura. Pensei como seria sentir suas mãos percorrendo meu corpo. Que lugares ele poderia ter explorado com os lábios e a língua. Imaginei como seria o coito que não envolvesse dor, medo ou violência. Imaginei como seria me entregar às mãos quentes e gentis do homem que eu amava, e minha pele esquentou. O desejo de me virar na cama e puxar o corpo dele contra o meu era tão forte que eu não conseguia pensar em mais nada. Em vez disso, fiquei lá, os olhos abertos, o nariz pressionado contra a pele lisa e quente de suas costas, e permiti que ele possuísse meu corpo apenas em pensamento.

Estava imersa nessa fantasia quando ouvi o murmúrio grave da voz de Ephraim.

— Está gostoso, Martha? O que estou fazendo com você? Em seus pensamentos?

Eu me assustei e me afastei dele.

— Não — ele sussurrou, estendendo a mão para agarrar meu braço e puxá-lo novamente sobre seu peito. Ele colocou minha mão no coração, e pousou a dele em cima. — Não pare. Tenho certeza de que, o que quer que esteja imaginando, é algo que estou desfrutando imensamente.

— Pensei que estivesse dormindo.

— Senti seus cílios roçando minhas costas — explicou ele. — Foi assim que eu soube que você estava acordada. Seu corpo ficou cada vez mais quente. — Ephraim riu. — E não pude evitar imaginar o que você estava pensando que faríamos na minha cama.

— Você disse que era *minha* cama.

— Ah, isso é verdade, meu amor. E quando estiver pronta para que eu faça na realidade o que acabou de fazer em pensamento, encontraremos outro uso para a sua cama.

3

A NEVASCA

JANEIRO DE 1790

"Uns sobem pelos crimes; outros caem pela virtude."

— William Shakespeare, *Medida por Medida*

FORTE WESTERN

Sexta-feira, 1º de janeiro

Passei a primeira hora do primeiro dia desta nova década sepultando um bebê. É um natimorto. Muito pequeno. Com pouco mais de dois quilos, ele chegou a este mundo cruel mais de um mês antes do tempo.

— Não parece certo que ele seja enterrado sem um nome — diz Ephraim.

— Ela se recusou a lhe dar um nome. Assim como se recusou a declarar quem é o pai.

Ele ajeita o pequeno embrulho em seu braço esquerdo e pousa a mão direita sobre o bebê.

— Nathan — anuncia ele.

— Ephraim — advirto. — Não temos esse direito.

— E quem vai saber? — Ele olha ao redor. Observa o céu escuro coberto de nuvens. A floresta. Então, seus intensos olhos azuis se voltam para mim, e vejo a luz do lampião cintilar nas profundezas. E repete: — Ele não deveria ser enterrado sem um nome.

Estou cansada demais para discutir. Minhas mãos estão cheias de bolhas e marcas de sangue por cavar o buraco, minhas costas doem.

— Tudo bem, então. Nathan.

A cova agora está funda o suficiente — mais de trinta centímetros de profundidade e largura —, mas cavá-la foi uma tarefa árdua, que exigiu machado e picareta. Embora Ephraim tenha se oferecido para o trabalho, eu insisti que ele ficasse dentro de casa com a família. De qualquer forma, foi uma sorte ele estar comigo. O tempo virou na noite passada, e ele estava indo para Forte Western quando saí de casa. Então viajamos juntos, e ele me encontrou na casa da jovem que estava em trabalho de parto depois de visitar James Wall.

Não havia nada que eu pudesse fazer pela mãe ou pela criança. O pequenino já chegou morto a este mundo e ela — aterrorizada e solteira — preferiu se calar, mantendo o nome do pai em segredo. Ela só chorou. Depois gritou. Então começou a tremer. O tremor é normal. A maioria das mulheres não consegue parar de tremer após o parto. Mas esse era diferente. Vinha do âmago e não cessava. Era selvagem e descontrolado, e eu só saí do quarto quando ela finalmente me entregou o corpinho inerte e a mãe dela assumiu a vigília. Instantes depois, a jovem adormeceu de pura exaustão. Ela tem apenas 18 anos.

Parte do meu trabalho, uma obrigação exigida por lei para ser licenciada como parteira, é enterrar o corpo de um bebê que nasce sem vida. Ou que morre na minha presença. A exigência visa poupar a mãe dessa agonia, mas despeja esse fardo diretamente sobre os ombros da parteira. E no inverno — *oh, Deus,* por que uma estação tão cruel? — é preciso remover a neve com uma pá, então perfurar o solo congelado e cavar uma cova profunda o suficiente para evitar que animais selvagens encontrem o corpo. Normalmente, também é necessário colocar algumas pedras em cima.

Neste caso, o único local possível era aos pés de um grande e frondoso pinheiro. É o único lugar onde o solo está quase macio o suficiente para cavar. Mesmo assim, não foi fácil.

É madrugada, e eu me viro para meu marido, estendendo a mão para o embrulho em seus braços. Ele não entrega o bebê de imediato. Em vez disso, olha para o pequeno pacote enrolado em linho, e vejo a tristeza inundar seus olhos.

— Está na hora.

Ephraim sacode a cabeça, para espantar os fantasmas, e então, gentilmente, me entrega a criança. Juntos, nós a aninhamos na cova. Cobrimos primeiro com terra e uma montanha de neve, então agulhas de pinheiro e, por fim, uma pilha de pedras que não possam ser movidas por um animal selvagem. Depois, meu marido se ajoelha ao lado do túmulo, seus lábios recitam uma prece silenciosa. Essa visão é tão familiar para mim que quase sou dominada pela tristeza. Algumas memórias nunca se apagam.

Ele olha para o meu rosto e as lágrimas congeladas em minhas bochechas.

— Vamos para casa, amor.

* * *

Pela manhã, depois de me deliciar com uma rara xícara de café quente, me retiro para o meu ateliê e reviso a lista de partos que realizei nos últimos doze meses. O Ano de Nosso Senhor de 1789 trouxe cinquenta novas almas a Hallowell. Destas, atendi trinta e nove. As demais nasceram pelas mãos de outra pessoa ou antes da minha chegada.

Como acontece em todos os anos desde que comecei a contabilizar, a maioria dos bebês que ajudei a nascer eram meninas. Foram vinte e sete no ano passado. Não me considero uma mulher supersticiosa, mas esse número me reconforta. Toda parteira que conheci alerta que um grande número de nascimentos masculinos por vários anos consecutivos é o prenúncio de uma guerra iminente. Uma delas — idosa, viúva e amargurada — já havia enterrado todos os filhos e, calejada pelo luto, referia-se a esses meninos como a "munição dos canhões dos reis". Nunca testemunhei a chegada de um menino — nascido do meu corpo ou pelas minhas mãos — sem pensar nessas palavras. Dos meus nove filhos, seis eram meninas, e sempre considerei isso um bom presságio. Faz com que eu tenha esperança de que as guerras deste país ficaram para trás.

Quatro dos nascimentos em Hook no ano passado foram natimortos, embora eu tenha participado de apenas três. Cada um é uma perda terrível, e faço uma pausa para ler os registros.

Quinta-feira, 25 de fevereiro. Parto. Filha do Sr. Jacob Chandler. A Sra. Chandler deu à luz a uma menina natimorta à nona hora ...

Quinta-feira, 10 de setembro. Parto. Filha do Sr. Pinkham. Dia claro. Fui chamada para atender a esposa do capitão Pinkham. Saí de casa ao meio-dia. A pé. Minha paciente deu à luz a uma filha, à nona hora da noite. Nasceu morta. Passei a noite toda lá.

Quinta-feira, 17 de dezembro. — Parto. Filha do Sr. Stone. Clarissa Stone deu à luz a uma filha natimorta à décima segunda hora de ontem. A operação foi realizada pelo Dr. Benjamin Page. Os membros do bebê estavam muito deslocados, conforme fui informada. Aquele homem nem sequer sabe fazer um parto pélvico.

Seis dias depois de ele ministrar uma dose quase letal de láudano a Grace Sewell, Clarissa Stone chamou aquele médico idiota para fazer seu parto. Os resultados foram desastrosos. E, sim, eu entendo ela não querer minha presença depois da bronca que lhe dei na loja do Dr. Coleman. Mas não havia motivo para procurar o Dr. Page. Sou apenas uma das cinco parteiras deste condado.

O médico tem apenas 24 anos. Vinte e quatro! Eu tenho trinta anos a mais do que ele e muito mais experiência de vida. No entanto, as jovens mães desta cidade se deslumbram com a simples ideia de um homem educado em Harvard. Tanto que colocam as vidas de seus bebês nas mãos dele, e os resultados são fatais.

Não que todos os partos que auxilio sejam bem-sucedidos, é claro. O parto de ontem à noite é prova disso. Mas ela perdeu o bebê antes mesmo de eu chegar, e essa é a diferença entre Page e eu. Com o coração pesado, pego a pena e registro a vida que foi perdida ontem:

Quinta-feira, 31 de dezembro. Parto. Filho de Ruth Emery. Dia claro e muito frio. Fui chamada para atender Ruth Emery. Seu bebê nasceu morto. Era seu primogênito. Ela continua em luto. Saí de lá à meia-noite. O Sr. Ballard me acompanhou até o local e depois de volta para casa, pois as estradas estavam quase intransitáveis.

Eu os considero *meus* bebês. Não sou a mãe deles, é claro, mas eles são *meus*, e eu ainda posso sentir o peso do luto pairando dolorosamente naquelas salas de parto. A única coisa mais difícil do que perder um bebê seria perder a mãe, e agradeço à grande dádiva da Providência por ainda não ter passado por isso.

Às vezes, no entanto, a parte mais difícil de um parto é simplesmente conseguir chegar ao local a tempo. O rio, como sempre, é meu maior obstáculo. Congelado ou não, muitas vezes o rio precisa ser atravessado, e seja de balsa ou a pé, não há uma maneira segura de fazê-lo. O clima também é meu algoz mais vezes do que considero uma cota justa. Juntas, esses dois fatores me causam tanto transtorno quanto as próprias pacientes.

No início da última primavera, enfrentei uma circunstância dessas, e procuro o registro em meu diário.

Sábado, 6 de abril. Parto. Filha de Eben Hewin. Tempestade severa. Fui chamada na primeira hora por Eben Hewin. Cruzamos o rio em seu barco. As águas estavam agitadas. Chegamos à outra margem em segurança e então partimos para a casa do Sr. Hewin. Atravessei o riacho perto da casa dele em uma balsa improvisada, mas cheguei a salvo. No entanto, ao passarmos pela propriedade do Sr. Haines, uma grande árvore foi arrancada pelas raízes bem na minha frente, o que fez meu cavalo dar um salto para trás, salvando minha vida. O Sr. Haines me ajudou ao passar sobre o tronco caído. Continuamos e logo chegamos a outro riacho, mas a ponte havia sido levada. O Sr. Hewin pegou as rédeas, atravessou a pé e conduziu meu cavalo até o outro lado. Chegamos sãos e salvos. A Sra. Hewin deu à luz às dez da noite, sem complicações.

No ano passado, duas das crianças que ajudei a nascer eram ilegítimas, mas apenas uma das mães declarou o nome do pai durante o parto. Ela se casou desde então. Mas a pobre Sarah White continua solteira e muito difamada.

Domingo, 21 de junho. Parto. Filha de Sarah White. Manhã clara. Ontem fui chamada ao nascer do sol para atender Sarah White, uma jovem solteira que estava em trabalho de parto. Ela passou mal durante todo o dia, mas deu à luz a uma filha à nona hora da manhã, sem complicações.

Hoje não são apenas os nascimentos que me interessam. Também procuro três registros, marcados por um borrão de tinta na margem. Mantendo a tradição, não concluo minha retrospectiva do ano anterior sem prestar uma homenagem. Este ano, porém, marca um aniversário importante… e doloroso:

Sábado, 26 de junho... Hoje faz vinte anos que minha filha Triphene morreu. Ela tinha 4 anos...

Domingo, 4 de julho... Hoje faz vinte anos que minha filha Dorothy morreu. Ela tinha 2 anos...

Quinta-feira, 7 de julho... Hoje faz vinte anos que minha filha Martha morreu. Ela tinha 8 anos...

De tudo o que sofri em meus 54 anos, estas três cicatrizes estão gravadas mais profundamente em minha alma. Não importa que tive duas filhas depois de enterrar essas três. A perda ainda é tão vívida e dolorosa como se tivesse acontecido ontem. Quando elas se foram, gerações morreram com elas.

Deixo minha escrivaninha por um momento e vou até a caixa de madeira em minha mesa de trabalho. Retiro a Bíblia que Ephraim me deu na noite de nosso casamento tantos anos atrás. No registro da família, abaixo de nossos nomes, está a lista que ele prometeu que faríamos juntos. Nosso próprio legado, registrado em preto e branco. Passo meu dedo pelas datas de nascimento de nossos nove filhos.

Cyrus Ballard – 11 de setembro de 1756
Lucy Ballard – 28 de agosto de 1758
Martha Ballard – 7 de abril de 1761 – falecida em 7 de julho de 1769
Jonathan Ballard – 4 de março de 1763
Triphene Ballard – 26 de março de 1765 – falecida em 26 de junho de 1769
Dorothy Ballard – 17 de maio de 1767 – falecida em 4 de julho de 1769
Hannah Ballard – 6 de agosto de 1769
Dorothy "Dolly" Ballard – 20 de fevereiro de 1772
Ephraim Ballard, Jr. – 30 de março de 1778

Durante vinte e três anos, minha principal tarefa foi formar uma família. Um trabalho que considerei tanto uma honra quanto um dever. Alegria e provação. O fato de eu ter apenas 54 anos e ter enterrado um terço de minha prole é uma tristeza para a qual não há palavras.

Eu estava grávida de oito meses de Hannah naquele verão terrível e — nos meus momentos mais sombrios — estava convencida de que a dor dessa tragédia também nos levaria à sepultura. É raro que se passe um dia em que não olho para Hannah e a considere um milagre.

É doloroso. E todos os anos, ao relembrar tudo isso, sou dilacerada pela dor, mas esquecer seria um mal maior. Depois de concluir minha homenagem, afasto meu diário e inspirou longa e profundamente. Escuto o barulho de minhas filhas na cozinha. Sinto o cheiro do bacon e das batatas crepitando na frigideira. Guardo meu diário e minha Bíblia e vou ficar com os filhos que me restam.

SERRARIA BALLARD

Domingo, 3 de janeiro

Minha família parou de frequentar o culto em julho, quando Isaac Foster foi afastado do cargo de pastor. Era nossa única forma de protesto disponível, e embora não me arrependa da decisão, parece estranho ficar em casa em uma manhã de domingo. Mas é *agradável* poder descansar diante do fogo, com uma xícara de chá quente nas mãos, e ler o Livro de Oração Comum.

— Ele mostrou a força de Seu braço — sussurro, o dedo indicador direito passando pela última estrofe da liturgia do dia. — Derrubou os poderosos de seus tronos e exaltou os humildes.

Fecho os olhos, rezo para que assim seja, e fecho o livro. Mal o recoloquei na prateleira quando ouço uma batida suave na porta. Hannah coloca a cabeça para fora, depois olha para trás e diz:

— A senhora Parker está aqui.

— O marido está com ela? — Não vejo Seth desde a manhã em que ele e os outros tiraram Joshua Burgess do gelo. Ele tinha sido um dos primeiros a fugir durante a autópsia.

Hannah balança a cabeça.

— Ela está sozinha.

— Você a convidou para entrar?

— Ela pediu para falar com você no portão.

— Ela está doente?

Hannah dá de ombros.

— Não parece.

Estranho, penso. Pego meu xale do gancho, surpresa com essa necessidade de privacidade enquanto saio pela porta. A Sra. Parker está no jardim, apertando as mãos.

— Ellen. — Eu a examino da cabeça aos pés. — Aconteceu alguma coisa?

— De certa maneira.

Não está ventando, e a neve tem uma fina camada de gelo por cima, onde derreteu durante o dia e congelou novamente à noite. Meus sapatos fazem um barulho desagradável ao triturar o gelo enquanto me movo pelo quintal.

— Qual é o problema? — pergunto.

— Preciso que me empreste um cavalo.

Eu sei bem que seu marido tem dois belos cavalos em seu estábulo.

— Por quê?

Ellen Parker é uma mulher tímida, do tipo que se prefere ficar no fundo de uma sala lotada, que fica corada sempre que muitas pessoas olham para ela ao mesmo tempo. O frio deixou a ponta do seu nariz vermelha, mas penso que o tom rosado em suas bochechas é por estar envergonhada.

— Ela *voltou* — sussurra Ellen.

— Quem?

— *Ela.* — Os olhos de Ellen se arregalam, e ela franze os lábios como se isso devesse ser óbvio. — A mulher negra. Preciso vê-la.

— *Ah.*

Ouvi Seth, seu marido, comentar isso na taberna, quando eu examinei o corpo de Joshua Burgess um mês atrás, mas, com toda a agitação que se seguiu, acabei esquecendo.

— Você não quer que seu marido saiba?

— Seth não aprovaria. E se me emprestar um dos seus cavalos, ele não perguntará para onde fui.

— Onde ele pensa que você está agora?

— Aqui. Visitando você. Ele me viu sair. E vai me ver quando eu voltar à pé para casa. Não estarei mentindo. Pelo menos, não muito — sussurra.

Em circunstâncias diferentes, eu poderia apontar que uma mentira por omissão não é diferente de qualquer outro tipo, mas não vejo problema em lhe emprestar o cavalo.

— Pode pegar o Bucket. Ele é velho e lento, mas vai levá-la em segurança.

— Obrigada. Só preciso dele por algumas horas.

— Claro. Mas é uma cavalgada difícil pela floresta. Tem certeza de que não posso fazer alguma coisa por você aqui?

— Sim — diz ela sem mais explicações.

— Pedirei que Ephraim Júnior vá até o celeiro, então.

Ellen me agradece novamente, e vou procurar meu filho para lhe dar instruções de preparar o cavalo. Dez minutos depois, estou parada à porta e observo minha vizinha partir — não em direção à estrada principal, mas pelo pasto ao norte, seguindo o caminho que serpenteia por quase cinco quilômetros através da floresta até Burnt Hill.

Quatro vezes por ano, uma mulher negra conhecida apenas como Doutora visita Hallowell. Ela chega sem aviso prévio e pode permanecer por uma única semana ou meses a fio. Ninguém nunca sabe. Mas sua chegada é sempre comentada aos quatro cantos, e a notícia se espalha de casa em casa como uma fina névoa que se insinua por baixo da porta. A Doutora é uma das poucas pessoas que conheço cuja expertise médica supera a minha. Alguns argumentam que ela tem o dom da cura. Outros, é claro — Seth Parker entre eles — a chamam de bruxa. É uma acusação sem imaginação e que, francamente, estou cansada de ouvir. *Bruxaria.* Como se não houvesse outra explicação para uma mulher que se destaca em seu trabalho.

A Doutora fala com um caloroso sotaque francês e muitas vezes se descreve como uma *accoucheuse*. Uma parteira, como eu. No entanto, ela é muito mais do que isso. A Doutora é um mistério para muitos em Hook, e por isso a temem. No entanto, nunca vi ninguém que não a observasse com uma espécie de admiração perplexa.

Até a semana passada, havia 1.199 habitantes em Hallowell. São 184 famílias e, destas, doze são de negros. Todos livres. Não há pessoas escravizadas em Hallowell, o Supremo Tribunal Judicial aboliu efetivamente a prática no estado de Massachusetts nove anos atrás, com a decisão no caso Mum Bett. O censo contabiliza todos em Hook, exceto a Doutora, porque ela pediu aos moradores locais que garantissem que os recenseadores não saibam de sua presença entre nós. A Doutora jurou nunca mais voltar caso sua presença seja revelada, e estamos mais do que felizes em manter seu segredo, dado quantos de nós dependem de seus serviços.

Quando já não consigo ouvir Bucket resfolegando e pisoteando pela floresta, volto para dentro e vou para meu ateliê. Misturo a tinta e mergulho minha pena:

Domingo, 3 de janeiro — Dia claro. Passei o dia em casa. A Sra. Parker pegou emprestado nosso cavalo para ir ver a doutora negra...

BURNT HILL

Quarta-feira, 6 de janeiro

Eu me aproximo da cabana lentamente.

Durante boa parte do ano, a base dos lenhadores aos pés da colina permanece vazia. Na primavera, homens vêm de Winthrop e Pittston para acampar e cortar madeira, que depois enviam pelo caudaloso riacho Bracket em direção a Hallowell, onde é enfardada no rio Kennebec e transportada ao sul em balsas. Mas, no inverno, o riacho se reduz a um fio d'água, e o acampamento remoto é abandonado.

O ponto mais alto em três condados, Burnt Hill — ou colina queimada, como é chamada por causa de um incêndio que ocorreu décadas atrás — é um local de ventos severos e frio cortante, com um pico arredondado e deserto, exceto por arbustos e pedras. Suas encostas são densas, cobertas por um dossel de bétulas e bordos antigos. À medida que são cortados do declive, um por um, álamos-trêmulos, bálsamos e abetos surgem para ocupar seu lugar. No entanto, são os álamos de que mais gosto, não apenas pelo seu tronco pálido salpicado de preto, ou pelo impressionante espetáculo dourado que proporcionam a cada outono, mas porque cada álamo nesta vasta floresta está conectado por um único sistema de raízes. Eles dão vida uns aos outros e trabalham para repor o que os lenhadores tomam. Os seres humanos poderiam aprender muito com a natureza se apenas parassem para ouvir.

Por mais bela que Burnt Hill possa ser, a única razão pela qual alguém faria a jornada até este lugar no auge do inverno é consultar a Doutora. A notícia de sua chegada é passada ao longo do rio Kennebec em sussurros abafados, mas ela só é visitada por aqueles que se empenham em guardar seus segredos.

Quando chego à clareira, vejo uma jovem família wabanaki saindo da cabana. Um homem e uma mulher seguram um bebê enrolado em peles de coelho. Os pais estão envoltos em pesados cobertores de lã tingidos de um impressionante tom de vermelho-escuro e usam as tradicionais calças, túnicas e mocassins de pele de veado. A mulher aninha o filho junto ao corpo e mantém os olhos no chão, atenta a cada passo traiçoeiro através dos bancos de neve. Mas o pai olha para mim e, com cautela, dá um aceno de cabeça antes de pegar o bebê, depois ajuda a esposa a montar no cavalo. Assim que a mulher se acomoda, ele lhe entrega o pequeno pacote e os conduz em direção à floresta sem olhar para trás. Suas pegadas são os únicos rastros no manto de neve fresca que cobre a clareira.

Fascinada, espero até que a centelha carmesim desapareça entre os galhos de pinheiro antes de me aproximar da cabana. A casa não é maior do que meu ateliê e repousa como um retângulo enviesado na base de uma pequena encosta de pedra. Uma espiral de fumaça se ergue da chaminé e posso ouvir um burburinho lá dentro — um melódico oscilar de vozes, ao mesmo tempo familiar e estrangeiro.

Desmonto de Brutus e o amarro ao lado de uma grande carroça coberta, parada ao lado da cabana. Atrás dela, há um estábulo anexo à parede lateral, construído por lenhadores com toras rústicas. Aninhado contra a rocha, tem largura suficiente para apenas um cavalo. Lá dentro está o maior cavalo que já vi. No mínimo um metro e oitenta e cinco de cernelha, com uma pelagem alazã que brilha como fogo na penumbra. Brutus bufa para ele, que retribui o gesto, e eu balanço a cabeça.

— É sempre uma disputa de egos com vocês, machos — digo, então me viro para o outro cavalo. — Quem é você?

Se tenho alguma fraqueza neste mundo, é por um grande e belo garanhão.

— Esse é Goliath — diz uma voz de dentro da cabana. — E você, Martha Ballard, deveria entrar. *C'est froid.*

Está frio *mesmo*, e fico grata pelo convite, mas, no último segundo, lembro que trouxe um presente, e vou pegar o pacote em meu alforje. É uma garrafa de xarope de groselha e conhaque, envolta em um tecido de linho macio, amarrado com uma fita. Não preciso dos serviços da Doutora hoje — pelo menos, não no sentido usual —, mas não me esqueci de trazer o pagamento.

— É um prazer revê-la, Doutora — digo, enquanto entro e tiro minha capa de montaria. Eu a penduro em um gancho e limpo a neve do cabelo, então fecho a porta para espantar o frio que me seguiu para dentro como uma névoa. — Como sabia que era eu?

A Doutora abre um sorriso astuto, os lábios volumosos curvando-se ao redor de dentes pequenos e alinhados.

— Ah — digo, conforme a resposta me ocorre. — Você reconheceu minha voz.

— Você reconheceria a minha, *non*?

— Com certeza.

Há uma cadeira de balanço de cada lado da lareira e, entre elas, um toco de madeira serve de apoio para um lampião que emana uma suave luz dourada. Aproximadamente uma década mais jovem do que eu, a Doutora tem maçãs do rosto salientes e um pescoço longo e esguio. Usa um vestido de musselina verde, e o cabelo preso sob um lenço combinando. Há um almofariz em seu colo e um pilão em sua mão. Ao lado dela há uma cesta de vime, com a tampa firmemente encaixada no topo. Sem dúvida, um presente dos wabanaki pelos serviços prestados.

A Doutora percebe meu olhar para a cesta e diz:

— A mulher que você viu lá fora secou. Ela não tem mais nada para alimentar *le bébé*.

Entendo isso como um convite para me sentar. Enquanto ajeito minhas saias, ela continua.

— Acontece. Ninguém sabe por quê. Mas *le bébé* ainda não desmamou. Então eles vieram pedir ajuda.

— Não há alguém na tribo que possa amamentar a criança para ela?

— Ninguém com leite de sobra. — Ela me olha como se eu devesse saber disso. — É inverno. E muitos estão com fome.

— O que disse a ela?

A Doutora flexiona a mão que estava trabalhando o pilão. Seus dedos são longos e finos. Elegantes. Mas posso ver que o mindinho foi quebrado e cicatrizou mal. Ele não estica completamente como os outros.

— Não há nada tão bom quanto o leite materno, mas alimentar a criança com nozes cozidas misturadas com farinha de milho e água o fará chegar até a primavera, quando poderá comer outros alimentos.

— Não conhecia essa prática — digo.

Ela me examina de cima a baixo e comenta:

— Você não está doente.

— Não.

— Então me diga por que está aqui.

Coloco a garrafa de xarope ao lado do lampião.

— Ellen Parker pegou emprestado meu cavalo esta semana para vir vê-la.

— E você está curiosa sobre o motivo?

— Não. Já tenho segredos suficientes para carregar. Não tenho interesse em adicionar os dela ao meu fardo.

— E também não está aqui para uma visita. — A Doutora volta seu olhar para o almofariz. Empunha o pilão e o pressiona em um movimento anti-horário contra o almofariz, triturando as folhas finas e secas em pó. Cheira a pimenta-do-reino e sálvia.

— Por quê, não? Não deveria?

— Ninguém vem me visitar. Sempre há um motivo.

— Nem a Hitty?

A Doutora me encara com uma expressão séria, os olhos escuros serenos e imóveis como um lago à meia-noite.

— Nem mesmo ela — retruca. — Não desde que se envolveu com *cet homme*.

— Pensei que eles estivessem casados.

— Apenas... *aah*... qual é mesmo a palavra...? — Ela faz um gesto com as mãos.

— Juntaram as coisas? Fizeram só um casamento ritualístico?

— Sim. Não que isso importe. Nenhuma lei reconhece um casamento, formal ou não, entre sua gente e a minha. — A Doutora lambe a ponta do mindinho quebrado e o mergulha no pó fino em sua tigela. Ela prova, analisando por um momento com os olhos fechados, então assente uma vez, decidindo que está no ponto, e coloca a tigela no chão ao seu lado. — Mas você também não está aqui para falar de minha filha.

— Não.

— Então me conte por que veio.

Há tantas coisas sobre a Doutora que eu não entendo. De onde ela vem e para onde vai quando não está em Hallowell? Como ela aprendeu a arte da medicina e com quem? Quando ela aprendeu nosso idioma e como conheceu os wabanaki? Como, sendo uma mulher, ela consegue viajar sozinha, tão livremente, pela natureza selvagem? Mas se eu pudesse perguntar algo a Doutora — e ter certeza de uma resposta — seria o seu nome. Qual é? No entanto, esse é um conhecimento proibido, uma pergunta que me fará ser imediatamente dispensada. Então pergunto o que vim descobrir.

— O que sabe sobre as ervas tanásia e sabina?

A Doutora responde sem hesitação.

— Elas são usadas para impedir que uma criança cresça no útero. Uma traz *les régles*. — Ela coloca a mão, com os dedos abertos, em seu baixo ventre, então a fecha em um punho. — E a outra induz contrações. Mas você já sabia disso, *non*?

— Recentemente atendi uma mulher, Rebecca Foster, que tomou as duas juntas. Em uma grande quantidade, pelo que pude deduzir. Mas ela não perdeu o bebê.

— O bebê não é bem-vindo?

— Ele foi imposto a ela.

A Doutora tenta disfarçar o desconforto, mas uma sombra passa por seus aveludados olhos escuros. Breve. Apenas o espectro de uma emoção, desaparecendo tão rapidamente quanto surgiu.

— Então ela quer tentar *les herbes* novamente?

— Não. Ou, pelo menos, ela não disse isso. E de qualquer forma, eu não recomendaria. Não fui eu quem deu a ela da primeira vez.

— *Bon.* A sabina é perigosa. Pode tanto ajudar quanto matar.

— Mas a erva causará danos ao bebê depois, já que ele sobreviveu? É isso o que eu preciso saber. — A ideia de Rebecca Foster ter que lidar não só com um bebê indesejado, mas também com má-formação, me fez perder noites de sono.

— Não mais do que à mãe. Ela está *bien*?

— Receio que ela nunca mais ficará bem. — Bato no meu peito com o dedo. — Nem aqui. — Em seguida, movo o dedo para minha têmpora e bato novamente. — Nem aqui.

— Você está preocupada que ela vá machucar *le bébé* quando ele nascer? Ou a si mesma?

— Estou preocupada com dez mil coisas.

A Doutora ri, um timbre agradável e profundo que preenche a cabana.

— Então você não aprendeu muito sobre ser uma curandeira. — Ela vê a expressão de dor cruzar meu rosto, mas não se desculpa. — Você fez tudo o que pôde para ajudar essa mulher?

— Sim.

— Preocupe-se apenas com o cuidado que você oferece quando é chamada. O resto não cabe a você se preocupar. Ah — diz a Doutora, levantando um dedo. — Alguém está chegando.

— Quem?

— Meu próximo paciente.

Eu me viro para a porta e escuto. No início, não ouço nada além dos galhos de pinheiro rangendo ao vento e os pintassilgos-verdes escondidos sob as árvores chamando uns aos outros. Mas, então, após alguns longos segundos, percebo o som constante de cascos se aproximando pela clareira.

— Quem deu *les herbes* à *madame* Foster, se não foi você?

Dou uma olhada para o cesto de vime ao lado dela.

— Acredito que tenha sido os wabanaki, embora não tenha certeza. Eles são amigos há muito tempo.

— Ah. É por isso que ela não morreu. Quanto ao motivo da criança ter permanecido enraizada? Você deve perguntar a eles. Nunca vi os wabanaki cometerem um erro com *les herbes*.

A Doutora permanece em sua cadeira, as mãos entrelaçadas no colo. Ela assente uma vez. Fui dispensada.

— Obrigada — digo, levantando-me. A Doutora sorri.

— Por quê?

— Por me lembrar de que não sou Deus.

Novamente, aquela risada, como água escorrendo sobre pedras.

— Você havia esquecido?

— Não. Só esqueci que há algumas dores que nunca terei a capacidade de curar.

Sempre inescrutável, a Doutora apenas observa enquanto caminho até a porta. Visto a capa de montaria e as luvas. Não somos amigas. Não no sentido tradicional. Gostaria que fosse assim, mas posso sentir uma muralha entre nós. Uma barreira impermeável à minha admiração. Talvez um dia eu consiga conquistá-la.

Há uma batida na porta.

A Doutora olha para mim, mas fala com o recém-chegado.

— *Entrez* — convida ela.

Uma lufada de ar frio atinge meu pescoço e sinto o olhar assustado do estranho. E quando viro, me deparo com May Dawin parada à porta.

— Desculpe, eu...

— Não se preocupe. Eu já estava de saída — interrompo, e então, porque não quero que a garota se sinta desconfortável por recorrer à Doutora e não a mim, acrescento: — Como está o Sam?

Não é surpresa que Sam Dawin tenha se apaixonado perdidamente pela jovem. Além do fato de que homens grandes muitas vezes têm uma queda por mulheres pequenas — um fato que sempre me irritou — ela é adorável como uma corça, toda em suaves tons castanhos — cabelo, sardas, olhos — e uma pele macia. Sua voz, também, tem uma cadência gentil e reconfortante.

— Ele está bem, senhora Ballard — responde ela. — Obrigada por cuidar dele. Não sei o que faria... — Sua voz embarga de emoção. — O que eu faria sem ele.

Coloco minha mão no ombro de May e dou um tapinha.

— Ele também ama você. Jamais duvide disso.

— Eu não poderia. Nem se eu tentasse.

— Tenham um bom dia — digo e saio. Quando a porta se fecha atrás de mim, ouço May se apresentando e então a resposta habitual.

— Pode me chamar de Doutora.

May Dawin está lá dentro, cochichando com a Doutora, e Sam está ao lado da carroça, acariciando o longo e macio focinho de Brutus. Nunca o vi menos satisfeito em me ver.

SERRARIA BALLARD

Domingo, 10 de janeiro

Eu me apoio na borda da bancada na serraria, observando meu marido tomar o café da manhã. Ephraim está sentado ao lado do fogão à lenha, equilibrando um prato de estanho no colo, devorando seus ovos mexidos e batata em grandes garfadas. O bacon já acabou. Foi a primeira coisa que ele comeu.

— Obrigado — agradece ele. — Estava prestes a roer meu tornozelo.

— No tornozelo não tem muita carne. Da próxima vez, considere morder seu traseiro.

— Não consigo alcançar — responde, inclinando-se para o lado e mordiscando o ar.

O comentário me faz rir. É bom ser casada com um homem com o dom da frivolidade.

— Estou feliz que você não tenha virado um maracujá seco — digo a ele. — É tão comum para os homens da sua idade.

— Poucos têm uma esposa tão bonita quanto você. Eu tenho incentivo.

Eu me afasto da bancada e atravesso o piso de tábuas envelhecidas, pego o prato das mãos de Ephraim e o coloco sobre o fogão, depois me sento em seu colo e envolvo meus braços em seu pescoço.

— Não precisa mentir, querido. Nós dois sabemos que eu não sou linda. Nunca fui.

Ele não diz nada por um momento, apenas me estuda como se estivesse vendo meu rosto pela primeira vez. Então emite um daqueles resmungos masculinos indistinguíveis. Um misto de grunhido e suspiro. Desliza o dedo ao longo do meu nariz, pelos lábios, subindo pela maçã do rosto e descendo pelo queixo. Ele afasta algumas mechas soltas de cabelo dos meus olhos e diz:

— Quando você era jovem, seus olhos eram escuros. Castanhos como o seu cabelo. E você sabe o que o Bardo diz sobre olhos castanhos?

— Nada, tenho certeza.

— *Uma cor ótima. O teu castanho sempre foi uma cor única.*

— Acho que você acabou de inventar isso.

— Na verdade, não. É de *Como Gostais*. Mas isso não vem ao caso. Seus olhos eram escuros, mas agora clarearam. Estão dourados, como castanhas.

Rio com desdém.

— E suponho que o Bardo teria algo a dizer sobre castanhas também? Sem dúvida, em *A Megera Domada*.

— Ele tinha muito a dizer sobre castanhas, Shakespeare era um homem bem familiarizado com a natureza. Mas minha frase favorita também é de *Como Gostais*, embora, ao contrário de Celia, eu não tenha encontrado você "à sombra de uma árvore, como uma castanha caída". A primeira vez que a vi, foi em um campo e, pelo que me lembro, não havia uma castanheira à vista. Mas o que quero dizer é que algo em você teve que abrandar com a idade, já que seu temperamento não cedeu um milímetro. Restou aos seus olhos suavizarem, e estão mais adoráveis do que nunca. Então, não, senhora Ballard, você pode não ser linda, mas eu juro que você é a mulher mais *bela* que já vi.

— Você é suspeito.

— Sou *orgulhoso*.

Já faz alguns anos que não fazemos amor na serraria, mas diante dessas doces palavras, acho que este pode ser um bom momento para reavivar o hábito. Eu me aproximo, elevando os quadris, quando ouvimos um som na porta.

Um homem quase ri, mas se contém no último segundo, solta um pigarro e anuncia sua presença com um *Ãh-ham*.

Barnabas Lambard — barbeado e vestindo as melhores roupas de domingo — se apoia no batente da porta com o tipo de sorriso maroto mais adequado a um menino de 12 anos.

— Sinto muito interromper — diz.

— Somos dois — murmura Ephraim, enquanto gentilmente me ergue de seu colo para que ele possa se levantar.

— Este é Barnabas Lambard — recordo ao meu marido.

Ephraim franze o cenho.

— Você é o oficial do tribunal de Vassalboro.

— Sim.

Estou contente em vê-lo e não tenho receio de demonstrar isso, então abro um largo sorriso. Ephraim nota esse raro gesto de aprovação e observa o homem com curiosidade.

— Minha esposa me contou que foi você quem informou a Obadiah Wood que Burgess foi assassinado.

Barnabas me olha com uma expressão que é um misto de curiosidade e irritação.

— Sim, fui eu. Embora ela pudesse ter me avisado desde o início que o homem estava morto. Foi um choque. Como era a intenção dela, tenho certeza.

— É por isso que você está aqui? — pergunto.

— Há duas razões, na verdade, e essa é uma delas. — Ele atravessa a serraria e estende a mão para Ephraim, apresentando-se formalmente. — Barnabas Lambard. É um prazer conhecê-lo, senhor.

Ah.

Eu o observo mais uma vez. Há um corte recente da navalha de barbear em seu queixo, e o colarinho de sua camisa está bem passado. Ephraim e eu trocamos olhares furtivos que Barnabas não deveria captar, mas ele percebe, então seus olhos se estreitam enquanto se movem entre nós.

Rapaz esperto.

— Por que um morto o traria de volta para Hallowell? — pergunta Ephraim.

— Porque uma investigação sobre a causa da morte foi aberta. O juiz Wood tem perguntas sobre as circunstâncias e a maneira do óbito e encaminhou o caso ao Tribunal de Pleitos Comuns para deliberação no dia 29, quando eles se reunirem aqui em Hook. — Ele olha para mim. — Pensei que a senhora gostaria de saber que há um crescente interesse entre os outros dois juízes sobre a acusação feita contra o senhor Foster.

— O tipo de interesse em que seria prudente que ele contratasse um advogado?

— Talvez.

— Obrigada pelo aviso.

— Agora que vocês dois fizeram as pazes... — A voz de Ephraim é seca como o deserto. Ele observa o jovem Barnabas com renovado interesse. — Você deve ter cavalgado a madrugada toda para chegar tão cedo, não?

— Cheguei ontem. Fiquei na taberna. — Ele escolhe as palavras seguintes com muito cuidado e não tem medo de encarar Ephraim nos olhos quando fala. — Eu não queria chegar aqui com cheiro de poeira da estrada.

— E por quê?

Eles ficam a menos de meio metro de distância, olhos fixos um no outro. Ephraim é mais alto, mas acho que, em termos de coragem, o rapaz é um páreo duro. Sem desviar o olhar, ele tira o chapéu e o segura em frente ao corpo. Abre um sorriso grande e largo. Sem um pingo de vergonha.

— Isso me leva à segunda razão. Pensei em dizer oi para sua filha.

Ephraim já havia adivinhado esse propósito, é claro. Contei sobre a primeira visita de Barnabas e o interesse que Dolly demonstrou por ele. Mas nenhum homem está realmente preparado quando um rapaz bate à sua porta para cortejar sua filha, e Ephraim — como o bom pai que é — não consegue evitar o rosnado em sua voz quando responde.

— Oi? É só isso que você quer falar?

— Acho que é um bom começo em um primeiro encontro.

Há um lampejo de triunfo nos olhos de Ephraim.

— *Primeiro* encontro? E você ao menos sabe o nome dela, já que nunca conversaram?

— Dolly. Apelido para Dorothy, foi o que me disseram. Um nome de família, suponho? — Ele olha para mim com a expressão curiosa.

— Em homenagem à minha mãe — respondo.

— Ela é jovem demais para ser cortejada — acrescenta Ephraim.

Na verdade, Dolly fará 18 anos no próximo mês. Apenas dois meses mais nova do que eu quando Ephraim começou a me cortejar. Ele sabe que estou pensando nisso, é claro, então teima em evitar meu olhar. Mais uma vez, Barnabas exibe aquele sorriso malicioso, com um pitada de confiança, mas sem insolência. Se não tomar cuidado, acabarei me afeiçoando demais a esse rapaz. É raro encontrar um homem que consiga lidar com meu marido.

— Bem, eu também sou jovem, o que é bom. Mas não falei uma palavra sobre cortejar. Só disse que gostaria de dizer oi.

— E ainda assim não explicou por quê.

Ele dá de ombros.

— Gosto do jeito dela. O jeito que ela olha *para mim,* quero dizer. Duas vezes a peguei me olhando, e ela não corou nem riu. Sua filha parece muito madura. Pelo pouco que vi, ela me lembra a senhora Ballard. Ambas são inteligentes. Assim como minha mãe.

É um bom discurso, mas Ephraim não cederá tão rápido. Ele deixa Barnabas parado ali por um momento — tempo suficiente para uma pontada de incerteza surgir nos olhos enevoados do rapaz — antes de finalmente lhe estender a mão.

— Ephraim Ballard.

— Agora que resolvemos isso — digo, limpando as mãos no avental. — Gostaria de tomar o café da manhã? Acho que Dolly ainda está tirando a mesa.

— Gostaria muito.

Espero até que Ephraim e Barnabas partam pela trilha que leva até a casa e então fecho a porta da serraria. Do lado de fora, em seu viveiro, Percy grasna seu descontentamento com nossa partida, mas não lhe dou atenção. Ele já comeu e logo Ephraim o soltará para um passeio.

Sigo os homens pelo caminho, observando-os enquanto se movem entre os montes de neve, notando como caminham. Ephraim como um touro, a passos fortes e determinados; e Barnabas como um cervo, jovem e ágil. Acredito que é possível deduzir muito sobre um homem pelo seu modo de andar. E aqueles dois na minha frente exalam confiança, então os alcanço e tento me preparar para o que está por vir.

Dolly está esperando à porta. Ela se apoia no batente assim como fez da última vez que Barnabas Lambard cruzou o portão do jardim, com a mão no quadril e o rosto corado de curiosidade. Ela deve ter visto quando ele chegou a cavalo, e devia estar ansiosa para que voltássemos para casa.

Cutuco Ephraim nas costelas e sussurro:

— Acho que agora você entende meu pai um pouco melhor, não?

Ele responde com um grunhido irritado.

As bochechas de Dolly estão coradas, o cabelo escovado caindo pelas costas em uma cascata de cachos castanhos, mas o que mais chama a atenção são os olhos. Iguais aos do pai. O azul intenso sob os longos cílios nos remete a um ensolarado dia de verão. E quando ela sorri para Barnabas, posso ouvir Ephraim rangendo os dentes. Puxo sua mão e o faço recuar meio passo.

— Lembre-se, *amor* — provoco, entre risos —, a escolha é da mulher. Foi você mesmo quem disse.

— E sou um tolo por ter falado isso para você.

Dolly acompanha Barnabas para dentro de casa e os seguimos, nenhum de nós realmente pronto para ver nossa filha mais nova ser tão facilmente arrebatada pela flecha do cupido.

LOJA DO DR. COLEMAN

Terça-feira, 12 de janeiro

— VOCÊ NÃO VAI ENTRAR? — PERGUNTO.

Ephraim balança a cabeça.

— Hoje não. Preciso ir até o outro lado do rio para tratar de um pedido de madeira.

Só existem duas maneiras de atravessar o rio Kennebec: de balsa, nos meses mais quentes; ou a pé, quando está congelado. Com quase oitocentos metros de largura em alguns pontos, o rio é profundo o suficiente para que ninguém nunca tenha tocado o fundo. Mas isso se deve principalmente à correnteza. O Kennebec não é o tipo de rio para nadar. As terras do lado oeste são chamadas de Hallowell, e do lado leste, de Forte Western, embora sejam, na prática, um único vilarejo dividido ao meio, com pouco mais de três quilômetros de extensão. Mas cada lado tem suas casas e lojas, sua própria comunidade. Embora seja perigoso, quase prefiro atravessar o rio a pé. A balsa leva muito tempo.

— Tome cuidado — digo a ele.

— Não se preocupe, o gelo está espesso o suficiente. E só ficarei fora por uma hora. Me encontre na taberna para tomar uma cerveja quando você terminar aqui.

Ephraim beija minha testa, então desce da passarela em direção à trilha batida que leva até à margem e cruza o rio congelado. Eu o vejo começar a travessia — a passos firmes, como sempre —, então me viro de volta para a loja.

A loja do Dr. Coleman está movimentada hoje, então espero que um grupo de lenhadores termine de comprar suas ferramentas antes de me aproximar do balcão.

— Do que precisa hoje, senhora Ballard? — pergunta ele.

— Nada. A menos que tenha algo novo para ler.

Pouso minha cesta sobre o balcão e jogo minha capa para trás. Meu exemplar de *Emmeline* está aninhado sobre duas dúzias de velas cuidadosamente empilhadas. As bases das velas foram devidamente aplainadas e os pavios, aparados.

— Pelo que vejo, trouxe uma nova remessa. — Coleman estende a mão direita e pega uma vela da cesta. Ele cheira a cera, depois remove um pedaço de lavanda com a unha do polegar. — Estas são elegantes.

— Só porque algo é útil não significa que não possa ser bonito.

A maioria das famílias em Hook fabrica as próprias velas, mas sempre há um viajante, uma dona de casa ou um comerciante em apuros, e a loja do Dr. Coleman é o primeiro lugar ao qual recorrem. Ele fica feliz em suprir essa demanda, e eu gosto da chance de barganhar. Venho à loja pelo menos duas vezes por mês na esperança de que ele tenha recebido um novo carregamento de café, açúcar e chocolate de Boston, embora seja muito improvável que esses itens tenham chegado desde que o rio congelou. Mas ainda mais importante, espero encontrar algo novo para ler. Após terminar *Emmeline,* estou ansiosa por outra história.

Então ele volta sua atenção para o livro.

— É bom? — pergunta Coleman, franzindo os olhos para focar o título.

— Gostei mais do que da maioria. E a autora é inglesa. Tenho certeza de que aprovará esse fato — digo com uma piscadinha. — É sobre uma mulher às margens da alta sociedade que se recusa a aceitar os papéis tradicionais atribuídos a ela, encontra seu próprio caminho, um amor de sua escolha e desfruta de felicidade e riqueza no final.

— Então é uma fantasia?

— Claro que não. É uma *possibilidade*. Embora, devo dizer, é um tanto... qual é a palavra certa... *gótico*, talvez. Repleto de locais selvagens e remotos, e acontecimentos misteriosos. Acho que você vai gostar.

— Então proponho uma troca de livros, senhora Ballard — diz ele, estendendo a mão sob o balcão e tirando um romance bastante surrado, com metade da capa faltando. — Embora, para ser sincero, meu maldito olho não é mais o mesmo, e não vai demorar muito para eu não conseguir ler mais. Terei que contratar um garoto para cuidar dos registros contábeis.

Pego o livro e abro na folha de rosto.

— *Os Castelos de Athlin e Dunbayne,* de Ann Radcliffe — leio em voz alta.
— Você já leu?

— Qual foi a palavra que usou? *Gótico*? Se é isso que está procurando, ficará satisfeita. É um legítimo conflito medieval escocês.

— Então se encaixará perfeitamente ao meu humor. — Guardo o livro embaixo do braço e começo a desembalar as velas.

— Mais alguma coisa, já que está aqui?

— Eu adoraria um pouco de café e açúcar. Mas me contentaria com farinha de milho e melaço.

— Receio que café e açúcar estejam em falta. Só devo receber depois que o rio descongelar. Mas posso lhe dar um saco de farinha de milho e um litro de melaço. Há mais do que suficiente em sua conta para cobrir isso.

— Como...

— David Sewell esteve aqui. Deixou um crédito em sua conta e comprou meio quilo de chocolate e 250 gramas de chá para a senhora. Já estão separados.

Às vezes, sou paga em dinheiro antes de sair da casa de um paciente. Outras, em alimentos, animais ou na forma de escambo ao longo do ano. Mas, com a mesma frequência, um marido agradecido deixa um crédito em minha conta ou me surpreende com uma compra à minha espera na loja do Dr. Coleman.

— Ah — digo — quanta bondade da parte dele.

— Pelo que eu soube, foi o contrário. Ele contou que a esposa quase morreu por causa daquele láudano e que a senhora a salvou.

Não sei o que responder, então me calo.

— Eu sei que acha que metade da cidade virou as costas para você, Martha, com todos os problemas que enfrentou. Mas muitas pessoas não toleram que nem sequer uma palavra seja dita contra você. Entres elas, o senhor Sewell. E eu também.

* * *

Cyrus está na Taberna Pollard quando eu chego, e ele me chama para a mesa dele.

— O que está fazendo aqui? — pergunto.

Ele desliza um livro-razão pela mesa. Toca na linha que mostra que um pedido de madeira foi entregue e pago.

— Chandler Robbins? — leio o nome. — Ele está construindo outro navio?

Cyrus assente. Mostra os detalhes do pedido para setenta tábuas de carvalho-branco e dois troncos de pinheiro para o mastro.

— A esposa dele está quase dando à luz ao primeiro filho — conto a ele, como se fosse relevante e como se ele se importasse.

Embora não pareça justo. Cyrus está muito mais interessado em ter uma família do que Jonathan. E essa é a verdadeira tragédia de sua situação. Ele é um homem bom, forte, gentil, inteligente. Mas uma realidade incontestável deste mundo é que as mulheres olham para ele como se fosse estúpido. Simplesmente porque ele não pode falar. Elas temem que seja uma doença. Que seja contagiosa. Alguma condição que poderia ser transmitida para os filhos. Então as jovens desta cidade sempre o olharam com desprezo. E ele construiu um muro em volta de seu coração em resposta.

"Toda mulher quer um homem para sussurrar palavras doces no escuro", me disse Ephraim certa vez, quando eu lamentava a falta de perspectivas de Cyrus. Não havia maldade em suas palavras, apenas angústia. E nunca me esqueci delas porque são a pura verdade.

— Você sabia que Chandler Robbins foi um dos homens que removeu Joshua Burgess do gelo? — pergunto.

Se Cyrus me ouviu, não se dá ao trabalho de demonstrar. Seus olhos estão fixos em alguém atrás de mim, a quem ele segue pelo salão. Ele ajeita a postura, com uma expressão curiosa, quando ouço passos pararem atrás de mim. Assim que me viro, Sarah White está parada com uma bolsa de moedas na mão e um sorriso no rosto.

— Olá, Martha — cumprimenta a jovem. — Cyrus.

Meu filho oferece um largo sorriso em resposta, e acho que vejo suas bochechas corarem levemente.

— Posso? — pergunta Sarah, apontando para o banco.

— Claro. — Eu me afasto para lhe dar espaço.

Ela se senta, arruma a saia, então estende uma pequena bolsa de pano.

— Para a senhora.

— O que é isso?

— Seis xelins pelos seus honorários. E mais doze pela multa do tribunal. Exatamente o que lhe devo. Meu pai disse que não pagaria um centavo. Que era minha responsabilidade. Então tenho feito alguns serviços pela cidade para aqueles que me aceitam. Ganhei cada centavo desse dinheiro sozinha.

A imposição de multa a mães solteiras é um sistema cruel, destinado a humilhar as mulheres e, assim, dissuadi-las da atividade carnal. Mas tendo em vista que as mulheres não concebem filhos sozinhas, e não há lei que puna os homens por sua participação, é também o pior tipo de hipocrisia. O valor mínimo e o máximo são estipulados por lei, mas, dentro dessa faixa, a pena fica aos caprichos de cada juiz individual e a multa pode variar de um mero inconveniente a abusiva. A lei — grotescamente intitulada "Lei de Punição à Fornicação e para a Manutenção de Filhos Bastardos" — estipula que qualquer mulher que cometa fornicação será multada em não menos de seis xelins e não mais do que três libras na primeira infração. Cada infração posterior varia de doze xelins a seis libras.

Se uma mulher não puder pagar a multa, ela é encarcerada no pátio da prisão por, no mínimo, quarenta e oito horas, mas o tribunal pode prorrogar a pena para até trinta dias. Joseph North decide os casos neste condado, e não é conhecido por sua leniência. Mas para Sarah, ele aplicou a multa mínima — sem dúvida porque eu me ofereci para pagá-la naquele dia, já que Sarah não tinha um xelim em seu nome. Levou seis meses para ela juntar o dinheiro.

— Sarah...

— Eu insisto. A dívida é minha. E quero pagá-la. — Ela deixa a bolsa em minha mão e fecha meus dedos.

Há algo em seus olhos — um tipo de brilho — com o qual não consigo argumentar. Sarah está orgulhosa por ter conseguido juntar o dinheiro, e eu não a privarei disso. Cyrus também percebe e apoia os antebraços na mesa. Sei que ele quer lhe dizer algo, que as palavras sairiam se ele tivesse a capacidade. Em vez disso, ele levanta um dedo, depois abre o livro-razão e arranca uma página do final. Pega tinta e pena em seu estojo, e ambas assistimos enquanto ele rabisca um breve bilhete, então o desliza pela mesa.

Você é uma boa mulher, Sarah White.

Ela pega o papel e sorri com uma expressão frustrada.

— Desculpe, Cyrus. Não sei ler.

Ele desvia o olhar. Encara a mesa. Assente uma vez, resignado. Envergonhado.

— Ele disse que você é uma boa mulher.

E as palavras a fazem rir.

— Acho que ele é o único em Hook que pensa assim.

— Não é o único — acrescento. — De jeito nenhum. — E então a ideia me ocorre. — O que você vai fazer no sábado?

— Que eu saiba, nada.

— Por que não vem ao baile? Será no moinho desta vez. Vai ser um prazer receber você.

Olho para Cyrus em busca de confirmação, e ele oferece um aceno ansioso.

— Não sei...

— É só uma noite.

— E a bebê?

— Leve-a com você. Não faltarão braços dispostos a embalá-la enquanto você dança. — Posso vê-la hesitar, olhar para a porta em busca de uma saída. — Ao menos pense a respeito? Por favor?

Sarah responde com um aceno de cabeça relutante.

— Está bem.

— Promete?

Ela sorri novamente, mas desta vez, com um ar triste.

— Por você, Martha, sim, eu prometo.

Ela se despede, mas meu olhar está em Cyrus enquanto ela se afasta. Seu olhar a segue pelo salão e ele só volta a me encarar quando ela passa pela porta.

Ah. Como não percebi isso antes?

— Há quanto tempo? — pergunto.

Ele ergue as mãos como se não entendesse.

— Há quanto tempo você está apaixonado por ela?

Cyrus aperta o maxilar. Estremece. Então amassa o bilhete e caminha até a grande lareira crepitante. Joga o papel nas chamas e deixa a taberna sem olhar na minha direção.

Solto um longo suspiro entre os lábios franzidos.

— Muito tempo, suponho.

* * *

Fora da taberna, o tempo está fresco, mas a brisa vinda do rio é fria o suficiente para fazer a pele arder. Desamarro Brutus do varão e o conduzo pela curta distância até onde Sterling bebe água de um cocho. O gelo foi quebrado, mas pequenos pedaços afiados flutuam na superfície.

— Você vai congelar os lábios — digo ao cavalo, acariciando seu peito largo sob o peitoral de couro.

— É um milagre que ele não morda você. — Ephraim apoia a mão gentilmente em meu ombro, sabendo que vou pular ao som da sua voz.

— Como você *faz* isso? — Mesmo depois de tantos anos de casados, ele sempre consegue se aproximar sorrateiramente sem que eu perceba.

Ele encolhe os ombros, pegando as rédeas de Brutus das minhas mãos e inspecionando os arreios como se estivessem prestes a arrebentar. Não é que ele não confie nas minhas habilidade com um cavalo, apenas não está disposto a me deixar montar — certamente não um cavalo tão temperamental quanto Brutus — a menos que considere seguro.

— Você está atrasado. Disse que estaria de volta em uma hora. Já se passaram duas.

— Peguei mais três pedidos de madeira no forte. Depois parei para conversar com James Wall.

Ergo uma sobrancelha.

— Você sabia que ele está montando uma destilaria?

— Ouvi falar.

— Ele arrendou um pedaço de terra ao longo do riacho Farwell. Não tem um fluxo d'água suficiente para instalar um moinho. Mas é frio e alimentado por uma nascente, perfeito para quem deseja fabricar uísque. Ele paga o arrendamento com o que recebe de nós.

— Nós?

— O dinheiro que Jonathan, Cyrus e eu pagamos a ele para nos ajudar a levar as tábuas rio abaixo.

— Ah. Isso explica muita coisa.

Agora é a vez de Ephraim me lançar um olhar questionador.

— Eles não conseguiram fazer aquela última entrega, não é? Ficaram encalhados no rio. E James não tinha dinheiro quando a promissória venceu.

— Isso não é totalmente verdade — diz Ephraim, depois analisa meu rosto. — Faltavam apenas dez dólares, mas isso porque North exigiu o pagamento integral do valor total do empréstimo.

— O que James vai fazer a respeito?

— Ofereci cobrir a diferença. Uma parte de mim se sente responsável. Mas ele recusou. Diz que não vai se endividar novamente. Ele planeja vender o cavalo para pagar a promissória.

— O Pacer?

— Sim. Diz que é o suficiente para cobrir o que deve a North e comprar um cavalo para substituí-lo.

Nunca entendi a obsessão de James por essa raça em particular, mas é triste pensar nele perdendo aquele cavalo. E tudo porque recorreu ao homem errado para um empréstimo.

— De qualquer forma ... — Ephraim dá de ombros. — Foi por isso demorei tanto.

— Bem, você perdeu algo interessante.

— E o que seria?

Tiro a bolsa de moedas do bolso e entrego a ele.

— O que é isso?

— Meus honorários pelo parto de Sarah White. E a restituição pela multa do tribunal. O valor total, dezoito xelins. Ela me entregou pessoalmente.

— Deve ter demorado para juntar esse dinheiro...

— Meses. Não é justo, Ephraim. Tem que haver um jeito melhor.

— E?

— E o quê?

Ele ri.

— Eu conheço você o suficiente para saber quando tem um *e*.

Ephraim coloca as mãos em minha cintura e me ajuda a montar. Então ele joga uma perna sobre o dorso de Sterling e se acomoda na sela. Voltamos para casa assim que o céu começa a escurecer.

— Tenho uma ideia — digo, tentando organizar meus pensamentos para que façam sentido. — Ou duas.

— Sou todo ouvidos.

— Sarah não pode arcar com outra multa. Se ela tiver outro filho fora do casamento, terá que cumprir pena de prisão.

— Está dizendo que ela vai engravidar de novo?

— Estou *dizendo* que o pai daquela criança se aproveitou dela, mas deixou a cidade muito antes de os resultados de sua luxúria a levarem ao tribunal. Não há justiça nisso.

— Sarah foi para a cama com ele por vontade própria. Ou pelo menos nunca disse o contrário. Ela está longe de ser inocente nessa questão.

— Inocente? Não. Mas ela também não tem como tomar uma medida legal. O homem sumiu, e ela não pode nem receber a pensão para sua filha.

— Os pais dela não a expulsaram de casa.

— Mas também não a apoiam. Ela precisa de um trabalho de verdade para se sustentar, não viver de serviços esporádicos que pagam um xelim aqui e ali.

— Então o que você pretende fazer por ela?

— Exatamente o que você fez por mim.

Leva um momento para ele entender o que quero dizer.

— Você vai ensiná-la a ler?

— Se ela quiser ter alguma chance real neste mundo, é por aí que ela precisa começar.

Após uns quatrocentos metros, nos afastamos do amplo Kennebec, onde o riacho do Moinho encontra o rio. Mais adiante, a rua Water se estreita e se transforma em pouco mais do que uma trilha de gado melhorada que passa por Vassalboro e segue margeando o rio Kennebec, até desaparecer duzentos e quarenta quilômetros ao norte, assim como o próprio rio, cuja foz é o lago Moosehead.

— E qual é a segunda ideia?

— Se ela não conseguir encontrar um emprego, então talvez eu possa ajudá-la a encontrar um marido.

— Suponho que você tenha um homem em mente?

— Sim.

— E você acha que deveria ser o Jonathan?

Abro a boca, atônita, pronta para argumentar, mas Ephraim entende errado minha intenção e interrompe.

— Eu sei que você se incomoda por ele não se interessar em fazer a corte.

— Ele tem 26 anos. Já deveria estar cortejando *alguém*.

— Essa é a sua expectativa para ele? Qualquer uma? E Sarah seria sua escolha?

— Sarah seria uma excelente opção para um homem, Jonathan ou qualquer outro. Mas não, não era nele que eu havia pensado.

— Então, quem?

— Cyrus.

A revelação o surpreende.

— E de onde você tirou essa ideia?

— Você teria pensado a mesma coisa se visse o jeito como ele olhou para ela agora há pouco. Desconfio que ele esteja apaixonado por aquela garota há algum tempo.

Conto a ele sobre o bilhete. Como ele o jogou no fogo e saiu furioso.

Ephraim cavalga em silêncio por um tempo.

— Ele não vai gostar da sua intromissão, Martha.

— Não vou me intrometer.

Ele resmunga.

— Só vou criar uma *oportunidade*.

— Para quem? Para você?

— Para o Cyrus.

— Ele não fala, e a Sarah não sabe ler.

Sorrio para meu marido.

— Ainda.

CAIS DAWIN

Segunda-feira, 18 de janeiro

Sam Dawin não está feliz em me ver. Posso perceber pelo jeito como ele aperta os lábios e contrai os ombros enquanto joga um fardo de feno sobre a cerca. Um enorme touro vermelho e branco com chifres longos e curvos começa a despedaçar o fardo, então enterra o focinho e se deleita. Em questão de segundos, o feno está todo espalhado, e Sam pisoteia a neve vindo em minha direção.

— Já sei o que veio me perguntar — diz ele —, e não é da sua conta.

Em todos os anos que o conheço, ele nunca foi rude, e isso, mais do que qualquer outra coisa, me deixa sem reação. Mas ele percebe o deslize e tem a decência de parar.

— Eu não vim perguntar nada.

— Não?

— Não. Vim parabenizá-lo pelo casamento e entregar um presente. Sei que já tem um mês, então peço desculpas pelo atraso.

Envergonhado, suas bochechas se tingem de vermelho.

— Me desculpe. Eu achei...

— O quê?

— Pensei que tinha vindo me perguntar por que May foi ver a Doutora.

— Isso não é da minha conta, assim como não é da sua saber por que *eu* estava lá.

— Sinto muito. Eu... Foi muito rude da minha parte. — Sam olha para o chão. — Você sempre foi gentil com a gente, e eu não tinha o direito de presumir nada.

— Você está certo em proteger sua esposa. Não importa de onde venha a suposta ofensa.

Sam me lança um olhar rápido, depois volta a encarar o chão.

— Já ouvi os rumores. Eles estão se espalhando rápido, sabe.

— Rumores são assim. E vocês foram viver juntos muito depressa.

Posso ver o corpo de Sam se contrair mais uma vez, uma expressão defensiva se insinuar ao redor de sua boca.

— Trouxe uma colcha para May. Faço uma extra todo inverno. — É um risco, mas dou um passo à frente e coloco a mão em seu braço. — Nenhuma mulher deveria começar seu lar sem uma colcha adequada.

Não acrescento que casamentos apressados não são novidade em Hallowell, assim como as presunções que os acompanham. No alforje da minha sela há um grande pacote embrulhado. Solto a amarração e o entrego a Sam. Ele o pega dos meus braços com cuidado, como se fosse um bebê.

— Seu casamento só diz respeito a vocês, Sam. Não deixe ninguém dizer o contrário.

— Obrigado. A mãe de May não quis fazer uma colcha para o enxoval dela. Está furiosa. Acho que nunca vai me perdoar.

— Claro que vai.

— Você não conhece a mãe dela.

— Na verdade, conheço, sim. Mas, independentemente disso, minha mãe me perdoou, e ao Ephraim também, depois que fomos viver maritalmente logo após o casamento.

Ele olha para mim.

— Você não esperou?

— Não — respondo. — Ephraim me levou para casa na mesma noite.

Outro tipo de jovem poderia corar com esse assunto. Gaguejar ou parecer desconfortável. Mas Sam Dawin é um rapaz calmo, firme e prático, que não demonstra vergonha em desejar dividir a cama com a própria esposa.

— Fico feliz que você entenda — diz. — A maioria não entende.

— Você ficaria surpreso com as coisas que eu entendo, Sam.

Posso ver a decisão se formando em seus olhos, primeiro a pergunta, depois a resposta, uma atrás da outra. Finalmente, ele convida:

— Quer entrar? Tenho certeza de que May ficará feliz em vê-la.

— Adoraria — digo, e vou até minha sela. Brutus está amarrado ao varão, bebendo água de um cocho e se deliciando com um fardo de feno ao lado. Pego uma garrafa do alforje. — Trouxe outro presente, mas este é só para May.

A casa é pequena, mas bem-arrumada, projetada de maneira que Sam possa aumentá-la à medida que a família cresce. Fica a uns cinquenta metros da rua Water, mas tem vista para o cais de sua propriedade e o rio além. Sam Dawin teve a sorte de arrendar um dos últimos lotes com vista para o rio e, assim, pode explorar tanto o tráfego gerado pelo moinho quanto seus trinta hectares de terra. Com uma boa administração, ele garantirá um sustento estável para sua jovem família.

A sala está quente, limpa e cheira a madeira nova e pão recém-assado. May está sentada em uma cadeira de balanço ao lado da lareira, com o tricô no colo e uma xícara de chá sobre a pequena mesa à sua esquerda.

A princípio, parece surpresa ao me ver, mas depois sorri, e duas covinhas perfeitas surgem nos cantos de sua bela boca.

— Senhora Ballard — cumprimenta —, entre, por favor.

Sam mostra o pacote.

— Martha trouxe um presente de casamento.

— Que gentileza. Nosso primeiro — diz May, tentando se levantar, mas mal consegue ficar totalmente ereta e desaba de volta na cadeira, zonza.

Então, noto o balde aos seus pés, e em questão de segundos, May o agarra e se inclina, vomitando.

— Desculpe. — Uma nova onda de ânsia. Ela vomita de novo. — Me perdoe. Eu… — suas palavras se perdem no gorgolejar do líquido.

Eu me aproximo e ajoelho, afastando o cabelo da testa úmida da jovem. Com a palma em sua testa, verifico que ela não está com febre, então coloco a garrafa que trouxe sobre a mesinha e, agindo por instinto, começo a dar ordens.

— Sam, vá buscar um pano umedecido com água fria.

Ele volta em menos de trinta segundos e pressiono o tecido na testa de May.

— Incline o corpo para trás. Recoste a cabeça na cadeira. Respire pelo nariz.

A garota obedece sem questionar enquanto enxugo sua testa e bochechas com o pano úmido.

— Você está doente? — pergunto.

— Mais ou menos.

Um olhar para Sam confirma minhas suspeitas. Ele fecha os olhos lentamente. Suspira. Assente. May está grávida.

A notícia me enfurece. Não pelo fato de a criança ter sido concebida fora do casamento — isso é algo bastante comum em Hallowell —, mas porque dá aos fofoqueiros a chance de tripudiar. Eu tinha esperança de abafar os boatos.

— Há quanto tempo? — pergunto.

— Minhas regras não vêm há dois meses.

E eles só estão casados há um mês.

Lágrimas escorrem por suas bochechas e eu as enxugo. Então, quando tenho certeza de que a garota não vai se esquivar, seguro o rosto de May entre minhas mãos.

— Nenhum bebê é concebido sem a vontade de Deus, May. Se você está grávida, significa que foi tocada pela Providência, e nunca ouvirá de mim uma palavra negativa sobre a criança que carrega. Nem permitirei que ninguém faça isso na minha presença. Entendeu?

May assente. Continua chorando. Não sei dizer se ela está com medo, envergonhada ou apenas enjoada.

A maternidade não se limita ao ato de gerar filhos. Isso foi algo que aprendi em meus longos anos como parteira. Na hora do parto, toda mulher é novata, mas a gravidez transforma todas elas em crianças. Assustadas. Vulneráveis. Indispostas. Exaustas. Frágeis. Uma mulher grávida é, em muitos aspectos, uma mulher indefesa. Suas emoções são erráticas. Seu corpo a trai. Como May Dawin não pode contar com a mãe, acaricio seu cabelo, a oriento a respirar fundo, prometo que seu estômago vai se acalmar. E ele obedece. O enjoo diminui, e então ficamos naquele instante vulnerável após a confissão.

Evito contato visual com May. Não olho para Sam. Em vez disso, fixo meu olhar na lareira crepitante e lhes ofereço algo que raramente compartilho: os segredos de nossos vizinhos.

— Todo ano, faço partos de crianças *nascidas* fora do casamento nesta cidade. Vocês sabem quem são elas. A maioria das pessoas em Hallowell sabe. E comparecem ao tribunal apenas para ouvir a confirmação. No ano passado foram duas. No ano anterior, cinco. O que vocês não sabem é quantas das crianças que ajudo a nascer foram *concebidas* antes do casamento. São quatro a cada dez. Falam que foi um parto *antes* do tempo. *Prematuras.* Mas nenhuma nasce abaixo do peso. Nossos pais puritanos gostariam que acreditássemos que fazer amor antes dos laços matrimoniais é algo raro. Mas sei muito bem que, pelo menos a primeira vez, raramente acontece *depois* do casamento.

Fico surpresa ao ver que Sam também está chorando. Ele parece querer arrancar May dos meus braços e fugir. Palavras podem ser uma dádiva, mas o silêncio é ouro. E é isso que ofereço à nova família. Pouso a bochecha no cabelo castanho e macio de May, e deixo o silêncio flutuar ao nosso redor como folhas de outono. Só me levanto quando sinto a necessidade se dissipar.

— Trouxe algo para você — digo a May. Pego a garrafa e entrego a ela. — É um xarope de folha de uva-ursina, cranberry, chá verde e hortelã. Ajuda a amenizar infecções urinárias. São comuns em mulheres recém-casadas... por causa do... *hum*... excesso de *esforço*. — Se antes me perguntei o que seria necessário para fazer Sam Dawin corar, agora sei. Suas bochechas estão em chamas. — Tome uma colher de chá de manhã e uma à noite, com um copo de água.

May passa a unha sobre a rolha.

— Obrigada.

— Agora, abra seu outro presente.

Sam entrega o pacote para May e ela rasga o papel. A colcha é grande, ampla o suficiente para cobrir ambos, e é feita de retalhos de tecido que guardo ao longo dos anos para este propósito. Todos os anos, faço uma colcha extra, costurada aos poucos toda noite diante da lareira quando meu outro trabalho está terminado. E, todo ano, escolho o mesmo desenho. É chamado de alianças de casamento, anéis entrelaçados em um fundo claro com uma barra lisa. Faço isso porque todo ano há um casamento. Às vezes, às presas. Outras, realizado de acordo com os padrões de nossa cidade. No entanto, cada jovem noiva se vê em uma nova casa e ainda não sabe como torná-la *seu* lar. E essa simples peça é a resposta. Todo mundo precisa dormir e fazer isso sob uma colcha quente, feita com todo carinho. Esta é a primeira coisa para ajudar uma casa a se tornar um lar.

Lágrimas brotam nos olhos de May mais uma vez, mas agora de alegria.

— Nem sei como agradecer. — Ela pressiona as mãos contra os olhos.

— Não precisa.

Não quero perturbar o jovem casal mais do que já fiz, então me despeço, depois acrescento:

— May tem sorte de ter você, Sam. Não seja duro demais consigo mesmo.

Ele e May trocam um olhar que não consigo decifrar, e o sorriso desaparece dos lábios dele.

SERRARIA BALLARD

Sábado, 23 de janeiro

BARNABAS LAMBARD TOCA RABECA. NÃO SEI EXPLICAR POR QUE ISSO ME surpreende. Acho que por ele parecer um sujeito mais sério. Não é comum associarmos um oficial da lei a um músico. Mas as mesmas mãos que derrubaram James Wall são igualmente ágeis com o arco e as cordas. De pé sobre um grande tronco no canto do moinho, ele toca uma animada versão de *Soldier's Joy*.

— Sempre gostei dessa música — comenta Ephraim, batendo o quadril no meu. Ele está bancando o anfitrião ao longo das últimas horas, circulando pelo moinho, cumprimentando todos que chegam. — É uma antiga balada escocesa que gaitistas de fole e rabequistas tocavam enquanto os soldados tomavam uísque em preparação para a batalha.

— Só espero que a batalha não seja hoje à noite — digo, voltando meus olhos para Cyrus rodopiando Dolly pela pista de dança. Ainda não me esqueci do que aconteceu no último baile.

Ephraim dá de ombros.

— Você sabe como são essas festas. Não é incomum rapazes trocarem socos no final da noite. Especialmente depois de passarem horas bebendo essa sidra horrorosa.

— Isso só acontece quando um rapaz acha que outro já extrapolou sua cota justa de danças com uma garota bonita. Se houver uma briga, apostaria meu dinheiro em Barnabas. Já vi seus punhos em ação.

— Até agora Dolly só dançou com os irmãos. Por enquanto não há motivo para ele ficar com ciúmes.

Há uma nuvem de pó de serragem no ar, levantada pelos rodopiantes pés de sessenta jovens que dançam ao ritmo da música. É um tipo maravilhoso de caos, e o moinho cheira a poeira e fumaça de madeira, alegria e suor, uísque e sidra de maçã. Também tem cheiro de acasalamento. Não do *sexo* propriamente dito, é algo completamente diferente — embora nenhum dos pais presentes esta noite seja tolo o suficiente para pensar que isso não poderia acontecer —, mas do ritual de *acasalamento,* comum a todas as espécies. O flerte. O exibicionismo. A escolha. A dança. O beijo esporádico, roubado no escuro, longe dos olhares atentos. Tudo isso tem um cheiro ancestral. De terra preta e frutas maduras. De humanidade no nível mais básico, elementar.

"O mundo tem de ser povoado!", declara Benedick tão sabiamente em *Muito barulho por nada.* Essa continua sendo minha peça favorita de Shakespeare apenas por essa frase, embora o resto de seu monólogo sobre as virtudes de Beatrice também seja excelente. Portanto, não é surpresa que haja quinze adultos no moinho acompanhando os jovens esta noite, pais reunidos nas laterais do salão ou sentados no sótão, bebendo sidra, cerveja e uísque e mantendo um olho atento em seus filhos lá embaixo.

Quando Barnabas se cansa após a quinta música, os dançarinos fazem uma pausa. Enchem seus copos e passam pela mesa de comida para se servir. John Cowan — o jovem aprendiz de ferreiro — abre caminho entre a multidão e estende a mão para pegar a rabeca. Ele chegou acompanhado de Catherine Pollard e está dançando com ela desde a primeira música. Olho para Abigail, que o observa com interesse. Com o paladar mais refinado para a bebida do que a maioria, ela saboreia uma caneca de vinho quente. Não é apenas em John Cowan que ela está de olho esta noite, mas também em Moses. Ele não chegou acompanhado de Hannah, já que somos os anfitriões do baile, mas não saiu de perto dela a noite toda.

— Não é fácil, não é mesmo? — pergunto, depois de chegar ao sótão onde Abigail se inclina sobre o peitoril.

— O quê?

— Ficar de olho em dois ao mesmo tempo.

— É por isso que o bom Senhor me deu dois olhos — diz ela, com um sorriso. — Tenho pena de você.

— Por quê?

— Você tem quatro filhos na idade certa lá embaixo, e apenas metade dos olhos necessários para vigiá-los.

— Tenho Ephraim para me ajudar.

Ela ri.

— Mas, como sempre, ele só tem olhos para você.

Abigail não está errada. Posso sentir o calor do olhar do meu marido enquanto ele circula pelo moinho, e quando olho para ele, sou prontamente agraciada com um sorriso.

Do outro lado do salão, Barnabas cochicha algo para John Cowan. O rapaz parece um músico tanto quanto eu pareço um pirata, mas quando sobe no palco improvisado, apoia o arco nas cordas com primorosa delicadeza, e começa a tocar. A melodia é tão adorável quanto a que Barnabas tocou momentos atrás, só que mais lenta.

Reconheço "Whiskey for Breakfast" logo nos primeiros acordes. Segundo meu pai me contou, a música é uma ode àqueles que ficavam acordados ao longo da madrugada, ao ponto de, literalmente, tomar uísque antes do café da manhã. E pela expressão determinada nos olhos de Barnabas, vejo que a música foi um pedido especial. Ele flexiona os dedos enquanto caminha pela lateral do salão em direção a Dolly. Os olhos dela se iluminam ao vê-lo.

E então, o pedido.

Barnabas se curva e a oferece como um convite.

Dolly faz uma mesura e aceita.

E então eles se misturam à multidão de dançarinos. Ela envolve o braço em torno do pescoço dele e ele a segura na cintura.

Rapaz esperto, penso.

Depois de observá-los dançar por alguns instantes, deixo Abigail e retorno ao piso principal, ando até as largas portas duplas, na esperança de uma brisa para me refrescar. Ephraim se aproxima sorrateiramente por trás e beija meu pescoço e, depois do susto, recosto em seu peito enquanto ele ri.

— Faz quanto tempo? — pergunto.

— Desde o quê?

— Desde a última vez que organizamos um baile desses.

— Hum. — Ele pressiona o queixo contra a minha têmpora. — Deve ter sido quando a Lucy estava sendo cortejada pelo tal do Town.

O tal do Town, penso. O nome dele é Aaron Town, mas meu marido nunca perdoou "o tal do Town" por engravidar sua filha antes do casamento. Eles se casaram muito antes do nascimento, é claro. Afinal, estavam apaixonados. Mas Ephraim é inflexível e antiquado nesses assuntos. *"Não peguem o que não é seu de direito"*, ele costuma pregar aos nossos filhos em inúmeras ocasiões. Não tenho coragem de lhe dizer que — ao menos para um deles — talvez seus sermões tenham sido em vão.

— Teríamos feito um baile antes se seus filhos se dessem ao trabalho de cortejar alguém.

— Ah, agora eles são só meus?

— Parece justo alternarmos a culpa.

É difícil encontrar alguém em meio à multidão agitada, mas enfim vejo a cabeça sacolejante de Jonathan e depois o brilho do cabelo castanho-acobreado de Sally Pierce. Ela o deixou solto esta noite, e ele cintila sob a luz dos lampiões. Como de costume, a jovem o encara com aqueles patéticos olhos sonhadores.

Com bochechas arredondadas e um sorriso radiante, Sally *é* uma garota adorável. Alta, mas na medida certa. Tem curvas fartas. E eu percebo que seu vestido foi desenhado para realçar esses atributos ao invés da cintura.

— Não é a primeira dança — Ephraim me diz. — Já é a terceira. Você não estava prestando atenção.

— Não é a Sally quem eu estou procurando.

— Então quem?

— Sarah White.

Ephraim coloca as mãos em meus quadris e me vira para encará-lo.

— Pensei que não fosse se intrometer.

— Estou oferecendo opções. Só isso.

Ele abre um sorriso, radiante e malicioso, para mostrar que não está bravo.

— Nunca disse que era uma má ideia.

— Isso resolveria dois problemas de uma vez. Ela teria segurança e sustento. E Cyrus finalmente poderia formar a própria família.

— E o amor não conta? — pergunta Ephraim.

— Desconfio que para ele já seja uma realidade. E sei que para ela pode levar um pouco mais de tempo, mas o amor entre duas pessoas pode ser cultivado lentamente. Já vi isso acontecer mais de uma vez. Além disso, nós tivemos sorte — acrescento. — Para nós, foi uma explosão de sentimentos.

— Assim como aconteceu com Lucy — retruca ele, e percebo o quanto a admissão o aflige. — Como está acontecendo com a Hannah agora. E com a Dolly também. Elas estão cegas de amor ali no salão. Ondulando em paixão como o vapor saindo de uma panela. Você gostaria de algo *menor* do que isso para Sarah?

— É um futuro melhor do que criar uma criança sozinha. Mas o meu desejo é que ela se abra para a ideia.

— E pressioná-la fará isso acontecer?

— Eu nunca a pressionaria a nada. Eu só...

— O quê?

— Quero ver o que pode acontecer entre eles se essa ideia tiver a chance de florescer.

— Não vai funcionar se a ideia for sua. Tem que partir dela.

Assinto, compreendendo seu ponto.

— Porque a escolha é da mulher — digo.

— E você precisa considerar que talvez ela já tenha escolhido.

— Um homem que a engravidou e a deixou com uma filha para criar? Claramente ela escolheu *errado*.

— Certo ou errado, não importa. Sarah não está aqui esta noite. No mínimo, essa escolha ela já fez. — Ephraim beija meu nariz, depois me dá um tapa no traseiro e vai se juntar aos outros pais no sótão.

Bem, talvez ela só precise de outra oportunidade, penso.

A música termina e os dançarinos recuperam o fôlego, mas então John Cowan começa sua terceira música, "St. Anne's Reel", e uma onda de risadas ecoa acima da canção. Cyrus e Ephraim Júnior estão dançando sozinhos no meio do círculo, cada um com uma parceira invisível. No final do primeiro verso, ambos estão batendo palmas e pés, e, no final do segundo, encontraram parceiras de verdade.

Caminho até a mesa de comida para ver o que posso fazer pelo meu estômago roncando. Abigail Pollard trouxe meio boi assado para a ocasião, e as outras famílias também contribuíram, cada uma com suas especialidades. Há frango cozido na cerveja, lombo de veado recheado com maçãs e costelas de porco para complementar a seção de carnes. Uma imensa variedade de legumes assados, incluindo cenoura, batata, nabo e beterraba. Uma peça inteira de queijo — agora desfigurada, com nacos arrancados por dedos ávidos. Pães. Geleias. Biscoitos. Bolos. Tortas — tanto doces quanto salgadas. Nozes torradas e frutas secas e, é claro, dezenas de jarras de sidra, cerveja, hidromel e uísque.

Estou escolhendo entre a variedade de doces quando Sam Dawin se aproxima.

— O que um homem casado está fazendo aqui esta noite? — pergunto.

Ele dá de ombros, estudando uma travessa de fatias de tortas de maçã, decidindo qual parece melhor. Pega uma e dá uma grande mordida.

— May gosta da música — responde, tentando não cuspir as migalhas.

Eu os vi chegar mais cedo. May passou a maior parte da noite no sótão, na companhia de um grupo de mulheres casadas, observando a dança. Ela parece cansada — e um pouco pálida —, mas também feliz. Não acho que as outras pessoas estejam cientes de sua gravidez.

— Ela está se sentindo melhor? — pergunto.

— Depende do dia.

Aceno com o queixo em direção à mesa.

— Pão vai ajudar. E queijo. Experimente também as frutas secas. Mas eu ficaria longe de qualquer coisa com muitas especiarias ou sal. Dê a ela alimentos leves durante as próximas semanas, e aposto que ela se sentirá melhor em um mês.

— Obrigado, senhora Ballard. Farei isso.

Escolho uma torta de ruibarbo. É mais uma das iguarias de Abigail; a massa é feita com manteiga, tão macia que os farelos caem pelo meu queixo quando dou a primeira mordida. Achei que Sam faria um prato para May, mas, em vez disso, ele caminha com o pedaço de torta até Jonathan, que está encostado na parede, descansando nesta última dança. Os dois se apoiam em um monte de tábuas empilhadas, um único pé no chão. Braços cruzados. Cabeças inclinadas. Conversando. Ambos estão com uma expressão de preocupação que parece destoar do ambiente festivo. Jonathan se inclina até o ouvido de Sam e murmura algo. Sam esbraveja. Jonathan cerra o punho. Estão nitidamente furiosos, mas não um com o outro.

Jonathan fala alguma coisa com uma expressão determinada. Então Sam assente.

Como se chegassem a uma acordo.

Depois de um momento, a atenção deles se volta para a dança, observando a multidão.

Jonathan alterna o olhar entre Moses e Hannah, depois Barnabas e Dolly. Ele não disse uma palavra para mim sobre os novos pretendentes, mas, é claro que não escaparam à sua atenção. O gesto é carinhoso e protetor, e fico surpresa ao sentir as lágrimas pinicando meus olhos. Por anos tenho oscilado entre orgulho e preocupação quando se trata deste meu filho. Anseio desesperadamente que ele seja um bom homem como o pai. Também tenho plena consciência de que não se pode transformar um filho em algo que ele não é. Mas isso — a vigilância cuidadosa de suas irmãs — faz com que eu sinta que nem tudo está perdido.

Desvio meu olhar assim que John Cowan começa outra música animada. Sinto alguém tocar meu ombro. E lá está Cyrus. Seus cabelos escuros e cacheados estão despenteados. Os olhos cor de avelã, brilhantes. Ele abre um sorriso, lindo e radiante.

Então ele se curva.

E estende a mão.

Ver um filho sofrer assim é de partir o coração. Ainda mais um jovem que é visto como incapaz. Faz você se questionar se, de alguma forma, a culpa não é sua. Que se tivesse feito algo diferente, cuidado melhor dele, isso nunca teria acontecido. E então ele a tira para dançar em uma noite fria de janeiro, e você percebe que talvez seja uma tola. E, seja como for a vida dele agora — diferente da que você imaginava tantos anos atrás quando ele crescia em seu ventre e se aninhava na sua mão quando você acariciava sua barriga —, ele é perfeito.

Eu retribuo o sorriso e faço uma reverência.

Ofereço minha mão.

Deixo meu filho me conduzir até o centro do salão.

— Sinto muito — digo a ele.

Cyrus levanta uma sobrancelha, intrigado.

— Por ela não ter vindo.

Ele dá de ombros, como se dissesse que não é grande coisa, como se nem cogitasse a possibilidade de ela aparecer. Mas há uma nuvem de decepção em seus olhos. E pouco antes de começarmos a dança, olho para cima e vejo Ephraim inclinado sobre o peitoril do sótão. Posso ver, escrito em seu rosto, claro como o dia: tristeza. Um desejo de que Cyrus tenha as mesmas oportunidades que ele teve. Então a música acelera, o ritmo se intensifica através das tábuas do chão, e me deixo levar pela dança.

PONTE DO RIACHO DO MOINHO

Terça-feira, 26 de janeiro

NÃO VEJO O CASAL ATÉ ESTAR BEM PERTO, E MESMO ASSIM, ESCONDIDOS como estão, teria sido fácil não notar. Um homem e uma mulher em um abraço apaixonado. Cabeças inclinadas. Respiração ofegante. Mãos ávidas.

Levo um momento para reconhecer o cabelo castanho-acobreado de Sally Pierce.

Levo mais alguns instantes para reconhecer Jonathan. A carroça está fora da estrada, escondida sob o abrigo de três imponentes pinheiros, e eles estão apoiados contra a carroça, alheios à minha presença. Jonathan está com uma das mãos sob a saia de Sally e a outra em seu cabelo.

Observo incrédula. Não é tanto *o que* eles estão fazendo que me deixa perplexa — afinal, também já fui jovem —, mas *onde*. Qualquer um que atravessasse a ponte seria capaz de vê-los. Por outro lado, talvez seja por isso que escolheram o local. Eles estão a mais de três quilômetros de Hook. Em um lugar ermo. Isolado. Estariam sozinhos no meio da floresta.

Mas não é o caso. E agora devo anunciar minha presença ou seguir em frente, fingindo que não os vi. A segunda opção é a melhor, a mais sábia. Jonathan e Sally são maiores de idade, afinal. Mas não esqueci as acusações que ela fez contra os Foster, nem a vergonha e os problemas que causou aos meus amigos. Então, seria o pior tipo de hipocrisia, e decido que não devo nenhuma gentileza à garota hoje.

— Não se incomodem comigo — digo, assim que tenho certeza de que consigo controlar o tom da minha voz. E, mesmo assim, leva alguns segundos para suas mentes inebriadas registrarem minhas palavras.

Jonathan e Sally se afastam bruscamente, como se tivessem sido atingidos por um raio. No momento em que ela me reconhece, sua expressão é dominada pelo choque, depois pelo medo. Seus olhos cor de avelã ficam cada vez mais arregalados, enquanto o rosto se contorce de pavor. Está prestes a chorar. Só preciso dizer uma palavra para garantir que isso aconteça. Ao perceber isso, Jonathan se posta diante de Sally para que ela ajeite as roupas. Ele me olha com uma expressão que só posso descrever como fúria. Irritado, não pelo flagra em si, mas por ter sido flagrado pela *mãe*.

Assim tem sido entre nós nos últimos anos. Sei o motivo, mas, ainda assim, é doloroso. A alegria de ter filhos homens é que eles *idolatram* as mães. Até que um dia, de repente, esse sentimento desaparece. *Não sou como você*, ele percebe. *Somos diferentes*. Então, aquele menino — antes pequenino e doce — começa o longo e difícil processo de separação, até que, por fim, os fios se rompem. Mas as marcas das costuras que antes uniam mãe e filho permanecem.

— Sally estava em nossa casa ajudando a Hannah a fazer uma colcha — Jonathan limpa a garganta. Eu só estava a acompanhando para casa.

— É isso que você estava fazendo?

Ele não se dá ao trabalho de explicar como acabaram parados debaixo de uma árvore, encostados na carroça. O silêncio paira entre nós, pesado e constrangedor.

— Talvez seja melhor levá-la para casa, então. — Encaro Sally com firmeza. — Para não aborrecer o *pai* dela.

Jonathan ajuda a garota a subir na carroça e depois caminha até o outro lado, me encarando com ostensiva hostilidade.

— Boa noite, Sally — digo, acenando em despedida.

A garota não consegue nem olhar para mim, as bochechas e o cabelo rivalizando nos tons de vermelho. Sua voz é quase um murmúrio quando ela responde:

— Boa noite, senhora Ballard.

Jonathan sobe no banco ao lado dela e pega as rédeas.

— Jonathan?

Ele me olha, e vejo o primeiro vislumbre do menino que ele costumava ser. Doce, mas esperto, o mesmo garotinho que flagrei assaltando o pote de biscoitos. É apenas um lampejo, mas me reconforta. Isso me recorda que mesmo que ele seja um homem feito, ainda é meu menino. E nem o afrouxamento dos laços entre nós é capaz de alterar isso.

— Conversaremos sobre isso depois.

* * *

— Você pretende se casar com Sally Pierce?

Jonathan se sobressalta. Ele não esperava me encontrar no celeiro à sua espera. Mas, há muito tempo, aprendi que, especialmente com esse filho, não posso permitir que se esquive do confronto. A única maneira de chamar sua atenção é pegá-lo de surpresa.

— Não. Não sou do tipo que se atira de cabeça. Nem com ela, nem com ninguém. Casamento significa filhos. E filhos significam responsabilidades. Gosto da minha vida exatamente como está.

— Então é melhor deixá-la em paz. Você sabe muito bem como as crianças vêm ao mundo.

— Estava só me divertindo — argumenta ele.

— Não sou tola, Jonathan Ballard.

— Nunca achei que fosse.

Ele leva Sterling para a baia e então joga a sela sobre o suporte. Evita meu olhar, e acho que finalmente está demonstrando algum constrangimento.

— Também nunca achei que você fosse tolo. Por isso estou surpresa com sua imprudência com essa garota. Justo *ela!* Com tantas moças solteiras? Como você pôde?

— Foi só...

— Não ouse dizer que foi só diversão. Porque eu vi o rosto dela. É obvio que ela espera muito mais de você.

TABERNA POLLARD

Sexta-feira, 29 de janeiro

O Tribunal de Pleitos Comuns está reunido em Hallowell para decidir se as acusações contra Joseph North serão formalizadas. É uma sessão especial, convocada pelo juiz Wood no mês passado, em Vassalboro, e é a primeira vez que esse tribunal realiza uma audiência em nossa cidade. Mais uma vez, nos reunimos na Taberna Pollard, mas hoje North não usa toga nem peruca.

Obadiah Wood está presente, ao lado de seus colegas, os juízes James Parker e John Hubbard. Como o oficial designado para esse tribunal, Barnabas Lambard também compareceu. A taberna está lotada, todos os assentos ocupados, repleta de amigos e vizinhos que vieram ver um dos seus pares enfrentar essa grave acusação. E isso piorou a situação de Rebecca, é claro. Os rostos familiares. Os sussurros, os julgamentos. Uma coisa é testemunhar em Vassalboro, diante de estranhos, mas fazê-lo diante das pessoas com quem você barganha leite e ovos é algo completamente diferente.

O jeito com o ar parece crepitar de tensão, o jeito de olhar dos nossos vizinhos, tudo isso me faz pensar que estão ávidos por outro espetáculo. Outro arroubo de minha parte. Metade deles não estava presente na primeira audiência, não me viu ser acusada de desacato ao tribunal. E essa curiosidade mórbida me irrita.

Quando chegamos à taberna, uma hora atrás, Ephraim olhou para o céu e franziu o cenho.

— Uma nevasca está se aproximando — advertiu.

Segui o olhar dele e vi as nuvens escuras e furiosas ao leste, avançando do Atlântico.

— Pior do que o normal?

— Sim.

Ele flexionou os dedos da mão esquerda.

— Eu sinto. Nos meus ossos.

— Quando?

— Em umas duas horas, se tivermos sorte.

Na verdade, a nevasca chegou mais rápido do que Ephraim previu, os ventos se intensificaram e o céu desabou assim que os juízes chegaram. Flocos de neve cortantes chicoteiam pelo ar, tilintando contra as janelas. Uma corrente de ar se esgueira pela vão da porta e rodopia aos nossos pés. Enrolo minha saia em volta dos tornozelos. Amos Pollard abasteceu as lareiras até se tornarem furiosas labaredas, mas elas pouco fazem para afugentar o frio trazido pela nevasca. Ephraim passa o braço sobre meus ombros, envolvendo-me.

Jonathan e Cyrus escolheram lugares no fundo do salão, longe dos olhares curiosos. Não sei se estão aqui para nos apoiar ou por curiosidade, mas ambos insistiram em vir.

North está sentado na lateral, mas Henry Sewell está lá na frente, como de costume, cumprindo seus deveres como escrivão. Ele e Joseph North evitam contato visual.

Rebecca e eu estamos acomodadas na frente do salão, ladeadas por nossos maridos, e quando Obadiah Wood bate o martelo, ela quase salta na cadeira. *Essas audiências estão cobrando um alto preço dela*, penso. Ela esperava que as acusações fossem acolhidas em Vassalboro, que o caso fosse levado a julgamento em Pownalboro. Esperava não ter que repetir os detalhes de seu tormento para os ouvidos ávidos de nossos vizinhos. Mas Obadiah Wood havia frustrado suas expectativas, e os juízes decidiram transferir a audiência para nossa comunidade. Embora eu desconfie que essa decisão esteja relacionada a Joshua Burgess tanto quanto a Joseph North.

— Esta sessão especial do tribunal foi convocada para tratar de dois pleitos e não examinará outras questões — declara Obadiah Wood. — Se alguém estiver aguardando o julgamento de um caso pendente, a data previamente informada para a audiência permanece em vigor.

Nem o juiz Parker nem o juiz Hubbard parecem satisfeitos por estar em Hook, Hubbard não tira os olhos das janelas e das nuvens de tempestade avançando. Sem dúvida, eles terão que se hospedar na taberna esta noite. Não poderão voltar a Vassalboro a cavalo, com esse tempo.

— Os dois pleitos a serem examinados hoje por este tribunal são a acusação de estupro contra o coronel North e o inquérito sobre a morte de Joshua Burgess, também acusado no primeiro pleito. Como os casos estão conectados, optamos por examiná-los em conjunto.

Vejo Isaac Foster tensionar o corpo em meu campo de visão, e Ephraim aperta minha mão.

— Gostaria de solicitar um adiamento — diz North, aproximando-se da bancada. — Pois não tive tempo de constituir um representante legal apropriado.

O juiz James Parker, um homem mais velho com cabelos castanhos salpicados de branco e pálpebras caídas, inclina-se sobre a mesa.

— Negado. O senhor teve um mês para isso. Mas não importa. Esta é apenas uma audiência preliminar, não um julgamento. Não haverá decisão quanto a culpa ou a inocência hoje. Estamos aqui por solicitação da Corte de Audiências Gerais... — Ele lança um olhar fulminante para o juiz Wood — ... para determinar se as acusações serão formalizadas.

John Hubbard pigarreia e ajusta o colarinho. Ele parece uma coruja empoleirada em um arbusto de hera, com a peruca arrepiada e ligeiramente torta.

— Agora, quanto ao primeiro pleito, o de Joshua Burgess — declara ele. — Soubemos há algumas semanas que o corpo do falecido está armazenado nesta cidade, pois é impossível enterrá-lo até o degelo. Inspecionamos o corpo quando chegamos, mas gostaríamos de interrogar aqueles que examinaram o cadáver, Martha Ballard, a parteira, e o Dr. Benjamin Page. Por favor, aproximem-se da bancada.

Obedeço às instruções com a cabeça erguida e as mãos entrelaçadas à frente na altura da cintura, mas não olho para o Dr. Page quando ele se posta ao meu lado.

— Quem examinou o corpo primeiro? — questiona Hubbard.

Levanto a mão.

— Fui eu, Meritíssimo.

Ele olha para as anotações.

— E a senhora declarou a causa da morte como enforcamento e a maneira como homicídio?

— Sim.

— E como chegou a essa conclusão?

Tenho cuidado para apresentar fatos, não sentimentos.

— Todas as lesões no pescoço do capitão Burgess eram consistentes com enforcamento. Uma fratura limpa e nítidas queimaduras de corda. Mas as lesões no restante do corpo indicavam espancamento. Havia muitos cortes e hematomas, e outros ossos quebrados.

— E a senhora já presenciou uma execução por enforcamento? — indaga ele, e não gosto do tom condescendente em sua voz.

— Sim. — Uma única palavra, sem mais explicações, mas espero que a convicção nessa única sílaba deixe claro que sei muito bem do que estou falando.

— Muito bem. E encontrou uma corda no corpo?

— Não.

— E a senhora não achou isso estranho?

— Não. Apenas reforçou minha convicção de que ele foi assassinado. Se Burgess tivesse se enforcado, ele teria sido encontrado pendurado em uma árvore, com a corda intacta, e não preso no rio congelado.

Hubbard faz anotações em seu livro.

— Obrigado, senhora Ballard. — Ele ergue os olhos. — Dr. Page?

— Pois não?

— Por favor, explique sua avaliação original.

— Em meus estudos na Escola de Medicina de Harvard, realizei dissecções em mais de um homem encontrado morto na baía. A água pode causar muitos estragos ao corpo humano. E considerando que não havia corda presa ao corpo do falecido, pareceu provável que as lesões foram infligidas em um estado *post mortem*.

— E o senhor foi capaz de determinar há quanto tempo o homem estava morto quando foi parar no rio?

— Declarei a causa da morte como afogamento, meritíssimo.

— Havia água nos pulmões dele?

— Não realizei uma dissecção neste homem, então...

— É possível que ele estivesse morto quando foi parar no rio?

— Não foi meu entendimento na época.

Hubbard olha para mim.

— Senhora Ballard?

— Sim?

— A senhora acha que ele estava morto há quanto tempo quando foi para a água?

— Acredito que tenha morrido momentos antes — digo.

— Por quê?

— Pelos hematomas. Ele tinha dezenas deles, e eram recentes. A maioria ainda estava rosado e inchado. Alguns em tom de roxo vívido. Mas nenhum apresentava a coloração verde-amarronzada, que indica um ferimento em processo de cura — declaro ao tribunal, e acrescento cuidadosamente: — Em minhas três décadas atendendo pacientes, nunca vi um corpo formar hematomas depois de morto. O sangue se acumula nas regiões mais baixas após a morte, Excelência. Não circula pela superfície da pele.

Ele olha para Page. Levanta uma sobrancelha.

— A informação está correta, doutor?

— Está, mas...

— O senhor já presenciou uma execução por enforcamento, doutor Page?

— Já fiz mais de uma dissecação de tais...

— Eu não lhe perguntei se já viu um *cadáver de um enforcado*, mas um homem *ser enforcado*. Já viu?

— Não.

— Obrigado. Podem se sentar.

— Se me permite, Meritíssimo? — Page dá um passo à frente.

— Sim?

— O senhor me pediu uma explicação de minha avaliação original. Mas gostaria que o tribunal soubesse que minhas conclusões mudaram desde então.

— Por favor, nos diga por que isso ocorreu? — pergunta Hubbard.

— Informações pertinentes foram omitidas durante meu exame inicial.

— Explique melhor.

— Chegou ao meu conhecimento que a vítima esteve em um confronto violento algumas horas antes de seu corpo ser encontrado. Se eu soubesse disso, teria considerado em minha avaliação.

Às vezes, fico espantada com quão calma consigo ficar enquanto meu coração está acelerado. Como Page se *atreve*?

James Parker assume o interrogatório.

— O senhor sabe com quem Burgess brigou naquela noite?

Page ergue o queixo e arrisca um olhar de soslaio para mim.

— Sei, sim. Ele brigou com o filho mais velho da senhora Ballard, Cyrus.

Pela maneira como a sala começa a zumbir, parecia que alguém tinha chutado uma colmeia. No entanto, esses juízes não perdem o controle da sala de audiência com tanta rapidez quanto North, e Wood reinstaura a ordem imediatamente com três batidas fortes de seu martelo.

Acatando a sugestão, Dr. Page volta para seu assento. Eu o observo caminhar pela sala e se sentar em uma mesa comprida ao lado de uma bela jovem. Ela é o tipo de garota que sempre parecerá infantil, não importa o quão velha fique. Pequena. Franzina. Ossos delicados. Tudo isso mesmo estando — como Samuel Coleman me contou há pouco tempo — em avançada gravidez. Ela repousa a mão na barriga protuberante e olha para o marido como se ele tivesse descido do Monte Olimpo apenas para essa ocasião.

— Senhora Ballard?

Eu me volto para os juízes com a cabeça erguida.

— A senhora sabia desse confronto anterior?

— Não quando examinei o corpo, Meritíssimo. Descobri mais tarde, no mesmo dia.

— Quem lhe contou?

Limpo a garganta.

— Meus familiares.

— E essa informação foi contada na forma de confissão? — questiona ele.

— Não. De jeito *nenhum*. Minhas filhas compareceram a um baile na noite anterior com os irmãos. Burgess também estava lá. E quando ele tentou obrigar minha filha mais velha a dançar, Cyrus o impediu. Há pelo menos dez pessoas nesta sala que testemunharam a altercação e podem atestar os fatos. Todos viram Burgess deixar o baile em boa saúde, e que Cyrus não o seguiu. Mas eu não acho que isso tenha qualquer relevância para esta investigação.

— Essa é sua opinião *profissional*? Ou pessoal? — pergunta.

— Ambas.

— E depois do baile? Para onde seu filho foi?

— Ele acompanhou as irmãs para casa e depois foi para a cama.

— Alguém pode confirmar onde ele estava durante à noite toda?

Que sapo venenoso, penso.

— Ele estava na cama quando fui chamada para um parto, às duas da manhã — digo, e é preciso um grande esforço para não destilar veneno em minha voz.

Obadiah Wood olha para sua cópia das atas da audiência, elaboradas por Henry Sewell, e pergunta:

— Quando a senhora deu seu testemunho sobre a causa da morte, incluiu essa informação?

— Não.

— Por quê? Seu filho agrediu o homem.

— Não há lei contra isso — argumento. — Não quando ele estava protegendo a irmã das investidas indesejadas de um homem que já havia sido acusado de estupro. Além disso, Burgess foi embora depois da briga, como testemunhado por muitas pessoas. Enquanto o homem que examinei neste taberna não teria sido capaz nem sequer de andar. Seja o que for que aconteceu com ele, foi depois que ele deixou o baile.

— Seu filho está presente hoje?

Sinto a presença de Cyrus antes de vê-lo. Está atrás de mim agora.

— Sim.

— Declare seu nome completo para o tribunal, por favor — ordena Obadiah Wood.

Há um longo e doloroso intervalo em que Cyrus não diz nada.

— Ele não fala, Meritíssimo — explico.

Os juízes trocam olhares perplexos.

— Ele não fala nada?

— Cyrus é mudo.

Não suporto a onda de constrangimento que atravessa o rosto dele. A forma como ele cerra os dentes e contrai a mandíbula.

— Ele também é surdo? Consegue entender nossas perguntas?

Cada sílaba da minha resposta exala acidez.

— Ele. Não. É. Surdo. Ele é capaz de entender todas as perguntas e pode responder com gestos ou por escrito. Cyrus é totalmente alfabetizado.

De todos os homens na bancada, o juiz Parker parece mais fascinado com essa reviravolta. Ele se inclina para frente, apoiando os cotovelos na mesa.

— Você se envolveu em altercação física com Joshua Burgess na noite anterior à sua morte? — pergunta.

Cyrus assente.

— Você matou aquele homem?

Ele balança a cabeça, negando claramente a acusação.

— É verdade que sabe ler e escrever?

Cyrus assente.

— Exigiremos uma declaração por escrito, de próprio punho, de preferência até o final do dia, declarando sua versão dos fatos relacionados à altercação com Joshua Burgess. Está disposto a nos fornecer isso?

Ele assente mais uma vez.

Os juízes confabulam em sua mesa, cabeças curvadas, vozes baixas e dedos tamborilando em suas anotações. Após vários momentos, Hubbard endireita a postura e diz:

— Senhora Ballard?

Dou um passo em direção à mesa.

— A senhora está oficialmente dispensada como testemunha em qualquer capacidade em relação à investigação do assassinato de Joshua Burgess. Por favor, sente-se.

Assim que me acomodo no banco ao lado de Ephraim, Hubbard continua:

— No entanto, este tribunal determinou que uma investigação adicional se faz necessária. Nenhuma causa oficial de morte será declarada neste momento. Mas examinaremos a acusação feita contra o senhor Isaac Foster, marido da vítima. Ele olha para a ata. — Sally Pierce anteriormente declarou ao tribunal que ouviu a senhora Foster afirmar que o marido assassinou Joshua Burgess. Ouviremos ela primeiro.

Eu não havia notado a presença de Sally. Ela se apresenta conforme solicitado, ao lado do pai, olhando para todos os lados, menos para mim. Sally ainda veste sua capa de montaria e a puxa firmemente em volta do peito. Parece buscar consolo no peso e no calor do tecido.

— Senhorita Pierce?

— Sim.

Apesar de olhar diretamente para Hubbard, os olhos de Sally estão desfocados.

— Por favor, nos conte o que ouviu da senhora Foster.

Sally limpa a garganta, mas, mesmo assim, sua voz é trêmula.

— Ela estava conversando com a senhora Ballard, que tinha ido contar que Joshua Burgess estava morto. E eu a ouvi falar: "Isaac o matou". Ela afirmou isso claramente. Nunca quis prejudicar ninguém, mas devo dizer a verdade. É o que meu pai diz. — Então ela olha para os pés, e mal consigo ouvir as palavras seguintes. — Que é minha obrigação.

— Senhora Ballard?

Eu me levanto mais uma vez.

— Estava lá naquele dia? Foi isso que ouviu?

— Estava, sim, Meritíssimo. E realmente dei a notícia a Rebecca. Achei que ela deveria ouvir de uma amiga. Mas por estar bisbilhotando atrás da porta, uma conversa que não era de seu interesse, Sally não ouviu bem o que Rebecca falou.

— E o que foi que ela lhe disse?

— "*Espero* que *tenha sido* Isaac *quem* o matou." E alguém pode culpá-la? — Olho para Ephraim, e esboço um sorriso sutil. — Eu não esperaria menos do meu próprio marido nessa situação.

— Senhorita Pierce?

As mãos de Sally começam a tremer.

— Sim, senhor.

— É possível que não tenha entendido bem o que a senhora Foster disse?

William Pierce coloca a mão no ombro de Sally e, como fez da primeira vez que compareceram diante do tribunal, vejo-o cravar o polegar e o indicador na reentrância entre o pescoço e o ombro da filha.

— Eu declarei ao tribunal exatamente o que ouvi. — Ela faz uma careta. — *Meritíssimo.*

Sally sente o peso do meu olhar e desvia os olhos quando falo de novo.

— Embora eu tenha certeza de que a senhorita Pierce é um *modelo* de virtude, e que ela nunca enganaria alguém de *propósito*, permaneço firme em minha convicção de que ela entendeu errado.

Pego a mão trêmula de Rebecca na minha, e a aperto para reconfortá-la.

Os juízes debatem em voz baixa por um momento, então Hubbard anuncia:

— Passaremos ao próximo pleito.

Isaac Foster se levanta abruptamente. Dá um largo passo em direção à mesa dos juízes.

— Os senhores não vão perguntar à minha esposa o que ela disse? Ou me deixar falar em minha própria defesa?

Obadiah Wood limpa a garganta.

— Consta nos registros da audiência que o senhor negou a acusação. Não achamos que isso precisasse ser esclarecido, já que foi tão... *err*... veemente em Vassalboro.

A raiva de Isaac abranda ligeiramente.

— Então espero que os senhores também deem à minha esposa a mesma chance de se defender.

— Muito bem, senhora Foster — diz Wood. — Por favor, esclareça ao tribunal suas exatas palavras à senhora Ballard naquele dia.

Rebecca se levanta.

— Foi exatamente como Martha afirmou. Eu disse a ela que esperava que tivesse sido meu marido quem matou Joshua Burgess. Que eu não fiquei triste ao saber que ele estava morto. E não me arrependo de uma única palavra. — Então ela lança um olhar fulminante para Sally — Porque é a *verdade*.

O juiz James Parker se inclina para a frente, evidenciando seu grande nariz aquilino.

— Obrigado, senhora Foster. Seu depoimento será registrado pelo escrivão, e agora passaremos ao próximo pleito. Poderia, por favor, contar ao tribunal o que ocorreu na noite de 10 de agosto?

Noto que Rebecca está mais amedrontada do que estava em Vassalboro. Seu corpo parece encolhido, fazendo-a parecer menor do que realmente é. Ela se dirige para o vão livre diante da bancada.

— Meu marido estava em Boston e eu estava em casa, sozinha, com nossos dois filhos. Era perto da meia-noite, mas eu estava acordada, lendo, quando alguém bateu à porta.

— E a senhora abriu a porta voluntariamente? — pergunta Parker.

— Não, não abri.

— A senhora se preocupou em trancar a porta antes de se recolher?

— Sim — responde ela, e ouço um tom de acidez em sua voz.

— Embora a maioria das pessoas desta cidade não se preocupe com isso. Dizem que Hook é segura. Ou, pelo menos, é o que ouço por aí. Mas eu não fui criada aqui, e há muito tempo tenho o hábito de trancar as portas à noite, mesmo quando meu marido está em casa. Eu estava diante da porta quando eles a arrombaram.

— A senhora sofreu alguma lesão?

— Um hematoma na bochecha e um lábio cortado. A porta atingiu meu rosto. — Ela coloca a palma contra a bochecha onde os horríveis hematomas haviam marcado sua pele. É um milagre que o impacto não tenha quebrado metade dos ossos de seu rosto. — E caí no chão.

— Está dizendo que foi Joseph North quem entrou em sua casa naquela noite? — pergunta Obadiah Wood.

— Sim. E também Joshua Burgess. O fato de ele estar morto não me faz esquecê-lo.

Ele assente.

— Continue, por favor.

A taberna inteira escuta atentamente, prendendo a respiração, enquanto ela continua o relato. Os dois discutiram sobre o barulho e se deveriam ou não atacá-la. Até que Burgess a ajudou a se levantar, já que ela não conseguia fazer isso sozinha. Manchas pretas flutuavam diante de seus olhos, e ela não conseguia sustentar o próprio peso. Eles se prontificaram a carregá-la, indo direto para o quarto.

Sem enxergar direito, nauseada, zonza pelo impacto, Rebecca não conseguiu entender direito as perguntas que lhe fizeram.

Quando seu marido volta?

Pare de fazer barulho. Você não quer acordar as crianças, quer?

Onde está a lampião?

Rebecca explicou a eles, o melhor que pôde, que Isaac não estava em casa. Provavelmente só voltaria dali algumas semanas. Eles precisavam ir embora. Deveriam voltar outro dia. Ela não entendia o que estava acontecendo. Não entendia por que estavam tirando seus chinelos. Por que estavam tirando suas meias. Claro que ela não queria que as crianças acordassem. Por que faria isso? Levou quase duas horas para fazê-las dormir. O lampião? Ela tinha um lampião? Não conseguia se lembrar. Sua cabeça latejava. Sua visão rodopiava.

É angustiante ouvi-la. Reparar em sua voz embargada. Assisti-la limpar o nariz na manga da blusa. Odeio cada um desses juízes por fazê-la passar por isso. Mas ela não se intimida. Não esconde nada enquanto continua sua história.

Rebecca começou a lutar quando a jogaram na cama. Deitar só fazia tudo doer mais. Só quando estava apenas de combinação é que ela começou a entender o que estava acontecendo. E, naquele momento, já era tarde demais.

A voz de Rebecca fica mais calma à medida que ela se aproxima do fim do terrível relato.

— Joshua Burgess foi o primeiro — conta ela.

Até então, Burgess estava quieto. Mantendo-se alguns passos atrás enquanto North a arrastava para o quarto, observando silenciosamente nas sombras enquanto North tirava as roupas dela. Foi Burgess quem a forçou a abrir as pernas. North a manteve pressionada contra a cama, com os braços e pernas abertos, tremendo enquanto Burgess, lenta e metodicamente, tirava as próprias roupas. As botas. As meias de lã. Então Burgess arrancou a barra de renda da combinação para prender o cabelo para trás. O que aconteceu com a combinação depois disso, ela não se lembrava, mas estava nua quando ele subiu em cima dela.

Nunca vi uma sala de audiências tão silenciosa em toda a minha vida. O testemunho é horripilante. Rebecca não poupa detalhes. Não se preocupa em ser discreta, nem com a própria reputação. Decidiu chocar e escandalizar os vizinhos que fizeram questão de estar presentes para testemunhar a humilhação pública. Quer puni-los pela curiosidade mórbida. E eu me pergunto se esta é a primeira vez que Isaac ouve todo o relato da esposa, pois ele alterna entre acessos de raiva e lágrimas ao lado dela.

— Doeu. — A voz de Rebecca finalmente falha.

Quero me aproximar de Rebecca, ampará-la e abraçá-la do mesmo modo que abraço minhas filhas quando estão doentes ou feridas. Quero protegê-la dessa terrível exposição.

Rebecca encontra um ponto seguro na parede atrás de Obadiah Wood, para onde ela olha fixamente. Sua voz assume um tom monótono, desprovido de todo choque, toda dor. Parece que está em outro lugar, em outro país, enquanto continua.

Enquanto Burgess concluiu seu ataque com relativa rapidez, gemendo no travesseiro e rolando de cima dela, North quis puni-la. Ele não estava satisfeito com a resignação. Depois que a dor lancinante em sua cabeça diminuiu, depois que ela parou de se debater na cama, depois que desistiu de implorar para que saíssem, e ficou quieta, ele começou seu ataque. Agiu deliberadamente para minar seu autocontrole. Levando-a a desejar se libertar das amarras da própria pele.

Traidora. Meretriz. Adoradora de índios. Jezebel. Lasciva. Devassa. Ele a chamou de tudo isso e mais um pouco.

Rebecca levanta a mão trêmula e a pousa sobre o seio esquerdo.

— Ele me beliscou — conta ela. — Repetidamente, até que Burgess teve que me segurar com os joelhos para que eu ficasse quieta. Depois de um tempo, eu não conseguia sentir mais nada além daqueles beliscões. Mas era "adoradora de índios" que ele repetia enquanto me beliscava. Eu não podia gritar. — Ela ofega, as lágrimas brotando. — E se os meninos acordassem? E se entrassem no quarto chorando? O que eu teria dito a eles? O que aqueles homens teriam feito com meus bebês?

Então, North a possuiu enquanto Burgess segurava os braços dela contra a cama para que ela não conseguisse arranhar ou bater. Já era alta madrugada quando ele se satisfez.

Você não dirá uma palavra disso ao seu marido. Nem a mais ninguém. Entendeu?, ameaçou North, erguendo as calças com os movimentos sonolentos de um homem satisfeito com sua proeza. Ela merecia, ele disse, por trazer aqueles índios para a cidade depois que a milícia trabalhou tanto para expulsá-los de volta para o deserto. Eles não tiveram escolha senão lhe ensinar essa lição. North disse isso enquanto enxugava as gotas de suor da testa.

Eles a deixaram sozinha, nua e chorando sobre os lençóis sujos. E ela ficou lá, incapaz de se mover, ouvindo-os caminhar pelo corredor em direção à porta, rindo, zombando de como ela havia implorado que parassem. Por um momento excruciante, eles pararam ao pé das escadas e o coração dela martelou no peito, aterrorizado com a possibilidade de eles irem atrás de seus filhos. Mas eles não o fizeram. Os três juízes permanecem impassíveis e a encaram por longos momentos, incertos sobre o que fazer com suas acusações.

Finalmente, John Hubbard fala:

— E a senhora contou a alguém? Naquele dia ou no dia seguinte?

Os olhos de Rebecca são poços profundos de tristeza quando ela finalmente os abre.

— Para quem eu poderia contar? O juiz North era quem ouviria minha queixa.

— E, ainda assim, a senhora tem uma testemunha?

— Sim. Martha Ballard.

Hubbard me chama mais uma vez.

— Parece que você é uma mulher ocupada, senhora Ballard. Como acabou sendo testemunha em todos esses casos?

— Essas situações fazem parte dos deveres da minha profissão. Não me envolvo nesses assuntos por vontade própria, Meritíssimo.

— Prossiga, então, e nos conte o que sabe sobre as alegações da senhora Foster.

Mais uma vez, conto ao tribunal exatamente como encontrei Rebecca, da mesma forma que fiz em Vassalboro no mês passado. Conto sobre seus ferimentos. Mostro meu diário, os registros do ocorrido e de minhas interações com o juiz North desde então.

— Obrigado por seu depoimento, senhora Ballard — diz Parker. — Agora ouviremos o acusado. Senhor North?

Ele dá um passo à frente.

— Como se declara quanto a essa acusação?

— Inocente. Não fiz nada a essa mulher. Ela não tem provas. Nenhuma testemunha do ato que ela afirma ter ocorrido. Nada além de uma amiga que a viu muito tempo depois. Peço que rejeitem essas acusações. Elas nunca deveriam ter sido feitas!

— Vale ressaltar — diz o juiz Parker — que *havia* uma testemunha do suposto crime, mas que está agora morta. E isso é um fato que este tribunal acha tanto curioso quanto bastante conveniente para o senhor.

— Estou sendo acusado de homicídio agora? — pergunta North, cuspindo as palavras entredentes.

— Estou simplesmente fazendo uma observação, senhor North. E lembrando-lhe que vamos seguir todas as vias de investigação relacionadas tanto à morte do senhor Burgess quanto a este caso, visto que estão interligados. — Parker olha para Henry Sewell. — Por favor, registre a declaração de inocência do senhor North nas atas do tribunal.

— Minha esposa pode testemunhar que eu estava em casa, com ela, na noite em que esses fatos supostamente ocorreram — continua North.

A aparência de Lidia passou de abatida em Vassalboro a nitidamente doente agora. Pálida. Lábios finos e cerrados. Dois dedos massageiam a têmpora esquerda sem parar.

— Ele estava em casa — declara ela.

— Eu pediria que considerassem minha própria reputação nesta cidade — argumenta North para os juízes — em comparação à da senhora Foster e a de seu marido. Essas acusações não são nada mais do que uma vingança mesquinha, uma forma de me atingir por tê-lo demitido do posto de pastor. Ele está *processando* a cidade por salários não pagos! Precisam de mais alguma prova de seu descaramento do que isso?

Observo Lidia afundar no assento e me pergunto com que frequência ela ainda está acordada após às oito horas da noite. Como seria fácil para North sair da cama sem que sua esposa percebesse.

E assim o debate prossegue, deixando de lado o que aconteceu com Rebecca e passando a tratar do caráter de Isaac Foster *versus* o do homem acusado de estuprá-la. Como se o comportamento do marido fosse relevante no que aconteceu com Rebecca em agosto. Como se sua insistência em receber o que lhe era devido importasse na situação.

— Deseja acrescentar mais alguma coisa sobre as acusações, senhor North? — finalmente interrompe Wood.

— Não.

— Então, por favor, volte para o seu assento. O tribunal agora fará um breve intervalo para que possamos deliberar.

Ele bate o martelo e, então, ele, Parker e Hubbard se retiram para o depósito para conversar a sós.

Eu me sento com Rebecca e seguro sua mão. Aguardamos sentadas enquanto os espectadores circulam pela taberna e enchem suas canecas. Alguns saem para usar o banheiro, lançando uma rajada de ar frio para dentro do salão cada vez que abrem a porta. Outros esticam as pernas.

Após algum tempo — dez ou quinze minutos talvez — os juízes retornam à taberna e olham para Rebecca Foster. John Hubbard bate o martelo.

— O Tribunal de Pleitos Comuns decidiu que uma acusação *será* formalizada contra Joseph North — anuncia.

James Parker acrescenta:

— No entanto, cabe ao tribunal apontar que não há testemunhas que de fato presenciaram a *agressão* à senhora Foster. E sem tal testemunha, não seria lícito julgar esse homem por um crime capital, cuja pena poderia resultar em sua morte. Portanto, é decisão deste tribunal que as acusações serão formalizadas como *tentativa* de estupro.

A taberna irrompe em alvoroço. As pessoas se levantam. Algumas aplaudem de alívio. Outras gritam, indignadas. Mas não consigo encarar Rebecca, não consigo testemunhar sua angústia pela segunda vez. Então, olho para Ephraim e vejo tudo o que sinto refletido em seus olhos. Independentemente do resultado do julgamento futuro, Joseph North não será enforcado pelo que fez com Rebecca.

Obadiah Wood bate o martelo para acalmar o alvoroço provocado pelo anúncio.

— Ainda não terminamos. É nossa decisão que este caso vá a julgamento pelo Supremo Tribunal Judicial daqui a três meses. O réu será recolhido ao pátio da prisão no Forte Western até lá. Coronel North, por favor, dê um passo à frente e confirme que entende as acusações, as condições de sua detenção no Forte Western, e que estará presente para o julgamento.

Wood olha ao redor da sala.

— Coronel?

Lidia North permanece em seu banco, mas seu marido não está ao seu lado. Ele não está em lugar algum da taberna.

* * *

Estou sentada em meu ateliê, com o diário aberto em cima da mesa, e escrevo enquanto a tempestade se aproxima do leste, vinda do Atlântico, um monstro se formando no oceano e empurrando todo aquele vento e neve costa adentro. Crescendo, crescendo até se tornar uma parede branca que engole tudo que está em seu caminho.

Estamos em casa agora, e o ambiente se agita ao meu redor. Hannah e Dolly preparam o jantar enquanto os homens — incluindo Barnabas — entram e saem, carregando braçadas de lenha em preparação para o que está por vir. Fecham as venezianas e acendem as lareiras, empilhando pedras aquecidas que podem ser embrulhadas em panos e levadas para a cama mais tarde. Ephraim insistiu que Barnabas passasse a noite conosco em vez de cavalgar as quatro horas de volta para Vassalboro. Aparentemente, não fui a única que se apegou ao rapaz.

Ao lado da lareira está um tabuleiro de xadrez e — entre os afazeres — Cyrus e Barnabas fazem suas jogadas. A batalha silenciosa se estende há horas. Nunca vi Cyrus perder uma partida, mas algo me diz que não devo subestimar Barnabas Lambard. Hannah e Dolly os ignoram, é claro. Já presenciaram muitas dessas disputas de ego antes.

Concluo o registro, cravando a pena no papel.

O coronel North fugiu do julgamento e não foi localizado.

SERRARIA BALLARD

Sábado, 30 de janeiro

Sou despertada pela mão em meu ombro, um leve sacolejo. Um sussurro. Um hálito quente no meu ouvido. Não dormi bem, consciente demais do vento infiltrando-se pelas frestas nas paredes, do frio intenso e da neve que caía, não como um cobertor, mas como uma mortalha.

— Venha ver — diz Ephraim, e buscando minha mão.

Ele me puxa para que eu me levante. Aproxima seu corpo do meu enquanto vacilo, suas mãos percorrem minha camisola. Meu cabelo. Descem pelas minhas costas. Deslizam pelas minhas nádegas. Uma risada, e então ele se inclina e pega um cobertor da cama. Envolve ao redor dos ombros enquanto permaneço instável ao lado da cama, ainda me perguntando por que ele me acordou.

Ephraim me guia pelos cômodos escuros, nossos dedos entrelaçados. Ele acendeu as velas e a lareira, mas não deve ser nem cinco horas da manhã e a casa ainda está adormecida, todos em suas camas, exceto Barnabas, que ronca em um colchão perto do fogo. Ou talvez esteja apenas fingindo. Enquanto tento dissipar a névoa em meus olhos, vejo sua cabeça se mover em nossa direção à medida que passamos, mas seus olhos permanecem fechados.

Tem sono leve, penso. *Um homem cauteloso.*

O tabuleiro de xadrez está ao lado dele, no chão, intocado desde a noite passada.

Quando chegamos à porta, Ephraim me posiciona ao lado e a abre. À minha frente está uma parede branca que alcança quase até o batente superior.

Há uma fresta de apenas quinze centímetros sobre o monte de neve, por onde enxergo as nuvens pálidas e plúmbeas. Já vi montes de neve atingirem um metro de altura, talvez até mais. Mas, assim, só uma vez.

— E não para de nevar — diz ele. — Não está tão forte quanto antes. Mas não dá nem sinal de trégua.

Estendo a mão espalmada e toco a montanha de neve. É macia, mas congelante, e minha mão afunda, deixando uma marca. Estou totalmente desperta agora, e me dou conta do que meu marido tem tentado me dizer nesses últimos minutos.

— Como em Oxford — digo.

Ele assente. Sorri.

— Então você se lembra?

— Como se fosse algo que eu pudesse esquecer.

Ephraim Ballard pega minha mão e me leva de volta para a cama.

Trinta e Cinco Anos Atrás

OXFORD, MASSACHUSETTS

19 de janeiro de 1755

— O QUE DISSE? — PERGUNTEI.

Minha bochecha repousava contra o peito nu de Ephraim, mas mesmo estando tão perto, mal ouvi o que ele sussurrou. Minha mão repousava sobre seu coração, enquanto ele percorria os dedos pelo meu cabelo, lentamente, deixando as mechas deslizarem e caírem para emoldurar meus ombros nus. O sol ainda não havia despontado, mas, mesmo que tivesse, não teríamos percebido, pois a tempestade ainda rugia lá fora e o céu estava tão escuro quanto nos últimos dois dias.

Porém, a cabana exalava calor, assim como nós.

O fogo crepitava na lareira, suave e vermelho, lançando um brilho onírico sobre a cama. De vez em quando, uma corrente de ar gélido se esgueirava pela porta, e Ephraim me puxava mais para perto, deixando sua pele aquecer a minha. Não havia nada entre nossos corpos. Minha camisola, despida com as mãos trêmulas na noite anterior, continuava no chão, onde havia caído quando escorregou pelos meus ombros e se amontou aos meus pés.

— Hã? — perguntou ele, só então percebendo que eu havia feito uma pergunta.

Eu me apoiei no cotovelo e encarei seus olhos límpidos.

— Você disse alguma coisa. O que foi?

— Ah.

Achei ter visto seu rosto corar.

— Mais palavras de Salomão.

— Ah.

Ephraim havia passado a noite toda sussurrando passagens de Cantares de Salomão ao meu ouvido, acalmando-me com palavras tão antigas, que me surpreenderam pela profundida de sua compreensão do amor.

— *Tu és toda formosa, meu amor* — repetiu ele e me puxou contra o corpo.

Como prometido, Ephraim não havia tentado me seduzir nos primeiros dias e semanas do nosso casamento. Esperou pacientemente. Ele me beijou quando quis e me abraçou nas noites longas e frias. Esperou, primeiro até que viessem minhas regras, e depois mais tempo, até que ambos estivéssemos quase loucos de desejo. A princípio, me perguntei se sua determinação era para se certificar da paternidade da criança em caso de concepção. Com certeza, isso é de grande importância para um homem. Mas logo ficou claro que era uma garantia que ele queria que *eu* tivesse. Saber, qualquer que fosse a resposta. Eliminar uma dúvida que poderia persistir por toda a vida. E tudo se esclareceu uma semana após nos casarmos. E isso, é claro, descomplicou um pouco nossa situação por alguns dias. Ofereceu-nos a chance de aprender a conviver no mesmo espaço sem ter que lidar com a constante tensão de ainda não termos consumado nosso casamento. Mas logo meu ciclo acabou, janeiro chegou e trouxe o tipo de frio e clima que eu associava apenas a este mês. Trouxe o *inverno* e nos obrigou a ficar dentro de casa, exceto para as tarefas mais breves. Forçou-nos a uma proximidade prolongada.

Como prometido, ele esperou que a decisão fosse minha. E, como eu não sabia como me entregar, esperei demais. Mesmo assim, ele não reclamou. Mas na noite passada, enquanto me preparava para dormir, eu *soube*. Estávamos casados há um mês, e, durante esse tempo, Ephraim Ballard havia provado o tipo de homem que era. Eu não tinha mais nada a temer. Era hora de decidir que tipo de esposa seria.

Então decidi.

Mas primeiro procrastinei, escovando os cabelos, sentada no pequeno banco diante da lareira.

Deixei que ele se despisse — como sempre fazia — e deitasse na cama. Deixei que ficasse ali me observando por longos momentos. Deixei seus olhos percorrerem tudo o que podiam ver. Então, pousei a escova e fiquei em pé diante dele. A expressão em meu rosto deve ter sido clara, porque ele paralisou. Sem respirar. Nossos olhares fixos um no outro enquanto eu baixava a camisola por um dos ombros.

— Você tem certeza? — perguntou, com a voz rouca.

Respondi desnudando o outro ombro, deixando o tecido fino deslizar para o chão. Ele permaneceu calado enquanto me observava. Não disse nada por longos e incontáveis segundos. Mas quando Ephraim Ballard finalmente recuperou a voz, entendi por que ele escolheu os Cantares de Salomão para minhas aulas de leitura. As palavras em si eram um guia, uma instrução elegante e perfeita de como um homem deve levar a esposa para a cama pela primeira vez. E, assim como Salomão, Ephraim começou do topo e foi descendo, dando vida ao significado de cada linha que eu havia transcrito cuidadosamente em meu caderno ao longo do último mês. Palavras que pareciam práticas e campestres, mas, quando experienciadas, eram nada menos do que eróticas.

Eis que tu és formosa, meu amor...

Teus olhos... Teus cabelos...

Tua boca... Teus lábios...

Teu pescoço...

Teus seios...

Eu irei ao monte da mirra, e ao outeiro do incenso...

Tu és toda formosa, meu amor...

Tens arrebatado o meu coração com um dos teus olhares...

Os teus lábios, ó minha esposa, gotejam como favos de mel...

Que o meu amado entre em seu jardim, e coma os seus frutos agradáveis...

Essas foram as palavras sussurradas ao meu ouvido enquanto eu me rendia a cada olhar e toque na noite passada enquanto a tempestade caía lá fora, rugindo sua aprovação. Nunca me senti tão aquecida. Nunca me senti tão segura. E, então, horas depois, ele me abraçou mais forte, como se temesse que eu escapulisse da cama e quebrasse o encanto. Sussurrou as palavras novamente, determinado a acender esse desejo recém-despertado, determinado a alimentá-lo até se tornar uma chama que consumisse ambos.

4

O OFÍCIO DE PARTEIRA

FEVEREIRO DE 1790

"Vai melhor com o inverno história triste."

— William Shakespeare, *Conto do Inverno*

CASA PAROQUIAL

Sábado, 13 de fevereiro

Segunda-feira, 1º de fevereiro. Nevasca...
Quinta-feira, 4 de fevereiro. Nevou...
Sábado, 6 de fevereiro. Dia muito frio...
Domingo, 7 de fevereiro. Dia claro e excessivamente frio...
Segunda-feira, 8 de fevereiro. Clima terrível, frio e com muito vento...

— Deus, como odeio o inverno — digo, fechando o diário e massageando as têmporas com a ponta dos dedos. É tanto uma prece quanto uma blasfêmia, e não me sinto culpada por ambas. Há quase duas semanas, os dias tem sido pouco mais do que o frio e a neve, acompanhados de uma longa e sombria angústia.

Então, esta manhã, quando chegou uma carta requisitando minha presença na casa dos Foster, não fiquei chateada. O fato de ter sido enviada por um advogado aguçou meu interesse.

Prezada Senhora Ballard,
Caso não seja um inconveniente, poderia fazer a gentileza de me encontrar na casa paroquial para um chá esta tarde, às 13 horas em ponto?
Respeitosamente,
Seth Parker, Advogado

— Avise ao seu pai que o senhor Parker me convocou para a casa dos Fosters — digo, ao passar pela cozinha.

Hannah olha para a janela, ainda coberta por montes de neve, depois para mim, como se eu tivesse acabado de anunciar que pretendia me jogar do telhado do celeiro.

— O tempo está terrível.

— Ficar aqui não vai torná-lo menos horrível.

* * *

Rebecca Foster está grávida de seis meses e a barriga agora é evidente. Com seu primeiro filho, demorou mais, mas, a cada filho subsequente, seu corpo tem relevado o segredo mais cedo. É fascinante observar como isso varia de mulher para mulher. Algumas desabrocham nos primeiros meses, outras apenas nas semanas finais.

Agora, ela quase não sai de casa, e sem Sally Pierce para ajudar, a casa paroquial parece empoeirada e bagunçada. Parece — talvez não sem motivo — que sua dona desistiu de tudo. No entanto, Rebecca preparou chá para as visitas, e há pão fresco com manteiga e geleia.

Os dois filhos pequenos dos Foster — loiros como a mãe — entram na sala de estar para pegar uma fatia, e então saem saltitando com os dedos melados. Eu os observo partir, imaginando se conseguem sentir o peso na sala ou se estão alheios às preocupações dos adultos.

— Obrigado por vir, senhora Ballard — diz Seth Parker. — Espero que não tenha sido muito difícil chegar aqui.

— Consegui me virar bem.

O Sr. Parker é um dos poucos advogados em Hallowell, mas como a maioria dos homens da região, ele se aventura tanto no comércio fluvial quanto na agricultura. Não há muita demanda por serviços jurídicos por estas bandas, então ele não é muito requisitado para essa função. Mas agora que as audiências estão concluídas e as acusações — embora mínimas — foram apresentadas, os Foster precisam de alguém para representá-los no julgamento.

— Já coletei o depoimento de Rebecca — informa ele, apontando para uma pequena pilha de papéis em cima da mesinha à sua frente. Ao lado, há outro maço em branco, além de um pote de tinta e uma pena. — Conte-me tudo do que se lembra e eu escreverei. Só precisa deixar sua marca no final.

— Sei escrever — digo, com a voz cortada pela irritação. — E assinar meu nome também.

— Ah. É verdade. A senhora escreve em um diário.

— Sim. Há muitos anos. Estou bastante familiarizada com a pena.

— Muito bem, então. — Ele desliza o papel e a pena pela mesa para que fiquem na minha frente. — Esse documento será submetido como prova ao tribunal em Pownalboro.

Enquanto me ajeito diante do papel, Isaac Foster entra na sala.

— Senhora Ballard — cumprimenta ele, então beija o topo da cabeça da esposa. Ele para diante do fogo para se aquecer. Afinal de contas, é inverno, e ninguém está aquecido o suficiente a menos que esteja junto a uma lareira acesa.

Isaac se serve de uma xícara de chá enquanto começo meu depoimento.

— Henry Sewall veio nos visitar ontem — conta ele a Seth.

— É mesmo?

— Ele trouxe uma carta.

Levanto a cabeça rapidamente, a pena pairando sobre o papel.

— Sobre o quê?

— Um pastor chamado Cobb vai assumir meu posto. Segundo me disseram, ele começará a trabalhar em algum momento de maio. E ele exigiu uma residência permanente como parte do salário. Temos até o final de abril para encontrar novas acomodações.

— Mas Rebecca deve dar à luz no final de abril — argumento.

Há um tom na voz de Isaac que não consigo identificar.

— Esse fato não foi levado em consideração.

— Para onde vocês vão?

Seth Parker se inclina para frente, com os cotovelos apoiados nos joelhos.

— Por enquanto, para lugar nenhum. Estou entrando com um recurso, alegando conflito de interesse, tendo em vista que Joseph North é o chefe do conselho da igreja.

— E se não adiantar? — pergunto.

Rebecca pressiona a barriga, franzindo o cenho.

— Provavelmente para Forte Western. Para quartos alugados.

— Tem que haver outra opção — digo.

— Posso garantir que estou analisando todas as opções em nome deles, senhora Ballard. Mas se realmente deseja ajudar, a melhor coisa que pode fazer é terminar seu depoimento.

Como de costume, a conversa se volta para o clima enquanto arranho suavemente o papel. As tempestades. A neve. O gelo que se acumula cada vez mais alto ao longo das margens do Kennebec. O terrível estado de todas as estradas de acesso a Hook. *Por que os homens são tão obcecados por estradas? Nunca entenderei.* É um ruído de fundo incômodo para cada palavra deliberada que registro no papel.

Vários minutos depois, pouso a pena de lado e flexiono a mão.

— E como está sua esposa, senhor Parker? Ela está bem?

— Ellen? Sim. Em plena saúde, eu diria. Por que a pergunta?

— Por nada. Mande lembranças a ela, por favor. — Seja qual for a enfermidade que levou Ellen a procurar a Doutora, se resolveu por conta própria ou continua sendo omitida do marido.

Entrego o documento ao Sr. Parker e observo enquanto ele analisa minha caligrafia elegante e concisa. Instantes depois, ele assente em aprovação.

— Obrigado novamente por ter vindo, senhora Ballard.

— Não há de quê. Mas já que estou aqui, gostaria de examinar a Rebecca. Garantir que tudo está bem com ela e o bebê.

Bebê.

Ao ouvir a palavra, Rebecca se sobressalta e retorce os cantos da boca. Ela se afasta do marido e se levanta da cadeira, passando por ele a caminho do quarto sem dizer uma palavra.

* * *

Rebecca está deitada em sua cama, vestindo uma combinação de algodão, enquanto deslizo os dedos sobre sua barriga protuberante, apalpando aqui e ali.

— Sinto muito pela carta — digo.

— Eu também.

— Mas o julgamento...

— Não vai adiantar nada. — Rebecca me encara, os olhos irradiando certeza. — Você viu o que aconteceu na última audiência. Mesmo que o considerem culpado, será por *tentativa*, não por ter *cometido* um crime. Não há mais nada para nós em Hook. Isaac é quem insiste em ficar. Eu prefiro recomeçar em um lugar novo, onde ninguém saiba o que aconteceu comigo.

Abro a boca para argumentar, mas ela me interrompe.

— Você sabe que tenho razão, mas gosta demais de mim para admitir.

Ah, o *ardor* que as lágrimas provocam. Às vezes, pior que o fogo.

— Você está certa — sussurro. — E *odeio* que esteja certa.

Uma das minhas maiores habilidades como parteira é me sentar e ficar em silêncio. Perdi as contas de quantas vezes segurei a mão de outra mulher em silêncio enquanto o luto explodia pela sala de parto. O único antídoto para esse tipo de desespero é criar um refúgio de calma inabalável. Sentar e estar presente. Orar e oferecer conforto. Observar as sombras desenharem trilhas ao longo da parede enquanto o sol se move lentamente pelo céu. Calar quando não há palavras capazes de consolar. E é nesse silêncio pesado que sinto o movimento do bebê no ventre de Rebecca. Um chute, forte e constante. Permaneço imóvel, com os dedos esparramados sobre a barriga dela, concentrando-me nas mexidas ritmadas que emanam de seu corpo — naquela prova de vida em movimento e agitação.

Espero seis movimentos completos do feto antes de sussurrar:

— Há quanto tempo ele vem se mexendo mais?

— Não muito. Um mês, mais ou menos.

— Você não me disse.

— Eu esperava que parasse. — Rebecca se vira e olha para a parede. — Ainda espero.

* * *

Alguns momentos depois, estou do lado de fora da casa paroquial, inspirando o ar frio para acalmar minha mente e conter a raiva. *Não é justo.* O pensamento rodopia sem parar, como um cachorro perseguindo o próprio rabo. Não é *justo.*

A vingança pode ser do Senhor, mas Ele não designou os homens para serem os mediadores da justiça? Onde está a justiça para uma mulher como Rebecca? E quem é capaz de fazê-la prevalecer contra um juiz? Enquanto trotava pelo estreito canal de neve compactada na rua Water, montada em Brutus, um pensamento me ocorre — tão fugaz que não tenho tempo de rejeitá-lo: se Joseph North não pode ser condenado à morte por estuprar Rebecca Foster, talvez possa ser enforcado por matar Joshua Burgess?

* * *

Sábado, 13 de fevereiro — Dia claro e frio. O gelo se acumula em Forte Western. Fui chamada à casa de Isaac Foster para prestar meu testemunho a respeito da causa a ser julgada. Voltei para casa no início da noite. A Sra. Densmore esteve aqui para cortar um vestido de shantung de seda verde. Ela me contou que a esposa de James Bridge deu à luz na primeira hora da manhã a um filho natimorto, que será enterrado esta noite. O Dr. Page realizou o parto.

Não estou zangada por Clarissa Stone não ter me chamado. Há outras parteiras, e ela poderia ter chamado qualquer uma delas. Mas Peggy? Depois do que Page fez com o filho de Clarissa? Não há desculpa para o seu orgulho. Ela tinha todas as informações de que precisava.

Posso contar nos dedos de uma única mão o número de homens que realmente odiei em toda a minha vida. Mas Benjamin Page está perto do topo da lista. Billy Crane ocupa o primeiro lugar. Seguido de perto por Joseph North. Mas desde a sua chegada a Hallowell, Page não tem sido nada além de uma peste. Por Deus, eu o estrangularia com minhas próprias mãos se pudesse.

SERRARIA BALLARD

Segunda-feira, 15 de fevereiro

— O QUE ELE VEIO FAZER AQUI? — PERGUNTA EPHRAIM.

Fui até o moinho para levar o almoço para Ephraim. Ele está trabalhando na roda d'água desde o amanhecer e, mesmo suado, ainda parece congelar de frio. A roda continua emperrada no riacho congelado, e meu marido decidiu que agora é o melhor momento para fazer os reparos necessários em várias das pás de madeira que estão apodrecidas ou rachadas.

— Barnabas? — questiono, olhando por cima do ombro. — Pensei que os motivos dele eram óbvios.

Entrego o prato para Ephraim, mas ele o coloca em cima de um toco de madeira.

— Ele não veio cortejar a Dolly — diz Ephraim. — Olhe para ele.

Barnabas está abatido. Ele viajou por longas horas com o vento castigando seu rosto. As bochechas estão vermelhas, os lábios ressecados.

— Talvez estivesse com pressa para ver Dolly?

Mas enquanto pronuncio as palavras, sei que meu marido tem razão. Como sempre.

Ephraim aperta os lábios em uma linha fina.

— Esse rapaz não queria estar aqui. Ele está assustado.

Barnabas chegou de carroça. Nas últimas vezes, ele veio a cavalo, mas foram visitas sociais. Só o vi de carroça — aquela com o gancho de ferro fixado na lateral — duas vezes.

Ephraim dá um passo ameaçador à frente enquanto Barnabas desce do assento. O rapaz parece ter bebido um galão de vinagre. Ele tira o chapéu. Bate na coxa. Olha para as nuvens. Semicerra os olhos. Mexe a cabeça como se estivesse discutindo com o Todo-Poderoso.

— O que está fazendo aqui? — exige Ephraim.

É a primeira vez que vejo Barnabas Lambard tão transtornado. Ele quase engasga com as palavras.

— Estou aqui para prender seu filho pelo homicídio de Joshua Burgess.

A voz de Ephraim é baixa e grave. Ameaçadora.

— Qual filho?

A palavra parece dolorosa para Barnabas, como vidro afiado em sua língua, e ele luta para cuspi-la.

Após um momento, ele olha para mim como se implorasse por ajuda. Mas essa misericórdia ele não receberá. Não hoje.

— Cyrus.

* * *

O único desejo do nosso filho mais velho, em toda a sua vida, sempre foi ir para o mar. Embora tenha certeza de que ele negaria, desconfio que Cyrus queira ser um pirata. Escalar os mastros, empoleirar-se no cesto da gávea e conhecer locais exóticos. Seu desejo, mais do que qualquer coisa, é uma vida de aventura. Uma vida em meio à maresia e o oceano azul, erguendo o punho em desafio ao horizonte tempestuoso. No entanto, ele foi privado desse futuro e se contenta em navegar pelo Kennebec, guiando os carregamentos de madeira da serraria até os portos rio abaixo. No inverno, no entanto, ele fica preso em terra firme. E seu único consolo é o lago do Moinho, onde ele vai pescar quase todos os dias.

Então, nós quatro subimos a trilha a procura de Cyrus. Ephraim, Barnabas — que parece preferir comer uma tigela de entranhas fumegantes — Dolly e eu. Ela o viu chegar. Claro. Essa garota anseia por ele como uma crente fervorosa do primeiro século à espera do retorno de Cristo. Então, assim que atravessamos o portão do jardim, ela saiu correndo pela porta da frente, secando as mãos em um pano de prato, para se juntar a nós.

Mas a garota é perspicaz — mais do que qualquer jovem de 17 anos que já conheci — e percebe que algo está errado. No entanto, ninguém responde às suas perguntas, e agora ela também está irritada.

— Para onde estamos indo? — questiona ela. — O que ele está fazendo aqui? Por que ninguém me responde?

Eu lhe lanço um olhar de advertência que a faz engolir a próxima pergunta, e vejo sua raiva se transformar em medo num piscar de olhos. Ela finalmente entende.

— Ele não ousaria — sussurra Dolly. Ela agarra meu antebraço e aperta com força. — Ele *não faria isso.*

— Leva décadas para realmente conhecer um homem, Dolly. E você mal teve algumas semanas. Sugiro que não presuma nada sobre o que ele fará ou deixará de fazer.

É uma lição difícil, mas é melhor que ela aprenda agora.

Dolly fica em silêncio, então caminha ao meu lado pelo estreito caminho. Ephraim lidera o grupo. Por duas vezes, Barnabas espia sobre os ombros na minha direção e, a julgar pelo seu olhar, deve achar que está sendo levado à floresta para um ritual de sacrifício. Não posso dizer que o pensamento não passou pela mente do meu marido, mas desconfio que ele queira ver se Barnabas tem coragem de seguir adiante com sua missão.

O lago do Moinho fica cerca de oitocentos metros ao norte da casa, no meio de um vasta campina. Não é muito grande — tem menos de um hectare de extensão —, mas é bastante profundo no meio e é o lar feliz de centenas de trutas azuis. Cyrus o descobriu no primeiro dia em que nos mudamos para esta propriedade há onze anos e imediatamente o reivindicou para si. Ele está no centro do lago agora, sobre meio metro de gelo, segurando uma vara de pesca em cada mão. Ele manteve o buraco aberto o inverno todo, e as bordas estão irregulares pelos repetidos golpes da machadinha.

Cyrus avista primeiro o pai e abre um largo sorriso, mas Barnabas emerge da clareira em seguida. Depois eu. E então Dolly. E o sorriso se desmancha nos lábios dele. Quando seus olhos se estreitam e os punhos se apertam em torno das varas de pesca, sei que ele entendeu o motivo da interrupção.

Cyrus franze os lábios, contrariado.

Murmura profanidades que nunca ganharão vida.

Assente.

Então ele retira ambas as varas da água e marcha pelo gelo. Observamos enquanto ele recolhe seu equipamento de pesca — balde, varas, linha, anzóis — e vem em nossa direção.

Ele larga tudo aos pés de Ephraim, e então suas mãos se movem rapidamente: o polegar apontando para si, a mão espalmada cortando o ar em sinal de "não", e então o punho na lateral do pescoço como se apertasse um laço.

— Eu sei — diz Ephraim. — Mas Barnabas acredita que sim.

— Não, não é o que eu acredito. Mas me mandaram prender você. O testemunho do Dr. Page foi *incriminador.* — Ele olha para o lado e me encara, como se eu devesse ter compartilhado o que sabia sobre a surra há muito tempo. — E o tribunal ordenou que eu o levasse.

Cyrus o observa em silêncio, depois se vira para Ephraim e gesticula, sinalizando que o pai questione o rapaz.

— E para onde vai levá-lo? — pergunta Ephraim.

— Vassalboro. Ele terá que comparecer diante do juiz Wood. Mas assim que pagar fiança, ele será detido no pátio da cadeia no Forte Western.

— E que prova eles têm? — pergunta Ephraim.

— Prova? Nenhuma, que eu saiba. Apenas o testemunho do doutor Page, que foi corroborado por pelo menos outras cinco pessoas. Então o tribunal investigará o caso.

Agora que Barnabas teve a chance de explicar tudo, sua voz está mais calma, mas ainda parece perturbado. Ele gosta de Cyrus. Tenho certeza disso. E evitou o olhar de Dolly o tempo todo.

Ela, no entanto, não parou de encará-lo desde que chegamos ao lago.

— Você não pode fazer isso! — Mesmo contido, é quase um grito. Dolly não é do tipo que se entrega à histeria. Mas ela tem um temperamento forte e deixa que Barnabas veja isso pela primeira vez.

Ele faz uma careta. Então respira fundo. Barnabas dá um passo em direção a Cyrus.

— Eu não quero fazer isso. Por favor, acredite em mim. Mas se me enfrentar, terei que revidar.

Penso em como ele dominou facilmente James Wall, mas Barnabas nunca viu Cyrus brigar.

— Quando ele deve comparecer diante de Obadiah Wood? — pergunta Ephraim.

— Amanhã.

— E a audiência?

— Será no final do mês que vem. Sexta-feira, 26 de março.

A cabeça de Dolly gira de um lado para o outro enquanto ela acompanha a conversa entre o pai e o pretendente. E a cada segundo que passa, suas sobrancelhas ficam mais franzidas e suas bochechas mais rubras.

— Não! — exclama. — Não vou permitir. Não vai prender meu irmão. Você mesmo disse que ele não fez nada de errado.

— Eu disse que não *acredito* que ele seja culpado. — A voz de Barnabas é apenas um sussurro, e seus olhos permanecem focados em Cyrus. Ele aguarda, tentando avaliar se Cyrus vai fugir. Não é mais o jovem encantador que jantou conosco várias vezes, mas, sim, o eficiente e implacável oficial do tribunal.

— Dolly — adverte Ephraim.

— Pare. — Ela se vira para o pai, e ele pisca, surpreso. Deve ser a primeira vez que ela o desafia diretamente. — Você não pode deixar isso acontecer.

— *Isso* — adverte ele — não tem nada a ver com você.

— Tem tudo a ver comigo — retruca ela.

Dolly se afasta de mim, atravessa a neve congelada e se posta diante de Barnabas. Ela não é tão alta quanto eu, mas endireita a postura o máximo que consegue.

— Não faça isso — pede ela.

— Eu preciso — argumenta Barnabas, sem tirar os olhos de Cyrus.

— *Por favor.*

— Você não entende. Eu preciso...

— Eu entendo *perfeitamente.*

Eu havia me perguntado se seus sentimentos por Barnabas eram fruto de uma paixão passageira. Afinal, ele é o primeiro homem que lhe deu atenção de verdade. E isso tende a confundir a mente de uma garota. Mas, não. Percebo isso em sua voz trêmula. Ela gosta dele, mas ama o irmão.

— Se você o prender, nunca mais vou falar com você. Nem mais uma vez. *Nunca mais.*

É a coisa errada a dizer. E ela sabe disso no momento em que as palavras escapam para o ar frio e cortante. Mas, como eu, ela é teimosa, e não vai recuar agora que tomou uma posição.

Ela fecha os olhos e enrijece a postura. Meu marido tinha razão. Isso não tem nada a ver com Dolly. E o fato de ela se intrometer em um assunto do tribunal decepcionou Barnabas Lambard.

Sua voz está tão fria quanto o gelo do rio quando ele responde:

— Sinto muito em ouvir isso.

Barnabas não vê o tapa chegando. Eu diria que ele ouviu antes de senti-lo. Mas, então, ela já deu meia-volta e está marchando pelo caminho em direção à casa.

Ele está perplexo.

Mas Cyrus está sorrindo.

E Ephraim não consegue decidir se ri ou se vai atrás da filha.

— Cyrus não matou ninguém. — É minha vez de falar.

— Eu sei disso. — A voz de Barnabas sai estrangulada. E ele lança um olhar de desejo para a figura de Dolly se afastando. — Eu sei. E isso se confirmará no tribunal em breve. A senhora verá. Não há nada contra ele. Nem uma única testemunha que o viu perto de Burgess após o baile.

— Então por que o tribunal está fazendo isso?

— Para mostrar que investigaram o caso. Que foram minuciosos. Caso haja perguntas.

— *Estão* fazendo perguntas?

— Sim. Mas não sobre Cyrus. A preocupação é com North. Ele fugiu, e eles não querem que a autoridade do tribunal seja questionada. Aconteceu mais coisas neste condado nos últimos quatro meses do que nos últimos quatro anos. Todos os juízes daquele tribunal estão sob grande pressão.

— De quem?

— Do Supremo Tribunal Judicial.

— Então meu filho está sendo vítima de politicagem?

— Eu gostaria de poder dizer que não.

Ephraim estreita os olhos.

— E você está disposto a fazer parte disso?

— Eu sou o tipo de homem que faz o meu trabalho, senhor Ballard — diz Barnabas, dirigindo seu olhar brevemente para meu marido. — Espero que ao menos possa respeitar isso.

Após esse único olhar rápido, ele volta seu foco para Cyrus. É como se ele estivesse se preparando para a luta. Avaliando se será homem a homem, ou dois contra um. É nítido que ele não está feliz com nenhuma das opções. Mas está pronto para ambas.

— Você vai me enfrentar? — pergunta ele a Cyrus.

Seria uma luta e tanto. E se fossem outros homens — *qualquer* outro, na verdade — eu até pagaria para ver.

A floresta está em silêncio. Tão silenciosa que posso ouvir a respiração de todos presentes. Não há vento. Nem canto de pássaros. Não há guinchar de esquilos nem o som da neve deslizando dos galhos de pinheiro.

Meu filho mais velho dá um passo à frente.

Cerra os punhos.

Sorri, travesso, e, droga, percebo que ele está gostando do impasse.

Então Cyrus estende as mãos, com os pulsos unidos, e espera que Barnabas Lambard os amarre com uma corda.

SELARIA WHITE

Sexta-feira, 19 de fevereiro

A SELARIA QUASE NÃO É VISÍVEL DA ESTRADA. FICA A UM QUARTEIRÃO DA rua Winthrop, no centro de Hook, acessível apenas por um caminho entre montes de neve. Fica anexa a uma pequena casa de tábuas com telhado de madeira, e ouço o estalar de um perfurador de couro, depois o distinto som do cortador de tiras enquanto conduzo Brutus pelo estreito canal de neve enlameada. O lugar todo cheira a couro. Não como um curtume, rançoso e fétido pelo odor de sebo e carcaças, mas um aroma pungente e agradável. Como cintos, bolsas e botas. Jeremiah White também fabrica outros artigos em couro: rédeas e luvas, principalmente. Mas seu ganha-pão são as selas. Ainda uso a que comprei dele há uma década, e deslizo dela ao desmontar Brutus diante do varão.

Após desatar minha maleta, viro à esquerda em direção à porta da frente, já que hoje meu assunto não é com Jeremiah. Mas a porta é aberta antes que eu tenha a chance de bater.

Não vejo Rachel Blossom desde o dia em que a encontrei na companhia de Clarissa Stone e Peggy Bridge, cochichando na loja de Coleman. Ao me ver nos degraus, ela para, sobressaltada. Então, espiando sobre o ombro, ela fecha a porta.

— Quero me desculpar com a senhora também — diz ela, levantando o queixo pequeno e pontiagudo em desafio, como se eu achasse que ela é incapaz de tal gesto.

— Também?

— Acabei de pedir desculpas à Sarah pelo que fizemos naquele dia. A senhora tinha razão. Foi deplorável, e eu sinto muito.

Ela não oferece uma justificativa por suas ações, não acrescenta um "mas" à admissão, e eu a respeito ainda mais por isso.

— Clarissa e Peggy são suas amigas. Pode ser difícil confrontá-las.

— Não deveria. — Ela desvia o olhar. Pisca para conter as lágrimas.

Quando Rachel me olha de novo, pousa a mão na barriga e puxa o vestido para revelar a pequena protuberância. Eu nunca teria percebido de outra forma. Ela deve estar de cinco meses.

— Aceitaria fazer o meu parto? Não quero chamar o doutor Page. Elas também não deveriam ter chamado.

Puxo Rachel para perto e a abraço.

— Claro. Seria uma honra. E sinto muito por Clarissa e Peggy. Se elas tivessem me chamado, eu teria ido.

— Eu sei. — Rachel se afasta e solta um pigarro. — Gosto da Sarah. Espero que ela me deixe voltar a visitá-la.

— Também gosto dela. E acho que ela seria uma boa amiga para você.

Rachel se despede de mim, e eu a observo desaparecer ao dobrar a esquina da rua Winthrop.

Viro em direção à porta e bato, mas não preciso esperar muito até que seja aberta por uma mulher pequena com cabelos grisalhos presos em um coque firme.

— Martha!

— Senhora White. — Cumprimento-a com um movimento de cabeça.

— Entre, por favor. — Ela enxuga as mãos no avental e me conduz para dentro. — Faz tempo que não a vejo. A que devo a honra da visita?

— Na verdade, vim ver a Sarah, se não se importa.

Alice White fica surpresa, mas não comenta.

— Claro. O dia está movimentado para ela. Ela está no quarto com a bebê. Vou chamá-la. Por favor, sente-se.

Sento em uma das duas cadeiras de madeira polida diante da janela e coloco minha maleta embaixo. Ouço sussurros no outro cômodo. Urgentes. Talvez contrariados. Mas não consigo distinguir as palavras. Depois de um momento, Alice retorna.

— Ela já vem — anuncia. — Não se incomode comigo.

Não há um cômodo para o qual a mulher possa se recolher, então ela pega seu tricô, vai até a mesa da cozinha e começa a espalhar as lãs e as agulhas com gestos exagerados.

Sarah White mora com os pais e ainda dorme no mesmo quarto que ocupava quando criança. Mas agora há um berço encostado na parede e uma aura geral de tristeza permeando a casa. Após alguns minutos, ela surge na sala, a bebê aninhada no braço esquerdo enquanto ela tenta abotoar a blusa com a outra mão.

Ela se junta a mim em frente à janela enquanto a Sra. White tricota um par de meias e finge nos ignorar.

— Que bom ver você — diz Sarah.

— Igualmente. — Pego a menina rechonchuda dos braços de Sarah e ajeito o cobertor ao redor de seu rosto. — Vocês duas parecem estar bem.

— Desculpe por demorar tanto. Eu estava amamentando.

— Imaginei.

— Ela mama muito. O tempo todo! Mas não faz diferença. Ainda estou produzindo mais leite do que um bebê é capaz de tomar. Parece… — ela faz um gesto no ar — …infinito.

— Considere-se abençoada. Conheci muitas mulheres que secaram antes mesmo de o bebê completar nove meses. Amamente o máximo que puder. Será bom para vocês duas.

Costumo dar esse conselho pela saúde do bebê e também para ajudar a jovem mãe a recuperar a forma. No entanto, Sarah não parece ter problemas nesse sentido. Seu vestido revela a mesma silhueta de ampulheta que ela exibia antes, talvez um pouco mais volumosa na parte de cima.

Sarah me encara, seus grandes olhos curiosos.

— Eu soube o que aconteceu com Cyrus. É ultrajante. Ele está bem?

Embora eu odeie que a notícia de sua prisão tenha se espalhado, fico feliz pelo interesse de Sarah.

— Ele está bem, na medida do possível. O pátio da prisão é difícil no inverno. Com tão poucas horas entre o nascer e o pôr do sol, é complicado conseguir um dia inteiro de trabalho. Mas tenho certeza de que as acusações serão retiradas. Cyrus não teve relação com o assassinato de Burgess.

Ela abaixa a voz para quase um sussurro, para que a mãe não ouça.

— Você tem certeza de que foi um assassinato?

— Sim.

— Ótimo — diz ela, então sorri carinhosamente para a filha. — Já foi tarde!

— Sarah… — Ajeito a bebê nos braços e me inclino mais perto. — Você já teve problemas com Joshua Burgess?

— Nada muito diferente do que fazia com todas as mulheres. Ele não tirava aqueles olhos de cima de mim. Mas teve uma vez que ele… — Ela cora e olha para a janela, mas parece mais irritada do que envergonhada.

— O que ele fez?

— Ele me ofereceu dinheiro. Para ir para a cama com ele.

Um nó se forma em meu estômago.

— Ah, Deus. Os honorários que você me pagou no mês passado…?

— Não. Eu recusei, é claro. Mas ele ficou furioso. Disse que agora eu era uma prostituta e não podia ser exigente.

— Ter um filho fora do casamento não faz de você uma prostituta.

— Eu sei disso, foi o que eu disse a ele.

— Ele a ameaçou?

— Não. Mas sempre que eu estava na cidade, ele ficava à espreita. Sempre observando. Isso me assustava. Então não fiquei triste quando soube sobre a morte dele. E menos triste ainda quando você disse que foi assassinado.

— Você não é a única.

— Mas tenho pensado sobre o que ele me falou, que não posso ser exigente. Ele estava errado. Eu *tenho* que ser exigente. — Ela aponta para a criança. — Porque agora eu tenho ela.

A criança em meus braços é incrivelmente bonita. Bochechas rechonchudas. Olhos arredondados do mesmo tom azul-acinzentado da mãe. Cabelo castanho-claro, que já começa a formar cachinhos. Dedos roliços e cheios de covinhas. E tão sorridente! Ela mostra as gengivas para mim, encantada por ser tão admirada.

— Que nome você deu a ela? — pergunto, minha voz agora em um tom normal.

— Charlotte. Em homenagem à avó. — Sarah olha para a mesa, percebe o desconforto no rosto da mãe, e adiciona: — Por parte de pai.

— Ah. — Não sei o que dizer, pois cada palavra parece uma armadilha.

— Henry *vai* voltar. — Sarah me encara com a convicção que apenas uma mulher desprezada pode evocar. — Estou esperando por ele. Ele *prometeu* voltar. E vai se casar comigo.

Se sonhos fossem cavalos, todos os mendigos seriam cavaleiros, penso. É o que minha mãe costumava dizer quando meus devaneios extrapolavam a realidade. Guardo o ditado para mim. Não faria bem algum a Sarah e ainda a deixaria magoaria.

Charlotte está com oito meses, e esta é a primeira vez que ouço Sarah mencionar o nome do pai, ela havia se recusado a fazê-lo na sala de parto. Mas estou curiosa. Há vários Henrys na região, e é possível que Sarah tenha inventado a história sobre o pai de sua filha pertencer à milícia para proteger um homem casado aqui mesmo de Hallowell. Não é algo inédito.

— Henry? — instigo.

Sarah percebe aonde quero chegar. Sabe que estou tentando extrair mais informações.

Ela ergue o queixo.

— Henry Warren.

Sinto um imenso alívio. Não conheço nenhum homem na região com esse nome.

— Major Henry Warren — acrescenta — da milícia de Boston.

O nome leva um momento para assentar em minha mente. Como uma pedra lançada no fundo de um lago. Então, lá está, a compreensão do que ela acaba de revelar.

Ah.

Major Henry Warren é o nome do homem que o juiz North forneceu ao tribunal à corte como álibi para a noite em que Rebecca foi estuprada. Esse é o homem que abandonou Sarah, grávida, e manchou sua reputação. Ela percebe a expressão de consternação em meu rosto, mas não sabe o motivo.

— Ele *vai* voltar — insiste.

Acaricio a cabeça de Charlotte. Sorrio. Ela retribui com um sorriso sincero, tão feliz que quase salta do meu colo.

— Por isso que você não foi ao baile?

Sarah assente.

— Ele não quer que eu aja como se fosse uma mulher desimpedida.

Alice White me observa — percebo seu olhar em minha visão periférica —,desafiando-me a encerrar o assunto perigoso, que só alimenta as ilusões da filha, mas mantenho os olhos fixos em Sarah. Afinal, estou aqui por ela. E não é da minha conta o que acontece entre mãe e filha. Não vou me intrometer.

— Bem — acrescento. — Tenho uma ideia que pode ajudá-la a passar o tempo.

E receio que possa ser um longo tempo, penso.

— Do que está falando?

— Algo me ocorreu quando a vi na taberna no mês passado...

— Ganhei cada xelim honestamente...

— Não duvido disso nem por um segundo — digo, levantando a bebê para apoiá-la no ombro. Dou tapinhas nas costas até que um arroto rouco irrompe e, para minha surpresa, uma risadinha.

— O que é, então?

— Tem a ver com o doutor Coleman.

Sarah espera, incerta de onde quero chegar.

Limpo a garganta.

— Ele está envelhecendo. E sua visão está começando a falhar. Não é um inconveniente para organizar o inventário da loja. Ele tem um sistema e sabe onde está tudo. Mas está tendo problemas com os registros contábeis.

— Não entendo o que está querendo dizer.

— Acho que você poderia auxiliá-lo com isso. Ele mencionou que pretende contratar um garoto para ajudá-lo. Talvez você possa se candidatar.

— Mas não sou um garoto.

— Eu sei.

Sarah olha para suas mãos. Abre os dedos amplamente, então os fecha em um punho.

— A senhora sabe que eu nem sei ler.

— Sim. Esse é o único problema?

— O único? Seria o mesmo que precisar falar latim.

— Ora, mas isso não a ajudaria em nada. Coleman é muito preconceituoso em relação às línguas românicas. Ele prefere inglês, pela origem germânica. E aprender a escrever não é tão difícil assim.

— Como? — Há dúvida, e uma pitada de interesse, na voz de Sarah, e ela se inclina um pouco para frente.

— Posso te ensinar.

O obstáculo seguinte se apresenta na forma de Alice White.

— Isso é um absurdo! — interrompe ela. — Que ideia sem sentido. Sarah não precisa aprender a fazer contas ou escrever.

— Por que não? — pergunto, virando-me para o rosto irritado e contraído da mulher.

— Simplesmente porque não há motivo para isso.

— O que ela deveria fazer, então?

Alice aperta a mão na agulha de tricô.

— Cuidar da filha.

— O que ela está fazendo muito bem. É óbvio só de olhar para Charlotte. E saber ler não interferirá nisso de forma alguma. Mas pode — acrescento com todo cuidado, como se estivesse caminhando no fio de uma navalha — oferecer *oportunidades* para ela. Uma fonte de renda e uma maneira viável de sustentar a filha sozinha.

Agora é minha vez de encarar Alice. Com os olhos arregalados e os lábios contraídos, desafiando-a a me contradizer.

Poderia mantê-la longe de problemas, quero gritar. *Poderia distraí-la dessa esperança tola de ver o pai dessa criança novamente.* No entanto, só admito a verdadeira razão para mim mesma. *E Cyrus não pode cortejá-la, se ela não souber ler.*

Alice é esperta o suficiente para entender meu olhar severo.

— Como a senhora faria isso? — resmunga ela.

Devolvo Charlotte para a mãe e me abaixo para tirar um pequeno livro da minha maleta médica

— Da mesma maneira que aprendi — digo a ela. — E da mesma maneira que ensinei cada um dos meus filhos.

Estendo o livro para que elas vejam. A capa diz: *Cartilha da Nova Inglaterra: Um guia fácil e agradável para a arte da leitura.*

O olhar de Sarah é ávido, mas há incerteza em sua voz quando ela pergunta:

— Não acha que estou um pouco velha para aprender?

— De jeito nenhum. Eu tinha mais ou menos a sua idade quando aprendi.

Sarah franze a testa.

— Quem a ensinou?

— Meu marido — respondo. — Depois que nos casamos.

SERRARIA BALLARD

Quarta-feira, 24 de fevereiro

Lidia North está em terrível sofrimento. As dores de cabeça ficaram mais frequentes, e ela está sem tônico há um tempo. Por isso veio até a Serraria Ballard sem o conhecimento — ou o consentimento — do marido. A fuga dele de Hallowell no mês passado sem dúvida facilitou essa parte. Mas só Deus sabe o que ela fez para aliviar a dor implacável nesse meio-tempo. Quando as dores a acometem, Lidia costuma se fechar no quarto escuro e ficar na cama. Às vezes, por dias a fio. Eu a vi apenas três vezes desde setembro, quando ela comprou o último frasco: uma quando ela e North passaram por aqui a caminho de Vassalboro, e duas no tribunal.

O céu está escuro e sombrio, flocos de neve grandes e espessos caem até o chão como folhas de outono, mas Lidia protege os olhos com a mão como se o sol brilhasse. Ela para na soleira da porta, incerta. Da minha poltrona diante da lareira, vejo que seus olhos estão lacrimejantes de dor, que Lidia está zonza e enjoada por causa da doença. Suas mãos tremem. Seu rosto está pálido. Mas mesmo assim, não consigo convidar a esposa do Juiz North para entrar em nossa casa. Por duas vezes, a mulher mentiu em nome dele.

É Ephraim quem lembra das boas maneiras.

— Por favor, entre, senhora North — diz ele.

— Obrigada.

Lidia tira a capa e as luvas. Entrega-as a Ephraim. Então, com um gesto cauteloso da cabeça, ela anda até mim e se senta à cadeira oposta à minha.

— Martha.

— Lidia.

Ah, essa dança infeliz. Gentilezas e formalidades. Não quero fazer parte disso. Então, sou direta e mais cruel do que pretendo em minha abordagem.

— Seu tônico acabou? — pergunto.

— Sim. Meses atrás. Mal consigo raciocinar, na maioria dos dias. Minha cabeça lateja como se alguém a martelasse. Não consigo dormir. Mal consigo comer. *Por favor* — Lidia coloca uma bolsa de couro em cima da mesinha que está entre nós, e posso ouvir o tilintar metálico das moedas —, pagarei o quanto quiser.

Embora sejamos vizinhas há muitos anos, Lidia e eu nunca fomos próximas. Com certeza, não somos *amigas*. No entanto, sempre fomos cordiais, cada uma respeitando a posição da outra. O que mais me incomoda nela — além de sua lealdade inabalável a um homem que desprezo — é que Lidia North é uma mulher fraca. Tímida. Medrosa. Ela não tem firmeza de espírito, nem opiniões próprias. Preciso que meus amigos sejam *interessantes*. Que tenham mais vivacidade e vigor.

Tento manter o tom de voz livre de julgamento.

— Posso fazer uma pergunta?

— Claro.

— Tem a ver com seu marido.

Lidia estreita os olhos, mas concorda.

— Está bem.

— Major Henry Warren?

— O que tem ele?

— Ele jantou com vocês no dia 10 de agosto?

Seus olhos se estreitam mais uma vez.

— Sim.

— Você se lembra disso? Especificamente daquela noite?

— Eu não mantenho um livro de visitas, se é isso que está perguntando.

Ela não se recorda daquela noite, penso. *Está apenas repetindo o que North a instruiu a dizer.*

— Estava acordada, Lidia? Você disse ao tribunal que Joseph estava em casa com você o tempo todo. Mas você estava realmente acordada e o viu lá?

— Claro que ele estava em casa.

— Não foi o que perguntei.

Lidia puxa o lábio inferior para dentro da boca e o morde com a ponta dos dentes.

— Meu marido não fica perambulando por aí. E não preciso ficar acordada a noite inteira para saber a verdade.

— Então você mentiu?

— Claro que não! — Sua voz falha. — Ele não pode ter feito aquilo do que o acusam.

Eu me inclino para a frente, pressionando-a com palavras.

— Estava acordada?

Leva longos segundos para que ela admita a verdade. Lidia balança a cabeça.

— E pretende admitir isso no julgamento?

Ela balança a cabeça com mais força dessa vez.

— *Não.* E ninguém pode me obrigar. Sou esposa de um juiz, afinal, e conheço a lei. Não posso ser compelida a incriminar meu marido.

— Então não aceito seu dinheiro — digo, empurrando a pequena bolsa de couro de volta para ela —, porque não farei seu tônico.

A mulher fica perplexa.

— Como pode fazer isso? Como pode ser tão cruel?

— Se sou cruel, estou apenas seguindo seu exemplo. Você não contará a verdade sobre aquela noite, nem dirá ao oficial do tribunal para onde seu marido fugiu.

— Eu já disse a eles! Pelo menos uma dezena de vezes — grita. — Joseph foi para Boston a negócios.

— Uma mentira bastante conveniente.

— A única mentira é a contada por aquela mulher. Ela está mentindo. Joseph nunca tocaria em alguém da maneira que ela afirma. Mas nossos amigos e vizinhos acreditam nele? Não! Eles aceitaram a palavra da esposa de um herege. Uma mulher que vive nesta cidade há menos de cinco anos. E agora a própria corte em que meu marido atua está atrás dele? Onde está a justiça nisso, Martha Ballard? *Diga.*

— Vou repetir o que disse no tribunal. O que vi com meus próprios olhos. Rebecca não está mentindo. Ela é quem está sofrendo a verdadeira crueldade. E você perceberia isso se apenas se importasse em saber para onde seu marido vai à noite.

— Eu conheço Joseph! E conheço a lei — diz ela, em um misto de choro e raiva —, e não tenho que contar a ninguém para onde ele foi. Não a você. E certamente não a esse frangote oficial do tribunal. Não se isso significar agir contra meu marido.

— Então volte quando estiver pronta para dizer a verdade.

Ouço o vento aumentar lá fora e os flocos de neve rodopiarem e sibilarem pelo ar, sendo lançados contra os vidros das janelas onde grudam, depois derretem. Um trovão ruge ao longe.

Lidia North se levanta, cambaleante, lágrimas escorrem por seu rosto.

— Você se acha *tão* esperta. Acha que entende tudo. Mas nunca faz as perguntas certas, Martha. Com certeza não para a sua protegida Rebecca.

Você ao menos se lembra de como era o distrito do Maine antes da guerra contra os franceses e os índios? Lembra? Porque Joseph se lembra. Ele lutou para livrar o Kennebec daquela praga. Samuel Coleman estava lá, ele lutou com Joseph. *Ele* poderia lhe contar. Mas, não, você só ouve a Rebecca. E ela traz essa gente de volta para esta cidade? — Lidia balança a cabeça. — Aquela mulher merecia tudo o que recebeu. Mas meu marido não teve nada a ver com isso. Diga a ela, Ephraim! Diga à sua esposa que ela está errada. Sobre tudo. Diga a ela para fazer o tônico.

— Minha esposa tem pensa por si mesma, senhora North — diz Ephraim. Então ergue a cabeça e olha diretamente para mim. — E direi apenas para ela seguir sua consciência.

Durante toda a conversa, Ephraim esteve sentado à mesa da cozinha, debruçado sobre o livro-caixa, fazendo o balanço das contas. Mas quando Lidia atravessa o cômodo e pega sua capa no gancho, ele a ajuda a se vestir. O esforço físico para vir até aqui deve ter exigido toda sua reserva de energia.

— Esperava mais de você, Martha — diz ela, vestindo as luvas e saindo pela porta.

Assim que ela a fecha, Ephraim se vira para mim. Encosta-se no batente.

— Eu também.

Tão raras foram as vezes em que fui repreendida por meu marido nestes últimos trinta e cinco anos que posso sentir o calor inundando minhas bochechas.

— Você queria que eu fizesse um tônico para ela? Depois de ela mentir no tribunal? Quando essas mentiras podem muito bem significar a diferença entre North enfrentar a justiça ou sair ileso?

Ephraim volta para a mesa, recolhe o livro-caixa e o coloca debaixo do braço, há tristeza em sua voz quando ele diz:

— Não pensei que você fosse do tipo que puniria os inocentes pelos pecados dos culpados.

FORJA CLARK

Sinto dor na consciência e estou terminando de vestir minha saia e capa de montaria para sair atrás de Lidia — ela não pode ter ido longe — quando há uma batida na porta. Punhos enormes golpeiam as tábuas de madeira. Posso vê-las tremer a dez passos de distância.

Quando a abro, encontro John Cowan batendo os pés no piso de pedra para tirar a neve. Ele observa minha vestimenta, assentindo uma vez em aprovação.

— Ótimo — diz ele —, já está pronta.

— Para quê?

— Para cavalgar.

Leva um momento. Minha mente está em outro lugar, e eu não esperava o jovem aprendiz de ferreiro. Então leva cinco segundos inteiros para eu perceber que um dos Clark precisa da minha ajuda.

— Qual deles está doente? — pergunto por cima do ombro enquanto vou buscar minha maleta médica.

— Mary — responde ele, e então acrescenta: — a bebê. Ela está tendo convulsões.

John Cowan não se incomodou em trazer a carroça desta vez, optando por montar Sampson, o cavalo de tração de Charles Clark. Mais bem adaptado para o arado, ele parece ridículo com uma minúscula sela em seu dorso largo, como se alguém tivesse raspado um quadrado nos longos pelos de um touro Highland. Ele bate o casco no chão, impaciente.

— Deixe-me pegar Brutus e podemos partir.

— Não precisa. Seu marido já foi buscá-lo.

— Como...

— Passei pelo moinho a caminho daqui. Contei que precisavam de seus serviços.

E posso ver que é verdade, pois assim que chego ao portão do jardim, Ephraim desce pela estrada do celeiro, conduzindo Brutus. Se ele está arrependido por suas palavras duras, não demonstra. Simplesmente me ajuda a montar e nos deseja sorte enquanto seguimos pela estrada. Olho para trás uma vez, esperando encontrar seus olhos, mas ele já se virou para o moinho.

Posso suportar as desavenças com metade da cidade, mas isso — a decepção de Ephraim — me machuca. Mas esse assunto terá que esperar.

A galope, leva menos de dez minutos para chegar à forja, e então John leva os cavalos até o celeiro para dar água e feno enquanto caminho em direção à casa. Posso ouvir Betsy Clark chorando do outro lado da porta, por educação, bato mesmo assim. Às vezes as pessoas preferem guardar suas lágrimas para si mesmas. É uma escolha que tento honrar sempre que possível.

Charles abre a porta com uma das mãos e vejo a bebê aninhada no outro braço. O casal suspira aliviado ao me ver.

— Entre — pede ele. — Por favor.

Tiro a capa de montaria e coloco a maleta no chão.

— Qual é o problema?

— Começou ontem à noite — explica Betsy. — No início pensei que era apenas calafrio. Sabe, como eles fazem às vezes quando a fralda está molhada? Mas então ela fez de novo, mais tarde. E mais uma vez, no meio da noite; e nessas duas vezes, a fralda estava seca.

— Piorou agora de manhã — acrescenta Charles.

Eu me sento ao lado do fogo e estendo a mão para o pacotinho em seus braços. Ele me entrega a bebê, e eu a aninho em minhas pernas — a cabeça em meus joelhos, os pés contra minha barriga — para que eu possa desenrolar a manta. Mary Clark ainda está magrinha, mas cresceu e agora ocupa todo meu colo.

— Quando foi a última convulsão? — pergunto.

Betsy funga e limpa suas bochechas molhadas com o dorso da mão.

— Faz uma hora. Um pouco antes de mandarmos John chamar você.

A cabana está quentinha, e a bebê não protesta quando a manta é removida. Não há sinais de ferimentos. Nenhum inchaço. Nenhum hematoma. Ela me olha com olhos grandes e redondos enquanto examino seu corpo. Apalpo as pernas e as costas. Os braços. Aperto gentilmente o torso e deslizo os dedos pelo lateral do pescoço dela, ao redor das orelhas.

— Ela caiu? Da cama, talvez?

A bebê é muito nova para se virar sozinha, mas às vezes pode haver uma queda acidental.

— Não.

Pressiono os dedos levemente contra a base do pequeno crânio. As têmporas. O topo da cabeça. Não parece haver qualquer inchaço.

— Alguém a deixou cair? Uma das meninas, talvez?

Betsy balança a cabeça.

— Elas costumam carregá-la até você? Alguma vez enquanto chorava? Ou a pegaram no colo sem você saber?

Ela hesita. Olha para Charles.

— Vou perguntar — diz ele, e entra no quarto onde as outras duas filhas estão brincando silenciosamente, como foram instruídas.

— Elas jamais fariam isso — sussurra Betsy.

— Não teria sido de propósito.

Charles volta um momento depois.

— Nenhuma delas a deixou cair. Elas juram.

— E você tem certeza de que estão falando a verdade?

— Sim. Ambas são péssimas mentirosas. — Ele quase sorri. — Herdaram isso da mãe. Nenhuma delas tem talento para mentir.

Assim que termino meu exame, acontece novamente. A pequena Mary Clark fica rígida e imóvel em meu colo, e então há um repentino espasmo muscular. Seus olhos reviram até que vejo só o branco. Betsy chora. Charles praguejа. Seguro a cabeça da criança com uma das mãos e coloco a outra em sua boca para garantir que a língua não enrolou e obstruiu a passagem de ar. Mas, não, então aperto Mary firmemente contra o peito. Consigo sentir seus quatro quilos tremelicando contra minhas costelas.

Quarenta e cinco segundos. É o tempo que dura a crise. E quando cessa, Mary não chora. O rosto está tranquilo e os olhos encaram o teto, sem foco.

— Não acho que isso tenha sido causado por alguma lesão — digo.

— E então? — questiona Charles. É estranho ouvir a voz de um homem daquele tamanho trêmula de medo.

Acho que sei o que é, mas não tenho certeza. E ainda não quero compartilhar minha opinião. Se eu estiver certa, esta é uma doença que nunca tratei. Uma doença que talvez nem seja tratável.

— Chame John para mim — peço a Charles.

Ele hesita, curioso, mas obedece e logo está de volta com seu aprendiz a reboque. Ele estava trabalhando na bigorna e usa um pesado avental de couro. Suor pinga de sua testa.

— Pois não, senhora Ballard — prontifica-se.

— Sampson ainda está selado? — pergunto.

— Não.

— Então pode pegar o Brutus, mas tenha cuidado… — digo, notando sua expressão assustada. — Ele morde. E já jogou no chão todos os cavaleiros que o montaram. Se preza pela sua vida, não puxe as rédeas com muita força.

John Cowan engole em seco.

E para onde devo ir?

— Para Burnt Hill. Preciso que traga a Doutora aqui.

— Eu não sabia que ela fazia visitas domiciliares. — John olha para a bebê e de volta para mim. — Dizem que é preciso ir até ela, e não acho que Mary...

Ele não quer dizer em voz alta, e eu não o culpo.

— Vamos tentar que ela abra uma exceção. Diga a ela que Martha Ballard está implorando que ela venha com você.

* * *

Leva quase duas horas até ouvirmos o bater de cascos. John acompanha a Doutora até a porta, com uma expressão atordoada que eu esperaria de um homem que acabou de ser amarrado em uma carruagem e lançado de um penhasco. Eu me senti da mesma forma na primeira vez que montei o Brutus a toda velocidade.

— Por favor, entre — diz Charles, sinalizando para a Doutora. — Vou ajudar John com os cavalos.

Foi demais para Charles. Ele andou de um lado para outro enquanto a esposa amamentava a bebê. Continuou andando enquanto eu trocava a fralda. Não parou quieto o tempo todo que esperamos. Em certo momento, ele tentou me entregar o pagamento pelo parto da criança — em atraso —, mas recusei, fechando sua mão em torno das moedas e dizendo que pagasse a Doutora. Então, ele andou de um lado para o outro mais uma vez, com medo do que isso poderia significar. Portanto, a tarefa de cuidar dos animais é um alívio para ele. É algo que ele pode *fazer*, e, como todos os homens, é isso o que seu instinto lhe diz.

Faça alguma coisa! E conserte tudo que puder, diabos, grita a mente de um homem. Em sua maioria, eles são inúteis em momentos como este. E é um alívio para todos nós quando Charles e John se retiram. Betsy relaxa, assim como a Doutora. Ela pendura a capa de montaria no gancho ao lado da minha e se senta conosco.

— O nome dela é Mary — digo, entregando a bebê envolta na manta. — As convulsões começaram ontem.

A Doutora coloca a bebê no colo, exatamente como eu fiz, mas é muito mais cautelosa. Ela se volta para Betsy e pergunta:

— Posso examiná-la?

Estou ciente de que nunca pensei em pedir permissão.

— Claro — responde Betsy.

Somente após a autorização, a Doutora despe a criança e começa o exame. É algo fascinante de se observar. Ela procura por lesões, como eu fiz, cutuca e apalpa nos mesmos lugares. Mas então ela vira a bebê de bruços sobre o antebraço e desliza a ponta do dedo indicador ao longo da coluna, checando se há deformidades em cada vértebra. E durante todo o tempo, a Doutora sussurra baixinho.

Alguns minutos depois, Betsy se inclina em minha direção.

— O que ela está dizendo?

Dou de ombros.

— Não falo francês.

A voz da Doutora tem um tom grave e calmante, e logo os sussurros se transformam em uma canção. Uma cantiga de ninar de algum tipo, murmurada enquanto ela inclina o ouvido no peito da bebê. Escuta sua respiração. Observo a Doutora contar cada batimento cardíaco com o tamborilar do dedo.

A convulsão seguinte não é tão violenta quanto a anterior, mas, ainda assim, Betsy se agita na cadeira como se tivesse sido picada por uma vespa. Pode ser que ela nunca se acostume com isso. No entanto, a Doutora permanece calma enquanto Mary se contorce em seu colo. Ela segura os braços da bebê e a ouço contar em francês, embora eu não saiba os números além do três.

— *Trois. Quatre. Cinq. Six. Sept. Huit. Neuf. Dix...* — Ela continua, até que a convulsão cesse. — *Vingt-trois.*

Quando a crise passa, a Doutora veste e enrola Mary na manta novamente, então a devolve à Betsy.

— Dê o peito, se ela aceitar. É a melhor coisa para ela agora. Mas, se ela tiver outra crise, pare.

Conforme orientada, Betsy desabotoa a blusa e coloca a bebê no seio. Mary agarra, embora não com tanta força quanto eu gostaria.

A Doutora me olha e faz um gesto com a cabeça.

— Vamos conversar lá fora.

* * *

A neve se transformou em chuva, e paramos do lado de fora da cabana, desprotegidas da cascata de água. A Doutora veste sua capa. Calça as luvas. Depois de um momento, aponta com a cabeça para minha saia de montaria.

— Isso é muito prático.

— É fácil de fazer — digo. — Posso te ensinar.

— Talvez na próxima vez.

Charles se aproxima a passos pesados, vindo do celeiro. Ele olha para mim e então entrega à Doutora um pequeno saquinho de couro cheio de moedas.

— Seu pagamento — diz, e então se afasta para ver a esposa e a filha.

A Doutora olha para a porta em que ele acaba de entrar.

— Ele é um homem gentil.

— Ele está aprendendo — digo, mas decido não incomodá-la com a história. — Já ouvi falar de crianças, adultos também, com essa condição. Mas não sei como chama. Só conheço como "convulsões".

— Acredito que ela tenha a doença da queda — diz a Doutora, e acrescenta: — Epilepsia. Às vezes, desaparece sozinha. Outras, não. O tempo dirá.

— Você já viu isso antes?

— Algumas vezes. Na França. Principalmente em crianças. Muitas vezes, as convulsões vêm em sequência. Muitas em um dia. Ou por vários dias seguidos. Depois, param. Pode passar semanas ou meses até vir novamente. Com sorte, as crises desaparecem depois da infância.

— São fatais?

— Podem ser.

— Não há tratamento? Nada que eu possa dar a ela?

— *Oui*. Valeriana. Escutelária. Rábano-picante. Em várias tipos de preparos. Há outras ervas também, mas nenhuma cresce por aqui. E eu não as daria para uma criança, de qualquer maneira. *Les herbes* podem fazer mais mal do que bem. Ela é muito jovem.

— Quando, então? Que idade ela precisa ter?

A Doutora não está disposta a dar uma resposta exata.

— Só depois da infância... se ela viver até lá.

— Ela sofrerá sequelas? — Toco minha têmpora esquerda com o dedo. — Aqui?

Ela me dá um sorriso fraco.

— Não sei dizer.

Quando ergo os olhos, Betsy Clark está na janela, com a cabecinha de Mary apoiada em seu ombro, observando.

— Acho que devemos contar a eles.

— *Non*. Você conta. Eles são seus amigos. Seus pacientes. Eles chamaram *você*.

— E eu chamei você.

— Por isso eu vim. Caso contrário, não teria interferido.

— Obrigada. Estou muito grata por isso.

— Fico feliz em ajudar — diz a Doutora. — As pessoas nesta cidade te reverenciam. É por isso que às vezes elas recorrem a mim, sabe.

— Não. Eles a procuram porque você é mais habilidosa.

Ela encolhe os ombros como se o ponto estivesse aberto ao debate.

— Elas vêm até mim quando querem preservar a boa reputação.

— Nem todos os segredos são ruins — argumento.

— Só porque um segredo não é ruim, não significa que seja inofensivo. Falando nisso, como está sua outra paciente? A senhora Foster?

— Tão mal quanto o esperado. E dará à luz em breve.

A Doutora põe a mão em meu ombro. Sorri.

— *Bon courage.*

Bon courage. Tenha coragem. Coragem é bom, penso, desejando ter mais do que apenas migalha para oferecer.

Enquanto a Doutora caminha até o celeiro para pegar Goliath, a chuva fica mais forte e fria, como pedras arremessadas por um menino zangado.

Granizo.

Inferno, por que não tornar um dia ruim ainda pior?

Epilepsia.

Agora faz muito mais sentido. Eu li sobre essa doença em três peças diferentes de Shakespeare, mas não sabia o que significava. Brutus comenta que Júlio César "sofre de ataques". Otelo rugiu e espumou como sofresse "um ataque de epilepsia". E, em *Rei Lear,* Kent discute com Cornualha chamando-o de "a peste nessa cara de epiléptico". Sempre se pode contar com o Bardo para nomear algo que até então não tinha nome. No entanto, essa compreensão não é uma vitória.

Volto para a cabana para dar a notícia a Betsy e Charles.

* * *

Quarta-feira, 24 de fevereiro — Nevou, choveu e caiu granizo. Fui chamada para ver a filha de Charles Clark, que está sofrendo de ~~convulsões~~ epilepsia.

NINHO DOS ROBBINS

Domingo, 28 de fevereiro

— Eu disse ao doutor Page que os serviços dele não seriam necessários hoje — informa a Sra. Ney. A austera governanta de cabelos grisalhos fecha a porta do quarto atrás de mim, acrescentando: — Ele não ficou muito contente.

— Não me importa o que o deixa contente — diz Eliza Robbins, entredentes, o ar sibilando a cada respiração enquanto a contração a domina. Ela está em pé diante da janela, as mãos sobre a barriga. Mesmo em trabalho de parto, consigo ouvir a sofisticada cadência de uma inglesa bem-educada. — Não vou deixá-lo chegar perto de mim.

— Seu marido também não ficou feliz. Afinal, foi ele quem chamou o doutor Page —adverte a Sra. Ney.

Eliza revira os olhos.

— Ele não pode opinar nesse assunto, a não ser que ele vá parir esse filho.

Garota esperta, penso. Apesar dos lentos avanços da obstetrícia moderna, ainda é — felizmente — prerrogativa da mulher decidir quem fará o parto. Embora eu me preocupe que isso também mudará.

A Sra. Ney parece imperturbável.

— Dr. Page não foi embora. Está fazendo companhia ao senhor Robbins lá embaixo.

Eliza bufa.

— Fumando cachimbos, com certeza.

— Estão tentando fazer anéis de fumaça. A sala de estar terá que ser arejada amanhã.

— Homens de Harvard. — Eliza balança a cabeça. — Sempre tentando parecer homens de Oxford.

Ela solta um gemido, profundo e gutural, então me levanto da cadeira e me aproximo da jovem mulher para garantir que ela não caia.

— Estou bem — diz ela, com a voz rouca de dor. — É só que este... gggrrrr.

Não sei por que ela ainda está de pé. A maioria das mulheres — especialmente as mães de primeira viagem — se recusa a andar pelo quarto depois de iniciadas as contrações. Eliza ainda está na fase da dilatação, mas está perto do expulsivo — a bolsa finalmente rompeu uma hora atrás — e ela caminha de um lado para o outro diante da janela, com as mãos na lombar, deixando rastros com as pegadas molhadas.

Ela veste apenas camisola, e seus belos cabelos castanhos estão soltos, formando cachos na testa úmida. Sob a luz quente da lareira e das velas espalhadas pelo quarto, ela parece saída de uma pintura renascentista. Bochechas rosadas e corpo arredondado. De vez em quando, atendo uma paciente que transforma o parto em algo belo. Transmitem tudo que o momento realmente é, em seu estado mais elementar — algo certo e natural — e não consigo deixar de me maravilhar.

A família de Eliza Robbins não está presente — ou pelo menos ninguém que seja parente de sangue. A Sra. Ney — que já foi sua tutora e agora é a governanta — tem sido sua amiga e sua família desde que Eliza nasceu, em Manchester. Quando a jovem se casou com Chandler e se mudou, primeiro para Boston e depois para Hallowell, sua lépida e fiel escudeira a acompanhou, e está tão à vontade na sala de parto quanto estava diante do fogão a lenha. Não é o senso de dever que move a Sra. Ney, mas a devoção. Ela, que ficou viúva muito jovem, não tem filhos. Então é por Eliza que ela vive, e em breve, o filho que ela carrega herdará essa devoção.

Após minha chegada, a Sra. Ney me examinou da cabeças aos pés, e declarou que eu era uma escolha adequada. E, por isso, Eliza Robbins não questionou minhas instruções nem sequer uma vez.

— Posso perguntar *por que* dispensou o Dr. Page? — questiono.

Eliza responde com outro grunhido, arqueando as costas e agarrando-se ao batente da janela para se apoiar. Após trinta segundos, a contração abranda e ela inspira fundo.

— Porque Grace Sewell me disse que ele é um idiota. Ela me contou que ele quase a matou com todo aquele láudano. Falou que você estava certa sobre tudo, mas ninguém quis ouvir, nem mesmo ela. — Eliza finalmente se aproxima da cama, e nós a ajudamos a se recostar nos travesseiros. Ela suspira de alívio. — Este pode ser meu primeiro filho, senhora Ballard, mas sou a mais velha de cinco irmãos, e presenciei o nascimento de vários deles. Não foi, Ney?

— Com certeza.

— Chandler e eu tentamos ter este bebê por dois anos, e não quero que algum médico incompetente me mate antes que eu possa vê-lo.

Chandler Robbins é natural de Boston — como tantos dos novos moradores de Hallowell — e, assim como seu amigo David Sewell, é graduado em

Harvard. Mas, enquanto Sewell tinha como objetivo iniciar um negócio do outro lado do rio, Robbins tem se dedicado há vários anos a construir um estaleiro na península de Bumberhook Point, cerca de dois quilômetros ao sul de Hook. Como todo bom empreendedor, ele sabe que a lucrativa indústria naval depende de matérias-primas, transporte fácil e fontes de energia disponível. O Kennebec lhe proporciona os três. Hallowell e seu próspero comércio de madeira fornecem o resto. Ele é dono da península e de tudo o que há nela, mas sua casa é em Hook, na rua Water, com vista para o rio. Situada no alto de um declive, foi apelidada de Ninho dos Robbins, sem dúvida uma referência tanto à sua posição elevada quanto ao cesto da gávea, também conhecido como ninho de corvo, no topo de cada navio que Chandler constrói.

Apesar de toda sua riqueza e proeminência, ele escolheu uma esposa que — à primeira vista — parece estar abaixo de sua posição. Eliza não é bonita. Lembra uma coruja com seus grandes olhos castanhos e cabelo emplumados, mas o que lhe falta em beleza, ela compensa com bondade e inteligência. Depois de conhecê-la, foi fácil entender por que Chandler — um homem astuto, prático, abastado —preferiu uma parceira a uma esposa.

— Eliza — aviso —, vou ter que examiná-la agora, para ver o quanto avançou.

— Faça o que precisar, mas não me leve a mal se eu xingar. Minha mãe era francesa.

E basta isso para eu gostar dela. Às vezes, é fácil se conectar com uma paciente. Outras, é impossível. Geralmente, isso não me incomoda, porque tenho apenas uma função na sala de parto. Mas a simpatia instantânea facilita a tarefa, e ajudo Eliza a levantar a camisola até a altura dos seios. Posso perceber pelo formato de sua barriga que o bebê desceu para o canal de parto.

— Pronta? — pergunto.

— Não. — Eliza ri, então ofega quando sua barriga contrai como um torno.

O exame é menos doloroso durante a contração, então deslizo a mão para dentro do corpo de Eliza assim que a dor aguda atinge o ápice. Só alguns centímetros. É o que basta para encontrar o que procuro.

— A cabeça está para baixo. Seu bebê está na posição. Está pronta para empurrar?

Seus olhos de coruja se enchem de lágrimas, mas não de dor. Medo. É o sentimento mais natural, e eu seguro sua mão.

— Estou aqui. A senhora Ney também. Você consegue fazer isso. E nós vamos ajudar. Mas, na próxima contração, você precisa começar a empurrar.

E ela obedece. Não com força ou habilidade. Eliza é inexperiente, está cansada e com medo. Mas, durante a hora seguinte, ela faz força repetidas vezes. Chorando. Ofegando. Grunhindo. E xingando — mas apenas uma vez, e em francês, um perplexo *merde!* — quando a cabeça, coberta de cabelo espesso e preto, emerge de seu corpo. Mais um bom empurrão para os ombros e então eu tiro um menino esguio e pegajoso do corpo de Eliza.

— Olá, pequenino. — Eu o saúdo como faço com todos os bebês, mas desta vez eu rio.

Ele é enorme. Deve ter uns quatro quilos, pelo menos. Eu o viro, conto os dedos das mãos e dos pés. Limpo seu corpinho com um pano macio. Verifico o palato. Os olhos. E, quando a placenta é expelida, corto e amarro o cordão umbilical com um movimento suave e experiente.

Aninho o bebê gentilmente no peito de Eliza para que possam se conhecer. Ele está aos berros, os pequeninos pulmões berrando sua insatisfação com toda a luz e o barulho. Ele não gosta da sensação do ar em sua pele. Não gosta de ter sido removido de seu lar seguro e aconchegante. Mas quando Eliza diz: *"Calma, Thomas"*, ele interrompe o choro e, para o espanto de todos, levanta a cabeça e olha diretamente para a mãe. E nesse breve silêncio, enquanto estamos sem palavras diante da força desse novo pequeno Robbins, ouvimos seu estômago roncando. Eu solto uma risada incrédula.

A Sra. Ney prontamente entra em ação, pegando Thomas com um braço e ajudando Eliza a se preparar para amamentar com o outro.

— Vamos alimentar você, menino faminto. — Ela olha para sua jovem pupila, radiante de orgulho, e diz: — Seu menino chegou querendo carne e batatas!

O restante do meu trabalho é fácil. Não há lacerações. Não há hemorragia. Dou um banho no bebê e coloco a fralda. Envolvo-o em panos de linho e descarto a placenta. Ajudo Eliza a ensinar Thomas a pegar o peito, então a Sra. Ney e eu nos sentamos ao lado da nova mãe e elogiamos seu belo trabalho. Nós a parabenizamos pelo lindo bebê. E, uma vez que estão acomodados, a Sra. Ney se retira para preparar uma refeição leve e fria para mim e para a faminta mamãe.

O sol já se pôs quando aviso a Eliza:

— Já volto — digo, e saio do quarto com o balde de resíduos.

— Você vai pedir ao Chandler para subir? — pergunta ela, quando estou saindo.

— Claro.

Passo pela cozinha e saio pelos fundos da casa até o banheiro. Primeiro, me alivio, depois esvazio o balde.

— Deixe isso aqui — diz a Sra. Ney, acenando na direção do balde, quando volto para dentro. — Vou lavar.

Observo a governanta cortar queijo, pão e fatias grossas de presunto defumado. Servir o leite. Arrumar um prato de biscoitos amanteigados. Fazer o chá. Radiante como uma avó orgulhosa.

— Eliza tem sorte de ter você — digo.

Seus olhos estão marejados de lágrimas quando ela me olha.

— É o contrário. A mãe dela ficaria tão orgulhosa.

— Ela...?

— Sim. Não faz muito tempo. Morreu no ano seguinte ao casamento de Eliza. Uma grande lástima. Ela era uma boa mulher.

— Sinto muito por isso. — Dou um tapinha no ombro da Sra. Ney. — Vou chamar o Chandler.

Dr. Page está apagado, deitado no divã da sala de visitas, com um braço jogado sobre o rosto e uma perna pendendo para fora. Há um copo vazio de conhaque equilibrado em seu peito, que balança a cada respiração.

Ele não é muito resistente, penso. Então olho para Chandler, também adormecido, mas sentado na poltrona, com a cabeça tombada para o lado. O cachimbo ainda está em sua mão, espiralando leves fios de fumaça no ar. *Homens nunca são.*

Toco gentilmente o ombro de Chandler, e ele acorda com um resmungo.

— Você tem um filho lindo e saudável — sussurro.

Ele se levanta e está prestes a gritar de alegria, mas eu coloco o dedo em sua boca, balanço a cabeça e aponto para Dr. Page. Eu preferiria não ter que conversar com aquele homem de novo, a menos que seja obrigada, então conduzo Chandler para o corredor e fecho a porta da sala de visitas atrás de nós.

— Eliza foi magnífica. Os dois estão descansando lá em cima.

— Um menino. — Ele passa as mãos pelos cabelos. — Como vamos chamá-lo?

— Thomas, ao que parece. Mas se discorda, é melhor dizer logo para sua esposa. Ela está o chamando assim desde que olhou para o rostinho dele.

— Thomas. — Ele abre um sorriso, largo como o oceano, e então, como se percebesse pela primeira vez que ainda está segurando o cachimbo, coloca-o nos lábios. Dá uma boa tragada e franze a boca para tentar fazer um anel de fumaça. Sem sorte. A fumaça sai em uma bola branca e se dissipa, mas ele não se deixa abater. — Thomas será!

Desde que fui chamada para a casa dos Robbins esta tarde, tenho me perguntado como abordaria o assunto. Não há uma maneira fácil, então vou direto ao ponto.

— Posso perguntar uma coisa antes de você subir? Será rápido.

— Claro.

— É uma pergunta estranha, então tenha um pouco de paciência.

— Tudo bem.

— Você ajudou os outros a tirar Joshua Burgess do gelo naquela manhã, em novembro? Ele foi encontrado perto de Bumberhook Point, próximo ao seu estaleiro.

— Sim, é verdade. Eles me chamaram, já que a propriedade é minha. Estávamos em sete, talvez oito homens. Não consigo lembrar. Estava escuro e frio, e foi meses atrás.

E estava bêbado na hora em que cheguei na taberna, penso, mas não falo nada.

— Mas vocês tinham lampiões? Deu para enxergar bem o suficiente para cortá-lo? Para saber quem era?

— Sim.

Sou cuidadosa, baixando minha voz para um sussurro, caso o doutor Page tenha acordado.

— E qual foi sua impressão?

— A mesmas que a sua, senhora Ballard. Que ele tinha sido enforcado. Parecia óbvio o suficiente. Todos nós achamos isso.

— Mas não havia corda?

— Apenas aquela que usaram para içar Sam Dawin do rio. Mas nada perto do corpo.

O agudo choro de um bebê nos interrompe, e Chandler olha para o topo das escadas.

— Obrigada — digo. — Agora, vá ver seu filho.

Ele se vira para subir as escadas, mas eu agarro seu casaco bem a tempo.

— Não com isso — digo, e arranco o cachimbo de sua mão. — Nada de fumar perto do bebê. Faz mal para pulmões tão jovens.

Chandler sobe as escadas de dois em dois degraus, e quando está fora de vista, eu levo o cachimbo aos meus próprios lábios e dou uma tragada. O tabaco de Chandler cheira a cerejas e chocolate. É envolto em melaço e aromatizado com baunilha, mas tem gosto — como todos — de fumo. Apenas um tipo mais agradável e elegante. O tipo que você paga. O tipo que vem em bolsinhas de couro e remete a cavalheiros e eruditos. *Tabaco puro.* Não há fuligem ou cinzas, e eu não me preocupo em tentar fazer um anel de fumaça. Fico parada embaixo das escadas e deixo a nuvem envolver minha cabeça enquanto reflito sobre as palavras de Chandler.

— Ora, me dê isso — diz a Sra. Ney atrás de mim. Por um momento, penso que a governanta vai me repreender. Mas, em vez disso, ela acrescenta: — Você está fazendo errado.

Então a mulher esguia e de cabelos grisalhos leva o cachimbo aos lábios, contrai as bochechas, traga e solta a fumaça em um anel perfeito que vai aumentando até atingir trinta centímetros e se dissipar por completo.

TABERNA POLLARD

Ao passar pela taberna, a caminho de casa, dois clientes bêbados cambaleiam porta afora, e sinto o aroma intenso e acolhedor da comida de Abigail. A Sra. Ney e eu beliscamos algo no jantar, mas, com o Dr. Page na sala ao lado podendo acordar a qualquer momento, perdi o apetite. Não estava com disposição para lidar com seus insultos. Então, deixei a família feliz e fui para casa, ansiosa por minha cama. Mas o aroma de uma refeição substanciosa é toda a motivação que eu preciso agora.

O fogo crepita na lareira e os lampiões irradiam uma luz brilhante. O salão está parcialmente ocupado, mas transborda risos, e sou recebida na porta por Moses, com as bochechas coradas e um sorriso largo.

— Não está passando bem, senhora Ballard? — pergunta ele, assim que me vê.

— Não. Acabei de fazer um parto. Estava a caminho de casa quando senti o cheiro da comida da sua mãe.

— Ah. Vou providenciar algo para a senhora, então. Para dar forças para a viagem.

Sigo até uma mesa nos fundos e me sento no banco com um gemido. Mais uma novidade que percebi nos últimos anos. Os *ruídos*. Levantar e gemer. Sentar e resmungar. Alguns dias parece que mal posso dar um passo sem que alguma parte do meu corpo ranja ou estrale, e isso — mais do que os cabelos grisalhos e os pés de galinha ao redor dos olhos — faz com que me sinta nos últimos suspiros da meia-idade.

Momentos depois, Moses coloca um prato à minha frente.

— Frango da Cornualha, assado no espeto, com cenouras, cebolas e batatas. — Também há uma fatia de pão generosamente besuntada de manteiga, mas antes que eu possa agradecê-lo, e muito menos levar o garfo à boca, ele sussurra: — Está sabendo sobre a propriedade do Burgess?

— O que aconteceu?

Moses olha para os lados para verificar se alguém está ouvindo, então se senta no banco à minha frente.

— Acho que não tinha como saber, já que estava trabalhando em um parto o dia todo.

Ele está ávido para me contar a novidade, mas estou faminta, então dou uma garfada na batata enquanto ele começa o relato. *Ah, Deus.* É ainda mais saborosa do que eu me lembrava. Nunca entenderei como Abigail Pollard pode fazer a mesma refeição que eu e ainda assim sempre ser dez vezes melhor. Consigo dar outra garfada antes que ele continue.

— Alguém incendiou a casa de Joshua Burgess no início do mês, não sobrou nada. Mas só descobriram hoje de manhã.

É um milagre que eu não me engasgue.

— *Por quê?*

— Acho que porque mortos não recebem muitas visitas. Mas um par de caçadores mencionou isso no café da manhã. Meu pai acha que foi lá que o juiz North se escondeu depois da audiência. Mas só por alguns dias, apenas até a tempestade passar.

Endireito a postura.

— Por que ele acha que não foi por mais tempo?

— Já faz várias semanas que a casa foi incendiada.

— Então como ele sabe que foi o North?

— O celeiro não queimou. E estava cheio de pegadas de cachorro. Meu pai acha que ele manteve o Cicero lá.

— Ele não levou o cachorro com ele?

Moses balança a cabeça.

— Eu o vi na varanda da Mansão North esta tarde. Deve tê-lo levado para lá antes de deixar a cidade. Mas, sinceramente, North foi esperto de se esconder lá. Burgess está morto. Ninguém procuraria lá.

É um bom argumento e digo isso a ele.

— Mas por que incendiar a casa? — pergunto. — Não faz sentido destruir uma casa desocupada.

— A menos que houvesse algo na casa que ele queria que desaparecesse. — Ele dá de ombros, depois se levanta para voltar ao trabalho.

Suas palavras são como uma bofetada.

— Moses? — chamo. — O que aconteceu com os pertences de Burgess?

— Ele não tinha muitos bens. Um cavalo. Duas vacas. Algumas galinhas. E a cabana era um único cômodo, pelo que falaram. Não havia muita coisa lá dentro. Os animais foram dados aos vizinhos quando ele morreu.

Arranco um naco de pão e coloco na boca. Mastigo lentamente enquanto uma dezena de pequenos incêndios se alastram por minha mente.

— E a sela dele? As armas? Havia algum item pessoal?

— Meu pai guardou tudo no galpão, junto com ele. — Moses dá de ombros. — Henry Sewell enviou uma carta para os parentes dele em Boston. Não teve resposta, pelo que sei.

— Você me avisa se souber de mais alguma coisa?

— Sim. Mando notícias.

— Ou pode dá-las pessoalmente. Tenho certeza de que Hannah ficaria feliz em vê-lo.

Há poucas coisas que gosto mais do que fazer um jovem corar, e Moses atende minhas expectativas com louvor.

— Sim. Farei isso — diz. — Deseja mais alguma coisa?

É um risco. Sei disso. Mas eu deveria ter pensado nisso meses atrás.

— Sim — respondo. — Vou precisar de um lampião.

* * *

Os Pollards chamam de galpão, mas a estrutura atrás da taberna é mais parecida com um pequeno celeiro. Apesar de ter apenas um andar, têm portas duplas e poderia facilmente abrigar várias cabeças de gado com conforto. Eles o usam para armazenar suprimentos e ração extras, barris e caixas. E o corpo de Joshua Burgess. O caminho não é tão usado quanto outros ao redor da taberna — os estábulos em especial —, mas é claro que alguém faz o trajeto regularmente, então minha visita não deve ser percebida de manhã se Amos for até lá para pegar um peça de carne ou um pedaço de bacon.

A trava da porta range quando a levanto, depois cai com um baque. Olho por cima do ombro para checar se alguém ouviu. As luzes das janelas superiores da taberna não acendem. Não ouço ninguém gritar. Então abro a porta e entro.

O galpão é bem organizado. Alimentos e outros suprimentos estão empilhados em fileiras ordenadas, acessíveis dos dois lados. Há seis grandes peças de carne e dez joelhos de porco pendurados no teto. Sacos de trigo e rodas de queijo. Prendo a respiração por vários segundos antes de notar que os esperados odores de morte e decomposição não são perceptíveis. O galpão cheira apenas a feno, sal e serragem. Cheira a maçãs secas e peixe defumado. Mas lá dentro está frio como as pedras do rio, e tudo está congelado. A princípio, não encontro o corpo, e me preocupo que possa ter sido removido ou roubado. Mas então, nos fundos, vejo o monte de feno. Faz sentido. Mesmo sabendo que está lá, ninguém quer tropeçar em um cadáver toda vez que vai para pegar manteiga. Eles esconderam Burgess.

Satisfeita, fecho a porta atrás de mim. Vejo as pegadas no chão empoeirado e feno espalhado, por onde os juízes de Vassalboro caminharam para averiguar o corpo algumas semanas atrás. Desde então, o feno foi amontoado de volta sobre o corpo em uma pilha desleixada.

Coloco o lampião no chão e empurro o feno com a ponta da bota até que a lona encerada que cobre Burgess fique à vista. Não tenho interesse em examiná-lo novamente — uma vez foi mais que suficiente — então, caminho na direção oposta, ajoelho e removo os montes da palha seca com as mãos.

Lá está, o volume de uma sela. Afasto o feno e encontro todos os acessórios com ela: manta, cabeçada, bridão e rédeas. Cubro tudo novamente e continuo procurando. Ao lado há um cobertor de lã enrolado em torno de um rifle e um machado. Não é o que estou procurando. Prossigo, deslizando meus braços, até os ombros, enquanto tateio mais fundo na pilha.

— Finalmente.

Meus dedos tocam a correia de um alforje, e eu o puxo do feno. Está empoeirado, frio e pesado. A escuridão envolve o halo do lampião e meu coração acelera. Isso é errado. Sei disso, mas, mesmo assim, abro a fivela. Dentro estão as pistolas de Burgess e uma bolsa de moedas que parece pesada quando a retiro. Uma garrafa vazia que cheira a uísque. Três envelopes. E, no fundo da bolsa, uma tira de renda.

Encaro o pedaço de tecido, horrorizada, lembrando o que Rebecca contou ao tribunal, que Burgess havia arrancado uma tira de renda da bainha de sua combinação e amarrado o cabelo antes de atacá-la. Ele guardou como lembrança, e meu estômago revira ao pensar nisso.

Tiro cada um dos envelopes da bolsa, examinando com curiosidade os lacres de cera quebrados e os remetentes.

No primeiro está escrito: Coronel Joseph North, Hallowell, Distrito do Maine.

No segundo: Kennebec Proprietors, Boston, Massachusetts.

Mas é o terceiro que me faz franzir o cenho, intrigada.

— Que diabos? — murmuro, passando a ponta do meu polegar sobre a caligrafia elegante e familiar.

Está escrito: Ephraim Ballard, Hallowell, Distrito do Maine.

Estou prestes a abrir a aba do último envelope quando ouço o alto baque de uma porta batendo com força, seguido de um praguejar murmurado e passos pesados marchando em direção ao celeiro. Enfio tudo de volta no alforje e apago o lampião. Se a luz expande, a escuridão devora, e sou engolida em um instante.

— Maldito garoto — resmunga a voz rouca e gutural de Amos Pollard, seguida por algo que só posso supor se tratar de uma torrente de impropérios em alemão. — *Arschgeige! Arsch bit Ohren! Dünnbrettbohrer! Kotzbrocken!*

E então há um rangido alto da trava sendo levantada, seguido pelo baque quando ela cai no encaixe do trinco. Antes que eu possa chamar ou avisá-lo de que estou lá dentro, Amos Pollard se afasta, ainda praguejando baixinho.

Caminho até entrada do galpão e empurro a porta com o ombro. Ela não se move. Estou trancada.

— Você é uma tola, Martha Ballard — digo, e minha voz soa fraca na escuridão. — De todas as profissões que poderia ter escolhido, decidiu fazer a única maldita coisa que a faria ficar trancada com um cadáver no meio da noite.

Trinta Anos Atrás

OXFORD, MASSACHUSETTS

28 de fevereiro de 1760

— NÃO SEI NADA SOBRE PARTOS — FALEI PARA O MENINO.

Ele não devia ter mais do que 10 anos, mas, mesmo assim, olhou para mim como se eu fosse uma tola.

— A senhora está com um bebê no colo. E tem outra criança dentro de casa. Deve saber alguma coisa sobre isso.

— Ter filhos é muito diferente de ajudar no parto de outra pessoa — retruquei. — E, além disso, você tem certeza de que ela pediu para me chamar?

O menino suspirou fundo. Revirou os olhos.

— É a senhora Ballard, não é?

— Sim.

— Então ela está chamando a senhora. Disse que quer a *sua* ajuda e precisa que venha rápido. — Impaciente, ele alterna o peso de um pé para o outro. — Então? A senhora vem?

Olhei para meu marido, sentado à mesa, observando Cyrus comer uma tigela de mingau. Ele tinha 3 anos e meio e manuseava bem a colher, mas, quando deixado sem supervisão, gostava de brincar com a comida.

O olhar que lancei para Ephraim dizia claramente *"Me salve"*, mas ele o ignorou.

— Você deveria ir — disse ele. — Eu fico com as crianças.

— Mas...

— Vá.

— Posso demorar. Eles...

— Vai ficar tudo bem, posso cuidar dos nossos filhos tanto quanto você. Vá ajudar Elspeth.

A mulher em questão — Elspeth Horne — era uma parteira idosa e aterrorizante. Enrugada e sempre zangada, mas incrivelmente competente na sala de parto. Foi por isso que a procurei quando tive Cyrus e, mais tarde, Lucy. Mas eu não conseguia entender por que ela havia mandado aquele menino vir me chamar.

Ephraim se levantou da mesa e pegou Lucy. Ela mergulhou em seus braços com uma risadinha eufórica, e ele a apoiou no ombro como um saco de grãos.

— Vá.

Não havia mais como argumentar. Lucy já não mamava no peito, e eu não poderia usar isso como desculpa. Então beijei Ephraim, peguei o casaco, vesti as luvas e segui o garoto a passos apressados pela estrada coberta de neve em direção a Oxford. A taberna para onde estávamos indo ficava a pouco mais de um quilômetro, e fizemos o trajeto com facilidade, com minhas passadas largas e os passos apressados do menino. Tudo que ele me disse foi que a mulher estava hospedada na taberna há uma semana, e que o mandaram me buscar. Ele não sabia o nome dela nem há quanto tempo ela estava em trabalho de parto.

Quando entramos na taberna, ele correu para as escadas, olhou para trás e acenou para que eu o seguisse. Subimos, subimos, até chegar ao quarto no sótão, e a cada degrau eu me sentia mais tola por estar ali. No momento que chegamos à porta baixa e inclinada, eu já estava convencida a dar meia-volta e ir para casa. Mas o menino entrou sem bater, correu até a senhora sentada ao lado da cama e a beijou na bochecha.

— Aqui está ela, vovó.

— Obrigada, Walter. Agora, espere na escada, caso eu precise de você novamente.

Eu o observei sair, então me virei para Elspeth. Com a mão enrugada e nodosa, ela acariciava o braço de uma jovem deitada na cama, a imensa barriga redonda apontando para o teto. A garota parecia tão assustada com minha presença quanto eu.

— Senhora Ballard? — perguntou Elspeth, e percebi que não havia dito uma palavra desde que entrei no quarto.

— Sim?

Ela se virou ao som da minha voz e, de repente, entendi. Não via Elspeth há dezoito meses. Seus olhos eram escuros na época, mais escuros que os meus. Mas agora estavam completamente brancos. Elspeth Horne estava cega.

— Feche a porta — disse ela. — E tire seu casaco. Você vai precisar dos braços livres.

— Vou?

— Ande logo. Está deixando entrar um vento gelado.

Fechei a porta, tirei o casaco e as luvas. Então respirei fundo e me postei ao lado dela. Fui sincera.

— Não entendo por que me chamou.

— Você vai me ajudar a fazer o parto deste bebê.

A garota era bem jovem. Ainda tinha o rosto viçoso e arredondado de uma adolescente e o olhar assustado de uma criança. Não usava aliança, mas isso não significava muito, já que metade dos homens que eu conhecia eram muito pobres para dar uma às suas esposas.

— Ela não tem parentes mulheres? — perguntei.

— Ela não diz, nem que sim nem que não. Também não falou muito. Ninguém sabe de onde veio ou para onde está indo. Apenas que apareceu na quarta-feira passada, e tem dinheiro suficiente para pagar pelo quarto. O dono da taberna me chamou hoje de manhã bem cedo quando a ouviu chorando. Supôs que as dores tinham começado. Walter me trouxe aqui, mas ele não pode ajudar em mais nada. Então nós duas teremos que fazer o trabalho. — Ela fez uma pausa, acenou em direção à luz. — Deve haver uma outra cadeira em algum lugar do quarto. Se não, mande Walter buscar uma lá embaixo.

Havia uma ao lado da janela. Eu a peguei e me juntei a ela na beira da cama.

— Por que eu?

Elspeth afastou uma longa mecha prateada da testa, mas ela caiu novamente, e, em um impulso, estendi a mão e a ajeitei atrás da orelha. Ela sentiu o gesto. Inclinou a cabeça. E me lançou um olhar vazio.

— Porque você não entra em pânico em uma sala de parto. Não se apavorou no nascimento do Cyrus, e foi um dos partos mais difíceis que já vi, nem do de Lucy. E se vou ensinar o que sei, quero que seja para alguém que não seja dado a histerias. Não há nada pior do que uma mulher que grita e chora ou uma jovem tola em uma hora como esta.

Uma hora atrás, eu estava almoçando com minha pequena família, e agora sou informada de que — sem meu conhecimento ou aprovação — me tornei aprendiz dessa mulher.

A garota continuou deitada, alterando o olhar entre Elspeth e eu, como se quisesse se levantar e sair correndo. Mas não seria capaz, não por um bom tempo pelo menos, porque eu já podia ver a primeira onda de contração a dominar. O gemido que se seguiu era familiar, e eu fiz uma careta para demonstrar empatia. Eu tinha quase 22 anos quando tive Cyrus, mas essa garota não devia ter nem 17.

Estendi a mão e coloquei sobre sua barriga, e a senti se enrijecer.

— Sinto muito que você não tenha ninguém com você neste momento — falei. — Mas já passei por isso duas vezes, e não há parteira melhor no estado do que Elspeth. Nós vamos te ajudar.

— Ela é *cega* — sibilou a garota.

— Ela tem meus olhos para enxergar, e as mãos funcionam muito bem. Não há motivo para se preocupar.

Elspeth deu um tapinha no meu joelho, e eu soube que havia dito a coisa certa.

— O que precisa que eu faça? — perguntei.

— Pergunte o nome dela. — Elspeth deve ter percebido minha confusão, e acrescentou: — A primeira coisa, a mais importante em uma sala de parto, é perguntar o nome da mulher. Se você pretende colocar as mãos no corpo de uma pessoa, ela precisa confiar em você. E nunca fará isso se você não souber como chamá-la, porque, no final, terá que fazer muito mais do que simplesmente colocar as mão *sobre* ela.

— Meu nome é Martha Ballard — falei para a garota. E me senti boba. Como uma criança diante de um professor mal-humorado, mas fiz mesmo assim. — Qual é o seu?

Percebi sua hesitação, como se pronunciar seu nome em voz alta significasse uma rendição total ao nosso cuidado. Mas outra contração a atingiu, pior do que a última, e quando diminuiu, vários segundos depois, ela respondeu:

— Triphene. Meu nome é Triphene Hartwell.

Elspeth assentiu.

— Muito bem. Agora me passe minha maleta médica. Está no pé da cama. Vou explicar para que serve cada item, e você fará exatamente como eu disser. E Martha?

— Sim?

— Até o final desta noite, você descobrirá se ser parteira é a sua vocação. — Aqueles olhos pálidos e leitosos se fixaram em mim. — Ou não.

5

QUANDO A TRISTEZA PERDE A FALA

MARÇO DE 1790

"Se lágrimas tiverdes, preparai-vos neste
momento para derramá-las."

— William Shakespeare, *Júlio César*

SERRARIA BALLARD

Segunda-feira, 1º de março

ESTOU FAZENDO MINHAS ANOTAÇÕES DO ATENDIMENTO DE ONTEM enquanto Ephraim lê as cartas. São três no total — uma delas com sua própria caligrafia — e consigo ouvir o farfalhar de papéis enquanto registro os detalhes do parto de Eliza Robbins em meu diário.

> *Domingo, 28 de fevereiro. Parto. Filho de Chandler Robbins. Nevou à tarde. Fui chamada para ver a Sra. Robbins, que não estava bem. Ela esperou até às 4 horas da tarde, quando as dores pioraram. O Dr. Page foi chamado, mas ela se recusou a ser atendida por ele. Ela deu à luz a um filho, seu primogênito, às 10h30 da noite passada, sem complicações, e está tão bem quanto o esperado. Fiquei por um tempo para observá-la. Apenas a Sra. Ney estava presente no parto.*

Reconheci a letra de Ephraim no envelope, é claro. Não há como confundir os traços precisos e adoráveis, a forma como a perna de cada "d" se curva para o alto e para a esquerda, fazendo um meio laço perfeito acima da letra. O único mistério é como um levantamento elaborado por meu marido há quase doze anos foi parar no alforje de um morto.

Ephraim queria saber de toda a história, é claro — onde eu estava e o que estava fazendo — sem mencionar como escapei daquele galpão. Ele queria saber tudo assim que cheguei em casa, mas, exausta e dolorida, prometi contar todos os detalhes se ele esperasse até de manhã.

Agora, bato o bico da pena na pequena bandeja de estanho para tirar o excesso de tinta e empurro meu diário de lado. Eu me viro para Ephraim. Aguardo.

— Mas — Ephraim solta a carta no colo e me olha, atordoado — aqui diz...

— Eu sei o que diz.

— Eles não podem.

— Ao que parece, podem, com base naquela declaração firmada por North.

Ephraim dobra metodicamente cada carta e as guarda de volta nos envelopes. Pedacinhos do lacre de cera se soltam e caem no chão, mas ele nem percebe. Bate as cartas contra a coxa. Então se levanta e começa a andar de um lado para o outro.

— Isto é um aviso de despejo.

— Sim. Eu li.

E é verdade. Depois de me vestir esta manhã, e antes de sair do nosso quarto, sentei na beirada da cama e li cada uma das cartas do alforje de Burgess: um levantamento feito há quase doze anos por Ephraim de nossos trinta hectares, junto com uma descrição detalhada da propriedade; uma carta registrada endereçada à Kennebec Proprietors, na qual Joseph North declara que a família Ballard não havia cumprido a terceira condição para adquirir a escritura da propriedade; e uma resposta da Kennebec Proprietors declarando que o arrendamento aos Ballard está, a partir daquela data, cancelado e — conforme sugerido por North — transferido ao capitão Joshua Burgess.

Por que razão eu trouxe o alforje para casa comigo na noite passada é mais uma coisa que terei que explicar ao meu marido. Ele ainda não perguntou. Portanto, não me ofereci para contar.

— Mas é uma mentira. Tudo o que ele disse naquela carta é claramente falso. Nós cumprimos as condições.

— Exceto a terceira. Tecnicamente, ainda não.

— Porque só completaremos os doze anos nesta propriedade no mês que vem. Mas mantivemos uma residência permanente. Há centenas de pessoas que podem atestar isso!

— Isso fará alguma diferença se North se recusa a atestar o fato? Ele é o agente da Kennebec Proprietors, não você. E a questão se arrastaria por uma longa batalha judicial de qualquer maneira. E, enquanto isso, teríamos sido despejados. Jogados na rua para que Burgess ficasse com tudo o que construímos.

— Só que ele está morto. E ainda estamos aqui.

Balanço a cabeça.

— É isso o que não entendo. Por que North se daria ao trabalho de transferir a propriedade para Burgess e depois matá-lo?

Ele me encara com aqueles penetrantes olhos azul-acinzentados.

— Você acha mesmo que foi o North?

— É o que faz mais sentido. Ele é o único que tem a lucrar com a morte de Burgess.

Ephraim vai até a janela, segurando as cartas entre dois dedos da mão esquerda. Sua postura é altiva e forte, assim como seu semblante, e eu o observo fitar o horizonte. Depois de um momento, ele coça a barba por fazer ao longo da linha mandíbula.

Um pensamento me ocorre, e endireito minha postura no banquinho.

— Ah!

— O que foi?

— Qual a data da carta de North?

Ele a tira do envelope e a segura, esticando o braço para ler. Dá uma olhada míope.

— Primeiro de outubro. Por quê?

A data é familiar. Então, pego meu diário e folheio até primeiro de outubro, procurando por uma pista. E lá está, gravado em tinta preta, com a minha letra.

Quinta-feira, 1º de outubro — Dia claro, exceto por algumas pancadas de chuva. Tivemos uma visita esta tarde. O Sr. Savage veio nos informar que a Sra. Foster fez uma acusação de estupro contra alguns homens, dentre os quais: Joseph North. Foi um grande choque! Não saí de casa.

— Foi o dia em que Rebecca Foster veio à público com a acusação de estupro.

— Aonde quer chegar?

— Acho que North estava comprando o silêncio de Joshua Burgess com nossa propriedade.

— Então, por que matá-lo?

É uma boa pergunta. Uma que não posso responder com qualquer grau de certeza.

— Não sei. Pelo menos, ainda não.

— Todas as suas tramas não a levaram a uma solução?

— Não estou *tramando* nada.

— Se fosse verdade, você não teria ficado trancada no galpão dos Pollard no meio da noite. Ou voltado para casa com um alforje que não lhe pertence. — Ephraim encosta na parede. E me olha com uma expressão séria. — Não pense que eu simplesmente me esqueci por causa — ele sacode as cartas — disso aqui.

Inspiro fundo. Expiro.

— Por um momento, pensei que estivesse em apuros. Estava frio como uma geleira lá dentro, e eu não conseguia me decidir se deveria pedir ajuda ou não.

— Atraída pela ideia de congelar até a morte, por acaso?

Eu o encaro.

— Não cheguei a esse ponto. Além disso, não tinha como explicar o que fui fazer lá e porque estava com aquele maldito alforje.

— Bem, imagino que você não tenha atravessado a parede nem cavado um túnel para fora. Então, quem a resgatou?

— Moses. — Eu rio. — Amos voltou para a taberna e despejou impropérios em alemão por ter deixado a porta do galpão destrancada. Não demorou muito para ele descobrir para onde eu tinha ido com aquele lampião. Mas levou um tempo para ir me buscar. Teve que esperar até o pai dormir.

Ephraim aperta as têmporas. Balança a cabeça. Resmunga.

— Mulher, você será minha ruína.

— Tudo está bem quando termina bem.

Ele não acha graça de eu usar Shakespeare contra ele, e seus olhos se estreitam em irritação.

— Eu teria saído. Em algum momento — digo.

— Talvez, sim. Talvez, não. Mas vejo que você não resolveu nosso problema atual.

— Qual?

— Como diabos vamos explicar como esse alforje veio parar na sua mão.

— Ninguém está fazendo essa pergunta ainda.

— Mas vão. No momento em que tornarmos públicas essas cartas. O que teremos que fazer, porque, *tecnicamente*, não temos mais o direito legal de viver nesta propriedade.

Estou prestes a dizer a ele que, quando alguém pensar em fazer essa pergunta, teremos encontrado uma maneira de responder. Mas, nesse momento, Jonathan abre a porta do meu ateliê sem bater.

— Sim? — pergunta Ephraim.

Jonathan olha para o pai com piedade e angústia.

— Alguma coisa matou o Percy.

* * *

As ripas de madeira foram quebradas e há sangue no chão. Uma confusão de penas espalhadas pelo viveiro. É uma cena sombria, não muito diferente do bloco de madeira quando abato galinhas.

Observo Ephraim. Ele permanece imóvel — imóvel demais — enquanto absorve a cena.

— O que fez isso? — pergunta Jonathan.

Ephraim dá um passo para trás e examina o chão. Há pegadas na neve. Um emaranhado de rastros, entrelaçados e pisoteados.

— Um coiote — diz ele.

— Não foi um lobo? Essas pegadas são grandes.

— Foi um coiote grande. — Ele se ajoelha e passa um dedo ao longo da pegada. — Veja, os dedos são ovalados, e a almofada é recortada. Um lobo tem dedos redondos, e almofada triangular.

— Sinto muito — diz Jonathan. — É uma pena perdermos aquele pássaro.

Ephraim resmunga, mas não responde de imediato. Em vez disso, ele caminha ao redor do viveiro, curvado, até encontrar um conjunto de pegadas que levam para a floresta. Elas estão mais espaçadas, como se o animal estivesse correndo, e há pequenas gotas de sangue salpicadas na neve entre elas.

Para mim, parece que o coiote saiu correndo com Percy na boca, mas Ephraim retorna, balançando a cabeça.

— Não acho que ele esteja morto.

— Pai, você está…? — Jonathan para de falar quando balanço a cabeça.

Deixe-o em paz, diz minha expressão.

— Se o coiote tivesse o apanhado, teria despedaçado Percy bem aqui. — Ele aponta para o chão na frente do viveiro.

— Tem muitas penas — digo.

— O coiote entrou no viveiro. Acertou algumas patadas, sem dúvida. Mas acho que Percy revidou, assustou o bicho, e fugiu.

Nós três olhamos para o alto como se o falcão pudesse estar voando em círculos sobre nós.

— Ele vai voltar? — pergunto.

Ephraim não está tão certo disso, e uma expressão preocupada começa a se formar em seu rosto..

— Acho que veremos se o treinei bem.

TABERNA POLLARD

Sexta-feira, 5 de março

James Wall lança um olhar nostálgico para Brutus enquanto eu o amarro no varão ao lado do pangaré que ele comprou para substituir o Pacer. Reconheço esse olhar. É uma mistura de cobiça e inveja. O tipo de olhar que um marido infeliz dirigiria à esposa de outro homem.

Ele acaricia o longo focinho de Brutus.

— Ainda está montando esse grandalhão?

— Por que não estaria?

— Ele é um cavalo e tanto.

— E você acha que ele é demais para mim?

James não ousaria responder a essa pergunta em voz alta, então limpa a garganta. Olha para o chão. Sorri.

— Bem, você não é o único. Meu marido acha que Brutus é um vilão à altura de seu homônimo.

— Mas ele permite que você o monte?

— *Permite?* — Eu rio. — Tenho 54 anos. Ephraim não tem que *permitir* nada. Faço o que bem entendo.

— Bem, se algum dia decidir vendê-lo, gostaria de ter a chance de fazer uma oferta.

Sei muito bem que James não tem como pagar por esse cavalo, mas a proposta é a abertura de que preciso. Essa foi a única razão para eu ter atravessado a rua quando o vi desmontar do cavalo em frente à taberna. Então, eu o sigo até os degraus e ele segura a porta para mim.

— Pensei que você só montasse Pacers?

— Prefiro essa raça, com certeza, mas não sou tão exigente quanto as pessoas pensam. — Ele faz uma careta por cima do ombro em direção ao pangaré. — Como pode ver por aquele saco de ossos.

Tiramos os chapéus e os casacos. Limpamos a neve dos pés. Está no meio da tarde e o sol brilha, mas dentro da taberna está escuro, e leva um momento para nossos olhos se adaptarem ao ambiente.

— Veio beber ou conversar hoje? — pergunto.

— Beber. Não estou para muita conversa ultimamente.

— Ah, duvido muito. Vou pagar uma caneca para você. Considere como um prêmio de consolação por ter que montar aquele velho pangaré lá fora.

James ri e Moses está a postos, pronto para pegar nossos pedidos, assim que encontramos uma mesa. Então ele se retira para buscar a cerveja e a sidra, alegre e eficiente como sempre, enquanto nos acomodamos.

— Sinto muito por ter que vender seu cavalo — digo a James.

Ele franze o cenho.

— Eu sabia que era melhor não recorrer a Joseph North para um empréstimo.

— Então por que fez isso?

— Não me orgulho. Mas foi antes do que aconteceu com a senhora Foster. Eu nunca teria...

Moses está de volta e coloca duas canecas na mesa. Ambas estão cheias e a espuma escorre pela borda, espalhando o líquido âmbar pela mesa. James bebe até que o nível estabilize enquanto espera Moses se afastar.

— A questão é que North tinha dinheiro e disposição para investir. Ficou falando que precisamos de uma destilaria em Hook, e os termos pareciam bons. Não tive problemas para fazer os pagamentos até o rio congelar.

A maioria das famílias fabrica a própria cerveja, e embora a qualidade varie, não é uma tarefa árdua. O mesmo vale para a sidra. Os barris usados para a fermentação muitas vezes são mais difíceis de encontrar do que os ingredientes, mas os destilados são uma outra história. Todo o rum, gim e uísque consumidos em Hook vêm de outros lugares. James foi esperto em identificar essa necessidade e tentar supri-la. Nem mesmo eu posso culpá-lo por assumir o risco financeiro. Afinal, no verão passado, North era apenas um empresário disposto a investir no comércio local.

— Você não tinha economias para cobrir o empréstimo durante os meses de inverno?

— Não o suficiente para todo o pagamento. E foi o que North exigiu, mesmo não sendo isso o que ele realmente queria.

— Como assim?

— Ele me deu duas opções quando o procurei para explicar que não teria o suficiente para o pagamento de dezembro. Falou que eu poderia pagar o empréstimo total, mais os juros, imediatamente, ou ceder uma parte da destilaria para ele.

— Mas você acabou de começar a construção.

Ele faz um careta fitando a cerveja.

— North disse que era sua maneira de "investir" no negócio. Mas o que ele realmente queria eram trinta cento dos lucros. — James percebe a indignação em meu olhar. — Eu recusei, é claro. Acabei na cadeia e tive que vender meu Pacer para me livrar das garras dele.

— Trinta por cento é *abusivo*.

— Assim é o North. Não percebe o que ele está fazendo?

Balanço a cabeça.

— Ele quer ser o dono da cidade toda.

SERRARIA BALLARD

Domingo, 7 de março

— Muito bem! — elogio.

Sarah White sorri para mim do outro lado da mesa. Entre nós está a *Cartilha da Nova Inglaterra*, três folhas de papel soltas, minha pena e tinta.

A caligrafia de Sarah é clara e reta — nada infantil — há apenas uma leve inclinação para baixo ao percorrer a folha. Ela conseguiu escrever o próprio nome, assim como os de seus pais e de sua filha. Sarah se esmerou no último, C. H. A. R. L. O. T. T. E. grafado em letras maiúsculas. Orgulhosa do nome e da bebê.

— Dá para ver que você tem praticado.

Esta é nossa segunda aula. A primeira foi no mês passado, quando fiz minha oferta e lhe entreguei a cartilha. Espero prolongar esta aula o suficiente para que ela fique para almoçar.

— Toda noite — conta Sarah. — Não é tão difícil quanto eu imaginava. Não depois que eu memorizei os sons. E as figuras ajudam. — Seu rosto fica corado, e acho que ela está envergonhada. — Sei que parece bobo.

Pouso a mão sobre a dela.

— De jeito nenhum. É para isso que servem as figuras.

No início, Sarah relutou em fazer essa aula na frente de Hannah e Dolly — era uma dose de humilhação que ela não pretendia encarar diante de uma plateia —, mas minhas meninas, tendo aprendido a ler ao meu lado também, estão encantadas por ter Sarah à nossa mesa, e elas se revezam brincando com Charlotte enquanto ela faz as lições.

Dolly se posta atrás de Sarah e espia a cartilha.

— As figuras sempre foram minha parte favorita. Ainda gosto de uma bela ilustração de vez em quando durante a leitura. — Ela dá um tapinha no ombro de Sarah, depois se afasta para sovar a massa de pão que já havia crescido.

— Hannah? — pergunto. Ela ergue a cabeça.

— Pode avisar ao Cyrus e a seu pai que o almoço está quase pronto?

— Vou avisar o papai — diz. — Mas Cyrus saiu. Ele partiu há menos de cinco minutos.

Droga, penso.

— Para onde ele foi?

Hannah dá de ombros.

— Fazer alguma coisa para o papai.

Reprimo um suspiro. Esta é a melhor chance que tive de juntar Sarah e Cyrus no mesmo cômodo há mais de um mês. O confinamento no pátio da cadeia complica as coisas, é claro, pois ele só fica em casa durante o dia. Trazer Sarah para fazer suas aulas aqui me pareceu a solução perfeita.

Eu me volto para Sarah e aponto para um pequeno quadrado no lado esquerdo da página. Dentro há um desenho simples de uma ampulheta com flores nos cantos.

— Vamos tentar fazer mais uma página antes do almoço. Comece por aqui.

Sarah franze a testa e vejo seus lábios se movendo para articular as letras antes de ela falar.

— Enquanto... a... ampulheta... corre... a... vida... do... homem... transcorre.

— Excelente! Agora a próxima.

— Meu... livro... e... meu... coro... Não!... coração. Está escrito *coração*. Meu livro e meu coração nunca se separarão.

As figuras ajudam, mas a rima também, e quanto mais avançamos na página, mais confortável Sarah se sente ao ler as palavras em voz alta. Não é apenas a escrita que ela tem praticado todas as noites, mas também a leitura. E quando ela esquece a vergonha, essa nova habilidade começa a florescer.

Eu me recosto, satisfeita, enquanto Sarah continua sem minha intervenção.

— O leão da savana, o cordeiro abocanha. A lua ilumina quando a noite domina. Roxo. Não. Rouxinóis! Rouxinóis cantam e a primavera encantam.

Continuamos pelo restante da página, e quando levanto a cabeça, vejo minhas filhas observando com admiração. Estão orgulhosas de Sarah. Gostam dela, e a jovem poderia ter pior sorte do que entrar para uma família em que é querida. Só preciso descobrir um jeito de fazer isso acontecer, uma maneira de Cyrus ficar em casa tempo suficiente para terem uma chance.

Depois do almoço, Sarah se agasalha contra o frio e aninha Charlotte em uma faixa de tecido sob o casaco, eu as acompanho até a porta, depois observo Jonathan as acomodar na carroça. Quando eles partem, volto para a frente da lareira e me sento ao lado do meu marido. Ele saboreia um copo de conhaque, mal disfarçando um sorriso.

— Por que essa expressão contrariada, meu amor? Suas expectativas foram frustradas? — pergunta.

— Você afastou Cyrus daqui, não foi?

— Ele foi resolver um assunto para mim. Ainda temos um negócio para administrar, apesar de seus planos.

— Até onde eu sei, você gostou desse plano.

— Gostei. Mas a ideia ainda precisa partir dela.

— Bem, agora ela foi embora com Jonathan.

Ephraim dá de ombros.

— Ela não seria má escolha.

Pego seu copo e dou um gole no conhaque.

— Não. Jonathan é o último homem que Sarah precisa. Ele vai se meter em grandes problemas se não parar de levar garotas para a cama antes de se casar.

Ao menos minhas palavras o chocam, e fico satisfeita em ter toda sua atenção.

— Você tem certeza de que ele e Sally estão...?

— É mais uma suspeita do que uma certeza. — Viro o último gole de conhaque na boca e engulo. — Mas seu filho vai acabar em apuros. Anote o que estou dizendo.

— Agora ele é só meu, é?

— Quando eles causam problemas, são seus filhos.

Eu me levanto e ando em direção ao ateliê, mas Ephraim segura meu pulso.

— Olha — diz.

Ele me leva até a janela. Uma longa sombra sai voando da floresta, quinze metros acima do solo. Ela circula o moinho uma vez, então pousa na haste do cata-vento.

Ephraim estava certo. Percy está vivo.

CASA DOS MCMASTER

Segunda-feira, 15 de março

ESTAMOS SENTADOS DO LADO DE FORA DO MOINHO SOB UM RARO RAIO DE sol invernal, com os pés apoiados em um toco. Ephraim não é de fumar, mas desde que Percy voltou são e salvo, ele adquiriu o hábito de fazer uma pausa para fumar à tarde. Eu me junto a ele quando posso. Quanto ao pássaro, Ephraim não tem planos de reconstruir o viveiro. Por enquanto, Percy está livre para voar ao redor do moinho e pousar onde quiser. Observo meu marido tirar do bolso um cachimbo antigo e ornamentado, junto com um saquinho de tabaco. Ele acende. Traga. Rodopia a fumaça na boca e depois exala em uma suave espiral. Ele não é dado a soprar anéis de fumaça, não é um homem pretensioso, então não costuma fazer alarde de seu bom humor.

Estou prestes a pegar o cachimbo para praticar a técnica que a Sra. Ney me ensinou quando ouço o pesado tropel de cascos descendo a estrada. Ao me virar, a pessoa que menos espero emerge da floresta.

A Sra. Hendricks, mãe de Grace Sewell.

Ela, de grandes ideais e expressão amarga.

Nunca vi uma pessoa parecer mais desconfortável em um cavalo. Nem um cavalo menos satisfeito por ser montado. A coluna rígida. Os braços tensos. E os olhos exalam o tipo de terror que qualquer cavalo poderia sentir. É um milagre que ela tenha chegado viva. Brutus a teria derrubado em cinco segundos de cavalgada.

— Sra. Hendricks. — Eu a cumprimento com um sorriso forçado. — Em que posso ajudá-la hoje?

Seus dentes estão tão cerrados que ela precisa alongar a mandíbula antes de falar.

— É a minha filha Grace.

— Ela está doente?

— É a criança. Grace pediu que eu viesse buscá-la.

* * *

— A senhora disse que sua filha mandou me chamar. — Lanço um olhar acusador para a Sra. Hendricks. — Mentiu para mim.

Embora estejamos em meados de março, ainda está terrivelmente frio. Na maioria dos anos, o rio já estaria fluindo e o solo começaria a descongelar. Mas não este ano. O inverno ainda nos mantém em suas garras cruéis. E nem o sol brilhando é capaz de aquecer. Olho para o céu e franzo a testa. Estou farta do inverno. E irritada por ter sido enganada.

— Se eu tivesse dito a verdade, você não teria vindo — protesta ela.

— É claro que não! Não quero saber daquele homem.

— Bem, se você não entrar, a esposa dele vai morrer. E eu *adoraria* contar para toda a cidade que se recusou a atendê-la por causa de uma rixa boba.

— Rixa boba? Duas mulheres nesta cidade enterraram seus bebês. E meu filho está na cadeia. Tudo por causa dele!

A Sra. Hendricks endireita a postura. Ergue o queixo.

— Ele não é bom com partos, tenho que admitir. E também reconheço que, se você não estivesse lá, minha filha e meu neto provavelmente teriam morrido. É uma dívida que terei com você pelo resto da vida. Mas a incompetência dele não significa que outra mulher e outro bebê precisem morrer. Não se *você* puder ajudar.

Dou um passo para trás e a encaro, desconfiada.

— E o que a senhora tem a ver com isso?

— A esposa dele e minha filha se tornaram amigas. — A mulher solta um pesado suspiro. — Vou embora daqui a dois meses. Se aquela garota morrer, Grace não terá mais nada.

Eu não chamaria um marido, um filho, um lar e uma comunidade de *nada*. Mas não estou com disposição para discutir com a Sra. Hendricks. Além disso, estamos paradas na rua e poderíamos ser ouvidas a qualquer momento. E, antes que eu possa impedi-la, ela puxa a corda ao lado da porta e sinos ecoam dentro da casa. Em segundos, ouço passos pesados se aproximando.

— Foi Page quem pediu para me chamar?

— Não — admite ela. — E talvez ele fique zangado. Mas tenho certeza de que ele prefere a esposa viva do que recusar a sua ajuda. Foi por isso que atravessei o rio e peguei emprestado aquele demônio na taberna.

O tal demônio — Beulah — é uma égua quase tão velha quanto eu, e quaisquer dentes que a restem já estão longos e amarelados. É a criatura mais dócil que Deus já criou. Ainda assim, nenhuma das duas parecia satisfeita com a companhia uma da outra, e quando a Sra. Hendricks desceu desajeitadamente do lombo da égua, eu não sabia quem morderia primeiro. Fiquei feliz em ver Beulah fazer as honras.

De início, acreditei na Sra. Hendricks. E a acompanhei até Hook, onde deixamos nossos cavalos na taberna. Depois atravessamos o rio a pé. A Sra. Hendricks permaneceu calada a maior parte do caminho, e não dei muita importância a isso. A preocupação faz isso com as mães. Mas quando ela passou direto pela fábrica de velas e desceu a rua, comecei a suspeitar. E quando ela parou em frente à antiga casa dos Mcmaster, eu soube que tinha sido enganada.

Assim como Beulah, posso estar ficando velha. Mas não a ponto de esquecer informações simples. Como o fato de Samuel Coleman ter me contado que o Dr. Page alugou a casa dos McMaster.

Estou prestes a dar meia-volta e ir embora quando a porta se abre bruscamente. Benjamin Page não se parece em nada com o arrogante médico bem-vestido que me atormentou por meses. Ele está um caos. Cabelo desgrenhado, testa suada, olhos vidrados e roupas amassadas. Ainda assim, ele se arma de hostilidade suficiente para me insultar.

— O que diabos ela está fazendo aqui? — exige ele.

Se em dezembro passado alguém me perguntasse se haveria algum cenário em que eu agradeceria ao Todo-Poderoso pelo temperamento da Sra. Hendricks, eu teria rido. E, mesmo assim, meses atrás, eu ainda não tinha visto ela mostrar sua verdadeira personalidade. A de matriarca de Boston. O tipo de mulher capaz de intimidar um homem educado em Harvard. Essa é a versão que ela apresenta ao petulante e assustado Dr. Page.

— Saia da frente, jovem! — ordena ela. E sua voz é tão alta e tão firme que ele dá dois passos para trás, cambaleando pelo corredor escuro. — Fui eu quem chamei essa mulher, e você fará exatamente o que ela disser.

— Mas eu...

— Cale-se. E nos leve até sua esposa.

Ele está perplexo. Tão fora de si que, pela primeira vez, não discute. Nós o seguimos pela penumbra do corredor. Subimos as escadas escuras. Entramos em um quarto tão escuro que mal consigo ver um palmo diante do meu nariz.

— Onde ela está? — exige a Sra. Hendricks exige.

— Ali. Na cama.

Vejo apenas um vulto cercado por sombras.

— Por que está tão escuro aqui dentro? — pergunto.

O Dr. Page bufa.

— Porque a *ciência* já comprovou que um quarto escuro relaxa o paciente. Se entendesse alguma coisa de medicina, saberia...

Um gemido vindo da cama o silencia.

— Há quanto tempo começaram as dores?

— Ontem. De manhã.

— E há quanto tempo ela não se levanta e não se movimenta?

— Ela não se levantou. Precisa conservar as forças!

Se ele estivesse mais perto, eu teria lhe dado um tapa.

— E quando ela se alimentou pela última vez?

Só consigo ver o contorno do rosto dele na escuridão, mas ouço claramente o desdém em sua voz.

— Como tenho certeza de que sabe muito bem, senhora Ballard, um estômago cheio causará indigestão em uma mulher em trabalho de parto. Ela não come nada desde as primeiras dores.

O homem é um idiota, isso é evidente. E não vou discutir com ele.

— Quer que eu fique aqui? — pergunto.

— Não.

— Sua esposa quer que eu fique?

— Ela não tem que opinar...

A Sra. Hendricks finalmente chega ao limite. Ela o agarra pela orelha e a torce tão forte que ele solta um ganido semelhante ao de um cão moribundo. O Dr. Page tenta se livrar enquanto ela o arrasta até a beira da cama da esposa. Quando ela o solta, ele cai no colchão como uma marionete com as cordas cortadas.

Ela se inclina sobre a cama, e eu tenho que semicerrar os olhos para vê-la pousar a mão na bochecha da jovem.

— Olá, minha querida — diz. — Viemos ajudar. Gostaria que ficássemos?

Há uma resposta abafada que parece um sim.

— Muito bem. Esta mulher aqui é uma parteira. Seu nome é Martha Ballard. E ela salvou a vida da minha filha. Se quiser, ela vai ajudá-la a trazer esse bebê ao mundo.

Novamente, um sim.

— Excelente — diz a Sra. Hendricks. Então ela se vira para o Dr. Page e acrescenta: — Vá procurar uma cadeira, sente-se e saia do caminho. Talvez aprenda alguma coisa.

Ainda estou parada junto à porta, com a maleta médica na mão, quando ela faz um sinal para eu me aproximar.

— Martha. Se não se importa.

Em vez de me aproximar da cama, vou até a janela e abro as cortinas. A luz do sol vespertino inunda o quarto, e finalmente consigo ver a esposa do médico. Ela está encolhida na cama, pálida como um fantasma. Sonolenta. Suando.

— Sra. Hendricks? — chamo.

— Sim.

— Pode ficar?

— Sim.

— Bom. A primeira coisa de que preciso é que vá até a cozinha e providencie algo para ela comer.

— E como isso vai ajudá-la?

— Se ela vai ter um bebê hoje, precisa acordar. E só existem duas coisas em toda a criação que despertam um ser humano. Luz do sol e comida.

Dr. Page bufa.

— Isso é um absurdo. Café...

— Apenas aumenta a frequência cardíaca — retruco. — Mas, se tiver café, pode preparar um pouco. Ela também vai precisar.

Quando a Sra. Hendricks estica a mão para agarrar a orelha dele novamente, ele pula da cama e sai correndo do quarto. Ela o segue. Só então me aproximo da jovem.

— Olá, Sra. Page — digo, sentando-me ao seu lado.

— Olá.

Ela é muito jovem. Talvez 18 ou 19 anos. E tem ossos pequenos, como os de uma menina. Não me surpreende que Page tenha escolhido uma esposa tão delicada. Alguém que ele pudesse intimidar. Mas esse fato não vai facilitar meu trabalho. Se ela tiver quadris tão estreitos quanto os ombros, podemos estar em apuros.

— Estou aqui para ajudar. Já fiz centenas de partos. Gostaria da minha assistência para trazer o seu bebê ao mundo?

Ela assente. Então geme.

— Ótimo. Mas antes de ajudá-la, preciso pedir uma coisa.

Ela me encara com os olhos arregalados.

— O quê?

— Preciso que confie em mim.

— Como? — pergunta.

— Faça tudo que eu disser. Não importa se não fizer sentido ou se seu marido discordar.

— E o que devo fazer?

— Por enquanto, apenas duas coisas: comer o que a Sra. Hendricks trouxer para você e, depois, se levantar e andar pelo quarto. Vou ampará-la a cada passo.

— Mas estou tão cansada.

— Eu sei. Seu marido lhe deu algum remédio? Láudano, talvez?

Ela assente.

— Ontem.

Minha suposição é que foi uma dose menor do que ele deu para Grace. Caso contrário, ela estaria morta. Mas não ousaria esperar que o homem tenha aprendido algo sobre interferir na ordem natural de um parto.

— O efeito não deve ter passado completamente. Mas posso garantir uma coisa: se ficar na cama e não comer nada, você e o bebê *vão* morrer. Será lento e doloroso. O cansaço vai consumir vocês dois. E não haverá nada que eu possa fazer por vocês. — Eu seguro as mãos dela. — Mas ainda não é tarde demais. Então, vai confiar em mim?

É comum presumir que para um parto não terminar como esperado, algo específico deve dar errado. Uma apresentação pélvica. Uma hemorragia. Uma infecção. Enfrentei todas essas dificuldades e outras, mas, muitas vezes, é a ameaça mortal da exaustão que faz a vida de uma mulher se esvair. Não há condição na Terra mais desgastante do que o trabalho de parto, e há poucas maneiras de reanimar uma mulher uma vez que ela tenha sucumbido ao cansaço.

A Sra. Page me escuta com atenção. Observo-a pensar por um momento, então ela assente.

— Sim.

Puxo seu cabelo louro-claro para trás do rosto. Pressiono a palma contra sua testa. Ela está quente, mas não febril.

— Vou ter que examiná-la agora — explico. — Para ver em que estágio está.

— Está bem.

— Mas preciso saber uma coisa importante antes de fazer isso.

— O quê?

— Seu nome.

— Sra. Page.

— Não — respondo. — Page é o nome do seu *marido*. E *senhora* é o que se tornou no dia do seu casamento. Qual seu nome de batismo?

— Melody.

— É um prazer conhecê-la, Melody. Meu nome é Martha. E vou ajudá-la.

* * *

Melody Page tem que caminhar pelo quarto por cinco horas excruciantes até chegar à fase da expulsão. Leva mais uma hora de esforço até que sua pequena filha chegue ao mundo. Já são dez da noite quando meu trabalho termina. Onze quando finalmente arrumo minhas coisas.

A Sra. Hendricks me acompanha até a porta do quarto quando estou saindo.

— Não gosto de você — diz ela, sem motivo aparente.

O comentário me faz rir.

— Nem eu de você.

A resposta rende o primeiro sorriso genuíno que já recebi dessa mulher.

— Mas a respeito — diz. — E sinto muito pelos problemas que lhe causei com Grace.

— É mais do que suficiente para mim — respondo. Então espio sobre os ombros dela e observo Melody na cama, ninando a bebê. — Vai ficar com ela?

— Durante a noite.

— Obrigada. Mande me chamar se precisar.

— Farei isso — diz, e volta para o lado de Melody sem mais uma palavra.

Estou me virando para a porta quando o Dr. Page me chama.

— Senhora Ballard?

Respiro fundo.

— Sim?

— Deixe-me acompanhá-la até a porta.

Assinto. Caminhamos em silêncio pelo corredor, descemos as escadas e atravessamos o primeiro andar. Ele abre a porta e se apoia no batente, bloqueando minha saída.

— Quanto lhe devo? — pergunta.

— Não quero pagamento.

— Não posso permitir que saia daqui sem receber — diz. — Eu me recuso a ficar em dívida com a senhora.

— A decisão não é sua. Não aceitarei nada de você além de um pedido de desculpas.

— A senhora é uma bruxa velha e teimosa, não?

De repente, sinto falta da Sra. Hendricks. Ela provavelmente arrancaria a orelha dele por essas palavras.

— É isso que realmente pensa de mim? Depois de hoje?

— Acho que a senhora é muito cheia de si. Uma mulher do campo inflada pela presunção da própria habilidade.

Assinto com uma expressão de tristeza.

— E, mesmo assim, ainda quer me pagar?

— É o certo a fazer.

— Posso lhe fazer uma pergunta? — digo.

Ele me encara, mas não responde.

Aponto o dedo para o rosto dele.

— Você já fez um parto bem-sucedido?

— Na faculdade de medicina, eu auxiliei vários médicos no...

— Não. Não foi isso o que eu perguntei. Sozinho?

— Não vejo como isso...

— Então a resposta é não. E o resultado é que dois bebês nasceram mortos em Hallowell. Isso pode não importar em Harvard, mas aqui tem uma importância imensa.

Page ergue o queixo.

— A senhora entende que chamam esse ofício de *prática* da medicina por uma razão, não? As consequências de tal prática podem ser infelizes. Mas nenhum médico espera mais do que isso. Nem deveriam os cidadãos de qualquer cidade.

— E ainda assim você está disposto a praticar com sua própria esposa. Devia se envergonhar.

Ele se cala.

— Eis o que eu exijo como pagamento: você continua com sua prática médica. Eu faço os partos.

Seu olhar é vazio. Confuso.

— Você nunca mais fará um parto. Não nesta cidade. Se é tão arrogante a ponto de não me chamar, então chame outra pessoa. Não me importo. Mas não quero que ponha as mãos em uma mulher em trabalho de parto novamente. Entendeu?

O jovem Dr. Benjamin Page fica quieto e empalidece. Vejo seu queixo tremer de raiva. Mas ele se afasta para me deixar passar e, antes de fechar a porta, assente com a cabeça. Apenas uma vez.

E é o suficiente.

LOJA DO DR. COLEMAN

O GELO É MAIS ESPESSO NAS PARTES RASAS, PERTO DA MARGEM DO RIO. No entanto, conforme caminho em direção ao centro, o Kennebec range sob meus pés. Como tábuas antigas. Como ossos cansados. E mesmo sabendo que suportará meu peso, avanço com cuidado, a maleta médica em uma das mãos e a outra estendida, cada passo deliberado, ouvindo os estalos, sentindo se o gelo se move ou afunda sob meus pés. Sam Dawin não foi o único a cair no gelo, embora seja um dos poucos a sobreviver. O rio tem pelo menos cento e vinte metros de largura na maioria dos trechos, é profundo no meio, com uma correnteza implacável e, nesta época do ano, temperaturas letais. Se alguém afundar, estará morto. E caso seja encontrado, provavelmente estará boiando em um estaleiro de Boston semanas depois, com a pele e as roupas despedaçadas.

Depois de atender Melody Page, estou exausta de uma maneira que antes julgava impossível. Na minha juventude, quando iniciei na profissão, não era incomum passar vários dias indo de um parto para outro. Eu conseguia trabalhar bem com pouco sono e refeições esporádicas. Mas algo mudou quando completei 50 anos. Meu corpo começou a se rebelar contra os horários inconsistentes. E agora toda minha existência física protesta contra a longa noite. As conversas exaltadas com o Dr. Page e a Sra. Hendricks me exauriram. Meu pescoço está rígido e meus olhos, ressecados. Os ossos parecem querer se soltar das juntas, mas meus músculos estão tensos. Estou com fome.

— Logo chegarei em casa — murmuro enquanto atravesso o ponto médio do rio. Preciso me esforçar para não apressar os passos, mas continuo a travessia cuidadosa e metódica até que meu pé direito pouse em terra firme. É uma curta caminhada até a margem e então bato os pés na passarela, removendo a neve das solas das botas.

A lua brilha e as nuvens estão baixas e fluídas, fazendo o céu parecer a concha de uma ostra, estriado em tons de cinza. Se eu tiver sorte, estarei em casa em uma hora, então farei uma refeição leve e vou direto para minha cama. Mas primeiro preciso buscar Brutus no estábulo da taberna, onde o deixei.

Embora os moradores de Hook estejam acostumados a atravessar o rio, poucos de nós têm coragem suficiente para montar um cavalo de duas toneladas sobre o gelo.

Estou virando em direção a Taberna Pollard quando vejo os lampiões acesos na Loja do Dr. Coleman. Estranho. Ele geralmente fecha a loja às seis da tarde. A porta da frente está a poucos passos de distância, então viro à esquerda em vez de à direita e testo a maçaneta. Ela gira com facilidade em minha mão, e entro ao som dos sinos tilintando alegremente sobre minha cabeça.

Samuel Coleman levanta os olhos de seu assento ao lado do balcão.

— Quem está aí? — pergunta, semicerrando o olho leitoso na minha direção.

— Sou eu, Martha.

— Ah — diz. — Já é tarde para estar na rua.

— Estava em um parto do outro lado do rio.

— E quem são os novos pais?

Eu rio, porque vai parecer absurdo.

— Dr. Page.

— Ele chamou você?

— Claro que não. E posso dizer com sinceridade que é o primeiro bebê que ajudei a nascer contra a minha vontade.

— Mas está tudo bem?

— Está sim. Não graças a ele.

— Tudo está bem quando termina bem, suponho. Mas isso não responde por que você está em minha loja a essa hora.

— Vi as luzes acesas.

— E ficou preocupada comigo?

— Apenas curiosa sobre o que o fez ficar acordado até tão tarde.

Samuel Coleman ergue seu livro-caixa.

— Isso. Estou revisando para me certificar de que as contas estão corretas. Está ficando mais difícil a cada dia.

Enquanto vou até o balcão, examino a pilha de peles para ter certeza de que não há uma de raposa-prateada à venda. E, assim como todas as vezes que estive aqui nos últimos meses, respiro aliviada ao encontrar apenas peles de coelho, arminho e castor. Às vezes, vejo uma de guaxinim. Ou de uma raposa-vermelha.

— Está precisando de uma pele, senhora Ballard?

— Não. Só quero me certificar de que ela não está aqui. — Quando Coleman inclina a cabeça, curioso, eu acrescento: — Há uma raposa-prateada que perambula por nossas terras. Acho que ela fez uma toca sob o velho carvalho perto do riacho. E, para ser sincera, eu me apeguei a ela.

— Uma pele assim renderia uma boa quantia. Negociantes da Rússia e da China, em particular, as valorizam muito. Uma única peça vale vinte dólares. Às vezes trinta, se estiver em bom estado.

— Mas você pagaria isso?

— Nunca tive a oportunidade.

Eu me inclino mais perto.

— Mas se oferecessem uma para você? Digamos, um desses caçadores que aparecem de vez e quando. Você compraria?

Ele puxa o canto do bigode.

— Isso importa? Já que o bichinho já estaria morto?

— Importaria para mim.

— Então suponho que a resposta seja não. Mas tenho a impressão de que você não quer realmente falar sobre peles.

— Não. Só entrei por curiosidade. Mas agora que estou aqui, pensei em perguntar o que acha de Sarah White.

— Eu mal conheço a garota.

— Mas tem algo contra ela?

— De jeito nenhum.

— Gostaria de tê-la por perto?

— Não estou procurando outra esposa, senhora Ballard. E, além disso, sou velho demais para ela.

Solto uma risada, longa e alta. Não consigo me conter. A ideia nem tinha passado pela minha cabeça.

— Meu Deus, não! Não é disso que estou falando.

— Então explique aonde quer chegar, não estou entendendo.

— Você me disse que pretendia contratar um garoto para ajudá-lo na loja. Alguém para trabalhar no balcão e cuidar dos livros. Acho que Sarah se sairia bem, e seria um bom descanso para sua vista. Sem mencionar para o resto do seu corpo.

— Está insinuando que estou velho e frágil?

— Você praticamente afirmou isso há menos de dois minutos. — Fico contente ao ver o lampejo de humor naquele olhar, o leve tremor no canto da boca que sugere um sorriso que ele tenta esconder. — Já tem quase 70 anos. Tem apenas um olho e um total de seis dedos entre ambas as mãos. Só estou *dizendo* que ter ajuda na loja alguns dias por semana não seria um grande fardo para você. Acho que deveria pensar em Sarah.

— É uma sugestão interessante, senhora Ballard — diz Coleman. Ele se inclina sobre o balcão e franze os olhos para mim de tal maneira que seu olho parece afundar completamente no rosto. — Mas gostaria que tivesse me falado isso antes.

— Por quê?

— Porque ontem mesmo aceitei uma oferta pela loja, de um homem de Boston.

— Você a vendeu?

— Venderei, no mês que vem, quando ele chegar com o pagamento.

Lamento ouvir isso, por mais de uma razão. Sentirei falta de Coleman, e lhe digo isso.

— Não há por que sentir minha falta. Ficarei para ajudar o comprador até ele se estabelecer. Você me verá com bastante frequência.

Coleman pisca para mim, e é tanto encantador quanto macabro. O gesto desperta minha curiosidade mais uma vez, sobre como ele perdeu o outro olho. Sempre achei que fosse um insulto perguntar, mas me sinto encorajada pela decepção em não poder ajudar Sarah.

— O que aconteceu? — pergunto. — Com seu olho? Seus dedos? Sempre quis saber.

— Você não acreditou na teoria do ataque de piratas? É o boato que mais ouço sendo sussurrado por aqui — diz, em um tom alegre que ecoa em seu peito. — Sabe que ninguém nunca me perguntou diretamente?

— Você é um tanto intimidador — digo.

— Pfff. Bobagem. Ter uma aparência assustadora e ser assustador não são a mesma coisa.

Espero, sem querer insistir demais, caso seja algo que ele não queira responder, mas depois de um momento, ele levanta a mão e a gira no ar. Acena com os dedos grossos.

— Foi durante a Batalha de Signal Hill. Que bela sorte a minha! Ser mutilado na última batalha, depois de estar na guerra e ficar ileso por sete anos. — Ele me olha. Sorri. — Eu ainda me considero sortudo. Perdi alguns dedos e um olho. Alguns homens perderam suas vidas. Já outros... Bem, Joseph North também lutou, e ele poderia lhe dizer como é perder a alma.

Suas palavras têm um tom de desdém. Como se a alma fosse algo que se perde com tanta facilidade quanto uma partida de xadrez.

— Como assim?

Há um profundo abismo em seu único olho leitoso, que me encara enquanto ele pondera como responder à pergunta. Quando Coleman finalmente fala, me preocupo que tenha perdido o fio da meada.

— Ela tinha cabelos bonitos, sabe — diz.

— Quem?

— Minha esposa. Era brilhante. Reluzente. Como uma moeda de cobre ao sol. Estávamos casados há três meses quando um bravo furão o arrancou da cabeça dela. Soube depois que — aqui ele precisa limpar a garganta — o escalpo foi vendido para um francês por trinta francos. Era assim que eles contabilizavam as mortes, sabe? Com a prova de um inimigo inglês morto.

Essa é a parte da guerra que ninguém mais comenta. Pelo menos não em companhia civilizada. Quando uma guerra termina, não se fala mais do preço pago. Da realidade. Do solo ensopado de sangue, das lápides ou dos danos colaterais. De como matamos nossos inimigos para reivindicar a vitória. A história é escrita pelos sobreviventes, não pelos mortos. Mas eu mesma já ouvi essas histórias. Sei que não é algo tão simples quanto os franceses eram maus e os ingleses eram bons. *Ha!* Os ingleses? Não. Você nunca me ouvirá defender seus métodos. Meu povo partiu daquelas terras porque não tinha mais opções.

— Os ingleses também não eram inocentes — digo.

— Não. Não eram. Uma vergonha. Mas para eles, a retirada e a venda de um escalpo humano era uma prática *opcional*. No entanto, isso fez de Joseph North um homem muito rico. Na época em que a guerra foi oficialmente declarada, em 1756, um escalpo de um homem indígena valia cento e trinta libras para os ingleses. De uma mulher, menos. As mulheres sempre valeram menos. — Não sei se essa última frase é um pedido de desculpas ou uma observação. — Conseguiam cinquenta libras. Como você acha que Joseph North construiu aquela casa elegante no topo do morro? Como acha que ele distribui empréstimos como balas? — Coleman pergunta e me olha fixamente. — Como eu disse. Perdeu a alma.

TABERNA POLLARD

Sexta-feira, 26 de março

Cyrus está diante da mesa de frente para os três juízes. Mais uma vez, o Tribunal de Pleitos Comuns se reúne em Hallowell, presidido pelos digníssimos Obadiah Wood, James Parker e John Hubbard. Como o Juiz North não é visto por ninguém em Hook desde o final de janeiro, foi automaticamente excluído desta audiência.

Seth Parker está ao lado de Cyrus, pronto para oferecer aconselhamento jurídico. Ele nos assegurou que o tribunal não tem fundamentos legais para manter nosso filho preso, mas estou com um mau pressentimento sobre essa audiência. O caso de Cyrus é o único na pauta de hoje. Ele chegou recém-barbeado, vestindo suas melhores roupas de domingo. Hoje, está mais parecido com o pai do que nunca. Um homem em seu auge. Mas ele tem um ar insolente que me deixa inquieta no assento. Cyrus parece disposto a arrumar confusão.

— Como se declara? — pergunta Obadiah Wood a Cyrus. — Na acusação de homicídio de Joshua Burgess em novembro do ano passado?

Há uma pilha de papéis sobre a mesa ao lado de Cyrus, e ele se inclina sobre o monte, pena em punho, para escrever a resposta.

Inocente.

Mais uma vez, metade da cidade está presente. A taberna está lotada. Cerveja e sidra fluem livremente, mas o ambiente está silencioso. A acusação contra ele — embora sem mérito — é considerada justa pela maioria dos presentes. Não há cochichos hoje.

O juiz Parker se inclina sobre a mesa.

— Como pôde presenciar, sete homens testemunham o fato de que você se envolveu em uma altercação física com o falecido na noite de 25 de novembro. Você nega ter feito isso?

Não.

Parker faz anotações em sua ata.

— Qual foi o motivo da altercação?

Cyrus leva um tempo para escrever a resposta. Depois de um momento, ele mostra o papel para Seth — que assente, mas antes que possa entregá-lo ao juiz, Parker interrompe.

— Para agilizar os procedimentos, permitiremos que seu advogado leia suas respostas, senhor Ballard.

Cyrus entrega o papel a Seth, que lê sua resposta em voz alta.

— "Joshua Burgess agarrou o braço da minha irmã. Eu defendi a honra dela."

Esse fato foi devidamente confirmado aos juízes durante a audiência, quando sete testemunhas diferentes se apresentaram para relatar o ocorrido no baile de novembro. Mas eles querem ouvir de Hannah diretamente, então ela se posiciona ao lado do irmão.

— Por favor, declare seu nome para o tribunal — diz o Juiz Parker.

— Hannah Ballard.

— O que aconteceu na noite em questão?

Observo Moses perto da lareira, ao lado de Barnabas Lambard. Seus braços estão cruzados, e ele franze o cenho ao presenciar o interrogatório. Não gosta de vê-la sendo exposta dessa maneira, e não posso culpá-lo. O rapaz está apaixonado e quer protegê-la, mas Hannah insistiu em defender o irmão. Assim como Dolly, que está sentada com a postura ereta e o queixo erguido, fazendo o possível para ignorar Barnabas.

— Durante toda a noite, Joshua Burgess me pediu para dançar, e eu recusei todas as vezes — diz Hannah. — Não fui só eu, ele abordou várias garotas, e não encontrou uma parceira. Mas eu fui a última a dizer não. Então ele ficou bravo. Agarrou meu braço e me arrastou para dançar. Ele deixou hematomas.

Acho que Moses não sabia dos hematomas, e ele dá um passo à frente, com os punhos cerrados. Com um gesto calmo e discreto, Barnabas põe a mão em seu ombro e o puxa para trás. Sussurra algo em seu ouvido.

Eles se tornaram amigos, penso. E estou feliz por ver isso.

— Foi então que seu irmão veio em sua defesa? — pergunta o Juiz Wood.

— Sim. Não demorou. Cinco ou dez segundos, talvez. E a briga não durou muito mais que isso. Então Cyrus e mais alguns homens jogaram Burgess na neve.

Wood tamborila o dedo na mesa.

— Quem eram esses homens?

— Sam Dawin e meu irmão Jonathan.

— Eles estão presentes no tribunal hoje?

Eles estão. E rapidamente confirmam o testemunho de Hannah. Jonathan parece irritado, e Sam, inquieto, mas os juízes não fazem mais perguntas. A família Ballard ocupa uma mesa inteira e dois bancos da taberna. Seth e Sam também se juntaram a nós, e gosto de pensar que nos ver aqui é um alento para Cyrus.

— Cyrus não teve nada a ver com a morte de Burgess — diz Hannah. — Ele ficou no baile o restante da noite, e então levou minha irmã e eu para casa.

Agora é a vez do Juiz Hubbard falar.

— E quanto ao seu outro irmão?

Novamente, Jonathan se levanta.

— Depois do baile, eu saí com Sam. Tínhamos uma carga de madeira para entregar. Foi a noite em que o rio congelou. Ficamos presos em Bumberhook Point.

— Foi lá que o corpo de Joshua Burgess foi encontrado?

— Sim, senhor, fomos nós que o encontramos.

Hubbard olha para seus colegas, e depois diretamente para mim.

— Senhora Ballard?

Eu me levanto.

— Sim.

— A senhora testemunhou anteriormente que seus filhos retornaram para casa do baile pouco antes de ser chamada para atender um parto?

— Sim. Cerca de uma hora, mais ou menos.

— E tem certeza de que Cyrus permaneceu na cama depois que você saiu?

Essa repetição sem sentido é exaustiva, e exige mais esforço do que eu gostaria para reprimir a frustração em minha voz.

— Não tenho motivo para acreditar que não.

— E, na manhã seguinte, quando o restante da família acordou, , ele estava entre eles?

Ephaim Júnior. Que Deus abençoe seu pequeno coração valente. A audiência foi demais para ele. Está assustado pelo irmão mais velho e é esperto o suficiente para saber que os juízes estão procurando algo — qualquer coisa, na verdade — que lhes dê motivo para prosseguir com o julgamento. Ele se levanta de um salto e diz, com uma voz que falha na primeira palavra:

— Eu posso responder isso!

Há uma onda de risadas abafadas atrás de nós, e as bochechas dele se tingem de vermelho. Mas ele endireita a postura e ergue o queixo.

— Meu jovem? Qual é o seu nome? — pergunta Wood.

— Ephraim Ballard. Jú-júnior — gagueja.

Há um sorriso no canto da boca de Wood. Apenas um lampejo de bondade.

— Continue, por favor. Pode confirmar se Cyrus estava em casa quando a família acordou?

— Sim! Nós dividimos o quarto. E ele estava lá, na cama, quando fomos acordados às cinco. Sam Dawin caiu no gelo, e causou um grande alvoroço quando foi levado até minha casa. No início, todos pensamos que ele estava morto.

Parece o suficiente para Wood e Parker. Ambos se recostam em suas cadeiras. Assentem. Pousam as penas. Mas, ao que parece, Hubbard está obstinado hoje e não é tão facilmente convencido pelo meu filho mais novo.

— E quanto às três horas de intervalo? — pergunta. — Pode atestar que seu irmão estava em casa? Três horas é tempo suficiente para sair e terminar o trabalho que ele havia começado com Burgess.

— Eu estava dormindo — diz Ephraim, como se fosse a resposta mais óbvia do mundo. — E *Cyrus* também.

Durante todo esse tempo, Seth observou todo o trâmite. Rabiscou anotações que não consigo ler, mas agora ele dobra o papel ao meio, levanta-se e se aproxima da mesa do juiz.

— Se me permitem a palavra, excelências?

É seu direito como advogado de Cyrus, e eles concedem.

— Peço que as acusações sejam imediatamente retiradas. Nada foi realizado durante esta audiência além de discutir o que aconteceu entre duas e cinco da manhã. Ficou estabelecido que Cyrus Ballard não foi atrás do senhor Burgess naquela noite. Ficou estabelecido que ele acompanhou as irmãs para casa, foi dormir e estava em sua cama, quando Sam Dawin foi levado até a casa. Nenhuma testemunha declarou o contrário. O tribunal não apresentou uma única prova que o conecte ao homicídio. Cada um dos juízes desta bancada já declarou, ao menos uma vez no caso Foster, que as acusações não poderiam ser formalizadas porque não havia testemunha do crime. No entanto, aqui, em um caso de *homicídio*, esse mesmo critério não é observado? Não. Esta audiência não só é uma grave tentativa de manipular o sistema judicial, mas um colossal desperdício de tempo. O tribunal não tem motivo algum para prosseguir além deste ponto.

Em algum lugar, nos fundos da taberna, há aplausos esparsos, e os juízes se retiram para o depósito a fim de deliberar.

* * *

Sexta-feira, 26 de março. Dia nublado e frio. O Tribunal de Pleitos Comuns se reuniu em Hook para deliberar sobre as acusações apresentadas contra Cyrus no caso do homicídio do capitão Burgess. Eles decidiram que Cyrus deveria ser libertado do pátio da prisão, mas as acusações permanecem pendentes.

TRIBUNAL DE POWNALBORO

Quarta-feira, 31 de março

— VAMOS — DIZ EPHRAIM. — ESTOU COM FOME.

Nosso quarto alugado fica no canto do segundo andar e tem a vantagem de possuir três janelas. Duas voltadas para o leste e uma para o norte. Há uma cama, uma escrivaninha e um lavatório. É simples, mas limpo. O sol fez uma rara aparição esta manhã, e eu me inclino para a luz suave e quente que entra pelas janelas. Mas provavelmente não durará muito, já que há nuvens no horizonte.

Sigo Ephraim para fora do quarto e desço as escadas até a taberna, onde os outros hóspedes já estão reunidos.

Como muitos estabelecimentos públicos nas colônias, a taberna de Pownalboro serve para diversos propósitos. É um prédio de tábuas de madeira brancas de três andares com um longo anexo lateral. O primeiro andar é uma taberna, o segundo compreende seis quartos de aluguel, e o terceiro é a residência da família de Samuel Goodwin: um dos sócios da Kennebec Proprietors, capitão da guarda no Forte Shirley e dono deste excelente estabelecimento. O anexo, construído há trinta anos, compreende uma pequena prisão e um tribunal.

Quatro quartos foram alugados pelos juízes que compõem o Supremo Tribunal de Justiça. Eles viajaram de Boston para o julgamento de Joseph North. Mas, ao contrário de North e seus colegas em Vassalboro, todos são advogados de profissão. Todos têm escritórios particulares na cidade. São homens de riqueza e distinção. Mas, a julgar pelos resmungos enquanto enchem seus pratos no café da manhã, nenhum deles está satisfeito em estar aqui.

Os juízes costumam fazer essa viagem apenas duas vezes por ano: uma em dezembro e outra em julho. Mas a gravidade do caso Foster obrigou a uma sessão especial do tribunal. E, para complicar ainda mais, há o próprio rio Kennebec. Normalmente, eles navegam de Boston para Bath, depois rio acima até Pownalboro, mas só conseguiram chegar a Bath ontem, então tiveram que alugar uma carruagem para o restante da jornada. O rio congelado altera todos os aspectos da vida para aqueles que vivem às suas margens, mas os juízes encaram o inconveniente como um insulto pessoal.

— Aquele é Robert Treat Paine — sussurra Ephraim para mim enquanto escolhemos uma mesa no salão.

Tomo cuidado para não encarar. Ele é uma lenda nas colônias. Um dos cinquenta e seis homens a assinar a Declaração de Independência, Paine é advogado, político, juiz, além de membro fundador da Sociedade Abolicionista da Pensilvânia. Ele dedicou a maior parte de sua vida à abolição da escravatura nos estados que agora formam este país, e embora muitos acreditem ser uma missão impossível, tenho esperança de que a causa prevalecerá.

— Ele é um homem justo? — pergunto. — Vai ouvir os fatos do caso?

Ephraim assente.

— Segundo me disseram, ele tem uma bússola moral irretocável.

— E os outros?

— O de cabelos escuros, ali à esquerda, é Nathan Cushing. — Ephraim inclina levemente o queixo para apontar o juiz. — Ele foi nomeado para o cargo por John Hancock, em janeiro. Seu irmão, William, é um dos cinco juízes da Suprema Corte dos Estados Unidos.

— Então o direito está no sangue.

— Com certeza. É uma herança familiar. Ao lado dele está Increase Sumner. Um jurista dos mais competentes. Está no tribunal há oito anos. Também nomeado por Hancock.

— E o quarto?

— Francis Dana. Representante no Congresso Continental. Assinou os Artigos da Confederação. Não conheço um homem que não o respeite.

— Todos são formados em Harvard?

— Sim.

Suspiro.

— Devo admitir que estou cansada de homens de Harvard no momento. Eles só me causaram problemas ultimamente.

— Bem, acho que Rebecca Foster não poderia pedir uma bancada de juristas melhor. Eles são muito diferentes dos juízes que ouviram o caso até agora. Se ela tem alguma chance de obter justiça, será aqui.

Eu me viro na cadeira e então olho para Ephraim com uma expressão de evidente preocupação.

— Você já viu os Fosters?

— Não. — Ele me lança um olhar igualmente temeroso. — Eles não estão hospedados aqui. Ou pelo menos ainda não chegaram. Paguei um extra para reservar o último quarto para eles. Mas há uma dezena de lugares em Pownalboro onde eles podem ter se hospedado.

Observo os juízes em sua mesa do outro lado do salão. Eles parecem meros mortais, apenas homens de idades variadas, tomando café da manhã. Em poucas horas, no entanto, eles vestirão suas togas de seda preta e suas perucas empoadas e se transformarão em símbolos de poder e autoridade. Esses quatro homens determinarão se a justiça está disponível para todos ou apenas para alguns.

* * *

Banhos são um luxo. Já faz vários anos desde que desfrutei de um longo banho em um banheira de cobre de verdade, mas aproveito agora enquanto esperamos o início do julgamento. Pagarei um extra pelo privilégio, já que os filhos do Capitão Goodwin tiveram que carregar uma dezena de baldes de água quente escada acima para enchê-la. Não me importo, me sentar aqui e relaxar por uma hora vale cada xelim. Tenho sabão, toalhas limpas e um cômodo tranquilo onde posso organizar meus pensamentos.

Fico na água até meus dedos enrugarem, até a água passar de quente para morna, e de morna para fria. Sentada aqui, com os cabelos molhados pingando sobre a borda arredondada da banheira, ouço a agitação de uma casa que hoje não preciso administrar. A taberna é um negócio familiar — assim como é para os Pollards — e ouço passos e conversas abafadas. O som de portas batendo e o constante barulho de crianças correndo para cima e para baixo nas escadas. As risadas e as briguinhas inocentes. Abaixo e acima, os sons da vida de uma grande família estão por toda parte.

É exatamente o descanso que meus nervos precisam. Quando as sombras mudam de lugar e a água fica desconfortavelmente fria, me levanto da banheira e piso no tapete. Eu me enxugo, depois coloco o vestido de shantung de seda verde que paguei para a Sra. Densmore fazer para mim. Tem um caimento perfeito e o toque radiante e rígido de um vestido que nunca foi usado.

Quando retorno, Ephraim está me esperando no quarto e percebo que ele também está se preparando para mais tarde. Seu rosto está voltado para a janela, observando as nuvens plúmbeas se aproximarem, ele não se vira quando passo pela porta.

— Eles ouvirão quatro casos — diz Ephraim. — Acabei de receber a informação do escrivão lá embaixo. O de North será o último.

— Pensei que o dele fosse o único na pauta?

— Era até a semana passada. Há outros três casos de... — Ele faz uma pausa, escolhendo as palavras — ... natureza *carnal* procedentes de tribunais inferiores. Acharam melhor resolver quatro problemas de uma vez, por assim dizer, em vez de esperar até julho. Talvez queiram evitar a próxima viagem.

Ephraim finalmente se vira. Olha para mim e solta um assobio alto e longo.

— O que foi?

— Esse vestido é novo.

— É.

Ele atravessa o quarto. Desliza o dedo abaixo da gola.

— Você fica linda de verde.

Fito a parede atrás dele.

— Pensei que deveria... que faria diferença. Que hoje eu não parecesse uma mulher do campo tentando parecer importante. — Tenho dificuldade em encontrar as palavras. — Eles são homens respeitados. Estão decidindo o destino da minha amiga. Eu queria...

Ephraim me puxa para perto, como sempre faz quando as lágrimas me tomam como refém. Não sou uma mulher chorona, mas hoje *é* importante. E viemos de longe para finalmente colocar uma pedra sobre esse assunto.

— Você está *linda* — repete ele, sua voz um sussurro caloroso que envolve meu ouvido. — Agora vamos procurar os Foster.

* * *

— O Supremo Tribunal Judicial está em sessão — anuncia o escrivão do tribunal ao salão lotado. — Por favor, levantem-se para os honoráveis juízes Robert Treat Paine, Nathan Cushing, Increase Sumner e Francis Dana.

Cerca de setenta homens e mulheres se levantam quando os quatro juízes entram no tribunal. Eles não se parecem em nada com os homens no café da manhã. Estão paramentados com togas e perucas. Dois usam óculos. Parecem distintos e austeros. Não há sorrisos, nem acenos de reconhecimento entre eles. Apenas solenidade e um senso de propósito quase tangível. Apesar de todos os meus anos prestando testemunhos, nunca estive em um tribunal tão sério quanto este.

Ephraim insistiu que nos sentássemos na frente desta vez, o mais perto possível da bancada mesmo que o caso de North seja o último da pauta. Ephraim confirmou que North está em Pownalboro, sua primeira aparição desde a fuga em Hallowell.

— Está vendo os Fosters? — pergunto. Trinta minutos perguntando por toda a rua principal de Pownalboro não levaram a nossos amigos, e um nó de preocupação começou a se formar no fundo do meu estômago.

Ephraim vira o pescoço de um lado para o outro, procurando Isaac e Rebecca, depois balança a cabeça.

— Ainda não. Não os culpo por não quererem assistir à miséria dos outros além da deles.

— E o Seth?

— No fundo da sala. Está se mantendo discreto até o caso dos Foster ser chamado.

— Bom — digo, então me viro para olhá-lo. — Isso é um bom sinal.

Como de costume, Seth parece despretensioso em sua calça e seu casaco de lã, discreto, mas não desleixado. Ele se barbeou e cortou o cabelo para a ocasião, e dá para ver que todos os botões de seu colete foram polidos. Tento chamar sua atenção, mas ele está olhando pela janela.

O juiz Nathan Cushing se levanta.

— Conforme disposto, e mais tarde codificado nas leis desta colônia, em 17 de dezembro de 1623, todos os atos criminosos, assim como questões de invasão e dívidas, serão julgados pelo veredito de doze homens honestos, selecionados pelas autoridades deste tribunal, para compor um júri — anuncia. — À esquerda estão os homens reunidos hoje para este propósito.

Os jurados estão sentados, com expressões impassíveis, em duas fileiras de seis. Com idades que variam entre 20 e 80 anos. Alguns barbados, outros barbeados. São locais. Agricultores. Comerciantes. Marinheiros. Ferreiros e carpinteiros. Até onde o tribunal sabe, eles não têm relação com nenhum dos réus.

Cushing ergue sua via da pauta.

— O primeiro caso é uma apelação de Hannah Barker, que foi condenada pela Corte de Audiências Gerais do condado de Lincoln por caluniar Polly Noble. A senhorita Noble é filha de um juiz de paz na referida corte. Todas as partes envolvidas neste caso, por favor, se apresentem.

Quatro mulheres e um homem se aproximam da longa mesa dos juízes.

— Como se declara, senhorita Barker? — pergunta Cushing.

Hannah Barker é tão magra que não deixaria pegadas se atravessasse uma estrada lamacenta. Também não é bonita, seu rosto coberto de marcas e cicatrizes do queixo até a linha do cabelo. Mas ela mantém a postura ereta e não hesita ao falar.

— Inocente. Eu não disse nada além da verdade.

A verdade, ou pelo menos a versão de Hannah, poderia ter sido dita de forma um pouco mais educada, porque quando Cushing pergunta às duas testemunhas o que Hannah lhes disse sobre Polly, suas respostas são impiedosas.

— "Deus do Céu!", foi o que ela disse, Hannah, quero dizer — conta a primeira mulher a Cushing. — "O que você acha que aconteceu com a família Noble? Polly foi para Boston e teve um bastardo com um negro." Falou exatamente assim, no verão passado, na saída da igreja. — A última palavra é sussurrada, como se o verdadeiro sacrilégio fosse o local e não a ofensa.

— Tem filhos, senhorita Noble? Legítimos ou não?

— Não, senhor.

— A senhorita já esteve em Boston?

— Com meu pai. E ele pode testemunhar que eu nunca saí de perto dele.

Cushing olha para o pai da jovem, que assente. O juiz faz anotações na súmula, e continua.

— Próxima testemunha.

Uma segunda mulher se aproxima. Ela é tão parecida com a primeira que presumo que sejam irmãs.

— Hannah me disse que Polly já esteve com vários homens e que o pai dela até a flagrou debaixo do balcão uma vez.

Essas acusações também são negadas, e o pai jura que a filha nunca agiu de tal maneira. Quando chegou a vez de Polly se dirigir ao tribunal, ela chora e diz que sua reputação foi "*arruinada*". Suplica ao júri que mantenha a condenação.

E assim foi feito. Quando Cushing entrega o caso ao júri, eles deixam a sala para deliberar na taberna, mas se ausentam por menos de quinze minutos.

Cushing lê o veredito em voz alta.

— "Nós, do júri, consideramos Hannah Barker culpada pelo crime de calúnia." — Cushing faz anotações na súmula e acrescenta: — Este tribunal mantém a condenação anterior e multa a senhorita Barker em setenta e cinco dólares.

Mais choro, mas desta vez de Hannah Barker. É um montante grande o suficiente para arruinar financeiramente a senhorita Barker e sua família. Olho por cima do ombro, procurando pelos Foster. Receio que Rebecca interprete o julgamento como um sinal de que os juízes serão lenientes em relação a North. Pela primeira vez, estou aliviada por não vê-la.

Increase Sumner bate seu martelo na mesa desta vez, reinstaurando a ordem no tribunal, e então se levanta para anunciar o próximo caso a ser apresentado.

— O tribunal passará ao caso de Thomas Meloney, acusado de viver em pecado com a própria irmã, Johanah, e pelo homicídio de seu bebê. Todas as testemunhas, por favor, se apresentem — anuncia o juiz Sumner, e então retoma seu assento.

Em vez de Johanah, dois homens se aproximam da bancada. Um caminha do fundo da sala e o outro sai de uma porta lateral, a cadeia. Pai e filho, obviamente. Um mais velho e curvado, o outro forte e desafiador. Nenhum deles contratou um advogado.

— Inocente — diz Thomas Meloney, quando perguntado.

O pai, no entanto, conta uma história diferente.

— Eles são irmãos. Moram na mesma casa desde que Johanah teve seu primeiro filho. Ela agora tem três, mas não sei quem é o pai dessas crianças.

Nem o incesto nem o homicídio de um bebê puderam ser confirmados pelo tribunal, pois não há testemunhas que tenham presenciado os fatos. Tudo o que fica demonstrado é que os irmãos vivem sob o mesmo teto, e que Johanah tem o hábito de trazer crianças ilegítimas ao mundo. Isso causa certa consternação entre os juízes, pois é óbvio que a lei foi violada e uma criança está morta. Mas sem Johanah ou seu testemunho, o caso é enviado ao júri baseado apenas em especulações.

Dez minutos depois, Sumner lê o veredito.

— "Nós, do júri, decidimos pela absolvição de Thomas Meloney nas acusações de incesto e homicídio por falta de provas."

Eu me enrijeço na cadeira, e Ephraim estende a mão para pegar a minha. Ele a aperta com força suficiente para me fazer chiar.

— Cuidado — sussurra ele.

— O quê? Eu não disse nada.

— Estava prestes a dizer.

— Só que quando uma mulher fofoca — murmuro em seu ouvido — é multada com um valor suficiente para comprar três cavalos, mas um homem descumpre as leis, tanto divinas quanto terrenas, e sai do tribunal com as mãos nos bolsos.

— Você gostaria que o pendurassem em uma árvore sem uma única prova? Nem sequer uma testemunha se apresentou para endossar a acusação.

— E você não se preocupa com o fato de os parentes homens de Johanah compareçam ao tribunal sem ela?

Ephraim aperta minha mão novamente, desta vez com mais força.

— Com quantos assuntos gostaria que eu me preocupasse hoje, querida? Com os de uma estranha também?

É uma pergunta justa, mas não consigo evitar a inquietação com o fato de haver uma jovem por aí sem ninguém para protegê-la dos próprios parentes. Meu único consolo é que Sumner parece igualmente perturbado enquanto faz anotações em sua súmula.

O terceiro caso a ser ouvido é de grande interesse para mim, e mais uma vez procuro sinais dos Foster na sala. Ainda nada. Eles estão deixando tudo muito para a última hora.

É a vez do juiz Francis Dana se dirigir à sala.

— O tribunal ouvirá um recurso de Nathaniel Whitaker, condenado pelo Tribunal de Pleitos Comuns do condado de Lincoln por tentativa de estupro de Milly Lambard.

— Espero que não seja parente de Barnabas — murmura Ephraim.

A sala ouve enquanto Milly Lambard declara que, quatro anos atrás, Nathaniel Whitaker a agrediu em um campo em Canaan. Ele nega enfaticamente. A família dela testemunha que ela lhes contou sobre o ataque na manhã do ocorrido. A família dele testemunha que não poderia ter acontecido porque ele estava com eles, era um final de tarde de domingo, e todos jantaram juntos após o culto. Perguntas são formuladas. Acusações feitas. Mas, no final, este caso também vai para o júri sem provas sólidas. A condenação anterior é anulada, e Nathaniel Whitaker sai triunfante.

* * *

— Aonde está indo? — pergunta Ephraim.

— Ao banheiro. Estamos sentados aqui há horas.

— Eles estão prestes a começar.

— É melhor ir agora do que perder minha chance de testemunhar.

Abro caminho pela multidão — a maioria das pessoas se levanta para esticar as pernas ou fofocar sobre o que ouviram no tribunal — e saio para o ar gelado. Pequenos flocos de neve flutuam das nuvens plúmbeas que pairam sobre Pownalboro e encaro o céu. Estou cansada do inverno. Da neve. Do gelo. Do frio. Estou cansada do mundo estar suspenso entre essas estações voláteis. Mas não controlo os quatro ventos, não posso ordenar ao sol que volte a brilhar. No entanto, posso esvaziar minha bexiga e ficar um pouco mais confortável.

A fila para o banheiro é longa — pelo menos vinte pessoas — e eu me remexo no lugar, impaciente. A necessidade humana de alívio é deselegante e inconveniente, mas, na verdade, a taberna deveria ter mais de um local para tais necessidades.

Cinco minutos. Dez.

Quinze.

Olho por cima do ombro quando o som de um martelo batendo na mesa ressoa pelo ar frio. Só mais duas pessoas na minha frente. Quando fecho a porta do banheiro e levanto as saias, meu alívio é substituído pelo medo, e faço minhas necessidades o mais rápido possível. Quando volto ao tribunal, metade da sala está em pé. As pessoas viram os pescoços. Sussurram. Há um zumbido no ar, como estática. Isso me deixa tensa. Sinto como se um comichão percorresse meu corpo.

— Por que demorou tanto? — pergunta Ephraim quando volto para a frente da sala.

— Por causa *delas*. — Aponto as pessoas ao nosso redor. — A fila estava longa.

— Bem, já chamaram o North.

— Estou vendo.

Ele está na lateral, com a cabeça inclinada, sussurrando com um homem que nunca vi antes.

Ephraim coloca a mão em minhas costas. Quer me acalmar, mas o gesto tem o efeito oposto.

— Também chamaram os Foster. Eles não estão aqui.

— Não pode ser.

— Faz cinco minutos, Martha. Eles não se apresentaram. Eu até olhei lá fora. Eles não estão aqui. E Seth também não os viu.

— Mas...

O juiz Robert Treat Paine faz o possível para reinstaurar a ordem. Bate o martelo mais um vez. Lentamente, a sala se acalma. As pessoas voltam aos seus assentos.

— Esta é a última chamada para Rebecca Foster — anuncia Paine. Seth se aproxima da frente da sala.

— É o senhor Foster?

Ele balança a cabeça.

— Não. Meu nome é Seth Parker, o advogado que representa os Foster.

— Seus clientes estão presentes?

Ele solta um pigarro, desconfortável.

— Não sei. Mas estou preparado para argumentar em favor deles, mesmo assim. E eles também têm uma testemunha presente que viajou de Hallowell para depor.

Ele aponta para mim.

— Parece que você leva esses procedimentos muito mais a sério do que seus clientes, senhor Parker.

— Por favor, desculpe Rebecca, meritíssimo. Ela está grávida de oito meses como resultado da agressão...

— *Suposta* agressão. — O homem ao lado de North dá um passo à frente e se apresenta. Ele é alto, presunçoso e veste um elegante casaco escuro. — Henry Knowland, advogado da defesa. — Ele se aproxima da mesa e entrega a Paine um pequeno cartão de visita quadrado. — Vim de Boston para acompanhar meu cliente.

— Bem, pelo menos Lidia não mentiu sobre o paradeiro dele — sussurro para Ephraim.

Paine assente.

— Obrigado. Como o senhor Parker estava dizendo...

Ele lança um olhar furioso para Henry Knowland.

— Independentemente de como o senhor *defina* a agressão, fato é que minha cliente está grávida de oito meses como resultado. Sem dúvida, é por isso ela não está presente hoje, meritíssimo. Qualquer viagem neste momento seria um fardo. No entanto, essa circunstância não deve impedir este tribunal de avançar com o julgamento. Estou preparado para argumentar em seu nome. Trouxe depoimentos, e a testemunha dela também tem provas a apresentar.

— Traga os depoimentos à bancada — pede Paine.

Seth entrega os dois depoimentos escritos ao juiz Paine, depois retorna ao seu lugar na frente da sala. Ele lê ambos os relatos em voz alta para todos os presentes. Ninguém se move ou fala até que ele termine.

— Senhora Ballard? — chama Paine, e eu me levanto. — A senhora confirma que o documento foi escrito de próprio punho e que todos os detalhes são verdadeiros?

— Sim, meritíssimo.

— E a senhora trouxe o diário mencionado em seu depoimento?

— Sim.

— Por favor, traga-o à bancada.

Coloco o diário na mesa diante dos juízes e viro as páginas mencionadas em meu depoimento.

— Que o júri fique ciente de que tudo está de acordo com o relato por escrito. Obrigado, senhora Ballard, pode se sentar.

Ephraim segura minha mão, massageia a base do meu polegar com o dele. O roçar de seu dedo caloso na minha pele é reconfortante. Tranquilizador.

— Vamos ouvir o caso Commonwealth *versus* Joseph North — diz o Juiz Paine. Ele lê as acusações em voz alta para os presentes. — Alega-se que, na noite de 10 de agosto, Joseph North invadiu a casa de Isaac Foster e tentou violentar sua esposa, apesar de suas muitas tentativas de resistência. Ela, sob juramento, afirmou isso em duas audiências anteriores no condado de Kennebec e reiterou em seu depoimento escrito. Como se declara, coronel North?

Esta tarde, North parece um homem distinto. Cabelo e barba aparados. Seu terno é novo. Sapatos polidos. Ele se aproxima da bancada com seu advogado.

— Inocente, excelência.

— Então, o que tem a dizer sobre essas acusações?

Henry Knowland responde em lugar do cliente. É uma jogada inteligente, considerando como North tende a argumentar e interromper quando não está no comando de um tribunal.

— Depoimentos e *acusações* à parte, não há testemunhas que possam atestar que esses fatos aconteceram conforme alegado. Ninguém viu meu cliente entrando ou saindo da casa dos Foster naquela noite. Ninguém *testemunhou* os crimes cometidos contra ela naquela noite. Sua única testemunha é uma parteira que a atendeu nove dias depois, que por sua vez está se baseando na palavra da senhora Foster sobre o ocorrido. Ela sofreu ferimentos? Sem dúvida! Existe qualquer tipo de prova de que *meu* cliente é o responsável? Não. Temos apenas a palavra de uma mulher que nem se deu ao trabalho de comparecer hoje para testemunhar a seu favor. Quão sério realmente podemos levar essas invencionices? Senhores — implora ele, virando-se para o júri e se dirigindo a eles diretamente. — *Vamos.* Sejam *razoáveis.* Vocês vão arruinar a vida de um homem bom, *respeitado,* um membro íntegro de uma valorosa comunidade, um homem que serviu honrosamente a este país não em uma, mas em duas guerras? Um coronel! Um juiz! Tudo por causa de rumores e especulações? Vocês são mais inteligentes do que isso. E muito mais honrados.

Knowland retorna ao seu lugar e o juiz Paine faz um gesto para que Seth tome a palavra.

— Senhor Parker, tem algo a acrescentar ao tribunal?

Seth olha ao redor da sala de audiências, procurando os Foster uma última vez, e me aflijo com a desesperança em seus olhos. Finalmente, ele respira fundo e se vira para o júri.

— Como pode ser *honroso* ignorar os fatos incontestáveis de que uma mulher foi estuprada e agora está grávida como resultado dessa agressão? Ninguém nega isso. Eles apenas questionam a palavra da vítima. *Seu* relato. Eles clamam por "*testemunhas*" como se crimes como este fossem cometidos à luz do dia. No meio da rua. O mal é sempre feito em segredo. Vocês sabem disso. Rebecca Foster *é* uma testemunha! E seu relato não deve ser descartado simplesmente porque uma avançada gravidez, *imposta* a ela, impossibilitou sua viagem. Ela pediu a esta corte que faça justiça. A verdadeira questão é se vocês a negarão a ela. Não há absolutamente nenhuma razão para duvidar de suas alegações. A defesa com certeza não forneceu nenhuma. A verdade foi apresentada e vocês devem agir com base nela, como os homens bons, os homens *honrados* que são.

Seth Parker retorna ao seu lugar, com a mandíbula cerrada de raiva, e não faz contato visual com ninguém.

— O tribunal passa o caso ao júri para deliberação. — Robert Treat Paine bate uma vez na mesa com seu martelo, depois recosta-se em sua cadeira.

* * *

Não saímos da sala de audiências. A maioria dos presentes não compartilha o mesmo senso de urgência, no entanto, e saem para esticar as pernas quando o júri se retira para deliberar. Os juízes também deixam a sala para aproveitar a pausa.

Os primeiros trinta minutos não são ruins, mas quando o tempo se arrasta em direção a uma hora, começo a ficar tensa. Sentindo meu humor, Ephraim segura minha mão e para de falar sobre o tempo e o que vamos plantar na primavera. Seth Parker também não saiu, está sentado do outro lado da sala, absorto em um profundo mau humor. Há apenas dez pessoas na sala de audiências quando os doze jurados que decidirão o destino de Rebecca retornam. Há uma correria insana do lado de fora quando a notícia se espalha e leva mais cinco minutos antes que todos tenham se acomodado.

O primeiro jurado entrega o pedaço de papel a Francis Dana. O juiz o desdobra. Então lê as palavras com atenção, não uma, mas duas vezes. Em seguida, ele o entrega para Increase Sumner, à sua esquerda. Examino seus rostos em busca de qualquer indicação da decisão. Nada. Não há uma única pista.

Increase Sumner entrega o papel para Nathan Cushing.

Ele lê e seus olhos são indecifráveis.

Ele passa o papel para Robert Treat Paine.

Mais uma vez, o homem não demonstra um mínimo lampejo de emoção enquanto absorve o veredito do júri. Nem sequer um franzir da testa. Um suspiro. Nem um erguer da sobrancelha ou um inspiração profunda.

Paine se inclina sobre a mesa e entrega o pedaço de papel de volta para Sumner.

Ele empurra seus óculos sobre a base do nariz.

— "Nós, o júri" — ele lê, com a voz firme e clara — "declaramos o réu, coronel Joseph North, inocente da acusação de tentativa de estupro em relação à senhora Rebecca Foster."

Vinte Anos Atrás

OXFORD, MASSACHUSETTS

7 de julho de 1769

A PRAGA ATINGIU NOSSA CASA DURANTE OS DIAS MAIS QUENTES DO VERÃO. Difteria. O maligno e antigo flagelo. E mesmo que ela não discriminasse entre as casas de Oxford, sentíamos como se tratasse nossa família com especial crueldade. Ephraim e eu esperamos, certos de que também nos consumiria, mas não aconteceu. Talvez tenha sido um milagre, mas foi amargo, pois assistimos cada um de nossos filhos sucumbir à febre, um após o outro, sucessivamente. Todos os seis fracos e tossindo, com as gargantas inchadas e tão inflamadas que mal conseguiam engolir o caldo que pingávamos em suas bocas.

Mas isso não foi o pior. O espesso muco cinza que revestia suas bocas e gargantas foi o suficiente para cairmos de joelho em oração. Eles não conseguiam engolir. Não conseguiam falar. Mal eram capazes de respirar.

— Não há nada que possamos fazer? — perguntou Ephraim, segurando Jonathan contra o peito, as camisas de ambos encharcadas pela febre.

— Banhos frios. Caldo. Alcaçuz e camomila para a garganta, mas isso só aliviará a dor, não tratará as feridas — expliquei a ele.

Fizemos o melhor que pudemos. Buscávamos baldes de água fria no poço todos os dias. Deixávamos as crianças imersas na tina uma por uma, mas assim que as secávamos e vestíamos, a febre voltava.

E eles choravam. Não o choro irritado ou frustrado aos quais nos acostumamos em uma casa cheia de crianças, mas lamentos. Suaves, fracos e indefesos. Como gatinhos recém-nascidos.

Eu os acalentava o máximo que conseguia, mas eu tinha seis crianças e apenas um colo. E, mesmo assim, estava ocupado pelo sétimo bebê que já pressionava minhas costelas. Mas carregá-los no colo parecia apenas piorar a situação. Eles ficavam quentes. Suados. Inquietos. E ainda assim todos estendiam os braços frágeis na minha direção, me olhavam com olhos vidrados, desesperados para se sentirem melhor.

Nossas preces não adiantaram nada.

— Por que isso está acontecendo? — perguntei a Ephraim na terceira semana de junho, enquanto desabávamos na cama, as janelas abertas para deixar entrar uma brisa escassa. Espalhamos colchonetes pelo chão do nosso quarto para manter as crianças por perto. — O que fizemos de errado?

Ele me puxou contra o peito e acariciou minha cabeça com sua grande mão calejada.

— A chuva cai sobre justos e injustos, amor. E nós não merecemos isso mais do que nossos amigos ou vizinhos.

Assistimos aos nossos filhos ficarem mais fracos. Vimos suas gargantas incharem. Vimos o véu cinza se espalhar por suas vias respiratórias. Vimos seus lábios ficarem azuis e a respiração se tornar superficial. Foi Cyrus quem mais nos preocupou. Por dois dias, ele mal se moveu. Nosso menino, com apenas 12 anos, pairou à beira da morte por semanas.

Mas foi Triphene quem partiu primeiro. Triphene, a menina que nomeamos em homenagem à primeira mulher de quem fiz o parto. Cinco. Ela tinha apenas 5 anos. Certa noite, nossa filha se enfiou na cama conosco, aconchegou-se entre nossos corpos, e quando acordamos, ela havia partido. Fria e imóvel, seu cabelo platinado caído sobre meu braço como uma cortina.

Chamamos Elspeth. E mesmo que não pudesse enxergar nem ajudar, ela ficou ao nosso lado enquanto nos revezávamos para fazer o impensável. Ephraim cavou o buraco, eu aninhei Triphene lá dentro, então ele o cobriu, e eu coloquei a pedra em cima. Não podíamos deixar os outros sozinhos lá dentro com medo de que um deles morresse na nossa ausência. Não podíamos expor Elspeth à doença deles. Mas também não podíamos fazer o que era preciso sem algum reconforto ou testemunha. Elspeth foi ambos. Foi uma coisa cruel de se pedir, mas ela nunca hesitou.

E, então, oito dias depois, ela fez isso mais uma vez.

Dessa vez, ao anoitecer. Mas Dorothy tinha apenas 2 anos. Ela era a filha que nomeei em homenagem à minha mãe. E eu a embalei nos meus braços, chorando à beira de sua sepultura. Foi enterrada ao lado da irmã, o solo ainda fresco e escuro uma semana depois. A visão delas era fogo entre minhas costelas. Um vazio em minha alma.

Três dias depois, chamamos Elspeth pela terceira vez.

Martha deveria ter sobrevivido.

Era nossa segunda filha, aquela que Ephraim insistiu em dar meu nome. Ela tinha 8 anos e era parecida com o pai. Era a menos doente de todos. Nunca ofegava, nunca perdia o fôlego. Sua garganta não se cobriu de ulcerações acinzentadas. Mas o coração — *ah, Deus,* o coração — batia cada vez mais devagar à medida que a doença progredia. Ele desacelerou e depois parou, e então a respiração cessou. E a sensação dela em meus braços, envolta em linho, era o peso de milhares de tormentos.

Não lembro se gritei ou se chorei. Durante todo aquele terrível sofrimento, é o único detalhe que não consigo resgatar das profundezas da minha memória. Nunca perguntei a Ephraim. Não tenho coragem.

Naquele momento, eu tinha certeza de que a doença levaria todos. Levaria nossos filhos e depois nos levaria e então tudo acabaria. É possível que eu até tenha desejado que isso acontecesse, pois seria a única maneira de estarmos juntos novamente. Como uma família. Como Deus pretendia.

Mas Cyrus melhorou. Na manhã após enterrarmos Martha, ele pulou da cama como um cambaleante bezerro recém-nascido, querendo água e torrada. Mas quando veio até mim, pedindo para ser alimentado, sua voz havia desaparecido. Eu só tinha ouvido essa voz falhar uma única vez com a iminência da puberdade, mas então ela se fora. Paralisada pela doença. E embora tenhamos esperado — dias, meses, anos —, ele nunca mais a recuperou. Apenas um suave grunhido ou gemido que ele logo ficou envergonhado demais para tentar falar. A doença poupou sua vida, mas roubou sua voz. E com ela, qualquer chance de um futuro normal.

Jonathan se recuperou no dia seguinte a Cyrus. E Lucy um dia depois. As febres cessaram, as tosses desapareceram e os pulmões limparam. Suas vozes nem sequer vacilaram. E quando perguntavam pelas irmãs, tínhamos apenas lágrimas como resposta. Embora nunca imaginemos ser possível, podemos celebrar e lamentar na mesma respiração. É uma bênção profana.

— Quero sair deste lugar — disse Ephraim, debaixo do carvalho onde nossas filhas foram sepultadas. — Quero ir para algum lugar onde haja mais terra. Onde possamos ter uma fazenda de verdade, não apenas uma horta. Algum lugar onde possamos recomeçar. Talvez construir um moinho.

— O quê? — Olhei para ele como se ele tivesse falado um idioma desconhecido. Não conseguia compreender as palavras. Ele tinha gravado o nome de Martha na terceira lápide naquela manhã. Tínhamos a sepultado havia dez minutos. As lágrimas ainda estavam frescas em nossas faces, nossos corações ainda uma ferida aberta. E ele queria *abandoná-las*?

— Não — respondi. — Não podemos deixar nossas meninas.

— Martha — sussurrou ele, me apertando forte contra o peito. — Nossas meninas *nos* deixaram.

Somente uma vez antes fiquei tão furiosa a ponto de esbofeteá-lo. E, assim como ele fez naquela colina no dia em que nos casamos, ele segurou meus pulsos, surpreso pela minha fúria.

Puxei as mãos para me libertar.

Ephraim apontou para as sepulturas.

— Elas não estão aqui. Não mais.

Eu me virei e o deixei ali, sozinho.

6

O RIO CAUDALOSO

ABRIL DE 1790

"Será um punhal que vejo em minha frente
com o cabo a oferecer-se-me?"

— William Shakespeare, *Macbeth*

SERRARIA BALLARD

Sábado, 10 de abril

Paro no caminho, a cinquenta metros do moinho, observando Isaac Foster partir. Dez dias. Foi o tempo que levou para ele finalmente voltar para Hook e explicar a ausência deles no julgamento. Hoje sem Rebecca, falou apenas com Ephraim e, mesmo assim, não ficou por mais do que quinze minutos.

Percorro o restante do caminho — com o prato de estanho do jantar de Ephraim equilibrado na mão — enquanto Isaac segue pela estrada entre as árvores, depois desaparece em meio às sombras. Os dias estão mais longos agora, e o céu mais claro à medida que o inverno afrouxa suas garras implacáveis. Não neva há uma semana, e o ar já não queima meus pulmões. O rio ainda está congelado, mas já há rachaduras e estalos ocasionais, sugerindo que não demorará muito até o degelo.

Dentro do moinho, Ephraim está em sua bancada de trabalho, arrancando furiosamente a casca de um fino tronco com sua faca de arrasto. É uma ferramenta de duas alças, reta como uma flecha, tem cerca de sessenta centímetros de comprimento e uma lâmina afiada o suficiente para cortar um osso. Ele sabe o que está fazendo e é cuidadoso, mas, ainda assim, estremeço ao ver o metal cintilante se aproximar de seu torso. Ephraim usa um avental de couro que cobre a camisa e a calça, mas um movimento errado e ele precisará de pontos. Ou pior.

— Onde estavam os Foster? — pergunto, tomando cuidado para não assustá-lo.

— Em Vassalboro. Isaac apelou em seu processo ao tribunal de Obadiah Wood.

Ephraim levanta a cabeça, depois enxuga uma gota de suor da testa.

— Eles chegaram a um acordo.

— De quanto?

— Cem dólares. É só a metade do que Isaac tem direito, do montante que lhe foi prometido em seu contrato com a cidade. Mas será pago no final do mês e é suficiente para que eles se estabeleçam em outro lugar.

— E ele disse algo sobre a absolvição de North?

— Apenas que ele realmente acreditava que conseguiriam um veredito de culpa. Ele não entende como um júri de "doze homens honestos" não foi capaz de enxergar a verdade do que aconteceu com a esposa dele.

— Eles nem sequer a viram! Rebecca nem se deu ao trabalho de comparecer ao julgamento. — Minha voz sai mais alta do que pretendo, e Percy se agita nas vigas do sótão. Aquele pássaro tem a audácia de grasnar para mim.

— Isaac disse que ela se recusou a ir. Que ela não teve coragem de contar os detalhes de sua humilhação diante de outro grupo de homens.

— Não é culpa *dela*.

— Eu sei. E Isaac também sabe. Mas o que ele deveria fazer? Arrastá-la até Pownalboro e obrigá-la a entrar no tribunal? Ameaçá-la fisicamente para que ela testemunhasse? Ele não é um homem cruel. Além disso, Seth tinha o depoimento dela por escrito. Você estava lá como testemunha. Isaac achou que seria suficiente. E eu não posso culpá-la por não querer passar por tudo aquilo de novo.

Coloco o jantar de Ephraim na bancada de trabalho e me sento no banco.

— Ela me disse que isso aconteceria. Que mesmo que o tribunal considerasse North culpado, seria apenas por *tentativa*, não por *cometer* um crime. E qual seria a pior punição que ele teria recebido? Uma *multa*?

Resta apenas uma pequena faixa de casca no tronco, e observo meu marido retirá-la metodicamente. A lâmina sibila enquanto revela a madeira clara por baixo. Eu o observo por um momento, pensativa.

— O júri absolveu todos os homens acusados de estupro naquele dia — digo depois de alguns instantes. — Mas aplicaram uma multa exorbitante a uma mulher por espalhar mentiras sobre a filha de um juiz.

Agora o tronco está totalmente limpo, e Ephraim coloca a faca de arrasto na bancada. Tira o avental de couro.

— Acredito que teria sido diferente se Rebecca estivesse presente. Ela está grávida. Isso é mais difícil de ser ignorado por um júri.

— Se tivessem tido a chance de vê-la, *ouvi-la* — digo.

— Tenho certeza de que foi isso que North percebeu em janeiro, quando ela deu seu depoimento. Ele achou que as acusações de estupro seriam formalizadas naquele dia. Ele sabia que um júri acreditaria em Rebecca, então fugiu para Boston e contratou um advogado renomado.

— E se livrou de cumprir a pena no pátio da cadeia — acrescento.

— Mas ele não perdeu a chance de ter um gostinho de vingança quando fez com que nosso filho fosse acusado de assassinato.

— Você acha que North está por trás da prisão de Cyrus?

Ephraim assente.

— Sim. Na audiência, o juiz Parker insinuou que a morte de Burgess foi muito conveniente para North. Acredito que ele achava que seria acusado de estupro e suspeitava que acrescentariam acusações de homicídio. Então ele fugiu. E depois encontrou uma maneira de fazer com que Cyrus fosse acusado. Eu pretendo provar isso também.

— Como?

— Pedirei ao Paul que investigue o tal advogado, Henry Knowland, quando eu for a Boston.

Paul. Ele sempre pronuncia o nome com tanta casualidade, como se não estivesse se referindo a Paul *Revere*. Sim, um velho amigo, mas também um herói nacional. O pequeno prato de prata que Ephraim me deu é apenas uma pequena parte do favor que ele deve ao meu marido. Se alguém pode ajudar Ephraim a descobrir o que North estava tramando com seu advogado em Boston durante aqueles dois meses, é Paul Revere.

— Coma seu jantar — sugiro. — Está esfriando.

Ephraim vai até o prato e assente em aprovação. Espeta uma batata com o garfo e a coloca na boca.

— Quando vai partir? — pergunto.

— Amanhã bem cedo.

— E quanto tempo pretende ficar fora?

— Dez dias, talvez quinze, vai depender da dificuldade em obter informações sobre Knowland e elaborar minha defesa perante a Kennebec Proprietors.

Na semana desde o julgamento de North, Ephraim tem coletado depoimentos por escrito de amigos e vizinhos que atestarão que vivemos nesta propriedade desde que assumimos o arrendamento. Ele levará todos esses documentos — junto com as cartas que encontrei no alforje de Burgess — para Boston. Mas isso significa que ele partirá novamente, e embora o assunto precise ser resolvido — e rápido —, não gosto da ideia de sua ausência.

Percy nos observa do seu poleiro no sótão, a cabeça imponente girando para lá e para cá. Chego a imaginar que ele fala com Ephraim. À sua maneira. De vez em quando, ouço seus gritos e grasnados lá de casa, quando não há vento. E acho que consigo ouvir Ephraim responder.

— O gelo está se movendo no rio — comento —, já não era sem tempo. Estou cansada deste inverno.

Ele me lança um olhar cauteloso.

— Talvez ele ainda não tenha se cansado de nós.

— O que você quer dizer com isso?

— A roda d'água. Ela não se mexeu. Saberemos que o inverno chegou ao fim quando ela voltar a girar e ouvirmos seu cantarolar.

Percy bate as asas como se concordasse. Encaro o pássaro, furiosa.

— Ele matou outra galinha ontem.

Ephraim arqueia uma sobrancelha.

— Você foi quem aguçou o paladar dele para essa iguaria. O que esperava?

— Esperava que ele fosse um cavalheiro e pegasse apenas o que lhe é oferecido.

— Percy não é um cavalheiro, Martha. É um animal selvagem. Não confunda as coisas.

— É um animal, sim, mas domesticado.

Ephraim observa o pássaro em silêncio.

— Não existe tal coisa.

— Bem, falando em seres selvagens — digo, alisando a prega da minha saia. — Jonathan deveria ter colocado uma rede sobre o cercado das galinhas na semana passada para que Percy não entrasse. Ele ainda não fez isso.

— Há muitas coisas que Jonathan deveria fazer e não faz. E muitas que ele faz, mas não deveria.

— Então é melhor você lidar com ele também quando tiver a chance. E coma a galinha no seu prato antes que seu pássaro a roube também. Não é para o bico dele.

Ephraim janta enquanto eu verifico o conteúdo da mochila e do cesto de viagem para ter certeza de que ele tem tudo de que precisa para a viagem a Boston. Parece estar tudo em ordem.

Quando termina sua refeição, Ephraim ainda tem um olhar faminto e, depois de colocar o prato na mesa, ele me pressiona contra a parede.

— O que vai fazer sem mim? — pergunta ele, deslizando as mãos pela minha cintura.

— Não me faltam afazeres para me manter ocupada.

— Ah, é?

— Tenho muito o que fazer no ateliê. Xaropes. Unguentos.

Suas mãos descem mais, explorando minha lombar. Meus quadris. Meu traseiro.

— Linho para fiar. Algodão para pentear — acrescento.

Devagar, até demais para o meu gosto, na verdade, Ephraim começa a levantar minha saia. Beija a lateral do meu pescoço.

— Cozinhar... limpar...

— Parece terrivelmente entediante.

Seus dedos roçam a pele macia das minhas coxas.

— Se você tem alguma ideia de um jeito melhor de me manter ocupada, adoraria ouvi-las — provoco.

— Acho que palavras são uma perda de tempo em momentos como este. — Ephraim me levanta e me coloca na mesa, erguendo minha saia até os joelhos. — Prefiro demonstrar.

CAIS DAWIN

Domingo, 18 de abril

— São gêmeos? — pergunta May, deitada de costas, em uma camisola branca e macia.

Deslizo os dedos por seu ventre inchado. Ela está grávida de seis meses, mas parece de oito.

— Sinto apenas uma cabeça. — Pressiono os dedos na lateral do corpo de May, logo acima dos ossos do quadril. — Bem aqui. E aqui... — deslizo a palma para o outro lado e sinto outro pequeno montículo — é o bumbum. Por fim, apalpo a base das costelas de May. — E aqui os pezinhos, que tenho certeza de que consegue sentir.

— O tempo todo. — Ela ri. — Mas estou *imensa*. Não podem ser dois?

— Não. Sua *barriga* está grande. O resto do seu corpo é bem pequeno.

May é pequena e estreita, e cada centímetro de seu bebê se projeta para frente. Acho que isso sugere que é um menino — há alguma verdade nas antigas superstições —, mas não menciono em voz alta. Há muito tempo aprendi a não alimentar as esperanças de uma mulher. Se elas querem um, quase sempre terão o outro.

— É apenas a posição do bebê — explico a ela. — Suas costelas não expandiram, então sua barriga está crescendo para frente e não para os lados.

— Isso é um problema? Minhas costelas?

— Não. — Ofereço um sorriso tranquilizador e continuo o exame, apalpando e cutucando. — Sente alguma dor?

— Só nas costas. Às vezes. Quando ando. Sento. Ou fico de pé. — Outra risada, desta vez em um tom de desamparo, como se dissesse: *O que posso fazer?*

— Fique de lado.

May se vira com um gemido, e eu deslizo os dedos pela curvatura das costas.

— Onde?

— Mais para baixo. Mais perto do meu...

— Ah. — Dou leves batidinhas na parte superior das nádegas, como faria com um bebê, e May ri.

— Sim. Bem aí.

— O bebê está pressionando suas costas. Peça ao Sam para massagear um pouco à noite, se ele não se importar.

Só consigo ver seu perfil, mas uma covinha surge em sua bochecha.

— Nunca precisei de muita persuasão para ele colocar as mãos no meu traseiro.

Estou feliz que May agora se sinta confortável o suficiente para brincar comigo. Não há nada mais importante em uma sala de parto do que a confiança.

— Eu mesma vou pedir a ele, antes de ir embora. Onde ele está?

May se apoia sobre o cotovelo e sopra uma mecha de cabelo dos olhos.

— No celeiro. Trabalhando no jugo, acho. Ele quer começar a treinar os novos bois assim que o degelo começar.

Olho pela janela, para a paisagem cinza e lamacenta, os pinheiros já despidos do manto branco. Hallowell dá todos os sinais de que passará do gelo diretamente para a lama.

— Ele é um otimista — digo.

— É um fazendeiro. Precisa ser.

Ajudo May a levantar da cama e se vestir. Juntas, descemos as escadas, e a entrego um xarope de solidago e erva-ursina para ajudar a reduzir o inchaço em seus tornozelos.

— Apenas uma colher de chá por dia. Mais do que isso e você ficará com muita sede — instruo. — Tome antes de dormir, para que possa agir durante a noite. Mas não se surpreenda se precisar usar o penico várias vezes.

May me agradece, então me acompanha até a porta, e eu me surpreendo ao perceber que o ar não está frio nem hostil. Penduro a capa de montaria no braço em vez de vesti-la.

Brutus está amarrado no varão, inquieto e pisoteando uma pilha lamacenta de neve derretida.

— Só mais um minuto — digo a ele —, já vamos para casa.

Caminho pela lateral da casa em direção ao celeiro. Ouço o barulho de Sam lá dentro, batendo em algo e praguejando com muita eloquência.

— Seu pedaço de merda! Seu verme desprezível.

Duas batidas altas como se algo pesado tivesse sido derrubado, então chutado.

— *Canalha* imundo.

Incerta do que posso encontrar lá dentro, bato na porta do celeiro com os nós dos dedos antes de entrar. Estava certa sobre o chute. O jugo está caído no chão do celeiro, retorcido em um ângulo estranho, e Sam dá mais uma boa pancada com a bota. Ao que parece, ele está nessa luta há um bom tempo. O cabelo desgrenhado. Sem casaco. As mangas arregaçadas e a camisa com um trilha de suor ao longo das costas.

— Nunca vi consertarem algo a pontapés — digo. — O que há de errado com essa coisa?

Sam levanta a cabeça, assustado. Então ele aponta para o jugo.

— O varão está torto.

— E praguejar ajuda?

— Sim. Ajuda a me sentir melhor por ser idiota o suficiente para deixá-lo ao ar livre o inverno todo, até encharcar e empenar na neve.

Sam dá de ombros e levanta a pesada peça de madeira do chão para pendurá-la em um suporte perto do estábulo. Seus antebraços estão despidos, as veias saltadas e cobertos de pelos grossos e avermelhados, da mesma cor do cabelo.

— Tenho que dar seu pagamento — diz ele, enfiando a mão no bolso. Quando ele a tira, há um emaranhado de objetos em sua palma: um botão antigo, um prego enferrujado, um torrão de sal, uma tira de renda esfarrapado, uma ponta de flecha, um pedaço de barbante e um punhado de moedas. Miudezas típicas de qualquer homem que trabalha no campo o dia todo. Ele começa a contar o dinheiro.

— Guarde os honorários para o nascimento da criança — digo a ele. — Essas visitas já estão incluídas.

Ele olha para a palma da mão e franze o cenho, mas não discute e guarda os objetos de volta no bolso. Suas mãos estão sujas do trabalho no campo, e quando ele percebe meu olhar, as esfrega na frente da camisa.

— Como está May? — pergunta.

— A barriga está enorme e ela sente muito desconforto — digo.

— Mas ela está bem? Não há nada de errado?

— Ela acha que está esperando gêmeos.

A expressão no rosto de Sam é de absoluto terror.

— É verdade?

— Pelo que pude avaliar, é só um. Embora acho que será bem grande. Como o pai.

— Isso é perigoso?

— Não mais do que dois pequenos. — Sorrio. — Mas ela precisa que você faça uma coisa.

Sam solta um longo suspiro aliviado.

— O quê?

— Uma massagem nas costas. Quantas vezes ao dia puder. Grande parte do peso está pressionando a lombar. E ela já é pequena. O bebê não tem muito espaço. Então, o desconforto pode começar a descer para as pernas em breve.

— Pode deixar.

— Ótimo. E me chame se ela tiver dores frequentes.

Sam me acompanha até o varão e, ao nos despedirmos, alguém chama meu nome em um tom de voz que só pode ser descrito como furioso.

— Martha Ballard!

Eu me encolho ao reconhecer a voz. Então, fecho os olhos e tento me acalmar, pois ele é uma das últimas pessoas com quem quero falar neste momento.

Mas ele repete meu nome, mais irritado desta vez, e quando olho para Sam Dawin, vejo que uma nuvem de tempestade se formou em seus olhos e seus punhos estão cerrados. Talvez ele tenha se afeiçoado a mim, afinal. Ou pelo menos tem um instinto protetor.

William Pierce está montado em seu cavalo, me encarando.

— Senhor Pierce. — Aceno com a cabeça, da forma mais educada que consigo. — Como posso ajudá-lo hoje?

— Você vem comigo.

— Não estou acostumada a receber ordens.

— Então, que hoje seja a primeira vez. Porque Sally está morrendo. E a culpa é sua.

FAZENDA PIERCE

— Sally não está *morrendo* — explico a William Pierce. — Está em *trabalho de parto*. Por favor, explique como isso seria culpa *minha*?

Em vez de me responder, ele olha para a esposa, e entre eles há uma espécie de código conjugal conhecido por todo casal de longa data. A capacidade de decifrar as expressões um do outro. O franzir de uma sobrancelha. O arfar de uma narina. Dentes cerrados, queixo empinado, olhos que irradiam raiva e medo. Uma profusão de significados são trocados entre eles antes que William aponte o dedo para ela.

— Você explica — ordena, então vira nos calcanhares e deixa o quarto, batendo a porta ao sair.

— Por favor, desculpe meu marido — diz Bonnie Pierce. Ela não se abala com o acesso de raiva. — William é o tipo que nasceu para ter filhos homens. Em vez disso, teve cinco filhas. Ele nunca se acostumou.

— Não há ninguém além dele a culpar. Sally é a mais nova. Ele teve tempo de sobra.

— Nem todo o tempo do mundo fará um homem se sentir preparado para ver a filha grávida. Não estava pronto com as outras, e não é diferente com Sally.

Ora, se este não é um dia de revelações.

— Há quanto tempo sabe? — pergunto.

— Quase três meses. Descobri o segredo no dia seguinte ao segundo julgamento de North, em janeiro. Entrei no quarto dela enquanto ela estava na tina de banho. Ela não tinha como esconder.

— E contou para William?

— Não de imediato. — Bonnie me observa com um olhar crítico, me avalia da cabeça aos pés. Há uma franqueza nela que eu aprecio. — Só o faria ficar zangado com Sally. Escondemos dele o quanto pudemos. Ele descobriu há um mês.

— É difícil esconder uma gravidez por tanto tempo.

— Meu marido é muitas coisas, senhora Ballard, menos observador. E é inverno. Estamos sempre tentar ficar aquecidos. Ela é alta e está sempre agasalhada. Teria sido mais difícil no verão, sem dúvida.

— Não parece muito preocupada com a condição dela.

Bonnie dá de ombros. É mais aceitação do que indiferença, mas, ainda assim, fico surpresa, dada a indignação moralista de William no tribunal este ano.

— Ela não se meteu nessa situação sozinha.

A testa de Sally está coberta de suor, e seus olhos estão fechados em uma expressão de dor. Ela não vê o olhar intrigado que lanço em sua direção.

— Está sugerindo que ela foi forçada?

Bonnie ri.

— Não pelo que ela conta. Pelo que pude entender, minha filha foi uma participante entusiasmada.

Sinto uma pedra afundar em meu estômago.

Mentalmente, regresso no tempo. A última vez que vi Sally foi na audiência no final de janeiro. O pai a obrigou a testemunhar — mais uma vez — sobre tudo o que ela ouviu no dia em que visitei Rebecca. A nevasca rugia vinda do leste, e eu não dei muita importância ao fato de ela estar usando a capa de montaria durante a audiência. Metade das pessoas na Taberna Pollard estava bem agasalhada naquele dia. Seis meses. Ela deveria estar grávida de seis meses. Mais ou menos.

Como eu não percebi?

E no baile, uma semana antes? Só lembro de pensar que seus seios pareciam mais fartos, que o vestido havia sido cortado para destacar esses atributos. Teria sido reajustado para acomodar as novas formas? Não houve um único cochicho sobre sua silhueta naquele dia. Porque ninguém notou.

Porque ninguém a viu desde então.

Porque.

Porque...

Todas as cinco filhas de Pierce herdaram a aparência da mãe. Cabelo castanho-avermelhado, olhos cor de avelã e lábios carnudos. Mas a altura é do pai, e acredito que isso, mais do que qualquer outra coisa, permitiu a Sally esconder seu segredo. Um corpo comprido, aliado a um torso alongado e um busto farto, pode esconder uma infinidade de pecados. Especialmente no início de uma primeira gravidez.

— Sally? — chamo.

Ela interrompe as contorções na cama e me olha, depois se encolhe, seus belos olhos turvados pela dor. Está com medo, tanto do que está acontecendo quanto de mim. Quando coloco a mão em seu pé descalço, ela se retrai e confirma essa suspeita, e isso me entristece quase ao ponto das lágrimas. Nunca tive uma paciente que reagisse assim a mim. Só vejo alívio em seus olhos.

— Preciso perguntar uma coisa para você.

— Não. — Ela balança a cabeça.

— O pai — sussurra Bonnie. — Ela acha que está perguntando sobre o pai. Já fiz isso, pelo menos cem vezes, e ela não me disse nada além de que o ama e foi para a cama de bom grado. Se conseguir arrancar isso dela, então é mais milagrosa do que as pessoas dizem.

— Não vou perguntar sobre o pai — explico a Sally.

Ainda não, penso.

Sally relaxa visivelmente.

— Então o que é? — arfa ela.

Esta conversa teria sido muito mais fácil três horas atrás, antes da fase do expulsivo e da sensação de agonia sobrenatural que ela traz. O cérebro para de funcionar. O corpo só conhece a dor e a necessidade desesperada de sobrevivência. Lucy, minha filha mais velha, esqueceu o próprio nome três vezes durante a essa fase. Nomes e números deixam de existir. A realidade se reduz a um ponto de existência primitiva.

— Preciso saber se esta criança está adiantada ou atrasada. Preciso saber quando foram suas últimas regras. A vida do seu bebê pode depender disso.

É algo terrível a se pedir enquanto Sally Pierce está deitada na cama, a cabeça jogada para trás, o suor escorrendo em seus lábios. Não me considero uma pessoa cruel, mas isso talvez seja a coisa mais cruel que já fiz, pedir a uma mulher em trabalho de parto para fazer contas.

— Verão. — A palavra é cuspida entre os dentes cerrados, e limpo um pouco de saliva do meu queixo com o punho. — Meados de julho, eu acho.

Faço as contas e fico aliviada ao concluir que estamos dentro da janela de viabilidade. Ela está a termo.

Bonnie Pierce limpa a garganta.

— Parei de acompanhar os ciclos delas anos atrás.

— Não era tarefa sua. Se sei algo sobre a maternidade é que os filhos farão o que quiserem e não há uma *maldita coisa* que possamos fazer a respeito.

Pelo que me lembro, minha mãe nunca praguejou em seus 68 anos. Não posso dizer que sou uma ávida adepta da arte dos impropérios, mas percebo que a cada ano que passa, me sinto mais confortável em dizê-los. E, se eu nunca tive grande afeição por Bonnie Pierce, agora lamento, porque ela ri do meu comentário.

— Cada uma das minhas meninas acabou nessa situação.

Quando a olho surpresa, ela ri novamente.

— Não sabia disso, não é? Nenhuma delas escondeu por tanto tempo, mas, sim, todas elas deram uma volta pelo celeiro uma ou duas vezes e acabaram de barriga antes do casamento. Eu só não... — Ela faz uma pausa para organizar os pensamentos. — Com as outras, eu *sabia* o que estavam aprontando.

— Minha filha mais velha também — digo, e se é possível duas mulheres se tornarem amigas após uma única confissão, é o que acaba de acontecer. — Com as outras, só o tempo dirá.

Bonnie Pierce dá de ombros.

— Sempre me perguntei se foi algo que herdaram de mim. William se casou comigo rapidamente, é claro, mas eu já não era exatamente uma donzela.

Estou tentada a contar às duas sobre a mulher com que Ephraim Ballard se casou — e o escândalo que nos envolveu — quando Sally grita.

Chegou a hora. Ela está pronta.

Não é rápido, não é fácil e não é agradável para nenhuma de nós naquele quarto. Leva quase duas horas para Sally Pierce dar à luz. As lacerações não são mais graves das que eu costumo ver em salas de parto. Mas ela precisará de pontos, disso estou certa.

— Olá, pequenino — digo, e se minhas mãos estão trêmulas quando levanto o recém-nascido chorão e o examino, é apenas porque sei o que está por vir.

Ele é lindo. Grande. Saudável. Não há uma única deficiência visível. Quero aninhá-lo em meu peito. Embalá-lo. Beijar seu rosto. Cheirar o cabelo escuro e desgrenhado. O instinto é tão forte que hesito em entregá-lo à mãe.

Mas lá está Sally com os braços estendidos, ávida para recebê-lo. A garota que sempre evitou meu contato visual não tem esse problema agora. Seus grandes olhos cor de avelã me desafiam a fazer a pergunta exigida por lei. Ela esperou por esse momento, rejeitando todas as outras tentativas de coagi-la a dizer o nome do pai.

No entanto, não cederei tão fácil. Em vez disso, opto por uma abordagem diferente. Depois de envolver o bebê em linho macio e limpo, entrego-o a ela e observo enquanto ela o aninha em seu seio.

Observo suas primeiras tentativas desajeitadas.

Observo a careta e o sibilar de dor quando ele finalmente se agarra.

Observo Sally me observar, e embora seja cruel, permaneço em silêncio enquanto ela se contorce. Então, pego agulha e linha em minha maleta médica.

— Não deve doer muito — digo. — Mas se eu não fizer isso, você sangrará por dias.

O único som é o do recém-nascido resmungando e engolindo enquanto tenta desfrutar sua primeira refeição. A cada poucos segundos, Sally faz caretas. Sibila. No entanto, não sei se isso é por causa do torno agarrado em seu mamilo esquerdo ou por causa da minha agulha. Mas não há como trazer uma nova vida a este mundo sem dor, e às vezes ela nos ataca por todos os lados.

— Do que William estava falando? — pergunto a Bonnie. — Quando pediu que você explicasse a situação dela?

— Ele acha que eu sei quem é o pai.

— Você sabe?

— Sinceramente? Não tenho a menor ideia de quem poderia ser.

— Acredito que haja muitos mistérios neste mundo. Mas não acho que o pai deste bebê seja um deles.

Bonnie Pierce, que Deus a abençoe, me concede esse momento. Ela não me pede explicações, mas me permite o puro prazer de roubar cada segundo de triunfo da filha. Não é surpresa, e Sally não sai vitoriosa.

Depois que os pontos são feitos e o fio é cortado, me endireito no banco. Observo a garota que causou tantos problemas ao longo dos últimos meses.

— Você tem um lindo menino — comento. — Já escolheu o nome?

Já sei a resposta porque testemunhei o fato com meus próprios olhos, no entanto, sinto uma pontada no coração quando ela pronuncia as palavras em voz alta.

— Será Jonathan. Em homenagem ao pai.

* * *

Domingo, 18 de abril — Dia claro e agradável. Parto. Fui chamada a Hook para atender Sally Pierce, que descobri estar em trabalho de parto. Ela deu à luz a um belo menino, sem complicações, à uma da tarde. O parto foi árduo, mas ela se saiu bem, e a deixei aos hábeis cuidados da mãe. Sally declarou que meu filho Jonathan é o pai da criança.

Quebro a pena. De tão forte que a pressiono contra o papel. Ela se parte ao meio em minha mão, e me recosto observando a tinta escorrer pelo polegar. Normalmente, não despejo meus sentimentos em meu diário, mas hoje há tantas coisas que gostaria de dizer. Porém estou sem tinta. Acabo de usar a última, e não tenho mais forças para descer, no escuro, até o moinho, onde Ephraim guardou o outro tinteiro. Então, lavo as mãos e vou para a cama. Mas não durmo. Fico acordada, ciente de que meu filho não voltou para casa esta noite, e me pergunto se ele está por aí, se divertindo, ou se foi conhecer o filho recém-nascido.

MANSÃO NORTH

Segunda-feira, 19 de abril

Preciso de outra pena e mais tinta. Eu pretendia mandar uma das meninas ao moinho esta tarde, mas meus filhos saíram — toda a minha prole —, foram para Hook fazer compras e se divertir à noite, e não há ninguém para fazer isso para mim. Então, pego o diário e saio em direção ao moinho.

Tenho ensaiado como contar a Ephraim que ele tem outro neto. Duvido que ele fique surpreso com a notícia. Ou mesmo descontente — nunca conheci um homem que gostasse tanto de crianças quanto Ephraim Ballard —, mas lidar com Jonathan não será agradável. Não vejo a hora de meu marido voltar para casa.

É estranho estar no espaço de Ephraim em sua ausência. Ele está fora há mais de uma semana, mas ainda sinto seu cheiro. No entanto, sem sua voz e o esvoaçar das asas de Percy, o moinho parece abandonado. Sem alma. Lá está a tinta, na bancada de trabalho, junto com um jarro de penas novas e o restante de suas ferramentas.

A faca de arrasto de Ephraim e a Vingança ficam alinhadas com os cinzéis e os serrotes. Limpos e lubrificados. Meticulosos. Assim como o homem que os mantém. Faço o possível para não mexer em suas coisas enquanto ele está fora, mas pego uma pena azul-acinzentada do jarro e pressiono a ponta afiada contra meu polegar.

Meu marido coletou penas por uma semana antes de partir. Algumas do sótão, onde Percy agora pernoita, mas outras da floresta. Porém, não basta simplesmente mergulhar uma pena na tinta e escrever. Ephraim prepara cada pena à mão.

Eu o observei arrancar as penas mais finas na base, depois colocar as hastes na brasa do fogão a lenha para endurecerem.

Ele olhou para mim. Piscou. Riu e disse: "Eu não me importaria se você endurecesse *minha* haste esta noite".

Eu não tinha intenção de esperar até o anoitecer, mas não mencionei isso na ocasião, ou arruinaria todas aquelas penas. Só retribuí seu olhar lascivo e observei enquanto ele pegava as penas e as dispunha na bancada. Ele achatou ligeiramente as hastes, até que assumissem um formato ovalado, depois arredondou as pontas com os dedos. Não demorou muito para esfriarem, apenas alguns instantes. Então cortou as pontas em um ângulo com a faca, e fez uma fenda no topo para a tinta penetrar na haste.

Coisas tão simples, papel, pena e tinta. Mas não consigo imaginar símbolos mais tangíveis do amor de meu marido. Sinto saudade e há tantas coisas que quero contar a ele, mas terei que esperar.

Abro meu diário na bancada de trabalho, diluo a tinta e mergulho a pena.

Segunda-feira, 19 de abril — Manhã clara. Tarde nublada, um vento muito frio. O Sr. Ballard ainda está em Boston. Minhas meninas estão em Hook. Meus meninos também.

Não sei dizer por que é tão importante que eu faça esse registro diário. Talvez porque tenho feito isso anos a fio? Ou — para ser sincera — talvez seja porque essas marcas de tinta no papel um dia serão a única prova da minha existência neste mundo. Que vivi e respirei. Que amei um homem e os muitos filhos que ele me deu. Não que eu deseje ser lembrada, por si só. Não fiz nada notável. Pelo menos não pelos critérios da história. Mas estou aqui. E estas palavras são meu legado. Então, sim, é importante que eu continue este ritual.

A tinta ainda está úmida na página, e deixo o diário aberto na mesa para secar. Vou recolher tudo depois, quando voltar para casa. Por enquanto, estou atormentada por minha consciência, e preciso visitar Lidia North.

* * *

O tônico está em minha maleta médica. Pesa apenas algumas gramas. Porém, para mim, poderia muito bem ser uma âncora, pois parece que estou arrastando todo o peso da minha consciência quando chego à porta da casa de Joseph North.

Ainda assim, eu bato.

Uma vez.

Duas vezes.

Bato três vezes os nós dos dedos da mão direita na porta de madeira. Finalmente, após vários minutos, Lidia atende. Percebo que a acordei. Seus cabelos estão desgrenhados, seus olhos lacrimejando, e há marcas de travesseiro ao longo de sua bochecha direita.

— Martha — diz ela, cautelosa —, o que está fazendo aqui?

— Vim trazer seu tônico.

— Mas eu pensei...

— Eu estava errada — me explico. — E sinto muito por ter sido cruel. Você vai me deixar entrar?

A casa está escura, todas as cortinas fechadas, reparo conforme Lidia me conduz pela porta da frente até a sala de estar. Não é uma mansão, longe disso, mas por ser uma das maiores casas em Hook, é assim que é chamada. Mansão North. Fica sobre uma grande colina, no lado oeste da rua Water, com vista para o rio. Tem quatro quartos mobiliados no andar de cima. Cozinha, escritório, sala de estar e sala de jantar no térreo. Janelas de vidro, cortinas de veludo e pisos de madeira. Mas só consigo pensar no fato de que Joseph North comprou esta casa com as recompensas pagas pelos escalpos de seus inimigos. Eu me pergunto se Lidia sabe. Ou se ela se importa.

— Por favor, sente-se — convida Lidia. — Posso acender a lareira.

— Não há necessidade, não vou demorar. — Eu me sento no sofá ao lado dela. — Onde está Joseph?

Lidia dá de ombros.

— Saiu para uma caminhada noturna.

É melhor assim. Não o vejo desde o julgamento e certamente não quero encontrá-lo agora.

— Como tem passado?

— Pior. Gostaria que não fosse assim, mas...

— As dores de cabeça?

— Todos os dias. Às vezes por horas a fio. Joseph é tão paciente comigo, mas sei que também o incomodam.

— Eu deveria ter vindo antes. Sinto muito por isso.

Lidia olha para os dedos. Longos e finos, como gravetos. Ela os flexiona várias vezes antes de responder.

— Não tem sido justo. Para muitos de nós.

A maleta médica está aos meus pés, e eu me abaixo para vasculhar o conteúdo. Cada item é tão familiar para mim quanto os rostos daqueles que amo, e deixo meus dedos tatearem, procurando pelo frasco certo.

Lá está ele.

É pequeno, com um pescoço fino e uma rolha de madeira. O toque é frio contra a minha palma quando eu o retiro da maleta e o entrego a Lidia.

— Não tome demais — digo a ela. — Apenas duas colheres de chá por dia. Uma de manhã, outra à noite. Quer tomar a primeira agora?

— Por favor.

— Fique aqui, vou pegar uma colher.

Eu a deixo no sofá, com a cabeça inclinada para trás. A cozinha que fica nos fundos da casa é pequena e organizada, e encontro o que procuro em uma pequena cesta no balcão. Um conjunto de colheres de estanho empilhadas cuidadosamente. Tudo no devido lugar. A casa parece estéril. Desprovida de toda a vida, barulho e caos aos quais estou acostumada.

— Aqui está — digo, ao retornar à sala de estar, enquanto despejo cuidadosamente uma colherada do tônico e a viro na boca de Lidia. — Você deve se sentir melhor em breve.

Ela engole o pálido líquido âmbar.

— Obrigada.

O tremor era esperado. O tônico é amargo e o reflexo é normal. Mas no delicado corpo de Lidia, parece uma convulsão. Observo-a cuidadosamente por um momento para ter certeza de que está bem.

— Vou te ajudar a ir para a cama. Um pouco de repouso vai ajudar.

Lidia levanta o braço, agitando-o a esmo para o teto.

— No andar de cima.

Ela consegue caminhar sozinha, mas a sigo até lá em cima, apenas por precaução. A última coisa de que preciso é que Lidia caia por causa da vertigem. Mas chegamos ao segunda andar e ela me guia pelo corredor até o quarto do casal.

Ajudo Lidia a se deitar e puxo a manta. A mulher parece tão pequena e frágil, com tanta dor. Ela murmura seus agradecimentos e adormece instantes depois.

Conheci apenas outras duas mulheres que sofrem das temidas enxaquecas, mas nenhuma delas estava tão debilitada quanto Lidia. Quando as dores de cabeça atacam Lidia, ela fica praticamente incapacitada, necessitando de um quarto arejado e escuro, sem nenhuma interferência. Ao vê-la agora, lamento minha crueldade. A mulher está sofrendo, e eu não tinha o direito de lhe negar qualquer forma de alívio. Independentemente do que seu marido tenha feito.

— Mande me avisar quando precisar de mais — digo.

Coloco o frasco e a colher de chá na pequena mesa de cabeceira e saio sorrateiramente do quarto. Caminho pelo corredor. Volto à sala de estar. Pego minha maleta médica e estou quase na porta quando reparo que North deixou a porta do escritório aberta.

* * *

Imaginava que ele fosse um homem mais organizado. Mas, não, há papéis espalhados por toda a mesa, livros abertos em todas as superfícies planas. O pequeno cômodo revestido de painéis de madeira cheira a tabaco, poeira, livros antigos e cera de vela. North tem uma cadeira de encosto reto e uma estante atrás da mesa. Há um baú de madeira sob a janela e, na parede oposta, uma mesa lateral com um decantador e dois copos de cristal. As velas já estão quase todas queimadas, e estendo a mão para tocar a que está sobre a escrivaninha. Há flocos de alecrim e lavanda na cera derretida.

São minhas, penso. *Eu fiz essas velas.*

De todas as coisas capazes de me fazer hesitar. Apenas uma vela. Uma coisa simples. Mas um lembrete de que sou uma mulher que cria e cura, não que bisbilhota e conspira.

Mas se não eu, quem? Se não agora, quando?

Eu me viro, na intenção de sair, mas meu olhar pousa sobre a mesa. É um tipo de caos ordenado. Há cartas, levantamentos e mapas espalhados na superfície de madeira polida. Muitos documentos tem a letra de Ephraim, e todos são relacionados ao trabalho de North na Kennebec Proprietors. Reconheço o mapa de Hallowell e o levantamento de nossa propriedade.

Há uma carta — apenas parcialmente redigida — com a caligrafia de North. Eu a pego. Leio em voz alta.

— "Conforme conversa no mês passado, em Boston, seguem os levantamentos das terras de cento e vinte hectares entre o riacho Mill e Burnt Hill. Como poderá constatar a quantidade de madeira e o acesso ao rio são adequados para atender às suas crescentes necessidades de abastecimento dos estaleiros em Boston. Estou pronto para assumir o arrendamento de imediato. E, conforme acordado, também assumirei a propriedade do arrendamento negligenciado pelos Ballard. Os doze anos de contrato serão adjudicados a mim, e a escritura finalizada em abril. Estar mais próximo da propriedade me permitirá supervisionar melhor o desmatamento da floresta.

Fico paralisada, imóvel, segurando a carta. Ele planejava tomar nossa terra o tempo todo. E não apenas a nossa. Ele quer metade de Hallowell. A percepção é nauseante, mas estou sem tempo porque ouço o som de botas no alpendre e então a porta da frente se abre.

— Lidia? — A voz de North ecoa pelo primeiro andar.

Ele está a quatro, talvez cinco metros de distância quando tomo a decisão. Meus últimos segundos são gastos enfiando a carta na minha maleta médica. Estou ao lado da mesa lateral, com o decantador na mão, quando ele abre a porta do escritório.

— O que está fazendo aqui? — vocifera North, a voz carregada de fúria e desprezo. Ao lado dele, Cicero rosna baixo, emitindo um som gutural.

Quando me viro, ergo um dos copos de cristal. Um dedo de líquido âmbar se agita no fundo.

— Conhaque. Para sua esposa. Vai ajudar a acalmar o estômago depois do tônico.

O cachorro dá um passo ameaçador em minha direção, e vejo uma ferida recente em sua cabeça, uma cicatriz rosada e irregular que corre diagonalmente por seu focinho. Sem dúvida, um encontro com garras afiadas.

Muito bem, Percy, penso.

Não me desculpo por estar no escritório, nem peço licença quando passo por ele e subo as escadas, a maleta médica enfiada sob o braço. Ele me segue e um olhar furioso queima minha nuca enquanto acordo Lidia e a ajudo a beber o conhaque. Novamente dou instruções para o tônico, e mais uma vez Lidia me agradece pela visita.

Não olho para North ao sair da casa, nem me despeço, pois não confio em mim mesma o suficiente para abrir a boca.

TABERNA POLLARD

MINHAS MÃOS ESTÃO TRÊMULAS QUANDO EMPURRO A PORTA DA TABERNA Pollard. Preciso de um momento para me recompor antes de voltar para casa. E também de um uísque. Talvez dois.

— Senhora Ballard, está tudo bem? — Moses me segue enquanto caminho em meio aos clientes em direção à única cadeira vazia na taberna.

Assinto, mas não falo. E me sento no banco com um suspiro. Todas as mesas estão lotadas e o clima é alegre. Barulhento. Há mais pessoas esta noite do que de costume. Ouço as risadas e conversas enquanto me acomodo no meu canto solitário. Um dos dois banquinhos bambos dispostos ao lado de um velho barril de vinho que serve de mesa. É onde Amos e Abigail costumam se sentar, mas eles estão ocupados na taberna, atendendo aos clientes, e eu sei que não se importarão de eu ocupar o lugar deles.

— Vou querer uísque se tiver, por favor — peço a Moses. — E a refeição que sua mãe preparou para o jantar.

— É ensopado e pão — diz, me encarando com preocupação. — Mas hoje tem queijo também, com castanhas assadas.

Faço um gesto de aprovação.

— Traga tudo, por favor.

Relaxo por um momento, com o rosto apoiado nas mãos, e quando ergo a cabeça encontro o olhar inquisitivo de minha filha Hannah. Dolly está ao lado dela em uma das mesas, e Cyrus e Ephraim Júnior também estão aqui. Estão de costas para mim e, vistos de trás, ambos parecem o pai. Ombros largos e cabelos escuros. Eles se deliciam com a comida de Abigail Pollard. A mesa está lotada. Barnabas Lambard veio de Vassalboro e está ao lado de Cyrus. Dolly não só está ignorando Barnabas quanto Cyrus agora. Ela mantém as costas voltadas para o irmão, resistindo às suas tentativas de reconciliá-la com o jovem oficial do tribunal. Minhas filhas não perdoam com tanta facilidade quanto meus filhos. Quanto a Barnabas, ele parece contente em esperar sua vez. Ele pode ter perdido a batalha, mas sabe que ganhou a guerra.

Os jovens de Hallowell estão nas ruas esta noite, aproveitando o primeiro vislumbre de primavera, uma noite sem a ferroada do frio no ar. Irmãos acompanhando irmãs. Irmãs levando seus irmãos mais novos a reboque. Rapazes interessados em fazer a corte, e garotas dispostas a fazê-los esperar por um beijo roubado.

De vez em quando, vejo Cyrus virar a cabeça para a porta. Esperançoso. Observando. Esperando por Sarah White, eu diria. Mas ela não aparece.

As outras mesas estão igualmente lotadas, a maioria com homens que não reconheço, e estou grata por meus filhos estarem aqui esta noite — junto com Moses e Barnabas — pois Dolly e Hannah estão atraindo muitos olhares interessados.

Depois que Moses traz a comida e a bebida, pergunto quem são todos aqueles estranhos.

— É a milícia de Boston — responde ele. — Eles chegaram do Forte Halifax hoje à tarde. Dizem que vão ficar aqui por uma semana antes de seguir para o sul.

Já faz um ano e meio desde que a milícia passou por Hallowell pela última vez. Um ano e meio desde que Sarah White foi seduzida pelo líder deles. Isso me lembra de algo, e eu agarro a manga da camisa de Moses.

— Você sabe quem está no comando? O major Henry Warren por acaso?

Acho que as chances do amado de Sarah retornar para Hook são pequenas. Homens do tipo dele geralmente procuram novos campos de caça.

— Posso perguntar por aí — diz Moses.

— Obrigada.

Hannah se levanta e vem me dar um abraço.

— Não sabíamos a que horas você voltaria para casa. Então decidimos jantar aqui. Sinceramente, não queríamos cozinhar. — Ela dá de ombros. — Papai está viajando. Você havia saído.

— E Moses está aqui, não é? — pergunto.

Hannah abre um sorriso, largo e adorável, seus olhos castanhos franzindo nos cantos.

— Sim, está.

— Você nem precisa se explicar. Sempre prefiro a comida da Abigail à minha. Vá, aproveite sua noite. Vou para casa assim que terminar de comer.

— Não quer ficar?

— Estou cansada.

Ela me estuda com aqueles olhos escuros e firmes.

— Hmm. Tem mais alguma coisa.

— Sim.

— Mas você não vai me contar?

Afasto uma mecha do cabelo de seus olhos.

— Nada com o que você precise se preocupar hoje.

— Então vou deixar para lá — diz ela. — Por enquanto.

Hannah volta para a mesa, e eu observo a delicada dança entre ela e Moses. Ele lhe traz uma caneca de sidra, e ela toca o pulso dele. Ela sorri, ele cora. Ele faz uma piada, e ela ri. É tudo tão simples e inocente, e sou atingida pela constatação de que, para mim, essa dança de um novo amor há muito tempo ficou para trás.

Eu poderia avisar Moses e Barnabas que espero que eles levem minhas filhas para casa em segurança esta noite, que não quero elas perto de nenhum desses milicianos, mas não há necessidade. Duvido que qualquer um deles pretenda perder minhas meninas de vista. Dolly pode estar fazendo um grande espetáculo de sua raiva em relação a Barnabas, mas vejo ela se inclinar na direção dele quando ele conta uma piada. Percebo quando ela tenta disfarçar o sorriso. E ele também nota. O rapaz tem muito trabalho pela frente para reconquistá-la, mas ela o escolheu, e isso é óbvio para qualquer um que se importe em olhar.

Moses retorna à minha mesa.

— Perguntei a alguns dos rapazes sobre Warren, mas me disseram que ele não está aqui.

— Eu já imaginava.

— Isso é um problema?

— Não — respondo. — É mais um alívio.

Ephraim Júnior empurra o prato para o lado e vai jogar dados com o filho mais novo dos Pollard, Matthew, o garoto que cuida dos estábulos. Ambos têm o aspecto desengonçado de meninos que já não são mais crianças, mas que ainda demorarão algum tempo para se tornar homens. Uma profusão de dentes, cotovelos e joelhos, eles precisam de um bom banho e de cortes de cabelo. Estão naquele delicioso limbo entre os que brincam e os que trabalham, e estou feliz que os irmãos mais velhos tenham trazido Ephraim Júnior esta noite. É difícil ser o caçula.

Assim que começo minha refeição, Jonathan empurra as portas da taberna. Ele vê seus irmãos na mesa, sorri e se junta a eles, dando um beijo na bochecha de Hannah e de Dolly. Bagunça o cabelo do irmão mais novo, dá um animado tapinha nas costas de Cyrus. É um raro momento de camaradagem que nunca presencio. Ele é um pouco mais sério com Barnabas e Moses, oferecendo apenas um aperto de mão, mas pelo menos é amigável. Depois de se acomodar, ele ergue a cabeça e encontra meu olhar. Há muito tempo não o vejo corar, mas seu rosto se tinge de vermelho ao me ver. Ao que parece, ele esteve com Sally. A julgar pelas profundas olheiras sob seus olhos, a noite e o dia inteiros.

Ele assente uma vez e depois se vira.

Termino minha refeição e tomo um gole do meu uísque, encantada ao observar meus filhos. Este é um novo marco agridoce da maternidade. Eles cresceram, assim como seus problemas, mas também se tornaram mais sábios, e isso é um milagre porque a sabedoria não é algo que se possa adquirir por seus filhos. Ao levantar da mesa, me ocorre que parte do que sinto, ao observá-los, é um sentimento de traição. Eu os trouxe ao mundo, paguei o preço com os sacrifícios do meu corpo, e agora eles não precisam mais de mim.

Despeço-me de cada um deles com um beijo na testa — inclusive Jonathan, e fico feliz quando ele não vira o rosto.

— Precisamos conversar — sussurro ao seu ouvido, depois saio caminhando sozinha noite afora.

SERRARIA BALLARD

ESTOU QUASE NA PONTE DO RIACHO DO MOINHO QUANDO TUDO SE encaixa. O pensamento. Alto e claro como se alguém tivesse estalado os dedos em meu ouvido.

A renda.

Rebecca mencionou duas vezes o fato de que Joshua Burgess rasgou uma tira de renda da barra de sua combinação. Disse que ele a usou para prender o cabelo antes de estuprá-la. E encontrei um pedaço — exatamente como Rebecca descreveu — no fundo do alforje de Burgess. Sem dúvida é dela. Ele a guardou como uma lembrança macabra.

Então, por que Sam Dawin tinha um pedaço de renda no bolso? Eu o vi ontem, com meus próprios olhos.

Foi ontem mesmo?

O tempo começou a me pregar peças. Tudo ou nada. Minutos ou anos.

Fiquei em casa.

Essa é a frase que mais escrevo no meu diário. E é verdade. Tenho passado incontáveis horas em meu ateliê, ocupada com os afazeres cotidianos da vida doméstica. Mas também passei dias inteiros em meio a nascimentos, mortes e enterros. Estou no ramo da mortalidade. No começo e no fim.

Sim, *claro*, estou cansada. Não é novidade. Passei a maior parte dos últimos trinta anos cansada. Elspeth me avisou que isso aconteceria. *"Nós somos parteiras"*, ela me disse uma vez. *"Só vamos dormir quando estivermos mortas."*

Foi a primeira coisa em que pensei quando ela faleceu. Quando a enterramos em Oxford.

Durma bem, minha amiga.

Nada disso tem a ver com Sam, é claro. Ou com a renda. Mas é assim que a mente funciona tarde da noite, depois de uma bela refeição e uma crise de choro.

Sim, chorei ao sair da taberna. Tanta coisa aconteceu em tão pouco tempo.

Perguntas cruzam minha mente como estrelas cadentes, possibilidades que lampejam e depois se apagam rapidamente por falta de sentido. Não consigo encontrar nenhum cenário em que Sam se encaixe no caso Foster. Mas a conexão estava ali, na palma de sua mão. Amarrada com um nó.

Se ao menos eu soubesse o que era aquilo.

Deixo minha mente vagar, mãos frouxas nas rédeas. Brutus percebe meu humor, diminui o trote para o passo, e desvia do centro enlameado da estrada para a beirada, onde o pesado som de seus cascos é abafado por tufos de grama velha surgindo através da neve que derrete. Ele conhece o caminho para casa, e pela primeira vez, estou contente em eixa-lo liderar.

A renda.

É importante, embora eu não consiga entender o porquê.

Continuamos assim por mais quatrocentos metros — Brutus serpenteando tanto quanto meus pensamentos — até que a ponte surja no horizonte.

Pressiono o joelho esquerdo na sela.

Puxo suavemente as rédeas com a mão esquerda.

Casa.

Dormir.

É tudo o que eu quero.

Mas, como tem sido habitual nas últimas três décadas, não é o que terei.

* * *

Fico acordada, esperando Jonathan. Bem depois de todos seus irmãos chegarem em casa e irem para a cama. Espero tanto que meus olhos estão pesados e o fogo está minguando. Jonathan é espertinho. Seu plano é aguardar até eu desistir e ir para a cama, e então ele entrar em casa sorrateiramente. Sem dúvida, ele acordaria bem cedo e sairia para trabalhar antes do amanhecer para me evitar de novo. Mas tenho pensado sobre o que quero perguntar a ele o dia todo, e não vou perder essa oportunidade. Nem que isso signifique ficar aqui até o dia raiar.

É depois da meia-noite quando ouço o rangido e o tilintar da carroça descendo pela entrada, leva mais quinze minutos até ele desatrelar o cavalo e ir para a casa. Conto seus passos — dezessete — lentos e cautelosos, enquanto se aproximam da porta.

Então, o trinco.

O ranger das dobradiças.

Um sopro de ar fresco em minha nuca. E, finalmente, um suspiro pesado.

— Oi, mãe.

— Jonathan — digo, e o cheiro me atinge. — Você está *bêbado*?

— Tomei algumas canecas. Você tomaria se sua mãe estivesse em casa à sua espera para lhe repreender.

— Não vou te repreender, Jonathan.

Ele levanta a cabeça, os olhos pesados pelo álcool, incerto se deve acreditar em mim.

— Isso é novidade.

Seria fácil me armar em resposta, lançar um golpe ferino. Mas estou cansada demais para isso, e além do mais, não adiantaria de nada. O que está feito, está feito. Em vez disso, sirvo dois dedos de conhaque em um copo e entrego ao meu filho. Uma oferta de paz. Ele aceita, desconfiado. Bebe metade em um gole ávido e desesperado.

— Você sabia? — pergunto.

— Não — diz ele. — Foi um choque para mim também.

É a primeira vez que ele faz contato visual, e vejo que não está totalmente bêbado, afinal, talvez envolto em uma névoa cálida, mas não há nuvens pairando sobre o céu azul daqueles olhos. Estão tão brilhantes e claros quanto uma tarde de outono.

— Mas quando flagrei vocês na floresta, em janeiro, ela já devia estar de uns seis meses. Talvez não desse para ver debaixo de toda aquela roupa, mas com certeza você teria sentido.

Jonathan tem a decência de corar.

— Não era a barriga dela que eu estava tocando naquele dia. Não que você precise dos detalhes.

— Não estou pedindo detalhes, Jonathan. Estou perguntando como algo tão importante pôde escapar à sua atenção. Ela engravidou em *julho*.

— E todos os momentos roubados desde então foram rápidos. Apressados. Ela foi bastante generosa, e eu aproveitei, e aquele dia na floresta, no baile de janeiro, foi o máximo de privacidade que conseguimos. Agora você sabe. Está feliz?

— Feliz? Bem longe disso.

— Então somos dois.

— Você não tem direito à autopiedade agora, filho. Você não pode levar uma garota como Sally Pierce para a cama e achar que não haverá consequências.

— Eu não a levei para a *cama*, mãe. Eu a levei para o *celeiro*. Em julho, como já ficou esclarecido, depois do baile de verão.

Ele não está totalmente sóbrio. Sei disso. Essa é a única razão pela qual não uso a confissão contra ele.

— Você não a vê desde janeiro?

— Só uma vez. Na audiência.

Jonathan esvazia o copo, rodopiando o último gole de conhaque na boca antes de engolir. Coloca o copo na mesa e eu sirvo mais uma dose. Ele me lança um olhar inquisitivo, como se dissesse: *Isso é novidade.*

Sorrio. É um sorriso triste. Posso senti-lo tremelicar no canto da minha boca.

— O que vai fazer? Sally declarou que você é o pai.

— Eu não vou virar as costas para eles, se é isso que está pensando.

— Mas vai se casar com ela?

— Não tenho escolha, tenho?

— Sempre há uma escolha, Jonathan. Você teve uma no início. E tem uma agora.

— Você quer que eu pague pensão, mas o deixe bastardo?

Sinto-me estranhamente encorajada com o quanto ele se choca com a ideia.

— Queria que tivesse se casado com uma garota antes de engravidá-la. Mas agora é tarde. Só quero saber o que vai fazer.

— Não sou tão mau quanto pensa, mãe. Já fixei a intenção de casamento em frente à taberna esta noite.

Essa notícia é, ao mesmo tempo, um alívio e uma tristeza. Já passou da hora de meu filho formar uma família, mas eu esperava que se casasse por amor.

— Ele se parece comigo — diz Jonathan, e percebo um tom de admiração em sua voz.

— Sim. Ele parece.

— Eu não esperava sentir nada quando ela o entregou para mim. — Seus olhos estão vidrados, pelo álcool ou pelas lágrimas, não sei bem. — Mas eu senti.

Esse sentimento que ele ainda não reconhece é amor. E se ele ama o filho, tenho esperança de que ainda possa vir a amar Sally também.

Jonathan observa o fogo estalar e crepitar. Não se desculpa, mas deixa de lado a postura hostil. Essa é a decisão que tomei enquanto estava sentada aqui a noite toda: sacrificar uma coisa para ganhar outra. Sally Pierce, por mais enigmática que possa ser, não é uma peça do quebra-cabeça que preciso resolver agora. Minha mente está focada em desvendar a questão que vem me incomodando nas últimas horas.

Estendo a mão. Pouso sobre a de Jonathan.

— Posso perguntar uma coisa? — Novamente, aquele olhar desconfiado. Ele recua como se eu fosse mordê-lo.

— Sim — diz ele. — Tenho certeza de que Sally engravidou de propósito.

— Eu já suspeitava. Mas não tem nada a ver com Sally.

Jonathan assente, ainda cauteloso.

— O que é, então?

— Naquela noite, em novembro passado, quando Sam caiu no gelo?

— Sim?

— Você nunca me contou o que realmente aconteceu.

— Não há muito o que contar. — Jonathan recosta na cadeira, dá mais um gole. Percebo que seus olhos pousam sobre o fogo e lá permanecem. Evitam o meu olhar. — Partimos do cais de Sam bem depois da meia-noite.

— Bem tarde.

— Tínhamos planejado partir na manhã seguinte. Mas o rio estava fechando, então decidimos ir depois do baile. Mas nos atrasamos para sair. E foi uma sorte. Se tivéssemos saído mais cedo, estaríamos duas horas rio abaixo quando ele caiu. Não teria como trazê-lo aqui a tempo. Ele estaria morto.

— Em vez disso, vocês encontraram um corpo.

Ele mexe a mandíbula de um lado para o outro, como uma vaca ruminando.

— Nenhum de nós ficou feliz com isso. Especialmente o Sam. Mas, se pensar bem, faz sentido.

— Como assim?

— Tudo fica preso em Bumberhook Point. A península se estende água adentro. Com gelo ou sem, é lá que a madeira costuma ficar encalhada.

— Você acha que Burgess estava lá há quanto tempo?

— Algumas horas, provavelmente. Foi o cabelo dele, grudado no gelo, que o impediu de afundar na correnteza.

Sou cuidadosa, muito cuidadosa com a próxima pergunta.

— Você disse que o Sam ficou perturbado quando o encontrou?

— Acho que qualquer um ficaria, mas nunca vi o Sam xingar daquele jeito.

Lá está. *Finalmente*. As palavras saem hesitantes. É quase imperceptível, mas é o suficiente para me convencer de que posso pressionar mais.

— Eles se conheciam?

Ele dá de ombros, sacudindo os ombros para cima e para baixo com um gesto desleixado.

— Não eram bons amigos.

— Como assim?

— O Sam nunca gostou dele. Mas depois do que ele fez no baile...

A voz de Jonathan se dissipa e é substituída por um olhar sombrio em direção à lareira.

— E depois que você tirou o Sam da água?

— Ele estava em choque. Todo aquele frio, de uma vez. — Jonathan desliza o copo pelo lábio inferior, de um lado para o outro, antes de virar o conhaque na boca. Esvazia o copo em um único gole. — O Sam teve sorte de ter aquela corda. Senão ele teria sido arrastado pela correnteza.

Clique. Aí está. Outra peça do quebra-cabeça se encaixa.

— Você me disse antes que a corda estava amarrada na cintura do Sam?

— Sim. — Jonathan inclina a cabeça e a recosta na cadeira, olhos fechados, os dedos frouxos em torno do copo.

Minha última pergunta é feita com a entonação que eu usava quando lia para ele antes de dormir quando era criança. Suave e baixa. Reconfortante. Não é uma pergunta inocente, mas faço todo o possível para parecer que sim.

— Estava ensanguentada? — questiono.

Ele demora tanto para responder que penso que adormeceu. O copo escorrega de sua mão e eu o pego enquanto uma única palavra escapa na forma de um sussurro.

— Sim.

* * *

Estendo a mão para sacudir o ombro de Jonathan e acordá-lo, quando sou surpreendida por uma suave batida na porta, seguida por uma voz chamando meu nome.

— Martha. — A voz é feminina e tem um forte sotaque francês.

A Doutora.

Eu me levanto e vou até a porta. Quando a abro, vejo que ela nem se deu ao trabalho de desmontar de Goliath, atravessou o portão montada e foi direto até a porta. Ela está sentada em seu dorso, majestosa. Impaciente.

— Precisa vir rápido — diz ela. — Rebecca Foster está em trabalho de parto.

CASA PAROQUIAL

Terça-feira, 20 de abril

Cavalgamos a toda velocidade. O vento castiga meu rosto e chicoteia meu cabelo freneticamente. Não houve tempo para prendê-lo antes de sair. Ainda precisei selar Brutus. Sem mencionar arrumar minha maleta médica e vestir a saia de montaria. Encontrei a Doutora junto às árvores e partimos.

Agora galopamos com as cabeças abaixadas; Brutus e Goliath sentem a urgência e nos impulsionam adiante, deixando respingos de lama em nosso rastro.

— Rebecca Foster não quis te chamar — grita a Doutora, e o vento quase engole sua voz.

— Como assim?

— O marido dela me chamou na cabana. Ele foi muito específico que eu *não* avisasse você.

— Então por que veio? — grito.

— Porque a Rebecca é *sua* paciente. Sei que se importa com ela. — A Doutora aponta um dedo longo para mim. — E aprendi há muito tempo que as pessoas só vêm até mim quando querer esconder algum segredo. Desculpe, mas sempre fico desconfiada de tais motivos.

Dói saber que Rebecca escondeu o parto de mim. Que ela não queria que eu estivesse ao seu lado. Fui eu quem trouxe os dois filhos dela ao mundo.

— Quanto tempo faz? Desde que você viu o Isaac?

— Menos de uma hora — diz a Doutora.

— Quando as dores começaram?

— Não sei.

Já é quase uma da manhã e instigo Brutus a ir mais rápido. A todo galope, será uma viagem de dez minutos até Hook. Sem saber a condição de Rebecca, pode ser tempo demais.

O céu está limpo e escuro como breu, com apenas um pequeno filete de lua minguante para nos guiar. Se não fosse ela e as estrelas esparsas, não teríamos luz alguma. Ao cruzarmos a ponte do riacho do Moinho, vejo uma sombra fugir da estrada. Preta e prateada com olhos de âmbar.

Tormenta nos observa enquanto nos afastamos rapidamente.

* * *

Ouvimos os gritos do quintal.

A Doutora desliza do dorso de Goliath e me joga as rédeas.

— Espero você lá dentro — diz ela.

Desmonto e levo ambos os cavalos até o varão para amarrá-los. Eles correram bastante e abaixam as cabeças para beber água fresca do cocho.

Pego a maleta médica, incerta do que nos espera lá dentro. Isaac não está à vista, mas sei o caminho e vou direto para o quarto.

Rebecca está recostada em uma pilha de travesseiros, a camisola puxada até as costelas. Pernas abertas. Joelhos dobrados. Olhos fechados. Um fino filete de suor escorre por sua têmpora. Suas mãos estão cerradas no cobertor embaixo dela, a mandíbula, contraída.

A Doutora me olha daquele jeito calmo e perturbador e balança ligeiramente a cabeça.

— Ela está pronta?

— *Non* — diz ela, indicando o monte rígido na barriga de Rebecca. Ainda está alta, sob suas costelas e não espalhada na altura dos quadris como é necessário para que ela possa empurrar. A Doutora acena para mim. — Venha.

Tiro a capa de montaria e coloco a maleta no pé da cama. Uma rápida olhada me diz que a cabeça do bebê ainda não desceu e que, apesar da dor, esse trabalho de parto está longe de acabar.

Depois que a contração passa, os olhos de Rebecca se abrem levemente. Se ela está surpresa de me ver, não demonstra. Ou talvez não se importe.

— Eu só chamei a Doutora — diz ela.

— Eu sei. Mas vim mesmo assim. Não vou deixá-la passar por isso sozinha. Onde está o Isaac?

Rebecca levanta o braço e aponta para o teto.

— Lá em cima — ofega. — Com os meninos. Eles estão assustados.

Ela não tem mulheres para ajudar nesse parto. Nenhum parente. Nenhum amigo. Somente a Doutora e eu. E temo que não conseguiremos lidar com isso sozinhas.

— Faça parar. Por favor — implora Rebecca quando outra contração começa sua marcha implacável por seu corpo.

Olho para a Doutora, não por não saber o que fazer, mas porque foi ela quem Rebecca escolheu e não quero impor minha ajuda onde não é desejada.

— O bebê não vai virar. Já tentei — diz a Doutora.

— Tentou por dentro também?

Ela balança a cabeça.

— *Pas encore.* Isso requer *deux. Une* para girar. E *une* para segurar a mãe.

Rebecca está definhando, exausta pelo longo esforço de tentar expelir esse filho das profundezas de seu corpo.

Mergulho minhas mãos no balde de lavagem, esfrego com sabão de soda cáustica, depois me junto à Doutora ao pé da cama. Rebecca foi despida, as cobertas empilhadas em um canto, e um velho cobertor está dobrado sob ela para absorver o sangue e o líquido. Felizmente, não é uma quantidade alarmante de nenhum dos dois. Mas o cheiro de parto permeia o quarto.

O corpo humano tem um cheiro próprio. Não apenas de suor. Ou fezes. Flatulência. Sangue. Mas o âmago. Úmido e terroso, com o leve aroma metálico do ferro. Todas as partes que se movem e batem e compõem nosso ser mais íntimo. Cheiram como o mundo natural, úmido e verdejante, como terra após a chuva. Mas são odores imperceptíveis até um momento como este. Nascimentos. Acidentes. Lesões. As várias maneiras pelas quais somos virados do avesso.

— Quando as dores começaram? — pergunto.

— Depois de... — Ela range os dentes. — Meio-dia. À tarde.

— Por que não pediu ajuda mais cedo?

Lá está, a desesperança em seus olhos confessa a verdade.

— Porque não quero que esse bebê nasça.

Rebecca está em trabalho de parto há nove horas, com uma apresentação pélvica, e rapidamente se aproxima dos limites que seu corpo e alma podem suportar. Seus movimentos são fracos e embotados, exaustos.

— Ele precisa nascer, ou você vai morrer — explico.

Lentamente, a percepção do que estou dizendo a atinge.

— Meus meninos... — balbucia.

— Eles ainda precisam de você. Isaac ainda precisa de você. Então temos que tirar esse bebê. E, para fazer isso, temos que virá-lo.

— Está bem.

— Mas não podemos fazer isso por fora. — Faço uma pausa e acrescento: — Vai doer. Entende o que estou dizendo?

Rebecca mexe a cabeça, mas não consigo dizer se é um sim ou um não. E doa ou não, a manobra precisa ser feita se Rebecca quiser sobreviver a esta noite.

A Doutora junta as palmas das mãos como se estivesse rezando, depois as leva ao o rosto, os polegares roçando o nariz. Ela sussurra algo em francês, e a única palavra que reconheço é *Dieu.*

Deus.

Quando a Doutora abre os olhos de novo, seu único foco é o canal uterino de Rebecca e o bebê preso além.

— Devemos esperar até que as dores aliviem — diz ela. — Não podemos fazer antes.

A contração é longa e avassaladora, bem fundo nas costas de Rebecca, e ela arqueia o corpo, gemendo tão alto que o ar fica preso em sua garganta, fazendo-a tossir e engasgar.

— Respire — instruo. — Inspire pelo nariz. Expire pela boca.

O som de sua agonia é a parte mais difícil, mas deve ser ignorado, mesmo sabendo que, quando deu à luz a seus meninos, Rebecca se manteve em total e resoluto silêncio. Nem um gemido o tempo todo. Então a diferença — os gritos apavorantes — me perturba, e não posso deixar de me perguntar quanto disso está além da dor física pela chegada da criança e está relacionado à concepção.

— Vá para o outro lado. Quando eu mandar, pressione o topo da barriga. — A Doutora bate no calcanhar da mão. — Com isso.

Sigo as instruções e enquanto esperamos as últimas ondas da contração se dissiparem, afasto os cabelos molhados da testa de Rebecca e enxugo as lágrimas de seus olhos.

— Desculpe — sussurra Rebecca — por não ter chamado você. Eu não...

— Shhh. Você não tem nada pelo que se desculpar.

— Eu não queria que você estivesse aqui porque...

A Doutora assente e eu pouso a base da mão no topo barriga de Rebecca.

No momento em que a barriga dela relaxa, a Doutora se inclina para frente e sussurra:

— *Je suis désolé.* — E desliza primeiro uma, depois a outra mão dentro do corpo de Rebecca. Ela empurra e gira, e posso ver os pequenos músculos em seus antebraços começarem a tremer com o esforço. O grito de Rebecca corta o ar, um som que raramente é ouvido fora de um campo de batalha. Em questão de segundos, estamos suando pelo esforço, mas quando a barriga de Rebecca ondula de um lado a outro, acho que talvez a luta tenha sido vencida. Um jorro de líquido inunda a cama, ensopando o cobertor.

— *Bien* — ofega a Doutora. — A cabeça está para baixo, mas invertida.

Oh, Deus, penso, *a dor será em dobro.*

— Ela não tem forças para isso.

— Não tem problema. Mas precisamos trabalhar rapidamente. Vire-a. De bruços. Eu faço o resto.

É preciso nós duas para rolar Rebecca de lado e depois colocá-la de quatro. Ela sibila e arfa entredentes, como um gato ferido. Os braços de Rebecca tremem, e receio que ela caia com o rosto nos travesseiros. Suas forças se esvaíram. Mas essa posição parece ajudar de imediato, a gravidade puxando a cabeça do bebê do cóccix e direcionando para o canal de parto.

Mais um gemido, profundo e irregular, e sei que outra contração assola seu corpo. No auge da dor, a Doutora desliza dois dedos dentro do corpo de Rebecca.

— Estou levantando a cabeça — diz. — Daqui a pouco vou guiá-la para fora, mas você precisa levantar os ombros de Rebecca. O corpo dela fará o resto.

Subo na cama e suspendo Rebecca de modo que os braços dela fiquem pendurados nos meus ombros e a cabeça se apoie em meu esterno.

— Agora — pede a Doutora, deslizando a outra mão para dentro. É imediato. A barriga de Rebecca murcha à medida que a cabeça desce ainda mais para o canal de parto. — *Empurre.*

Ela não tem escolha. Seu corpo reconhece que a jornada está quase terminada. Ele se contrai como se estivesse sendo comprimido por uma força externa, e enquanto ela faz força, a cabeça do bebê emerge até a metade.

— Mais uma vez — ordena a Doutora.

Rebecca obedece com o último resquício de energia, e o bebê escorrega, molhado e furioso, nas mãos da Doutora. Mesmo da minha posição, ajoelhada na outra ponta da cama, posso ver que o cordão umbilical é muito curto. Trinta centímetros quando deveriam ser ao menos cinquenta. Não é de admirar que a criança não tenha virado.

A Doutora corta o cordão com um pequeno canivete e deito Rebecca na cama novamente, depois a viro de costas. Aos pés da cama, a Doutora murmura enquanto examina a criança em busca de ferimentos ou defeitos.

Quando não encontra nada, ela levanta o bebê.

— *Vous avez une fille.*

Caminho até os pés da cama para limpar a criança enquanto a Doutora cuida de Rebecca. Ao enrolar a bebê em um pano de linho macio, percebo que ela tem uma marca de nascença rosada atrás do joelho esquerdo. É idêntica à que Joshua Burgess tinha na têmpora. É uma prova das alegações de Rebecca. É de partir o coração.

— Olá, pequenina — digo para criaturinha vermelha e enrugada. Então olho para Rebecca. — Você tem uma filha.

Carrego o pacotinho e o estendo na direção de Rebecca. Mas ela não se mexe. Em vez disso, olha para a bebê chorando apenas uma vez, depois vira o rosto para o travesseiro e diz:

— Jogue-a no rio.

O RIO KENNEBEC

PARO BRUTUS NO MEIO DA PASSARELA EM FRENTE À LOJA DO DR. COLEMAN. A neve está praticamente derretida na cidade, há trilhas lamacentas cortando o centro da rua Water, e as pilhas de neve estão encolhendo dos dois lados. O Kennebec geme à minha esquerda enquanto o gelo se parte e forma pequenos glaciares que colidem uns com os outros na correnteza crescente. É um espetáculo impressionante, embora não muito seguro de assistir. É comum o rio alagar quando abre, e as margens costumam desmoronar enquanto os blocos de gelo caem e rolam rio abaixo.

A bebê inquieta em meus braços chora mais uma vez. Está com fome e frio e se agitou o caminho todo até aqui enquanto eu a segurava contra o peito, aninhada sob minha capa de montaria. Ela precisa de uma mãe, mas não tem nenhuma. E me pediram para fazer o impensável.

Imploramos. Persuadimos. Tanto a Doutora quanto eu fizemos tudo o que pudemos para convencer Rebecca a amamentar a filha, mas ela se recusou. Não quis olhar nem segurar a bebê. Uma hora, depois duas. Pensamos que, com certeza, Rebecca cederia. Mas ela não o fez.

— Não podemos esconder isso por muito mais tempo — sussurrou a Doutora, colocando o pacotinho agitado em minha maleta médica. — Você precisa ir. Agora.

Paramos no corredor em frente ao quarto de Rebecca, atentas à presença de Isaac.

— Eu não consigo... Eu *nunca*...

— A bebê não está segura aqui. Você mesma me disse isso quando foi à minha cabana em janeiro. Ela não quer essa criança. Nem podemos culpá-la.

— É errado. — Balanço a cabeça. — Não consigo...

— Se você a ama, precisa fazer isso — aconselha a Doutora. — Deixe Rebecca comigo. Cuide da bebê.

Saio, carregando a maleta médica. A Doutora dirá a Isaac que a criança nasceu morta, que cumprimos nosso dever e a enterramos. Uma mentira para que Rebecca possa se curar. Talvez. Um dia.

Depois de montar em Brutus e me afastar da taberna, tirei a bebê da maleta e a enrolei apertada contra meu peito, rezando para que meu cavalo irritado e cansado não nos jogasse no chão. Conduzi Brutus por Hook, mantendo um dedo sob o nariz da bebê para garantir que ela estivesse respirando. Cada choro indignado e faminto era uma garantia de que ela não estava sufocada sob a minha capa. Durante todo o tempo, meu coração batia acelerado e meus pensamentos faziam o possível para acompanhar.

Mas agora eu devo tomar uma decisão, e não há boas opções disponíveis. Olho para o rio, ouço o som dos blocos de gelo estalando e se chocando. Eu poderia fazer o que Rebecca pediu. Ninguém jamais saberia. Ninguém jamais procurará por essa criança.

Mas isso é inimaginável.

Faminta e confusa, ela chora em meus braços mais uma vez, e eu a aperto junto ao corpo

— Shhh.

Faltam algumas horas para o amanhecer e o vasto céu estende seu manto azul profundo e salpicado de estrelas. As sombras se misturam em nuances de preto ao nosso redor. Brutus se agita, impaciente, e eu o acalmo com minha voz. Um afago.

A bebê se contorce em meus braços. Choraminga de novo.

— Eu sei, eu sei, pequenina. Está frio. Sinto muito. — Mas já tomei minha decisão e não vou voltar atrás.

Abro a manta até ver os olhos grandes e a ponta do minúsculo nariz. Penso nas filhas que enterrei há tanto tempo, a trezentos e cinquenta quilômetros de distância, em Oxford, três túmulos enfileirados debaixo de um carvalho. Elas se foram para sempre, e eu daria quase tudo para tê-las de volta. Daria minha própria vida se isso significasse que elas teriam a delas de volta.

— O que sua mãe ainda não entende — digo para a bebê, minha voz embargada de emoção — é que existem algumas perdas que nem uma vida inteira de angústia é capaz de superar. E não darei a ela mais uma.

Aconchego a bebezinha sob a capa de montaria — protegida do ar fresco da noite — e viro Brutus na rua Winthrop.

SELARIA WHITE

SARAH WHITE ATENDE À PORTA. NÃO ESPERAVA QUE ELA ESTIVESSE ACORdada, muito menos vestida, mas lá está ela, como se estivesse me esperando, como se eu tivesse sido convidada. E eu pensando que teria que lidar com a mãe dela primeiro.

— Posso entrar? — pergunto.

— Claro — diz ela, e abre a porta para me deixar entrar.

Não entendo de imediato por que ela lança um olhar interrogativo por cima do ombro. Mas assim que tiro a lama das botas e entro, vejo um homem sentado ao lado do fogo. Ele é jovem e bonito, e há um pacotinho em seus braços.

Quando o embrulho se contorce e ressona, percebo que ele está segurando Charlotte.

Sarah abre a boca para explicar, mas não há tempo.

— Preciso da sua ajuda. Por favor.

— Entre — convida. — Pode falar. Ajudarei da maneira que puder.

Espero sinceramente que seja verdade, porque quando chego perto da lareira e abro a capa de montaria para revelar a inquieta recém-nascida, Sarah arqueja. O homem repete o gesto, mas seu olhar de espanto vem acompanhado de um eloquente impropério. Envergonhado, ele tapa os ouvidos de Charlotte.

Pragueja de novo. Mas, desta vez, é um sussurro.

— Ela nasceu há quase três horas e ainda não se alimentou. Você ainda está produzindo leite suficiente para duas?

Que Deus abençoe Sarah White, e que Ele amaldiçoe quem proferir uma palavra rude contra ela, pois ela imediatamente se senta na cadeira e começa a desabotoar a blusa.

Olho para o homem. De volta para Sarah.

— Hmm. Talvez ele deva...

Ela ri.

— Não se preocupe com a minha modéstia, senhora Ballard. Nada há nada aqui que ele já não tenha visto.

Sarah estende a mão para a bebê, sorrindo como se tivesse acabado de ganhar um prêmio e não um fardo.

— Este é o pai de Charlotte, Henry Warren. Eu disse que ele voltaria por nós.

Ora.

Preciso me sentar.

Afundo devagar na cadeira ao lado da lareira. Observo boquiaberta enquanto Sarah aninha a bebê no seio. A menininha agarra o mamilo com uma ferocidade surpreendente. Suga, gorgoleja e escorrega do seio. Chora. Faminta. Golpeia furiosamente o ar com seus minúsculos punhos. Agarra de novo, a pequenina boca ávida se esforçando enquanto Sarah ajeita a criança no seio com habilidade. Ela nina a bebê. Acaricia. Afaga a orelha e a têmpora com um dedo longo e suave. E o tempo todo Henry assiste maravilhado, como se Sarah estivesse amamentando seu filho e não o de um estranho.

— Ela tem nome? — pergunta Sarah.

Balanço a cabeça.

Ela me olha através de longos cílios escuros, e consigo ver sua mente trabalhando.

— Ela tem *mãe*?

Novamente, balanço a cabeça.

— Entendi. Então devo ficar com ela?

— Apenas enquanto achar conveniente. Devo confessar que meu único pensamento era alimentá-la, não o que acontece depois. Mas vou pensar em algo. Prometo.

— Fico feliz em ajudá-la, senhora Ballard. É o mínimo que posso fazer. Considerando tudo o que já fez por mim.

— Obrigada. — Suspiro e me recosto no assento, depois fecho os olhos por um momento e deixo o calor da lareira penetrar em meu corpo. Ao abri-los, vejo que o jovem está me encarando. — Peço desculpas. Não me apresentei. Sou Martha Ballard. Parteira. E amiga de Sarah.

Estendo a mão, e ele a aceita.

— Imaginei. Sou o major Henry Warren, noivo de Sarah.

Olho para Sarah, atônita.

— Ele me pediu em casamento hoje à noite. Entrou pela porta e fez o pedido. Planejamos fixar os proclamas amanhã e nos casar daqui há um mês. — O sorriso de Sarah é quase piedoso. — Sei que não acreditou em mim. Ninguém acreditou. Todos pensavam que eu era uma tola. Mas eles não conhecem o Henry. Ele prometeu e acreditei nele.

É como se alguém tivesse lançado minha mente sob os cascos galopantes de um rebanho de cavalos em disparada. São tantas coisas para entender de uma vez. Mas antes que eu possa lidar com o fato de que o amado de Sarah voltou para ela, há algo que preciso saber.

Eu me viro para Henry.

— Você conhece um homem chamado Joseph North?

— Ele não é o juiz desta cidade?

— Sim.

— Conheço apenas de nome. Nunca o encontrei pessoalmente.

— Bem, ele afirma o contrário.

Não conheço Henry Warren mais do que conheço latim. Ou chinês. Mas gosto da maneira como seus olhos se estreitam em alarme e como ele segura Charlotte mais firme contra o peito.

— Como assim?

— O juiz Joseph North jurou perante o tribunal que estava com você na noite de 10 de agosto do ano passado, na mesma hora que foi acusado de estuprar uma mulher da cidade.

— Em 10 de agosto eu estava quase quinhentos quilômetros a oeste daqui. Como estive na maior parte do ano. Até dezembro, quando recebemos ordens de seguir para o Forte Halifax. E há duas dezenas de homens na taberna que podem confirmar isso.

Pondero por um momento. Assinto.

— Eu precisava perguntar — digo.

Henry não parece nem um pouco ofendido.

— Não esperaria menos de alguém que se preocupa com Sarah. Mas não gosto que ele tenha me usado como álibi. E me disponho a escrever ao tribunal e atestar o contrário.

— O julgamento já aconteceu, e North foi absolvido.

— Não importa. Não quero meu nome associado ao dele. Diga-me com quem devo falar sobre isso. Quero que seja oficial.

— O nome do advogado é Seth Parker, e lidaremos com isso depois. Mas obrigada. — Agora que isso está resolvido, tenho mais uma pergunta para ele. — Você sabia sobre Charlotte?

— Não. Mas eu... bem... sabia que havia uma possibilidade de ter um filho. Tive que concluir meu tempo de serviço na milícia, por isso demorei tanto. Mas já fiz arranjos para nós. Aqui. Em Hallowell.

Sarah sorri, radiante.

— Ele comprou a loja do doutor Coleman!

— Você é o tal homem de Boston?

— Sim. Achei que teríamos que morar lá. Mas meu avô morreu no ano passado, e me deixou uma pequena herança. Assim surgiu a chance de mudar para cá.

Quando contei a Samuel Coleman a história de *Emmeline,* de Charlotte Turner Smith, ele riu. Disse que parecia um conto de fadas. E aqui está uma mulher que teve o mesmo destino da personagem. Sarah viveu às margens da sociedade, mas escolheu os rumos da própria vida. Ela encontrou o amor em seus próprios termos. E não duvido que ela acabe rica e feliz como resultado. Mal posso esperar para contar a Coleman como o enredo daquele romance pode muito bem se tornar realidade.

Estou exaurida de alegria e exaustão, e a sensação é muito parecida com a de uma vela, uma chama que se esvai, um pavio que se consumiu por inteiro. Tenho tão pouca energia restante que sinto minha mente turva. É hora de ir para casa.

— Martha?

— Sim?

Sarah inclina o queixo em direção à bebê. Ela está inebriada de leite e largou o peito. Dormindo. A boca aberta, os lábios lambuzados de leite.

— Como devo chamá-la?

Sorrio.

— Acho que Emmeline seria um ótimo nome.

PONTE DO RIACHO DO MOINHO

SÃO QUASE CINCO HORAS DA MANHÃ QUANDO INSTIGO BRUTUS A UM galope. Estou cansada demais para cavalgar tão rápido, mas, no momento, tudo que mais quero é minha cama, meu travesseiro e meu cobertor macio e puído. Agora, prestes a chegar em casa, com meus nervos ainda à flor da pele, cruzo a ponte e viro para o oeste, subindo a rua. Mais uma vez, incito Brutus a ir mais rápido, mas mal percorremos algumas centenas de metros quando o vulto de uma criatura emerge da mata. Tormenta surge na estrada à frente. No escuro, seus olhos são uma ardente chama âmbar. A raposa emite um aviso feroz, e Brutus empina, as patas dianteiras, agitando-se no ar em alarme. O movimento me pega desprevenida, mas não o suficiente para me jogar da sela.

Tormenta me encara fixamente, seus olhos em um misto de alerta, medo e algo mais refletido pela luz da lua. Ela fareja o ar, captando meu cheiro, e dá um passo à frente. Brutus agita o rabo. Bufa. Ele só vê dentes afiados e garras traiçoeiras. Não sabe da minha afeição por aquela criatura.

Não estou preparada quando ele corcoveia.

Desequilibrada. Cotovelos abertos. Então, antes que eu consiga me segurar ou respirar fundo, estou girando pelo ar sobre a cabeça de Brutus. O horizonte — agora pálido e prateado — rodopia, e a terra acelera em minha direção. Sou arremessada de cabeça para baixo e, embora eu tente aterrissar em pé, não consigo distinguir entre o céu e a terra. E não há tempo para avaliar minha posição no ar.

Atinjo o chão com força, de costas — o ar escapando dos meus pulmões em um gemido gutural — antes que eu consiga me proteger da queda. Sinto o impacto reverberar por todo o corpo. Minhas costelas latejam, minha cabeça dói, meus quadris parecem machucados e, mesmo no escuro, pequenas luzes brilhantes giram na minha frente, dançando em um ritmo nauseante. Sinto gosto de sangue e sei que mordi a língua. O que mais me assusta, no entanto, é que minha boca abre e fecha, mas meus pulmões se recusam a puxar o ar. Ofego e me debato como um dos peixes de Cyrus quando tirados do lago.

Não consigo respirar.

Viro de lado, tentando não entrar em pânico. Leva mais um longo momento de pavor, mas finalmente consigo puxar um tênue sopro de ar para meus pulmões ardentes com um sibilo rouco e ofegante. É como água e fogo, vida e morte. E eu deito ali absorvendo ambos, meus pulmões em chamas. Sufocados. Queimando. O som que faço, quando tento respirar, me faria cair de joelhos em oração, pedindo a Deus que me ajude, se isso fosse uma sala de parto e eu ouvisse uma mulher nesse estado. Mas estou sozinha sob as estrelas, sem fôlego e ferida.

Pense, respire, pense, respire, repito mentalmente. *Você não pode morrer aqui sozinha no meio da estrada.*

Brutus está a uns quinze metros de distância, batendo o casco no chão, impaciente para que eu me levante. Eu o mataria se pudesse, de tanto que odeio esse cavalo estúpido, intratável e bruto neste momento. Foi a pior decisão que já tomei. O pior investimento que já fiz.

Arfo.

Ofego.

Respiro, mais fundo agora, mas ainda sinto a queimação.

Estou *furiosa.*

Meu próprio cavalo tentou me matar.

Encaro o maldito garanhão teimoso. Eu deveria tê-lo castrado quando tive a chance. Ephraim tinha razão. Essa é a única maneira de domar uma besta selvagem.

O frio e a umidade penetram em minhas roupas, meus ossos, e sei que preciso me levantar, que não posso ficar deitada aqui para sempre. Tenho certeza — ou, ao menos, acho — de que nada está quebrado, mas meu corpo se move lentamente.

Ouço passos suaves perto da minha cabeça, o leve crepitar de patinhas movendo-se pela relva e pela lama. E então lá está ela. Minha raposa. Toda preta e prateada à luz do luar, seus olhos assustados fixados em mim.

Tormenta.

Não digo uma palavra.

Não me movo um milímetro.

Mal me permito o ar que meus pulmões tanto imploram.

Porque a raposa está se esgueirando em minha direção, uma pata delicada após a outra, e agora está a apenas centímetros de distância, me encarando como se *eu* fosse a criatura mais exótica da Terra. Nunca teria acreditado que um momento como esse pudesse acontecer, nunca ouvi falar de algo assim em toda minha vida.

Tormenta — minha pequena raposa — aproxima a cabeça esguia e estica a língua cor-de-rosa. Uma vez. Ela lambe a ponta do meu nariz uma única vez. É uma saudação. Uma oferta de paz. Um reconhecimento de que somos iguais, uma só. Mas o momento é efêmero. Desaparece em um piscar de olhos, assim como ela que, em um salto, pula sobre minha cabeça, focinho apontado para a casa, cauda em direção à rua Water, e começa a ganir.

Mas desta vez não há nada de amistoso ou terno no som. São rosnados viscerais que cortam o ar e recolocam meus sentidos em ordem. Luto para me levantar e recuar. Não porque tenha medo de Tormenta. Com certeza, não. Mas porque percebo que o som é de aviso.

Não estamos sozinhos na floresta.

Ao longe, ouço uma resposta. Outra raposa. Talvez seu companheiro, em algum lugar mais próximo da casa.

Viro para Brutus bem a tempo de vê-lo dar meia-volta e disparar na direção oposta. Aquele traidor fugiu e me deixou.

— *Et tu, Brute*?

* * *

Manco em direção ao moinho. Meu tornozelo está torcido, e há um corte ao longo do meu antebraço direito, pingando sangue na manga da blusa. Minha respiração está mais fácil agora, mas, ainda assim, há um assobio no final — uma queixa do meu corpo pela forma como foi tratado. Brutus se foi — fugiu em direção a Hook — e levou minha maleta médica com ele, então não tenho nem sequer minhas ataduras.

Ainda estou amaldiçoando aquele animal estúpido quando saio da floresta e vejo um lampião aceso na janela do moinho.

— Ephraim — ofego e me movo mais rápido.

Há um cavalo amarrado no varão, bufando em meio às sombras, e um longo retângulo de luz pálida escapa pela porta e ilumina o quintal lamacento.

Viro de lado e me esgueiro pela estreita abertura da porta.

— Aquele maldito cavalo me derrubou de novo — digo. — Pode acreditar, desta vez ele vai para a fábrica de sabão.

Ao som da minha voz, um rosnado baixo e furioso ecoa na sala. Cicero. Ele está deitado no chão sob a bancada de trabalho de Ephraim. Ergue a cabeça que descansava sobre as patas e arqueia ligeiramente as costas, os pelos do dorso eriçados. Os dentes à mostra. Os olhos cintilantes. Não é de admirar que as raposas estejam agitadas esta noite.

Seu mestre está a poucos passos de distância, virando as páginas de um livro que reconheço imediatamente como meu diário. Ele ergue a cabeça na minha direção, impassível.

— Gostaria de saber — diz Joseph North, arrancando uma página — o que você estava de fato fazendo em minha casa ontem?

* * *

— Saia — digo, agarrando um dos grandes pilares centrais para me apoiar.

— Não.

— Ephraim estará em casa a qualquer momento.

— Essa desculpa não funcionou da primeira vez — diz North, arrancando outra folha do diário. Ela cai no chão e pousa aos seus pés. — E já estou farto dela. Seu marido está em Boston. Reivindicando esta propriedade.

— Meus filhos...

— Estão todos na cama. Dormindo. Você está sozinha, Martha. A questão é se você está com *medo.*

RRRASG. O som ecoa pelo moinho. Desta vez, ele amassa a página na mão e a joga no canto.

— Não. Não tenho medo de você.

— Rebecca estava com medo quando fomos lá naquela noite. Você precisava ter visto como as pernas dela tremiam naquela cama. — Suas palavras são casuais. Como se não se importasse de estar confessando um crime. — Não se preocupe — acrescenta ele. — Não estou me incriminando. Fui *absolvido,* lembra? Não posso ser julgado novamente.

— *Saia* — ordeno, o ar sibilando entredentes, as costelas rangendo em protesto. E me pergunto se quebrei algo afinal. Cicero se inclina para frente ao perceber o tom de raiva em minha voz. Mostra os dentes.

— Não. Nós dois vamos ter uma conversinha. A começar pelo motivo de sua presença em minha casa.

— Fui levar o tônico. Para sua esposa.

Ele estreita os olhos.

— Você está machucada.

Faço uma careta de dor, mas não respondo.

— Bom, isso vai facilitar as coisas. — Ele vira outra página em meu diário. Lê uma entrada inocente em voz alta. Leva a mão à boca como se estivesse bocejando. — Onde está minha carta, Martha?

— Não sei do que está falando.

— Você é uma péssima mentirosa.

— Gostaria de poder dizer o mesmo de você.

Ele ri.

— Sem dúvida, tive mais prática.

Reúno toda a minha coragem. Fico o mais ereta que consigo.

— Largue meu diário. E saia da minha propriedade.

— É minha propriedade agora. Mas acho que podemos chegar a um acordo. — North ergue o diário pela lombada, depois arranca um punhado de páginas. Se algo rasgasse minha alma ao meio, teria esse o som. Ele agita as páginas na minha frente. — Subestimei você. Não sabia que você mantinha esse diário. Até a primeira audiência.

Preciso fugir. Tudo em North — sua postura, suas palavras, tudo — parece perigoso. Descontrolado. Mas eu não conseguiria chegar à estrada antes que ele me alcançasse. Poderia gritar. Há uma chance de um dos meus filhos me ouvir. Mas qual deles? Hannah? Dolly? Ephraim Júnior? Eu rezaria para ser Jonathan, mas ele estava apagado de bêbado, nem cinco horas atrás. Cyrus é a melhor opção, mas não há como saber se ele será o único a vir correndo.

— Se não fosse por isso, as alegações de Rebecca nunca teriam passado da primeira audiência. — North arranca mais páginas do diário, e meus olhos ardem enquanto vejo uma semana de registros cuidadosos sendo rasgada ao meio.

Recuo em direção à porta, mas Cicero está de pé agora, o rosnado mais profundo, cada vez mais perto, então paro. Levanto as mãos, as palmas para frente, tentando acalmá-lo. Ele se senta no meio do caminho.

North bufa. Arranca outra página.

— Por que estuprou Rebecca? — pergunto. Ganhar tempo é a melhor opção que tenho agora. Mantê-lo falando. Dar tempo até que Cyrus acorde para trabalhar.

— Dei a ela uma lição bem merecida.

— Você arruinou o corpo e destruiu a vida dela. E a obrigou a ter um filho. O que ela *fez* para você?

North me encara, os lábios tremendo de fúria.

— Ela trouxe aqueles malditos índios para esta cidade! Não uma vez, mas dezenas de vezes. Sabe quanto tempo levamos para expulsar os wabanaki daqui? *Sete anos*. Sete anos de guerra com os franceses e seus aliados bárbaros. E ela chega em Hook com seus ideais elevados e aquele marido idiota e os convida para sua *casa*. Isso não poderia ser tolerado.

— As amizades dela não são da sua conta.

— *Tudo* relacionado a esta cidade é da minha conta! Eu estava aqui antes de qualquer um de vocês, e não permitirei que este lugar seja poluído por nossos inimigos.

Balanço a cabeça. Ele realmente acredita no que está dizendo.

— Você a estuprou por causa dos *wabanaki*? Por uma rixa antiga de uma guerra que já terminou? Você é um juiz. Não tinha o direito de violar o juramento de seu ofício.

— Eu tinha todo o direito! — Ele bate no peito. — *Eu* sou o juiz. *Eu* decido o que é justo.

— Você é uma vergonha.

Ele ri, mas não é um som alegre.

— Rebecca Foster não passa de uma prostituta. Assim como você. Assim como todas as mulheres. Apenas um buraco úmido para despejar algumas sementes. Nada mais.

Samuel Coleman tem razão. Este homem perdeu a alma. É a única maneira de justificar tal crença. Afinal, ele nasceu de uma mulher. Ele tem esposa e *filhas adultas*. Ele vive em um mundo que também é povoado por mulheres.

— O que aconteceu com você? — pergunto. — Durante a guerra?

— Não aconteceu *nada* comigo. Apenas aprendi a lição mais importante da minha vida.

Agora ele parece mais um juiz e menos um fanático. Sua voz assumiu o tom de um orador, o mesmo que ele usa na corte. Mas não há um tribunal para ele discursar, apenas eu, e aproveito o momento para testar a força do meu tornozelo ferido. O choque de dor que sobe pela minha perna é um lembrete suficiente de que não consigo correr.

— Quando você vê algo que *deseja*, deve *pegar*. — diz North. — É assim que se sobrevive, não apenas na guerra, mas na vida. Os franceses e os índios me ensinaram isso.

— Então além de estuprador, você também é ladrão? — Levanto o braço e aponto para o moinho ao nosso redor. — Pega terras. Mulheres. Escalpos. — Ele estremece com o comentário. — E depois se faz de *vítima* quando desafiado?

É arriscado, mas preciso de mais tempo. Então pressiono mais. Cruzo os braços sobre o peito.

— Não... — Balanço a cabeça. — *Você* não é um herói. Não é um dos *pais fundadores*. Não passa de um covarde que foge da justiça. O tipo de homem que se esconde na casa de um morto em vez de enfrentar o pátio da prisão.

North me encara, olhos arregalados, como se estivesse espantado por eu ter descoberto isso.

— Deixe-me adivinhar — digo. — Você não conseguiu encontrar os documentos de despejo, então teve um acesso de fúria e incendiou a casa de Burgess?

— *Você* — sibila ele. — É você que está com eles.

— Não. Não mais. Agora estão na posse de seus empregadores. E imagino que a Kennebec Proprietors achará essa sua artimanha bastante ilegal. Ver, desejar e pegar só funciona quando não há ninguém para impedi-lo, Joseph.

Ele não é um homem dado ao silêncio. Inflado pela prepotência, deslumbrado pelo som da própria voz, Joseph North sempre preenche o vazio com palavras vãs e estúpidas. Mas, pela primeira vez em nossa longa convivência, ele se cala.

Dez segundos.

Vinte.

Por trinta longos segundos, ele treme de raiva.

— Não há ninguém para me impedir agora, não é, Martha?

Eu deveria ter percebido suas intenções. Ele deixou claro desde o início com sua confissão indiferente. Mas só quando ele inclina a cabeça e seus olhos assumem uma expressão lasciva, entendo o que veio fazer. Joseph North quer vingança.

— Você me causou muitos problemas. E há um preço a pagar por isso.

— Não se *atreveria* a me tocar — digo, tentando me aproximar da bancada de trabalho como posso. Preciso de algo, qualquer coisa, para sustentar meu peso.

— Admito que não fantasio com você da mesma forma que fiz com Rebecca. Pelo menos não há muitos anos. Mas você era adorável quando jovem. Billy Crane também achava isso, não é mesmo? — Ele lambe o canto da boca enquanto seus olhos percorrem meu corpo. — Seus seios eram menores naquela época, mas as pernas continuam esguias.

Billy Crane.

Não ouço esse nome em voz alta há pelo menos uma década. Talvez mais. E o fato de North pronunciá-lo agora, com sua ameaça pairando no ar, faz meu coração bater mais forte.

— Ah, não fique tão surpresa. Você acha que não me lembro? Ele foi pendurado no alto de um pinheiro. Sem julgamento. E aprendi uma boa lição com isso. Não seja apanhado.

Ele dá um passo em minha direção.

— Se me tocar, vai se arrepender pelo resto da vida. — Recuo, procurando algo com o qual me proteger. — Não serei uma vítima tão fácil. E hoje você está sozinho.

— Admito que Burgess foi um erro. Ele tomou gosto. Queria mais depois que terminou. Mas eu não precisava dele naquela época, e não preciso agora.

Dou outro passo em direção à bancada. Expulso o medo da minha voz.

— Então por que levá-lo? Foi um risco tão estúpido.

— Foi *brilhante*. As pessoas poderiam ter acreditado nela se ela dissesse que um homem a estuprou naquela noite. Mas dois? É ridículo. Uma história inventada por uma mulher vingativa que acabou de ver o marido ser demitido. Levei Burgess comigo para que ninguém *acreditasse* nela. Viu como funcionou bem para mim no tribunal. Acusações de *tentativa* de estupro. E depois uma absolvição.

— Só foi absolvido porque ela não estava lá para depor.

— E de quem é a culpa disso?

— A culpa é toda *sua*. Não ouse colocar a culpa em qualquer outra pessoa.

Tenho que mantê-lo falando. Essa é a questão. Ele é tão *deslumbrado* consigo mesmo. Sempre foi. E quanto mais ele fala, mais claro fica lá fora. Os homens não são tão corajosos à luz do dia quanto no escuro. Meus filhos podem estar dormindo, mas não por muito tempo. Afinal, isso é uma fazenda. Além disso, o que eu quero está bem aqui, a um metro de distância. Mas se eu der o bote para pegá-la, ele vai me impedir.

— Venha, Martha, temos negócios a resolver. — North desabotoa a camisa e solta os cordões de suas calças.

— Não ouse. — Dou mais um passo em direção à bancada. — Vá em frente, tente correr. Mas não acho que irá muito longe. Não com esse tornozelo.

Cicero abana o rabo no chão, levantando uma fina nuvem de serragem. Mostra os dentes e as gengivas escuras.

Quando North arria as calças, e então as ceroulas, não me dou ao trabalho de olhar para a coisa em sua mão. Em vez disso, observo seus olhos, espero que ele avance, sabendo que terei apenas uma chance. Se ele me alcançar ou me derrubar, a luta acabará no chão, e qualquer vantagem que eu tenha será perdida, junto com qualquer esperança de me defender.

— Deve ser irritante saber que não conseguirá sair dessa com uma de suas tramoias — diz ele.

Estou suando. Nas têmporas. Nas axilas. No buço. Não suava há seis meses. Talvez sete. Desde a última vez que trabalhei no meu jardim. O inverno me poupou dessa experiência. Mas lá está ele. Agressivo. Indesejado. O ar parece denso e pesado dentro do moinho. Posso sentir o hálito de North. Seu suor. Sua virilha. Posso sentir a raiva exalando de seu corpo.

Tum. Tum-tum. Tum-tum-tum. Tum-tum-tum-tum. Meu coração bate cada vez mais rápido.

Cheiro e memória estão conectados. Nada evoca uma memória tanto quanto um cheiro. E agora, todo o meu ser é tomado por uma memória de trinta e cinco anos atrás. Billy Crane. O galpão. Quatro minutos horrendos com meu rosto pressionado contra a terra.

— Eu *sabia* que você estava com medo — diz North.

E não posso negar. A prova está ali no rápido arfar do meu peito. A respiração que não consigo controlar. Ouço o sangue correndo em meus ouvidos, como um rio que se soltou das garras do inverno. Furioso. Violento. Sei o que está por vir. Meu corpo está ciente. Ele se *lembra*. E não será acalmado.

Eu me lanço para a bancada de trabalho de Ephraim quando North dá o primeiro passo em minha direção. Ele é mais rápido do que eu com um tornozelo torcido, então me agarra pelo cabelo, e me puxa para trás, com força.

Dou um grito.

A dor é tão surpreendente que o som escapa dos meus lábios antes que eu perceba que tomei fôlego para gritar. Cicero se levanta novamente. Rosna. Avança alguns centímetros. Pareço ferida, como um animal. O som de uma presa, e ele saliva de ansiedade.

North entrelaça os dedos em meu cabelo e me puxa para mais perto. Sussurra.

— Que belo dinheiro isso teria rendido.

— Tire as mãos de mim! — Arranho as mãos dele.

— Ah, não. Você vai ficar *quieta*. Durante e depois. Não vai dizer uma palavra, porque ninguém vai acreditar em você. Vão pensar que é algum tipo de vingança mesquinha, apenas um jeito de se vingar de mim depois de perder no tribunal.

Ninguém vai acreditar em você.

É a frase de todo homem que já abusou de uma mulher dessa maneira. O problema é que, na maioria das vezes, eles têm razão. Mas estou com *raiva* agora, e de jeito nenhum quero ser abusada por Joseph North. Há apenas trinta centímetros entre nós, e temos quase a mesma altura, então faço a única coisa de que sou capaz. Inclino o corpo para frente como se estivesse tentando escapar, e quando ele agarra meu cabelo com mais força, bato minha cabeça em seu rosto.

Agora é a vez de North gritar. Então ele resmunga. Pragueja. Solta meu cabelo e leva a mão ao nariz sangrando.

Quando ele me solta, eu me lanço sobre a bancada de trabalho, procurando a lâmina curva e ferina de Ephraim. Vingança. Empunhando o cabo, eu me viro. O facão parece pesado em minha palma. Desajeitado.

— Você não vai me matar — diz ele, rindo.

E é essa arrogância, a certeza, que me enfurece.

— Não tenho a intenção de matar você.

Embora eu seja capaz.

— Então largue seu brinquedinho e aceite o que está por vir.

Empunho o facão com mais força, ergo a lâmina e corto o ar. Apenas uma vez. Perto o suficiente para que ele recue e levante o braço para me bloquear. Vingança rasga a manga de sua camisa. Um corte de oito centímetros que expõe a pele de seu pulso.

North olha para o rasgo, perplexo.

— Sua estúpida, maldita va...

— Não me toque.

Dou outro golpe, e ele recua desta vez. Dois passos. Ele quase tropeça nas calças, e é o suficiente para que eu possa me posicionar melhor. Pressiono os quadris contra a bancada para sustentar meu peso.

Raiva. Medo. Ambos se misturam fazendo minha voz fraquejar. Não quero demonstrar fragilidade, então limpo minha garganta. Mesmo assim, é melhor pronunciar uma palavra de cada vez.

— Você. Não. Vai. Me. Tocar.

— Eu não recebo ordens de mulheres — diz ele. E então ele avança, as mãos estendidas como se fossem agarrar minha garganta e me estrangular.

Eu me agacho.

Ignoro a dor lancinante que irradia pelos meus joelhos quando eles tocam o chão.

Inclino o corpo ligeiramente para frente.

E abaixo meu braço em um golpe rápido e intencional, assim que suas mãos agarram o ar.

Não golpeio às cegas.

Não erro.

E não sinto remorso.

A lâmina o atinge bem no meio das pernas. É um corte limpo, daqueles que levam um momento para sentir.

Mas quando a dor o atinge, seu grito ecoa pelo ar da manhã, pois Vingança fez o seu trabalho. Joseph North nunca mais estuprará outra mulher enquanto viver.

* * *

North desaba em cima de mim, e agora somos um emaranhado de braços e pernas, a lâmina de Ephraim presa entre nós. Tento me desvencilhar, mas não tenho apoio, então preciso usar meus braços para ganhar distância. Sinto North se mexer ao meu lado, e golpeio novamente, mas não acerto nada além do ar.

Mas North não está vindo na minha direção. Seu corpo está curvado, mãos em concha sobre a virilha, sangue escorrendo entre seus dedos. Cicero fica ensandecido, incerto se deve defender seu mestre ou me atacar, o cheiro de sangue o deixa frenético.

— O que você fez? O que você fez! — ofega ele, e então começa a gritar e praguejar, sacudindo os braços em minha direção, e sinto as gotas de sangue atingirem meu rosto. Cheira a cobre, ferrugem e sal. Cheira a medo.

Ouço as palavras, mas não fazem sentido. Insultos aleatórios, agressivos, mas totalmente impotentes. Ele grita. Engasga. Pragueja.

— Eu avisei para não me tocar — digo. — Disse para ir *embora.*

Eu me afasto dele e uso a bancada para me levantar. Limpo o sangue na minha saia. Empunho o facão enquanto Cicero ronda seu mestre com passos cuidadosos e calculados. Tomou sua decisão e me identificou como a ameaça, a causa de toda dor e gritaria. Avança com sua grande pata pela poça vermelha e escorregadia, e quando a pousa de novo, a pegada é perfeita, como se fosse gravada em cera.

Vingança é implacável, mas pode não fazer muito contra esses dentes se Cicero agarrar meu braço. Ou minha garganta. Minha mão está trêmula agora, e o cabo está escorregadio em minha palma. O cachorro sente isso e se aproxima.

Pensei que o sol nascente pudesse trazer um dos meus filhos ao moinho e seus afazeres, mas, em vez disso, ouço o som de cascos trovejando pelo caminho.

E um guincho profano, que ecoa em meus ouvidos. Faz meus dentes doerem.

Sangue.

Ele se espalha no chão ao redor de North. Não sinto pena dele, mas também não quero que ele morra aqui, no moinho do meu marido, de tal forma que eu leve a culpa. Minha intenção era ferir, não matar. Ensinar a ele uma lição permanente. Garantir que tivesse uma arma a menos com a qual ferir as mulheres deste mundo. Tiro o xale e o jogo para ele.

— Use isso — ordeno. — Estanque o sangramento.

Ele grita. Pragueja em uma névoa de fúria balbuciante.

— Fique calmo e faça o que eu digo. Ou vai morrer.

Espero por Cyrus ou Jonathan, mas, em vez disso, é Ephraim quem entra. Fico olhando para ele, atônita.

— Que *diabos* está acontecendo? — pergunta Ephraim quando vê North esparramado, o sangue empoçando entre suas pernas, enquanto ele tenta pressionar meu xale na virilha.

Cicero está recuando agora, alternando entre rosnados e choramingos, quando Percy passa voando pela porta e se lança sobre ele. O cachorro solta um ganido, como se tivesse sido marcado a ferro, e corre para a porta. Percy faz uma guinada brusca e vai atrás dele, as garras eriçadas.

Meu diário está despedaçado no chão.

Choro ao ver meu marido. Solto a Vingança. O sangue parece oleoso em minha mão, e eu o limpo novamente contra minha saia.

— Ele estava me esperando quando cheguei em casa. — Olho fixamente para Ephraim e tento comunicar tudo em duas frases. — Eu disse a ele para não me tocar. Ele não quis ouvir.

Meu marido fica imóvel. Em silêncio. Suas pupilas se dilatam, e ele me observa, procurando por ferimentos, então se vira para a cena sangrenta de North contorcendo-se no chão. Ele entende o que estou tentando dizer.

— Você está machucada?

A pergunta é gentil e feroz ao mesmo tempo.

— Só porque Brutus me derrubou.

Testo meu peso no tornozelo torcido, manco em direção a Ephraim mesmo assim.

— North precisa de um médico.

Ephraim o observa no chão.

— Não há tempo — diz ele.

— Mas...

— Vai demorar muito para levá-lo até Hook. Sem ajuda, ele vai sangrar até a morte. Se quisermos salvá-lo, terá que ser você.

Salvar Joseph North é a última coisa que eu quero, mas não podemos deixá-lo morrer aqui. Não depois de tudo o que aconteceu.

Ephraim se aproxima dele, e North vocifera:

— Não me toque!

— Quer me dar ordens? Na minha casa? Depois do que fez? — Ephraim para ao lado dele. — Se pretende morrer, não será na minha propriedade.

Ainda assim, North uiva, cospe e me xinga, e entredentes despeja todos os insultos possíveis contra a espécie feminina. Um momento atrás, ele me achava fraca. Vulnerável. E talvez eu estivesse, mas não sou indefesa.

— É uma pena que você odeie tanto as mulheres — digo. — Porque você vai passar o resto da sua vida urinando como uma.

Há mil coisas que quero saber sobre como Ephraim chegou aqui neste momento, mas, dada a expressão em seu rosto enquanto avalia a gravidade dos ferimentos de North, minhas perguntas terão que esperar. Só agora ele percebeu o que sua lâmina fez.

— Martha... — diz ele, e ouço o tom de incerteza em sua voz.

— Vou precisar da minha maleta médica. E muito gelo.

* * *

Sou uma parteira.

Sou uma curandeira.

Não tiro vidas.

Guio a vida para este mundo.

Repito essas palavras enquanto estancamos o sangramento. Ephraim aplica pressão enquanto North perde e recobra a consciência, seus olhos se arregalam em alarme, depois reviram até que apenas o branco fique visível. Toda vez que ele volta a si, seu corpo estremece, mas então a dor o domina e ele desaba de volta no chão.

O sangramento é o principal problema, mas, uma vez controlado, começo a trabalhar com agulha e linha. Não há muito o que costurar. O corte foi limpo e eficaz, e o tempo terá que fazer o resto. Lavo a ferida com uma tintura de hamamélis para evitar infecção. Depois de dar o último ponto, coloco um punhado de gelo em cima. Servirá tanto para anestesiar temporariamente a dor quanto para a constrição dos vasos sanguíneos. Mas North está inquieto, tremendo. Não vai continuar inconsciente por muito mais tempo. O que eu não daria pelo frasco de láudano do Dr. Page. Quando olho para Ephraim, há um oceano de tristeza em seus olhos.

— Eu avisei a ele para não me tocar — explico.

— Pare. Você não vai se culpar pelo que aconteceu aqui hoje, nem por mostrar misericórdia.

— Duvido que North chame isso de misericórdia.

— Se não fosse, você teria acertado a garganta dele.

— Cortei exatamente onde pretendia, Ephraim. Olho por olho.

— Então vamos chamar de misericórdia *severa,* amor. — Ele se senta ao meu lado no chão manchado de sangue. — Ele vai sobreviver?

— Não vejo por que não. Supondo que não haja infecção ou febre. O que não deveria acontecer se a ferida for mantida limpa.

— E você vai fazer isso por ele?

— De jeito nenhum. Ele não receberá mais cuidados de minha parte. Ele que procure uma enfermeira.

— Então, o que devo fazer com ele?

— Leve-o até o Dr. Page. Se não me engano, o bom coronel aqui tem muito respeito pela *experiência médica* daquele idiota. Veremos o quão satisfeito ele ficará com o tratamento que vai receber.

— E o que direi ao doutor Page sobre o ferimento?

Olho ao redor do moinho, sem encontrar uma resposta, mas então foco a bancada de trabalho de Ephraim e a meticulosa fileira de facas reluzentes.

— Não é incomum que pessoas inexperientes se acidentem com a faca de arrasto ao trabalhar com madeira. Principalmente quando não usam aquele avental de couro.

— E se North contestar essa explicação?

— Então ele pode explicar que invadiu nossa casa, me atacou e acabou castrado. Mas se eu conheço esse homem, essa não é uma história que gostaria que as pessoas soubessem.

Ephraim olha para o sangue em minhas mãos, em meu vestido.

— E quanto a você?

— Estou bem.

— Não, você não está.

— Vou ficar. Com o tempo.

— E até lá? O que fará?

— Não durmo há vinte e quatro horas. Vou para a cama.

Quarta-feira, 21 de abril

Cansada e machucada como estava, não consegui dormir quando cheguei em casa. Só pude lavar o rosto e as mãos e acender as lareiras.

Quando meus filhos acordaram e começaram seu dia, eu já tinha me recomposto e eles não perceberam que havia algo errado. Nem acharam estranho quando pedi que preparassem água para um banho. Mas, quando Ephraim chegou em casa e foi direto para nosso quarto, eles trocaram olhares desconfiados. Ao não me encontrar no quarto, ele foi até o ateliê, e desde então estamos aqui, cochichando, com a porta trancada.

Ele tira um novo diário e uma caixa de tinta de sua bolsa e os coloca na minha mesa.

— Para você — diz.

E então começo a chorar. É um choro que brota do fundo do meu peito, uma correnteza que rompe a barragem de determinação que tento manter inabalada. Choro. Um som alto e longo o suficiente para saber que nossos filhos conseguem ouvir do outro lado da porta. Ephraim me puxa contra o peito e me deixa extravasar cada lágrima.

Depois de longos momentos, ele se afasta e examina minha aparência.

— Você precisa de um banho — diz.

— Eu sei. As meninas estão esquentando a água.

— Tire as roupas — pede ele. — Vou pegar tudo.

Logo estou de pé na tina de banho enquanto Ephraim despeja água quente sobre meu corpo. Ela tem apenas um metro de largura e, com certeza, não é tão luxuosa quanto uma banheira de cobre, mas é melhor do que nada. E estou imunda. Coberta de resquícios do parto, lama da estrada e sangue de North. Passaram menos de oito horas desde que fiz o parto de Rebecca Foster. Cinco desde que deixei sua filha sob os cuidados de Sarah White. Três desde que Ephraim colocou North na carroça e partiu para Hook.

— Encontrei Brutus na rua Water, indo em direção à ponte do riacho do Moinho. Foi assim que soube que você estava em apuros — explica ele. — Agarrei as rédeas dele e corri para casa o mais rápido que pude. Mas quando ouvi você gritar... — Ephraim respira fundo. Balança a cabeça. — Brutus foi buscar ajuda, e você não vai me convencer do contrário. Aquele cavalo ama você.

— Pensei que você o odiasse?

— Não mais.

— Ele tentou me matar. Quantas vezes ele tem que me derrubar para provar isso?

— Se derrubou, teve um motivo.

— Foi a raposa. Ela surgiu na frente dele. Acho que... — Faço uma pausa porque sei que vai soar ridículo.

— O quê?

— Acho que ela estava tentando me avisar. Ela sabia que North e Cicero estavam me esperando.

— Faz sentido.

— Ah! De tudo que aconteceu, *isso* é o que faz sentido para você?

Ele olha pela janela, para o grande carvalho no pasto sul.

— Raposas e coiotes são inimigos naturais, querida.

Algo em suas palavras me faz pensar que ele não está mais falando de Tormenta e Cicero, mas minha mente está ocupada com tudo o que ele ainda não sabe, e preciso organizar meus pensamentos, então guardo o comentário para mim.

— Sente-se. — Ephraim aponta para a banheira. — Vou lavar seu cabelo.

— Não tem espaço.

— Tem espaço suficiente.

Apenas para o meu traseiro. Meus joelhos estão dobrados e meus pés no chão, mas a água chega até as minhas costelas, e, com meu tornozelo machucado, sentar é muito melhor do que ficar em pé. Ele despeja um jarro de água sobre minha cabeça, e ela escorre pelo meu pescoço, minhas costas. Inclino a cabeça para trás. Olho para seu rosto preocupado. Sorrio com tristeza.

— Obrigada.

— Conte tudo — pede ele.

Abraço os joelhos e começo desde o início, com Jonathan e Sally e nosso novo neto. Ele não está surpreso, nem descontente com a escolha de nosso filho.

— Ele não a escolheu — digo. — Ela preparou uma armadilha.

— Você não pode querer tudo. Até outro dia estava reclamando que ele ainda não tinha encontrado uma esposa.

— Ele ainda não encontrou. Não de verdade. Só encontrou uma garota disposta a deixar que levantem suas saias no bosque.

Ele suspira. Despeja outro jarro de água.

— Não o isente de culpa com tanta facilidade. Ele foi para a cama com ela de bom grado. Fez uma escolha. E agora há uma criança. Eles já publicaram a intenção de se casar?

— Ontem à noite.

— Que bom.

— Não posso dizer que ele ficou feliz com isso. Voltou para a taberna e se embebedou com uísque depois.

Ephraim balança a cabeça.

— Nossas filhas têm tanta pressa para se casar. E nossos filhos não têm pressa alguma.

— Se Cyrus tivesse uma chance, ele se casaria.

— Ele ainda não teve sorte com Sarah White?

— Não. Embora eu relute em admitir, você tinha razão. Ela fez sua escolha, e não é ele.

— Então quem é?

— Isso é uma longa história que envolve Rebecca Foster.

— Explique isso melhor.

— Sim, depois de contar por que Joseph North veio ao moinho.

Retomo a história, no ponto em que fui chamada para atender Sally. Então conto que fui até a Mansão North para levar o tônico para Lidia. Que encontrei a carta que North estava redigindo para a Kennebec Proprietors.

— Está na minha maleta médica. Ali. No canto.

Ephraim faz uma pausa em seus cuidados para secar as mãos e ler a carta.

— Agora estou entendendo — diz ele. — O advogado de North, Henry Knowland, é um agente da Kennebec Proprietors. Ou pelo menos era. Aposto que ele perdeu o cargo depois que Paul entregou os documentos para eles.

— Documentos?

— Um esquema criado pelos dois para ficar com arrendamentos e conquistar o monopólio no comércio de madeira no condado de Kennebec.

Esta carta prova isso. Também prova que ele pretendia usar nossa propriedade como base de operações.

— Mas por que a nossa? Por que não construir a própria serraria? Há milhares de hectares sem dono. A maior parte das terras que ele solicita naquela carta são áreas desocupadas.

— Talvez. Mas não tem acesso ao rio. Joseph North é um homem preguiçoso, Martha. Ele não quer ter todo o trabalho árduo de construir algo quando pode apenas pegar de outra pessoa.

Ver, desejar, pegar, penso. *Ele nunca mudou.*

— Isso não explica por que ele transferiu o arrendamento para o Burgess primeiro.

— Acho que você estava certa sobre isso desde o começo. Ele comprou o silêncio de Burgess com a promessa de nossas terras.

— Burgess nunca escondeu o fato de que desejava uma propriedade à beira do rio — acrescento.

— É provável que tenha usado isso para convencer Burgess a ir com ele à casa dos Foster naquela noite. Burgess conseguiu o que queria, e North tinha algo para usar contra ele. Uma maneira de controlar a propriedade sem ter que fazer nada.

— É uma estratégia de longo prazo.

— Encontrei a solicitação de arrendamento original de Burgess, e era para esta propriedade.

Viro o pescoço para encará-lo.

— Como conseguimos, então?

Ephraim sorri.

— A carta de recomendação de Paul.

— Claro. *Paul.*

Chegamos a Hallowell em 1778, quase na metade da Guerra Revolucionária, graças a uma carta de recomendação escrita pelo famoso ourives quase três anos após sua famosa cavalgada por Charlestown. Em um cavalo emprestado por meu marido, nada menos, na mesma noite em que Ephraim levou aquele soco terrível e teve o nariz quebrado.

— Então você resolveu a questão do nosso despejo?

— Resolvi. E ganhei um pouco de influência no processo. Você está olhando para o mais novo agente da Kennebec Proprietors. Ninguém mais pode tentar tirar esta propriedade de nós. Completamos os doze anos de posse este mês.

— Então North...

— Fez tudo o que pôde para roubá-la no breve período que restava entre outubro e abril. Mas oficialmente cumprimos todos os termos do nosso arrendamento. Agora somos donos da terra.

— Que alívio! Estou velha demais para recomeçar em outro lugar.

Ephraim pega o sabonete da cesta, mergulha na água e começa a ensaboar meus ombros.

— Continue — pede ele. — Você encontrou a carta no escritório de North, e depois, o que aconteceu?

— Eu a peguei. Obviamente. E então ele entrou. Eu me esquivei dizendo que só tinha ido até lá para cuidar de Lidia. Mas ele logo percebeu que a carta havia sumido. Então veio procurá-la. Fui para a Taberna Pollard depois que saí da casa dele. — Olho para ele. — A milícia está de volta.

— Esqueci de contar. Em dezembro. Depois que voltei daquele levantamento. Eles estavam em Forte Halifax quando estive lá. Disseram que passariam por aqui novamente na primavera.

— Bem, eles chegaram.

— E o tal homem da Sarah? Veio com eles?

— Estou quase lá.

Conto ao meu marido que cheguei em casa e esperei por Jonathan depois que sai da Taberna Pollard, e que então a Doutora chegou para me dizer que Rebecca estava em trabalho de parto. Conto sobre o parto difícil. O nascimento. E o que Rebecca me pediu para fazer em seguida. Suas mãos permanecem imóveis enquanto ele espera eu terminar. Repousam em meus ombros, quentes e ensaboadas.

— Levei a bebê para Sarah White — explico a ele. — Está com ela por enquanto. Até eu pensar em algo. Sarah também tem um noivo.

Seu lábio se curva em um sorriso.

— O tal soldado?

— Ele mesmo. Nunca pensei que ele voltaria. Mas voltou. E tenho que dizer que estou feliz em ver isso. Ele comprou a loja do Dr. Coleman, e acho que dará uma boa vida a Sarah.

— Espere um minuto. Vou pegar mais água quente.

Ele volta dois minutos depois com uma chaleira e um pente.

— Continue.

Obedeço, contando a ele como Brutus se assustou com a raposa no caminho para casa. Que me derrubou. E, enfim, como encontrei North no moinho. Ele quer saber todos os detalhes sobre nosso confronto. Tudo o que North disse e fez. Ele não gosta dos detalhes, mas ouve calado enquanto lava meu cabelo com o sabão.

— Estive pensando — diz ele.

— O quê?

— Aquele cachorro do North...

— Cicero?

— Foi ele que entrou no viveiro do Percy.

— Eu sei.

— Ele é metade vira-lata, metade coiote, pelo que sei.

— Sim...

— O problema de um cachorro meio domesticado é que ele ainda é meio selvagem. Isso não pode ser mudado.

— Agora você está falando de North?

— Estou fazendo uma mera observação, amor.

Ephraim enxágua meu cabelo, então pega uma pequena garrafa de óleo de alecrim e lavanda. Pinga algumas gotas na palma, depois esfrega as mãos. Devagar, desembaraça meu cabelo, e então começa a pentear, ouvindo meu relato. A história termina com os detalhes que ele já sabe. Um facão e muito sangue.

— Ele está...? — Minha voz some.

— Vivo? Sim — diz Ephraim. — Você o salvou.

— Page perguntou o que aconteceu?

— Sim. E respondi o que você sugeriu. North não contestou uma palavra.

Apoio a cabeça nos joelhos enquanto Ephraim penteia meu cabelo. Ficamos em silêncio por um bom tempo depois que ele deixa o pente de lado e começa a massagear meu pescoço e o couro cabeludo.

— Ficou uma sujeira e tanto no moinho — diz ele, os polegares fazendo círculos atrás das minhas orelhas.

Murmuro algo que quase soa como um *Sinto muito*. Mesmo não sendo verdade.

— Três baldes de água e uma bela esfregada deram um jeito no sangue — diz ele. — Mas demorou para me decidir o que fazer com o... resto — diz.

O pensamento me deixa enjoada.

— *Ah.*

— Embrulhei. Coloquei em uma caixa. E levei para Rebecca Foster.

Endireito a postura. Encaro Ephraim.

— *Por quê?*

— Não é muito em termos de justiça — explica ele. — Mas é melhor do que nada. E foi exatamente isso que eu disse a ela.

— O que ela fez?

— Jogou na lareira, com caixa e tudo, e então sentou na cadeira e chorou.

Lágrimas são boas, penso. *São um começo, pelo menos.*

Estou com frio agora, e quando Ephraim vê o arrepio percorrendo meu braço, ele me ajuda a sair da banheira e a me secar. Ajuda a colocar um vestido limpo e a me sentar em um banquinho diante da mesa. Envolve meu tornozelo inchado em ataduras de linho.

— O que você descobriu em Boston sobre a prisão de Cyrus?

— Henry Knowland pagou um homem para falsificar aquele mandado. Ele o entregou no tribunal em Vassalboro pessoalmente. Obadiah Wood não tinha ideia de que Knowland era advogado de North. Eles prenderam Cyrus com o que acreditavam ser ordens de um tribunal superior. Knowland foi acusado de suborno e corrupção. Perderá sua licença para exercer a advocacia.

— E quanto às acusações contra Cyrus?

— Definitivamente retiradas.

— Que bom. Porque ele não matou Burgess — digo.

— Eu sei.

— E Isaac Foster também não.

— Nunca achei que tinha sido ele.

— E também não foi Joseph North.

Isso o surpreende.

— Você tem *certeza*?

— Absoluta.

— Então quem foi?

Respiro fundo. E conto o que finalmente descobri.

CAIS DAWIN

Quinta-feira, 22 de abril

O RIO ESTÁ INQUIETO. TODO AQUELE GELO RACHOU E SE PARTIU EM BLOCOS pontiagudos, milhares de icebergs prontos para rolar rio abaixo. Temos apenas alguns dias até que ele comece a fluir de novo. A abertura do rio é um espetáculo bonito e aterrorizante e, em mais de uma ocasião, o gelo despejou sua fúria ao longo das margens do rio, amontoando-se e destruindo tudo em seu caminho. É por isso que não há casas nas margens do rio. Todas são construídas do outro lado da rua Water, protegidas da ameaça de alagamento e destruição. Os cais, no entanto, são vulneráveis, e Sam Dawin está de pé na ponta do píer em sua propriedade, verificando as vigas em busca de rachaduras e sinais de deterioração.

— Vai ser hoje? — pergunto, e quando ele se vira, sobressaltado, aponto para o rio. — Ou amanhã?

Ele encolhe os ombros.

— Vai ser um desastre, de qualquer maneira. Provavelmente terei uma baita reconstrução para fazer.

Sam construiu seu cais um pouco mais recuado do rio do que a maioria. Melhor para a pesca e para o tráfego aquático. Mas é um risco quando o degelo chega. Ele pode acabar ter que reconstruir tudo.

— Veio ver May de novo? — pergunta.

— Não. Desta vez, vim falar com você.

— Ah? Sobre o quê?

Entrelaço as mãos em frente à cintura.

— A corda.

— Que corda?

— Aquela que você usou para enforcar Joshua Burgess. — Travo meu olhar no dele e não desvio mais. Observo sua testa franzir em confusão e então seus olhos se arregalarem em choque. — A mesma corda que você jogou para Jonathan naquela noite para que ele pudesse puxar você para fora do rio. Onde está?

Sam balança a cabeça. Mas o gesto é rápido demais. Exagerado.

— Não sei do que está falando.

— Eu teria acreditado nisso sem questionar, na semana passada, antes de ver a renda. — Quando Sam não responde, dou um passo à frente e aponto. — Em seu bolso.

Ele fica perfeitamente imóvel. Não diz nada.

— Ela me lembrou do que Rebecca Foster me contou, que Joshua Burgess arrancou uma tira de renda da combinação dela antes de estuprá-la. Ele prendeu o cabelo com ela.

Sam se afasta com repulsa, o rosto se contorcendo em horror.

— Não é o... você não pode estar pensando que eu...

— Não. Não acho que você teve algo a ver com o que aconteceu com Rebecca. Mas acredito que você matou Burgess. Só não consigo entender *por quê*. Mas tem a ver com aquela renda. Tenho certeza disso.

Espero. Aprendi há muito tempo que quando um homem não quer falar, não adianta insistir. Mas consigo ver a vontade de se explicar borbulhando dentro dele. Ele cerra os punhos. Abre a mão. Range os dentes. Bufa de frustração. E, ainda assim, espero enquanto Sam Dawin luta consigo mesmo.

— Foi por causa da May — diz ele, finalmente. — Burgess a pegou sozinha no baile em novembro passado. Ela tinha ido se aliviar. Minutos antes de ele causar aquela confusão com Hannah. Eu não percebi. Estava tão envolvido na briga. Não tinha ideia de que ela tinha saído. Mas ela estava lá fora quando jogamos Burgess na neve. E ele estava *furioso*. Pobre May. *Ah, Deus*. Ela não tinha ideia do que havia acontecido. Mas ele a pegou voltando para o baile. E a arrastou para o celeiro. Ele...

Sam limpa a garganta. Balança a cabeça. Desnorteado, ele pisca para conter as lágrimas quentes e furiosas.

— Lá dentro estava tão barulhento, sabe como é. Ninguém ouviu ela gritar. Mas quando ela não voltou, fui procurá-la. E o encontrei de pé sobre ela, amarrando a calça.

A expressão no rosto de Sam Dawin é puro tormento.

— Ela estava ali, chorando no feno, abaixando a saia. Eu devia ter percebido que ela tinha sumido. Devia ter ido procurá-la. Devia ter... — Sam enfia a mão no bolso e tira a pequena faixa de renda. — Ele pegou isso dela. Como se fosse algum tipo de maldito *troféu*. Deu-se ao luxo de prender o cabelo para que não atrapalhasse enquanto a estuprava.

— Então você o agrediu?

— Não. Ele saiu correndo. E eu tive que decidir se ajudava a May ou o perseguia. Mas depois que a levei para dentro de casa e a deixei segura e confortável, fui atrás dele. — Ele continua, agora em um ritmo rápido e frenético. — Vi o que aconteceu com a senhora Foster quando ela veio à público. Como as pessoas cochichavam e tomavam partido. Como a culpavam mesmo ela estando em casa, cuidando da própria vida, quando eles chegaram. A lei não fez nada. E *ainda* não faz. North foi *absolvido*, pelo amor de Deus. Não fui tão paciente quanto Isaac Foster para esperar a justiça ser feita. Ou tão ingênuo. Não tinha interesse em deixar que esse assunto fosse levado ao tribunal.

— Então você o matou?

— Não foi difícil. — Sam dá de ombros, desafiador. — Ele atravessou a floresta a pé. Nós o achamos com facilidade, seguindo suas pegadas. Não me arrependo, senhora Ballard. E nunca me ouvirá dizer o contrário.

— Nunca pediria isso de você, Sam.

— Mas vai me entregar para as autoridades?

Balanço a cabeça.

— Não.

— Então por que se importa?

Penso em Cyrus. Em seus dedos machucados e os lábios cortados. Em suas semanas no pátio da cadeia e nas acusações que acabaram de ser retiradas. Preciso saber se meu filho teve algo a ver com essa morte.

— Porque é importante.

— Se mencionar uma palavra disso tudo, vou chamá-la de mentirosa. E essa é uma palavra que nunca quero usar contra a senhora. Por favor, não me obrigue a isso.

— Não se preocupe. — Pouso a mão em seu ombro para tranquilizá-lo. — Mas estou curiosa sobre o que você fez com a corda.

— Eu a queimei.

— Ótimo.

Toda as provas se foram.

Ele expira fundo, como se tudo estivesse resolvido.

— Um velho fazendeiro me disse certa vez que um lobo, após provar sangue humano, deve ser abatido, porque nunca mais vai parar de caçar pessoas. Acho que o mesmo se aplica aos homens, ou pelo menos alguns deles, e o estupro. Eu tinha o *dever* de matar Burgess. A próxima vítima seria a esposa ou a filha de outra pessoa. Talvez a sua. Provavelmente a Hannah. Ele já estava de olho nela. E se ela tivesse saído para usar o banheiro? O que você teria feito? Ou o Ephraim?

Sei exatamente o que meu marido faria. Porque já fui testemunha.

— Ephraim é o último homem na Terra a pensar menos de você, Sam. Você também não precisa ter medo dele. Mas continue, termine sua história.

— Nós o pegamos — continua Sam. — Batemos nele e o penduramos em uma árvore.

— Mas você guardou a renda. Por quê?

Ele engole em seco.

— É um lembrete de que é meu dever proteger a May. Nunca mais falharei com ela. *Jamais.*

— Isso significa que o bebê de May é...

— Provavelmente é meu. Não vou mentir. Estávamos... fizemos... fomos para cama no outono passado. — Pelo jeito casual com que ele diz isso, presumo que tenha sido mais um hábito regular do que um incidente isolado. — Já estávamos noivos. Mas quando ela engravidou...

— Você apressou o casamento.

— Era o certo a fazer. Eu tinha que protegê-la. Ela seria multada pelo tribunal. A senhora sabe disso. Eles a chamariam de fornicadora e o bebê de bastardo. E se alguém descobrisse sobre Burgess, nunca mais olhariam para May da mesma forma. Ou para a criança. Não me importo com o que pensam de mim, senhora Ballard, mas não vou deixar que falem mal dela. Ela não fez nada de errado.

— Eu sei. E não culpo você, Sam. — Dou mais um passo na direção dele. — Eu já disse antes, mas repito de todo coração. May tem muita sorte por ter você.

— Então a senhora não vai contar?

— Apenas para o meu marido. Não guardamos segredos um do outro. — Ficamos ali observando o gelo se mover no rio, e algo mais me ocorre.

— Sam?

— Sim?

— Você disse *nós*. "Nós o pegamos, batemos nele e o penduramos em uma árvore." — A ferroada da dúvida está de volta agora, cutucando o fundo da minha mente, e eu preciso ter certeza. — Você levou Cyrus com você naquela noite?

Ele balança a cabeça. Ri como se a ideia fosse absurda.

— Não. Levei Jonathan.

TABERNA POLLARD

Sexta-feira, 30 de abril

A Corte de Audiências Gerais se reúne nesta última sexta-feira do mês. É o primeiro dia quente da primavera. O sol está brilhando, o rio está fluindo e o pouco de neve que resta em Hook está endurecida e suja, amontoada nas sombras e empilhada à beira da estrada. Há lama por toda parte.

Lama nas botas e nas roupas, incrustada nas ferraduras dos cavalos e espalhada pelo chão da taberna. Abigail Pollard desistiu de tentar manter o lugar limpo e — a julgar pela expressão carrancuda — está tentada a jogar a vassoura na lareira e deixá-la queimar. Em vez disso, ela a larga no canto e se senta à sua mesa. Ao me ver observando, ela ri e ergue o copo, tomando um longo gole de sidra. Eu não esperava encontrar Joseph North na bancada. Na verdade, não esperava vê-lo em público por um bom tempo. Mas lá está ele, em sua mesa, vestindo toga e peruca, sentado em uma almofada, com o martelo na mão. Para ser sincera, ele parece bastante abatido. Sua pele está pálida e há uma camada de suor sobre seu lábio superior.

Estou aqui para cumprir as obrigações da minha profissão, e pensei que prestaria meu testemunho a Obadiah Wood. Achei que ele viajaria de Vassalboro até o juiz North se recuperar da estranha doença que o manteve acamado nestes últimos dez dias. Os boatos correram por Hook. Rumores voando para cá e para lá como acontece em cidades pequenas como a nossa. Eu mesma ouvi várias versões.

Consunção é uma hipótese bastante comentada.

Crupe também foi mencionada, embora ninguém o tenha visto tossir.

Indigestão. Humores. Febre terçã. Todas essas opções foram cogitadas pela fábrica de rumores.

Hidropisia. Gota. Hemorroidas.

Dor de garganta pútrida. Escorbuto. Diarreia.

No entanto, a maioria presume que a causa de seu sofrimento sejam furúnculos. Por que mais ele teria passado dez dias inteiros de cama e agora seria obrigado a usar uma almofada sempre que se senta? É a conclusão lógica, que eu mesma teria aceitado em outras circunstâncias.

Só posso supor que o Dr. Page foi generosamente recompensado por seu silêncio, pois a mutilação não foi cogitada uma única vez em Hook.

Sei que North me vê no fundo da sala, à espera para dar meu depoimento. Sei que ele também vê Ephraim, mas tenho a impressão de que North não pretende medir forças comigo. Ou nunca mais.

Os pleitos hoje são corriqueiros. Questões locais insignificantes. Assuntos de pouca importância para a vida ou a lei. Apenas pequenos conflitos entre vizinhos depois de um longo e extenuante inverno. E duvido que seriam ouvidos mais do que um punhado de casos se hoje não fosse o dia do enterro de Joshua Burgess. É o primeiro dia em que o solo está macio o suficiente para cavar uma cova grande o bastante, e Amos insistiu que já era hora de tirar Burgess do seu galpão. No final, os mesmos sete homens que tiraram Burgess do gelo o enterraram. Pareceu apropriado. E já que não temos uma igreja, ele não poderia ser enterrado no cemitério paroquial — não que alguém quisesse isso. Então decidiram pela floresta.

Apenas uma cova. Nenhuma palavra foi dita. Mas Amos Pollard insistiu em fazer um monte de pedras.

— *A último* coisa precisamos é um osso sendo arrastado pelo meio da rua *Vater* se os cães o encontrarem — disse Amos.

Ninguém discutiu.

No entanto, o alvoroço atraiu uma multidão. E, é claro, depois todos seguiram para Taberna Pollard. E começaram a se embebedar. Agora todo mundo tem uma reclamação a apresentar, e tudo que eu quero é ir para casa.

— Martha Ballard? — Joseph North chama meu nome na frente da sala. — Você tem assuntos para tratar?

Eu me levanto. Caminho até a frente.

— Tenho provas a apresentar em uma causa legal.

— De que tipo? — pergunta ele.

Este é um roteiro que encenamos há muitos anos. Tão familiar para o público presente quanto uma canção de ninar. Poucas pessoas prestam atenção em nós.

— Uma mulher solteira nomeou o pai de seu filho, e eu o trago perante o tribunal para que seja registrado.

— Identifique a mulher — diz. — E o pai.

Fiz isso inúmeras vezes, é claro, mas parece diferente agora. E embora eu odeie ter que fazer isso, não vou me esquivar de minhas responsabilidades.

— No domingo, 18 de abril, Sally Pierce deu à luz a um filho.

Parece que joguei uma enorme pedra em um pequeno lago, a julgar pelo burburinho reverberando pelo salão. Todos estão atentos agora. Até North está surpreso.

— A filha de William Pierce? — questiona ele.

— Sim.

— Eu não sabia que ela estava grávida.

— Não é o único — digo a ele.

— E quem é o pai da criança?

Preciso tomar fôlego, e inspiro lentamente. Mas mal abro a boca para responder quando sinto uma presença ao meu lado.

— Sou eu — diz Jonathan.

Em um gesto rápido e suave, ele segura minha mão e a aperta.

— E vim pagar a multa dela. Vinte xelins. Muito além do que é exigido por lei para uma primeira ofensa. Também fixei a intenção de casamento em frente à taberna.

Jonathan tira uma bolsinha de moedas do bolso e a coloca na mesa diante de Henry Sewell. Ele observa enquanto a confissão e a multa são registradas, depois assina seu nome ao lado de ambas.

— Tem mais algum assunto a tratar, senhora Ballard? — pergunta North.

Sei que ele está com dor. Mas acho que ser privado da chance de me humilhar perante o tribunal é ainda mais doloroso.

— Não — respondo. — Mas então não consigo me conter e acrescento: — Embora seria displicente de minha parte se não perguntasse sobre sua saúde. Fui informada de que piorou ultimamente.

Ele aperta a mandíbula. E me encara, furioso.

— Não se preocupe com meu bem-estar. Estou me recuperando.

— Sem dúvida, mérito de ser cuidado por um *profissional formado em medicina.*

Não me dou ao trabalho de esperar sua reação e me viro para sair, estou no meio do salão quando Jonathan me alcança. North bate o martelo, encerrando a sessão, e a multidão se levanta, empurrando os bancos. Cochichando. Fofocando.

— Não sou tão mau quanto você imagina — sussurra Jonathan ao meu ouvido.

— Nunca pensei isso de você.

— Mesmo agora?

— Você agiu certo com Sally. E com seu filho.

— Não é isso que quero dizer. Sam disse que você foi vê-lo. Que ele lhe contou sobre minha participação naquele... negócio.

Paro enquanto a sala gira ao nosso redor. Pouso a mão em sua bochecha. Sinto a barba por fazer sob minhas mãos. Ele tem os olhos de Ephraim. Um intenso tom de azul-acinzentado. São gentis, mas exalam uma profunda determinação.

— Pergunte ao seu pai sobre um homem chamado Billy Crane — digo. — E entenderá por que não estou zangada com você.

* * *

Sexta-feira, 30 de abril — Céu limpo e dia quente. Joshua Burgess foi enterrado hoje de manhã. Estive em Hook para comparecer ao tribunal. Voltei para casa à tarde. Barnabas Lambard ficou para o jantar. Moses Pollard também. Jonathan trouxe Sally, junto com o recém-nascido deles. Fiquei em casa.

Doze Anos Atrás

HALLOWELL, MAINE

30 de abril de 1778

EPHRAIM TIROU AS TRÊS GRANDES PEDRAS DA CARROÇA, UMA DE CADA vez, e as colocou no chão.

Estava chovendo quando chegamos, no dia anterior. Uma chuva leve, quente e primaveril. Mas, ainda assim, inconveniente, já que estávamos dormindo em tendas. Mas agora o sol brilhava, e meus filhos perambulavam pela clareira, explorando o novo lar. Suas idades variavam, Cyrus tinha quase 22 anos e Ephraim Júnior menos de um mês.

— Não aguento mais fazer isso — disse a meu marido enquanto estávamos ao lado da carroça. Eu segurava nosso bebê no colo. — Estou cansada.

— De quê?

— Bebês. Mudanças. Recomeços.

— Estou feliz que tudo isso tenha acabado — disse ele, e beijou minha testa. — Agora que finalmente consegui que um deles tivesse o meu nome.

Levou nove anos para ele me convencer a fazer essa mudança. Ephraim Ballard é um homem paciente. Nossa casa era em Oxford. Nossas *filhas* estavam lá. E, para mim, essa foi a parte mais difícil de aceitar. Deixá-las. Admito que Ephraim estava certo sobre o resto. Precisávamos de terra, e muita. E fazia todo sentido que ele dedicasse suas habilidades em carpintaria ao comércio de madeira. Mas recomeçar? Viver em tendas enquanto ele construía outra casa do zero? Eu não queria fazer parte disso.

Ephraim Júnior foi uma surpresa. Nascido sete anos após Dolly, ele chegou muito depois de eu achar que meu trabalho de trazer crianças ao mundo havia terminado. Foi essa última gravidez que me obrigou a ceder. Havíamos ficado sem espaço e oportunidades em Oxford. Nosso acordo foi trazer nossas filhas conosco em espírito.

— Venha — disse Ephraim. — Vamos encontrar o local perfeito para nossas meninas.

Então ele pegou o bebê dos meus braços e começamos a passear pela propriedade. Ele me mostrou onde queria construir a casa.

— Será grande o suficiente para você ter seu próprio ateliê — disse ele. — Hannah e Dolly podem ter o próprio quarto, assim como os meninos. Mas no andar de cima.

— Então será bem grande.

— Sim. É isso que estou tentando lhe dizer. Será grande o suficiente para acomodar a família toda. E as crianças que nossos filhos terão um dia também. Grande o suficiente para um Natal barulhento e animado.

Continuamos o passeio.

— Aqui é onde vou construir o celeiro. E, ali — ele apontou para o córrego caudaloso e borbulhante —, vou construir o moinho. Será maior do que o celeiro. Grande o suficiente para armazenar grandes carregamentos de madeira. E assim que terminá-lo, vou fazer um píer que avançará sobre água para que possamos empurrar os troncos direto na correnteza. Talvez eu até tenha uma roda d'água um dia também.

Ele já o havia batizado de riacho do Moinho, um corpo d'água que, mais adiante, deságua no feroz e impetuoso Kennebec. Um rio largo e profundo, com águas caudalosas após as chuvas da primavera e o degelo. Mas Ephraim me assegurou que isso era exatamente o que necessitávamos para o comércio de madeira. É preciso transportar as tábuas, entende? E isso requer um rio.

Ephraim me mostrou pastos, jardins e piquetes que ainda não existiam. Um galinheiro. Uma horta. Um pomar. A floresta já estava lá, é claro, assim como o lago. Mas visualizei todo o resto claramente enquanto ele desenhava cada detalhe com palavras. O passeio pelas terras levou uma hora, e ao final percebi que ambos estávamos seguindo na mesma direção, um enorme e antigo carvalho que crescia no topo de uma colina na área que Ephraim já chamava de pasto sul. Sua copa se espalhava por pelo menos quinze metros, e suas raízes eram velhas e retorcidas. As folhas de um tom de verde fresco e exuberante que proporcionaria uma frondosa sombra no verão.

Ele apontou para a base da árvore.

— Aquilo é uma toca de raposa. E isso, amor, significa que teremos companhia.

Assenti, mas não consegui falar.

— Você está cansada — Ephraim enxugou uma lágrima da minha bochecha com o nó dos dedos. — Sente-se e descanse.

Ele entregou o bebê para mim e voltou rapidamente para a carroça. Uma por uma, ele trouxe as lápides e as colocou debaixo da árvore, e quando terminou, ele se sentou na grama úmida ao meu lado.

Estendeu a mão e acariciou minha bochecha com o polegar.

— Não quisera ter outra companheira em todo o mundo senão vós — disse.

— Está todo inspirado no Bardo hoje, não? — perguntei. E quando ele riu, eu mesma citei um verso. — Por qual de meus defeitos tu te apaixonaste primeiro?

— Por todos seus atributos. Os aparentes e os ocultos — respondeu, me puxando para mais perto para beijar minha testa. Juntos, nos viramos para observar este lugar onde construiríamos uma nova vida juntos.

— É bom estar em casa — disse.

E assim foi.

NOSSOS FESTEJOS TERMINARAM

Gritos ecoam ao longe. Em algum lugar distante, além do portão do jardim. O barulho desperta a mulher de um sono profundo e reparador, e ela chuta as cobertas, tentando chegar ao final de um sonho que não faz sentido — algo sobre cordas e rios —, mas que se dissipa em sua mente quando ela pousa os pés descalços no chão de madeira desgastado. Os gritos aumentam agora, mais intensos, e dois passos longos a levam até a janela, onde ela abre as pesadas cortinas. Pela primeira vez em longos meses, não há geada nos cantos dos painéis de vidro, nem filigranas prateadas refletindo a luz.

A primavera finalmente chegou à cidade de Hallowell.

Não, ela pensa, ouvindo mais atentamente. *Não são gritos.*

O som é de gemidos e choramingos. Mas não de um cachorro. Nem de um lobo. Tampouco é o ganido feroz e cruel de um coiote. É mais suave. Mais delicado.

Então, é minha raposa, ela pensa.

A mulher pega um cobertor dos pés da cama e o envolve nos ombros. As tábuas do assoalho rangem enquanto ela se move em direção à porta da frente. Seus pés estão descalços, pálidos e fantasmagóricos, mas está mais quente agora, e ela não precisa de meias ou botas.

Quando a mulher abre a porta, se depara com a raposa.

— Tormenta — diz ela, sua voz pouco mais que um sussurro na brisa fresca da manhã.

O rio corre livremente. Onde antes o espesso manto de gelo se estendia de margem a margem, há uma correnteza densa e gorgolejante. Ainda está frio como a morte após o longo inverno e o degelo da neve, mas o rio se tornou uma muralha de água turbulenta e letal, suja e escura, fluindo para o sul. E, ao longe, se prestar atenção, há o som de uma roda d'água. Ela também gira livremente, ecoando sua música pela alvorada. Como um encantamento metálico e tilintante.

Sentada à entrada da toca, a raposa ouve o rio e a roda d'água, observando a mulher. O som a deixa satisfeita. Esta é uma estação gentil, pelo menos até que as chuvas comecem. Elas sempre trazem um tipo diferente de problema. Mas, por enquanto, o vale está viçoso e verdejante, e repleto de vida nova. Nozes, frutas silvestres e pequenas criaturas voando de árvore em árvore. Há flores: narcisos, íris e jacintos. O solo tem um aroma fresco e maduro, tenros brotos rompem a superfície de cada campo. Minhocas, joaninhas e borboletas.

A raposa também tem algo a oferecer ao mundo nesta primavera, e ela choraminga mais uma vez, instigando seus filhotes a saírem da toca. Eles hesitam, então seu companheiro a encontra na entrada. Cutuca o focinha dela com o dele. Ele os empurra para fora gentilmente, um por um. Lentamente, eles cambaleiam pela grama e começam a explorar as raízes retorcidas do velho carvalho. Investigam o novo lugar. Arranham o tronco. Cheiram as três grandes lápides cobertas de musgo. Escalam e caem. Brincam e se escondem.

E durante todo esse tempo, a mulher observa da porta. Observa e reflete. Lembrando. Nostálgica. Oculta em seu deslumbramento há uma espécie de tristeza, antiga e terna, como uma cicatriz. Mas nem isso é capaz de sufocar a alegria que ela sente diante da cena. Há quatro filhotes. Um macho — grande e vermelho como o pai — e três fêmeas. Esguias e escuras, como a mãe. Prateadas. *Raras.*

NOTA DA AUTORA

SE EU PUDESSE, COLOCARIA UMA FITA DE ADVERTÊNCIA BEM AQUI PARA IMPEDIR que continue a leitura. Atenção! Perigo! Cena de crime! Não Atravesse! Toda a sinalização habitual se aplica aqui. Se você está familiarizado com meus livros, já sabe que, nas páginas seguintes, desvendarei este livro em detalhes. Haverá revelações, explicações e muitos spoilers. Se esta é sua primeira jornada ficcional comigo, permita-me dizer duas coisas: obrigada por me dedicar seu tempo e pare agora mesmo. Não leia as páginas seguintes até ter lido o romance, do começo ao fim.

Toda história flui como um rio, da fonte à foz, então deixe que esta siga seu curso, e nos encontramos aqui no final.

Sem dúvida você terá perguntas.

* * *

Coleciono pessoas. É algo natural para mim. Da mesma forma que outras pessoas colecionam pedras, selos ou moedas, meu pai também colecionava pessoas. Para ser mais exata, ele costumava levar caroneiros para casa. No caso dele, não era um passatempo perigoso. Meu pai já foi fazendeiro. Quando adolescente, um amigo o desafiou a participar de um concurso de montaria em touros no rodeio, mas insatisfeito com os oito segundos que o premiariam, ele montou aquele touro por vinte minutos, até que o animal desistiu e ficou parado no meio da arena, a barriga arfante, respirando uma nuvem de poeira e esterco. Desnecessário dizer que meu pai tecnicamente não venceu. Mas provou seu ponto. Ele então se juntou ao exército, como policial militar. Era mais do que capaz de lidar com caroneiros.

Menciono isso para explicar que, assim como meu pai, eu também sinto uma compulsão por levar pessoas para casa. Só que eu não as pego na beira da estrada, eu as encontro em bibliotecas, jornais e cantos obscuros da internet. As pessoas que convido para minha casa — para meu escritório, especificamente — e para minha mente estão mortas há muito tempo: um juiz desaparecido na Nova York dos anos 1930; a única mulher a tripular um dirigível; uma grã-duquesa russa; a mulher mais condecorada a servir na Segunda Guerra Mundial; e agora, uma parteira famosa, mas quase esquecida.

Eu coleciono *pessoas*.

Esta surgiu em meu caminho em um consultório médico há quinze anos. Eu estava grávida do meu caçula e meu obstetra estava atrasado para a minha consulta. Ele tinha se envolvido em um parto complicado, e, por isso, acabei na sala de espera por algumas horas. Lembro-me de pensar que deveria remarcar e ir para casa. Se tivesse feito isso, você não estaria com este livro nas mãos. Estava entediada e já havia terminado de ler o exemplar de *O mistério da estrela — Stardust*, de Neil Gaiman, que levara comigo. Havia folheado todas as revistas, e tudo o que restava para ler era um livreto devocional intitulado *Our Daily Bread*. (Que fique registrado que não tenho nada contra livros devocionais. Este simplesmente estava escondido sob uma pilha de alarmantes panfletos médicos e eu não o tinha visto até então.) O texto de 1º de agosto de 2008 se chamava: "The Midwife's Tale" [O Conto da Parteira] e contava a história de uma mulher chamada Martha Ballard, que havia feito o parto de mais de mil bebês em sua carreira e nunca perdeu uma paciente durante o parto. (Meu médico — aquele que eu estava ansiosa para ver — não poderia se orgulhar de um histórico como esse.) Como acontece sempre que sou atingida pela inspiração, senti um arrepio percorrer minha nuca. Arranquei aquela página do devocional e a enfiei na minha bolsa. (Eu a tenho aqui na minha mesa enquanto escrevo, e estou rindo da anotação que fiz naquele dia: "Daria um ÓTIMO romance!") Não estou brincando, meu médico chegou dois minutos depois. E assim começou um processo de anos de pesquisa, escrita e tentativas fracassadas. Euforia e frustração e tudo que envolve trazer um livro para o mundo. Mas nunca desisti.

O que nos leva a uma conversa muito importante sobre Martha Ballard e este romance específico. Meus leitores de longa data sabem o quanto costumo ser fiel aos fatos históricos. É um motivo de orgulho para mim, e por isso muitos têm chamado meus livros de "ficção biográfica". *Um corpo no gelo* é meu primeiro desvio nesse sentido. O livro que você tem em mãos é *inspirado* — e não *baseado* — em fatos reais. E, como está prestes a descobrir, tomei grandes liberdades, não apenas com datas e detalhes, mas, em alguns casos, com o próprio registro histórico.

Não fiz isso de forma leviana.

E tenho boas razões.

Nunca apresentaria este romance como uma história alternativa. Aproximadamente 75% do que acontece nestas páginas é fiel ao registro histórico. O restante é minha versão do que *poderia* ter acontecido. Mas se você está à procura de fatos — e apenas pelos fatos — sugiro *fortemente* que leia a biografia vencedora do Prêmio Pulitzer de Laurel Thatcher Ulrich sobre Martha Ballard, intitulada *A Midwife's Tale*. É, até onde sei, a única história abrangente da vida dela, e leitura obrigatória se você quiser entender o papel de Martha na história. É uma obra de não ficção impressionante.

Há várias ocorrências em que alterei, editei, esclareci ou condensei os registros do diário de Martha. Por exemplo, quando Martha registra que Rebecca Foster "fez uma acusação de estupro contra alguns homens, dentre os quais está Joseph North", inclui entradas do diário de 19 de agosto e 23 de dezembro. Fiz isso para dar ao leitor uma ideia mais clara e imediata do que aconteceu com Rebecca naquela noite horrível. Nem todas as entradas de diário incluídas nestas páginas acontecem no ano ou mesmo na data específica mencionada. Algumas poucas são fictícias. Meu objetivo era pegar vários aspectos que *me* interessavam sobre a vida de Martha e condensá-los em uma história que se passa ao longo de um período de seis meses.

O sistema judicial nos primórdios dos Estados Unidos não era nada parecido com o que é hoje. Na época em que esta história se passa, a Constituição existia como o documento legal fundador do país há apenas dois anos e meio, e a Carta de Direitos ainda não havia sido ratificada. No tempo de Martha, havia apenas a Corte de Audiências Gerais (onde eram processadas disputas menores entre vizinho), o Tribunal de Pleitos Comuns (que julgava crimes mais sérios, como agressão), o Supremo Tribunal Judicial (que lidava com casos de estupro, homicídio e apelações dos tribunais inferiores) e a Suprema Corte dos Estados Unidos (composta por apenas seis juízes e cuja primeira sessão foi em 1º de fevereiro de 1790 — perto do final do período em que esta história se passa).

Portanto, é por essa razão que peço que esqueça tudo o que sabe sobre devido processo e questões legais. Sinceramente, os cidadãos nos primórdios dos Estados Unidos tinham sorte de ter um sistema judicial.

Depois de esperar por muitos anos, comecei a me dedicar seriamente a este romance durante a pandemia de covid. O que, para mim, significou escrever cercada por quatro meninos adolescentes o tempo todo — e todo o barulho e caos que isso implica. Não é, nem de longe, minha condição preferida para escrever. Mas foi esclarecedor por um motivo específico: eu tinha que fazer meu trabalho em meio à vida familiar. E é exatamente assim que Martha Ballard viveu e trabalhou por décadas. Não havia separação. Uma frase em seu diário é repetida milhares de vezes ao longo de vinte e sete anos: "Fiquei em casa". Quando me deparei pela primeira vez com essa observação frequente, não dei muita importância. Mas ela adquiriu um novo significado para mim durante a pandemia, porque era algo que eu também poderia escrever em meu diário. *Fiquei em casa.* Por meses e meses e meses. Na verdade, por anos.

Se você ler a obra de Laurel Thatcher Ulrich, descobrirá uma Martha Ballard muito diferente da retratada nestas páginas. Na verdade, você pode nem reconhecê-la como a mesma mulher. Fiz isso de propósito. Retratei Martha como ela me foi apresentada e, considerando que a história contém tão poucos registros dela, defendo que minha versão é, no mínimo, plausível. Se pretende se empenhar em adquirir um exemplar do diário dela, saiba que: é muito caro (a Picton Press publicou um número limitado em 1992 e o meu custou US$350), é bem sucinto e, na verdade, não é um diário. É mais um livro de registro diário. Martha faz poucos ou nenhum comentário pessoal. Apenas algumas vezes em vinte e sete anos ela revela seus sentimentos sobre qualquer fato que registra. Em vez disso, ela nos dá a data, o clima e os fatos. A entrada mais longa que ela fez nesse período foi em 23 de dezembro de 1789: dia da primeira audiência de Rebecca Foster em Vassalboro. E embora Martha fosse letrada (algo inédito para mulheres em sua época), poucos leitores hoje seriam capazes de decifrar muito do que ela escreveu. Aqui está um exemplo de uma entrada que incluí no livro. Você entenderá por que a editei.

3 5 X. Nascimento. 3ª fil. de Charls Clearks. XX Man. clara. Fui chamada por Cowen para a esposa de Charls Clearks em trabalho de parto às 2 da man. Deu à luz uma filha (sua 3ª, todas meninas), à quarta hora. Deixei-a bem e às 8 fui conduzida até os Pollard.

Esta entrada está registrada no ano de 1789. O 3 é o dia do mês e o 5 é o dia da semana (eu mudei para 26 de novembro para iniciar a história de Martha com o nascimento da filha de Betsy Clark), e o resto requer um bom pouco de paciência para decifrar. A entrada real é um pouco mais longa, mas continha informações que não diziam respeito à minha história, então não as incluí. Ao longo do texto, ela não faz nenhum esforço em termos de consistência quando se trata da grafia de nomes ou lugares. Então fiz isso por ela. O que quero dizer com isso é: de nada.

Algumas observações adicionais porque tenho certeza de que está curioso:

Uma nota sobre as várias moedas mencionadas ao longo do romance. Uso dólares e libras de forma intercambiável ao longo do texto. Ambos estavam em uso na época, embora o dólar (nomeado em referência ao dólar espanhol) fosse a moeda principal. No entanto, a libra inglesa ainda estava em circulação também. Martha menciona receber ambas as formas de pagamento em seu diário, apesar do fato de o dólar norte-americano não ter sido estabelecido como a moeda oficial até 1792 — e só foi cunhado mais tarde no mesmo ano. Parece que ela estava disposta a receber qualquer pagamento que pudesse obter. Ou, em muitos casos, galinhas, café, açúcar ou lã. Martha foi paga em bens e serviços com tanta frequência quanto em dinheiro.

Sally Pierce realmente teve o filho ilegítimo de Jonathan Ballard, mas ele nasceu em fevereiro de 1791, quase um ano após o término desta história. E, sim, Martha teve que fazer a declaração de paternidade no tribunal. É o mais próximo que ela chega de ficar abalada. No entanto, o jovem casal continuou junto e teve mais doze filhos (três nasceram mortos).

Cyrus Ballard nunca se casou ou saiu de casa, mas Martha não fornece nenhuma razão para isso em seu diário. Ulrich observa que era raro para um homem permanecer solteiro e morar com os pais naquela época, e ela supõe que ele pode ter tido algum tipo de deficiência mental ou física que o impediu de encontrar uma esposa. Conectei esses pontos imaginários a um momento trágico na história de Martha para que se encaixasse perfeitamente na história que eu queria contar.

Moses Pollard e Hannah Ballard de fato se casaram. O casamento aconteceu em 1792 e logo depois eles se mudaram para Forte Western e abriram a própria taberna. O feliz casal teve nove filhos entre 1794 e 1809.

Barnabas e Dolly Lambard se conheceram um pouco mais tarde do que descrevo neste livro. Eles se casaram em 1795 e foram pais bastante prolíficos de onze filhos (o primeiro nasceu em 1796). Como registrado no diário de Martha, Dolly, sua irmã, e seus maridos se visitavam com frequência.

Sam Dawin de fato caiu no gelo ao tentar chegar à margem em uma balsa com Jonathan. Mas este é o ponto em que fiz um grande desvio na história: eles não encontraram um corpo. O que nos leva a Joshua Burgess. O capitão Joshua Burgess foi um dos três homens acusados de estuprar Rebecca Foster em agosto de 1789. Sim, você leu certo. *Três*. O terceiro, um homem chamado Elijah Davis, foi excluído desta história. Fiz isso em parte para simplificar a narrativa. A razão mais difícil, no entanto, é que no diário de Martha, esses três homens agrediram sexualmente Rebecca Foster em três ocasiões diferentes ao longo de uma semana. Os fatos terríveis retratados aqui foram, na verdade, uma série de nove agressões indescritíveis na vida real.

Caro leitor, não consegui me convencer a escrever isso.

Joshua Burgess desaparece das páginas do diário de Martha em algum momento por volta de dezembro de 1789. *Puff*, ele simplesmente some. Ela nunca mais o menciona. Ele poderia ter fugido da cidade? Com certeza. Também é possível que ele tenha morrido de alguma forma ou em algum lugar? Claro. Então, optei por essa narrativa e a usei como base para o romance. Sinceramente, não sinto pena dele. Para mim, ele está morto!

Sobre o estupro: infelizmente, não é nada novo. O assédio sexual e todas as suas nuances têm estado presente na humanidade desde o início. Encontramos registros desses fatos em todos os textos antigos, desde a Bíblia até Shakespeare. E, sim, reconheço, minha solução para uma injustiça gritante foi radical. (Ou *erradicadora*, se preferir.) E chocante. E nem um pouco excessiva. (Mas gostaria que constasse que quando Larry McMurtry fez uma escolha semelhante em *Lonesome Dove*, deram-lhe um Pulitzer. Então, é justiça poética, caro leitor.)

O verdadeiro Joseph North saiu ileso de seu julgamento e nunca teve que prestar contas por seus crimes. Isso é inaceitável para mim. Não posso mudar a história, mas tenho controle sobre as histórias que conto e, neste caso pelo menos, dei a ele o que ele merecia.

Ao escrever essa cena, não pude deixar de pensar em uma amiga que sofreu agressões indescritíveis durante grande parte da infância e adolescência até que finalmente tomou as rédeas da situação e cravou uma faca na coxa de seu agressor. Então minha amiga, tão jovem, corajosa e dilacerada, olhou para ele, tremendo, e disse que se ele a tocasse novamente, o próximo golpe seria fatal. Ele nunca mais a assediou. Esse final foi para ela. E para todas as mulheres que não obtiveram justiça.

Não é suficiente.

Mas é alguma coisa.

Vale ressaltar que o julgamento de Joseph North por estupro só ocorreu em julho de 1790. Em uma tentativa de se encaixar melhor nesta história, condensei os acontecimentos, mas além disso, todos os detalhes são precisos, incluindo o fato de que Rebecca Foster não compareceu (o diário de Martha não registra um motivo). Primordialmente, fiz essa escolha para que toda a história pudesse se desenrolar entre o fechamento e a abertura do rio.

Se você está familiarizado com a vida de Martha (seja por meio da biografia de Ulrich ou do próprio diário), saberá que ela não menciona ser uma sobrevivente de agressão sexual. Mas será que não? De acordo com as estatísticas — que eu não acredito que tenham mudado muito nos últimos séculos — há uma chance de 33% de ser verdade. De todas as decisões que tomei neste livro, essa foi a mais arriscada. A verdade é que não sei. Mas isso explicaria a profunda devoção que ela sentia por Rebecca Foster.

Em relação à Tormenta: ela surgiu em minha vida no meio da noite de 19 de junho de 2018. Meu marido e eu acordamos com um som que só pode ser descrito como um ente querido sendo massacrado em seu sono. Descobrimos, após uma insana corrida pela casa às três da manhã para garantir que nossos filhos ainda estavam vivos, que havia uma raposa uivando em nosso quintal. (Procure no YouTube e veja se não é um som de dar arrepios.) Algumas horas depois, um bebê recém-nascido entrou em minha vida. É uma longa história, e não cabe a mim contá-la, mas os dois se tornaram inextricavelmente interligados em minha mente. Raposas e bebês. Até hoje, sou uma feroz protetora de ambos. Então fazia sentido que cada um tivesse um papel neste livro.

O ano de 1785 ficou conhecido como o "ano do longo inverno" para os moradores de Hallowell, Maine. No diário de Martha Ballard está registrado que o rio congelou em 25 de novembro e ainda estava coberto de gelo em 22 de abril do ano seguinte. Mudei esses eventos para ocorrerem entre novembro de 1789 e abril de 1790, o ano em que Rebecca Foster "fez uma acusação de estupro contra alguns homens".

O diário de Martha menciona a "doutora negra" que chega à cidade. Não é mencionado um nome próprio para ela, então simplesmente a chamei de Doutora. Vale ressaltar que não há indicação alguma de que Martha tivesse algum sentimento preconceituoso em relação aos seus vizinhos negros. Doze famílias negras livres moravam em Hallowell durante os anos em que seu diário foi escrito. Martha fazia seus partos e interagia com elas da mesma maneira que fazia com os outros moradores da cidade. Escrevia seus nomes completos em seu diário. Portanto, não é um difícil acreditar que ela simplesmente não soubesse o nome dessa doutora negra. Pessoalmente fiquei fascinada tanto com o uso de uma designação médica quanto com a forma como os vizinhos de Martha evitavam seus cuidados e recorriam a essa outra mulher. Isso significa que a mulher tinha mais habilidade do que Martha? Ou que eles tinham segredos para guardar? Talvez ambos.

Mudei o nome de Hannah Sewell para Grace Sewell neste livro. Havia muitas Hannah no diário de Martha (um nome bíblico bem popular na época), e ficou insustentável distingui-las. *Esta* Hannah, não *aquela* Hannah. Mais uma vez: de nada.

Porque eu sei que você vai perguntar, não, eu não dei à luz a nenhum dos meus quatro filhos com uma parteira. Gostaria. Acredito no trabalho que elas fazem e confio nos milhares de anos de conhecimento transmitidos de uma para outra ao longo da história humana. Minha mãe teve todos os seus seis filhos em casa com a ajuda de parteiras. Presenciei um desses partos, e isso literalmente mudou minha vida. (A irmã que eu vi chegar ao mundo depois me permitiu testemunhar o nascimento do filho dela. Foi um momento perfeito de completude.) Mas meu marido me implorou para não fazer isso. Ele não tem nada contra essa nobre profissão também, apenas não conseguia suportar a ideia de me ver com tanta dor. E, caro leitor, ele foi tão fervoroso. Atormentado, até, pela ideia de ver meu corpo virado do avesso sem nenhum intervenção farmacêutica. Amo esse homem. Então, cedi. E não me arrependo. Nosso filho mais novo poderia muito bem ter nascido morto de outra forma. Há momentos em que é sábio colocar seu cuidado médico nas mãos de alguém hábil com um bisturi.

Martha Ballard é a tia-avó de Clara Barton, fundadora da Cruz Vermelha Norte-Americana. Ela também é a tataravó de Mary Hobart, uma das primeiras médicas dos Estados Unidos. Martha deixou um legado médico incomparável no país. E tudo isso graças ao seu diário. Apenas palavras no papel, certo? Aparentemente, sem sentido. Apenas o registro do meticuloso cotidiano de uma mulher. Mas essas páginas foram preservadas e passadas para Dolly (Ballard) Lambard. Ela as deu para sua filha Sarah, que as passou para a Dra. Mary Hobart, que as doou para a Biblioteca do Estado do Maine, onde elas ficaram até serem organizadas e encadernadas por Lucy (Lambard) Fessenden. Muitos anos depois, a bibliotecária de direito Edith L. Hary disponibilizou essas páginas ao público. E, finalmente, Cynthia McCausland traduziu os seis milhões de bytes de texto para que a transcrição completa pudesse ser publicada pela Picton Press. Laurel Thatcher Ulrich, a historiadora e professora ganhadora do Prêmio Pulitzer, estudou o diário e escreveu a biografia definitiva de uma mulher que teria desaparecido da história. Se não fosse por um diário e pelo poder das palavras.

Vale repetir que este é um romance, uma obra de ficção, minha versão do que *poderia* ter acontecido na vida dessa mulher. Não é uma biografia, nem pretendo ser historiadora. Sou apenas uma contadora de histórias, e há quinze anos sinto que a história de Martha merece ser contada. Quero que você saiba o nome dela. Quero que conte aos seus amigos. Espero que também fique impressionado com a vida dela. Quero que o mundo lembre que pequenos atos, feitos com amor, importam tanto quanto aqueles que estampam os jornais e os livros de história.

No final da biografia de Laurel Thatcher Ulrich, ela diz o seguinte:

> *Martha Ballard garantiu que não seria esquecida. Não havia nada na tradição cristã que ditasse que uma parteira deveria manter um diário... Por alguma série de razões, provavelmente desconhecidas até mesmo para ela, Martha sentiu uma intensa necessidade de recriar a própria vida dia após dia. Ela não apenas documentou suas orações, seu sono perdido, seus atos de caridade e compaixão, ela se deliciou e registrou as disputas mesquinhas e as pequenas alegrias da vida cotidiana. O diário é um registro seletivo, moldado por sua necessidade*

> *de justificar e entender sua vida, mas também é um registro notavelmente honesto... [o diário] nos diz que Martha era uma cristã devota e enfermeira humilde cuja inteligência às vezes tornava difícil para ela comparecer à igreja ou se submeter aos médicos de sua cidade, uma mãe amorosa, uma mulher gentil com um senso de dever e uma curiosidade anatômica que permitia que ela observasse autópsias e chorasse pelos mortos, uma mulher corajosa que nunca aprendeu a lidar direito com seu cavalo, uma mulher de olhar e prática afiados que manteve a fé na derradeira justiça... Além de seu próprio diário, Martha não tem história. Nenhum registro independente de seu trabalho sobreviveu. É o nome de seu marido, não o dela, que aparece em censos, listas de impostos e contas de comerciantes para sua cidade... Nenhum registro existente reconhece os depoimentos que ela tomou de mães solteiras durante o parto. Seu nome aparece na lista de testemunhas no julgamento por estupro de North, mas ninguém, exceto ela, preservou um registro do que foi dito... Martha não deixou uma fazenda, mas uma vida, registrada paciente e consistentemente por vinte e sete anos. Nenhuma lápide leva o seu nome, embora talvez ainda cresçam touceiras de camomila ou tanaceto saídas de seu jardim.*

Durante a primeira semana de maio de 1812, Martha Ballard fez as últimas entradas no diário:

Terça-feira, 5 de maio — Neve e muito frio. Senti-me muito fraca. Fiquei em casa.

Quarta-feira, 6 de maio — Um dia muito tempestuoso. Não me sinto melhor. Fiquei em casa.

Quinta-feira, 7 de maio — Céu claro na maior parte do dia, muito frio e muito vento. A filha Ballard e vários de seus filhos estão aqui. O reverendo Sr. Tappin me visitou, conversou docemente e fez uma oração adequada ao meu caso. Fiquei em casa. Muito fraca.

A "Filha Ballard" à qual Martha se refere nesta última entrada é nada menos que Sally Pierce, a jovem que permaneceu uma pedra em seu sapato durante a maior parte deste livro. E embora eu não duvide de que as próprias filhas estivessem ao seu lado também em seus últimos dias, considero essa última menção de Sally incrivelmente doce. Gosto de pensar que elas fizeram as pazes. Gosto de pensar que o neto tornou isso possível. Martha morreu alguns dias após esta última entrada, deixando para trás seu marido, Ephraim, e todos os seus seis filhos vivos.

Adoro que a penúltima frase mencionada em seu diário seja aquela que ela escreveu com mais frequência, pois exemplifica os últimos três anos da minha vida, enquanto escrevia sua história.

Fiquei em casa.

Eu também, Martha. Eu também.

AGRADECIMENTOS

"Só vos posso dar resposta com agradecimentos, e,
de novo, com agradecimentos."
William Shakespeare — *Noite de Reis*

Traduzir uma ideia em um livro requer um grande esforço. Certamente, o autor desempenha um papel significativo nisso (e sou grata a meu próprio cérebro por ter feito o trabalho), mas não é o único papel. Porque uma vez que transformei esse *Nada* em *Algo*, ele então precisava passar por um longo e complexo processo para se tornar algo tangível que você agora tem em mãos. Este livro em particular não existiria se não fosse pelas seguintes pessoas:

Elisabeth Weed — agente literária extraordinária —, que me manteve sã e empregada por mais de uma década. E nunca entenderei realmente como ela pegou meu sonho de ser uma autora publicada e o transformou em uma carreira longa e satisfatória, mas serei eternamente grata a ela. Não poderia fazer esse trabalho sem ela. Não gostaria de fazer esse trabalho sem ela. Ela tem sido minha amiga e defensora, terapeuta e treinadora. Toda a equipe de The Book Group, com quem é uma alegria de trabalhar. Além de Elisabeth, DJ Kim, que é o nome que mais gosto de ver na minha caixa de entrada. Faye Bender, Julie Barer e Brettne Bloom, que têm sido mais gentis comigo do que mereço.

Tive a grande sorte de trabalhar com dois editores maravilhosos neste livro. Margo Shickmanter adquiriu os direitos da história de Martha, e Carolyn Williams me acompanhou na edição até o final. Ambas são realmente incríveis no que fazem, e tive a sorte de tê-las.

A equipe da Doubleday é insuperável na publicação, e tenho sorte por ter passado toda a minha carreira trabalhando com eles. Todd Doughty, Elena Hershey e Jillian Briglia são a melhor equipe de publicidade dos dias de hoje. Bill Thomas e Suzanne Herz têm apoiado meu trabalho desde o início. Judy Jacoby e Lindsay Mandel são magos do marketing. A diligência, o talento e a paciência de John Fontana, Nora Reichard, Lorraine Hyland e Pei Koay são a razão pela qual um documento do Word agora é um belo e tangível romance. Sou muito grata por todo seu trabalho.

A equipe de vendas da Doubleday é a razão pela qual você pode comprar meus livros em qualquer lugar. Agradecimentos especiais a Jessica Pearson,

Valerie Walley, Christine Weag, Ann Kingman, Emily Bates, Lynn Kovach, Beth Koehler, Beth Meister, Mallory Conder, Chris Dufault, Ruth Liebman, David Weller, Annie Schatz, Jason Gobble e Nicholas LaRousse. Seu entusiasmo contínuo é tudo para mim.

O apoio e a generosidade das livrarias independentes me permitiram conhecer leitores de todos os lados. Obrigada por me convidar, por me apresentar aos seus queridos clientes e por vender meus romances nos últimos doze anos. Sou particularmente grata à Parnassus Books, Page & Palette, Foxtale Book Shoppe, Watermark Books, Books & Company, Northshire Books, Square Books, Interabang Books, A Likely Story, Novel Bookstore, The Little Bookshop, Litchfield Books, The Poisoned Pen e Warwick's. Muito, muito obrigada!

Marybeth Whalen é uma amiga rara: daquelas que dizem a verdade. Mas, se necessário, desconfio que ela também me ajudaria a planejar uma vingança. Por quinze anos, ela me fez rir e chorar (de um jeito bom). Ela me enviou mensagens sarcásticas e belas bolsas, e mal posso esperar pela nossa próxima aventura!

A comunidade de escritores em Nashville é vasta e solidária, e um dos pontos altos dessa profissão. Eles são o diagrama de Venn que combina minha vida profissional e minha vida real. Tenho orgulho de chamá-los de amigos. J. T. Ellison me alimenta com *queso* e conhecimento valioso. Lisa Patton é a razão pela qual devo procurar tratamento para a Síndrome do Riso Inapropriado. Traci Keel me serve um coquetel Old Fashioned com uma boa dose de sarcasmo. Blake Leyers me lembra que eu não sou, de fato, uma Pessoa Muito Burra. Joy Jordan-Lake tem o raro dom do encorajamento. Paige Crutcher sempre manda a mensagem certa na hora exata.

A comunidade de escritores fora de Nashville também me recebeu de braços abertos, e descobri grandes amigos em Patti Callahan Henry, Abbot Kahler, Denise Kiernan, Laura Benedict, Deanna Raybourn, Greer McAllister, Helen Ellis e Anne Bogel.

Kristee Mays me conhece há mais tempo do que meu marido, e digamos apenas que eu não sou mais uma jovenzinha. Na verdade, ela previu que eu me casaria com meu marido! E ficou ao meu lado no altar quando esse dia chegou. Não nos vemos com frequência suficiente, mas sempre retomamos de onde paramos. Ela me acompanhou em tudo, e eu a amo loucamente.

Meu tio Will respondeu a todas minhas dúvidas sobre cavalos, vacas e gado em geral enquanto eu escrevia este livro. Mesmo quando a mensagem chegava às sete da manhã ou às dez da noite. Sou grata por ele não ter se chocado com minha falta de conhecimento. Dada a minha história familiar, eu deveria saber mais do que sei, mas sou grata por ele preencher as lacunas.

Mais uma vez, Garreth Russell foi um presente dos deuses nas áreas de pesquisa e bom humor. Muitos dos detalhes sobre parto no final do século XVIII foram graças a ele. Prometo retribuir, Garreth!

Outros amigos, familiares e vizinhos que me encorajaram e alimentaram durante o processo de escrita incluem Abby Belbeck, Josh Belbeck, Emily Allison, Tayler Storrs, Kaylee Storrs, Dian Belbeck, Jerry e Kay Lawhon, Blake e Tracy Lawhon, Andy e Nicole Kreiling, Jannell Barefoot, Michael e Cindy Easley, Chris Wilson e Christine Flott.

Sou grata a Ranier Maria Rilke e sua coleção de poesia *"Rilke's Book of Hours: Love Poems to God"*, e também a "Devotions" de Mary Oliver. Durante a maior parte da minha vida, a poesia parecia uma língua estrangeira. Talvez porque eu não consiga escrevê-la? Independentemente disso, estou aprendendo, devagar. Eu lia um poema de cada um desses livros todos os dias em que me sentava para escrever, e acredito que o espírito que descobri neles, aquele senso de deslumbramento, de adoração e de reverência, encontrou seu caminho, mesmo que sutilmente, para estas páginas. Obrigada por me ensinar essa nova língua.

Tomei a melhor decisão da minha vida há vinte e três anos, quando me casei com Ashley Lawhon. Ele fez toda a diferença em uma vida que poderia ter seguido qualquer caminho. Isso é um presente e uma bênção que não podem ser explicados. Ele é a razão das minhas linhas de expressão e também das minhas estrias (depois de quatro filhos). É a inspiração para tudo o que Martha Ballard diz em relação ao casamento neste livro. É a razão pela qual não tenho interesse em escrever sobre casamentos ruins. Ele me faz rir todos os dias. Ele me deixa dormir até tarde todos os dias. Ele é meu melhor amigo, meu refúgio, meu único amor. Sou quem sou hoje porque ele me ama. Isso é algo que nunca subestimarei.

Com frequência falo sobre os filhos que Ashley e eu tivemos juntos. Esses quatro meninos não poderiam ser mais diferentes que os pontos de uma bússola. Dois se parecem com ele e dois comigo, e juntos eles acrescentaram um propósito à minha vida que eu não teria pensado ser possível quando era jovem. Não consigo acreditar que todos já estão crescidos — ou quase. Se o nosso ninho não está completamente vazio, com certeza está mais quieto. Não sei como sobrevivemos ao caos por tanto tempo, mas London, Parker, Marshall e Riggs valem cada momento. Mal posso esperar para vê-los conquistar o mundo.

Na longa lista de coisas pelas quais sou grata, Jesus está no topo. Trinta anos atrás, Ele encontrou uma garota perdida e alquebrada nos confins do Novo México e a salvou. Isso, por si só, teria sido suficiente. Mas Ele esteve com ela todos os dias desde então. Meu maior desejo é que Seu grande amor esteja refletido nas páginas deste livro.

Parafraseando o Bardo, por tudo o que sou e por tudo o que recebi: "Só posso responder com agradecimentos e, de novo, agradecimentos".

SOBRE A AUTORA

ARIEL LAWHON É UMA AUTORA ACLAMADA PELA CRÍTICA E BEST-SELLER no gênero de ficção histórica pelo *New York Times*. Seus livros foram traduzidos para inúmeras línguas e selecionados para listas como *Library Reads, One Book One County, Indie Next, Amazon Spotlight, Costco* e *Book of the Month Club*. Ela mora nas colinas ondulantes nos arredores de Nashville, Tennessee, com o marido e quatro filhos. E divide seu tempo entre o supermercado e o campo de beisebol.

Impressão e Acabamento | Gráfica Viena
www.graficaviena.com.br